MI NUEVA VIDA

LISE GOLD

MADELEINE TAYLOR

Traducido por

ROCÍO T. FERNÁNDEZ

Traducido por Rocío T. Fernández

Diseño de la cubierta por Lise Gold Books

Los nuevos comienzos a menudo se disfrazan de finales dolorosos.

— LAO TZU

1

REINA – LUNES

Esta casa ha sido como un caparazón vacío desde que me mudé de manera permanente. Soy constantemente consciente de mi propia respiración y oigo cada paso que doy en los suelos de madera. El peso de mi alma golpea fuerte, recordándome que soy la única persona que queda en esta mansión grande y moderna. Todo el trabajo, todo el amor que puse en ella. La cocina americana, equipada con electrodomésticos de última generación. La escalera de cristal, que gira en espiral de manera tan hermosa alrededor de su propio eje en forma de columna. La amplia terraza con la piscina larga y estrecha con vistas al océano. La diseñadora de interiores que contraté para que cada detalle fuera perfecto, para que mi vida fuera perfecta. Para que *nuestra* vida fuera perfecta. Me robó a mi marido. Nada de esto está bien y me doy cuenta de eso cada vez que miro a mi alrededor, contemplando esta perfección infinita. Todo lo que hace es recordarme todo lo que está roto. Todo lo que he perdido.

Villa Reina, que lleva mi nombre, solía ser nuestra casa de verano, el lugar donde pasábamos tiempo de calidad en familia los fines de semana y durante las vacaciones. Era un lugar de felicidad y diversión, y queriendo aferrarme a los recuerdos de esos días felices, insistí en quedármelo después del divorcio. No sé en qué estaba pensando. Tal vez habría sido mejor quedarme en Nueva York, donde tenía más amigos durante todo el año. Aparte de mi amiga Sasha, nadie más que mi hija me ha visitado durante el invierno y el lugar que solía estar lleno de risas, música y animadas charlas, es ahora un cadáver hibernando, inmóvil, como esperando algo que nunca volverá.

Abro el armario de la cocina, cojo una taza y la pongo debajo de la cafetera de última generación. La idea de un café de barista en casa parecía buena en ese momento, pero ahora el sonido de los granos molidos me está matando y me estremezco. *Demasiado vino anoche.* Todo aquí está pulido a la perfección y cuando veo que he dejado una huella de mi dedo en el molinillo de acero inoxidable, la limpio con la manga de seda de mi albornoz, igualmente impecable. Nola, mi asistenta, es muy eficiente y, aunque podría ocuparme perfectamente de la limpieza yo misma, me gusta tenerla cerca. También trabaja para mi ex marido y cotilleamos sobre él. De los amigos que he hecho aquí en los Hamptons en los últimos doce veranos, Nola es una de las pocas que siempre ha estado de mi lado.

En Aubrey, nuestra diseñadora de interiores, o "Bree", como le gusta que la llamen, mi marido encontró una versión de mí más joven, más rubia y más guapa. Un rostro fresco y esbelto, con piernas de supermodelo y una sonrisa para morirse. También tiene éxito y es súper creativa y, como Sandeep es un arquitecto célebre, encontraron muchos puntos en común. Se mudó directamente de nuestra casa al palacio bohemio y de ensueño de la bomba rubia al final de la calle. No puedo culpar a nuestros amigos mutuos por preferir pasar tiempo con la feliz pareja. Desde luego será más divertido que pasar el rato con una mujer deprimida que ya no sabe quién es. Ya no soy la esposa de Sandeep, ni siquiera soy ya Reina, la esposa siempre alegre a la que le gustaba complacer a todo el mundo.

Mi hija Nicole se mudó aquí conmigo hasta que comenzó en la Universidad de Nueva York el otoño pasado y, desde entonces, he sido dolorosamente consciente de su ausencia. Supongo que todas las madres tienen que pasar por esto y yo no soy diferente. Todavía viene los fines de semana y es entonces cuando la casa vuelve a tener vida, cuando yo misma siento una chispita de felicidad, cuando veo un atisbo de mi antiguo yo aparecer de nuevo. Cuando nuestras voces juntas resuenan por los pasillos y su música suena alto desde su habitación. Cuando huelo bacon frito por la mañana. Antes, cuando cocinaba carnes, solía darme náuseas, pero ahora me hace feliz y me emociona pensar en el día que tenemos por delante. Disfruto de su compañía cuando está aquí.

Nicole es mi todo. Es ingeniosa, inteligente y muy guapa, con su pelo largo y oscuro, sus cejas finas, sus grandes ojos marrones y sus labios carnosos. No es alta pero tiene una enorme presencia. Su confianza y seguridad y su actitud amistosa deslumbran a todo el mundo cuando entra en una habitación. Yo solía ser así y alguna gente dice que se parece a mí, pero yo no lo veo claro. Con Sandeep siendo indio y yo de descendencia libanesa, ella es solo una hermosa mezcla de culturas, bendecida con lo mejor de ambos mundos.

Nuestro hijo Eddie también es increíble, pero él es más un niño de papá. Sandeep y yo éramos jóvenes cuando lo tuvimos, y la relación de padre e hijo se ha convertido más en una amistad. Pasan tiempo juntos y juegan al golf y, ahora que Sandeep ya no está aquí, no lo veo mucho. Bueno, se ha ido de mochilero con su novia, así que no espero que vuelva pronto. Está en algún lugar de Goa en este momento, haciendo kitesurf y durmiendo en hamacas en la playa mientras busca artículos para vender en su página web. Dirige un negocio en internet que le permite viajar, divertirse y, aún así, ganarse la vida de manera impresionante. Lo sigo en sus publicaciones en las redes sociales y le envío mensajes todos los días para ver qué está haciendo, pero solo recibo respuesta una vez a la semana y nunca es mucho más que *'Todo bien. Te echo de menos mamá.'* Realmente no me echa de menos, lo sé, pero está bien. Pero Nicole sí que me echa de menos, o eso creo. O quizá simplemente siente pena de mí. Sin trabajo, sin ningún propósito en la vida… *Pobre mamá.*

Y tendría razón en pensar eso porque, la verdad es, que no tengo ningún propósito. No desde que no tengo una familia a la que cuidar. Ya no soy ama de casa y mi vida se ha convertido en nada más que en una serie de eventos predecibles y mucho esperar. Espero a mi asistenta, con la esperanza de que esté de buen humor y tenga ganas de charlar. Espero a que mi hija venga a casa los fines de semana. Espero a que termine el día. Nicole se fue anoche y tengo que esperar otros cinco largos días para verla y sentirme completa de nuevo.

Los lunes son los más duros. Es decir, no me siento y no hago nada en todo el día pero me siento desanimada. Voy a yoga a las once de la mañana y después suelo tomarme un zumo verde con Sasha. Sasha es la esposa de un magnate inmobiliario y viven prácticamente al lado. Solíamos estar muy unidos pero ahora estamos en una situación extraña. No socializamos como solíamos hacer; siempre éramos los cuatro. Nuestras comidas de los jueves al aire libre en nuestro patio trasero han sido canceladas, pero los partidos de tenis de los sábados por la mañana en su propiedad siguen en marcha, solo que ya no soy quien juega los dobles. Mi ex marido lleva a su nuevo amor y sé que eso pone a Sasha en una posición difícil.

Cruzo la sala de estar abierta con un café en la mano, cojo mi teléfono, abro las puertas correderas que llevan a la terraza y me siento en mi silla habitual junto a la piscina. Nuestra zona de la piscina es un espacio elegante, una amplia terraza de pizarra con muebles de diseño en blanco. Es principios de mayo y pronto los neoyorquinos comenzarán a inundar los Hamptons y el tráfico hará que le resulte más difícil a Nicole venir todos los fines de semana. Quizás sería buena idea planear un par de viajes a Nueva York, así que abro una página web de reservas y miro los hoteles disponibles. Por mucho que esté deseando que llegue el verano y tener gente alrededor, también será el primer verano que paso sola, el primer verano en que asistiré a fiestas y eventos sola, y siento la necesidad de salir de aquí por un tiempo, de alejarme todo lo que pueda de esa casa tóxica y feliz al final de la calle, donde sospecho que ahora mismo estarán follando como locos antes de empezar su día, un día que estará, sin duda, lleno de grandes proyectos y reuniones interesantes.

"Buenos días, señora Kumar."

Me sobresalto y levanto la mirada. Me encuentro a una mujer con una camiseta sin mangas blanca y pantalones cortos de pie junto a la piscina con una caja de herramientas en la mano. "Hola. ¿Quién eres?" Protegiendo mis ojos del sol los entrecierro mientras la observo. "¿Y cómo has entrado?"

La mujer sostiene un llavero que abre nuestras puertas y, al mismo tiempo, toca el logotipo de su gorra de béisbol roja. "Barry se ha roto el brazo. No vendrá en un tiempo, así que Pool Masters me envía a mí en su lugar. Soy Belle."

"Ah. ¿Se pondrá bien Barry?" pregunto. A decir verdad, no conozco mucho a Barry, en realidad pensé que se llamaba Larry. Aunque ha estado prestando servicio a la piscina tres veces a la semana, no es muy hablador. Cuando empezó, le ofrecí café y refrescos, pero siempre rechazó la oferta, así que, al final, dejé de hacerlo.

"Sí. Es solo una mala caída." Los ojos de la mujer se dirigen a la piscina, luego a la escotilla de madera que está entre las baldosas junto a la piscina y que conduce a la sala de máquinas subterránea. "Me ha dicho dónde está todo, así que no hace falta que se levante," añade cuando ve que justo estoy a punto de hacerlo.

"De acuerdo. Bueno, avísame si necesitas algo." Le dirijo una sonrisa. "Ah, y ¿Belle?"

"¿Sí?" Se agacha, abre la escotilla y vuelve a enderezarse, girándose hacia mí.

"Y es señorita Amari. Ya no soy Kumar."

"Oh, lo siento." La forma en que lo dice suena más como si se refiriera al divorcio y no a que hubiera usado el nombre equivocado. "Lo cambiaré en el sistema."

"Gracias, te lo agradezco. ¿Te apetece un café?" Pregunto porque, por alguna razón, no quiero que se termine la conversación. "¿O algo frío?"

Belle niega con la cabeza y sonríe. "Ahora mismo estoy bien. La piscina se ve en buen estado, así que estoy segura de que no tardaré mucho."

Al verla descender a la sala de máquinas, noto que no parece una 'Belle' en absoluto. Belle suena a ser del sur pero todo en ella grita Nueva York. Su acento y su aspecto. Pero Belle es también un nombre femenino y esta mujer es... un poco tosca ¿quizás? Es delgada y musculosa, con el pelo corto revuelto. No suelo hacer estereotipos de las personas, pero por la forma en que se mueve y habla, me hace pensar que podría ser gay. Las mujeres como ella solían provocarme una reacción agradable en la universidad, y supongo que sigo sintiendo algún tipo de atracción por este tipo de mujeres. Es solo que no me he rodeado de mujeres así desde que conocí a Sandeep.

Mi teléfono se enciende con un mensaje de Sasha, sacándome de mis pensamientos. *'Hola cariño, ¿te importaría recogerme de camino a yoga? Mi asistenta ha cogido mi coche.'*

'Por supuesto. Te veo en media hora,' le respondo. Me levanto, cojo una botella de agua fría del frigorífico y preparo otro café, por si acaso Belle quiere uno más tarde.

"¿Belle?" grito, mirando hacia las empinadas escaleras de hormigón, que en realidad nunca había visto antes.

"¿Sí?" Entrecierra los ojos contra la luz del sol mientras me mira.

"Tengo que irme pronto, así que te dejo esto aquí por si lo quieres más tarde, ¿de acuerdo?" Coloco las bebidas en el borde la piscina y me cierro rápidamente el albornoz cuando me doy cuenta de que me está mirando el escote al inclinarme sobre ella.

"Claro." Belle desvía la mirada rápidamente y me mira a los ojos, pero esto, por alguna razón, también me pone nerviosa. Sus ojos son intensos, su expresión curiosa, como si me estuviera evaluando. "Muchas gracias, señorita Amari. Que tenga un buen día. Volveré el miércoles."

2

BELLE – LUNES

La primera casa que visito hoy es absolutamente impresionante, igual que la mujer que vive aquí. Coloca un café y una botella de agua sobre el borde de la piscina para mí y charla durante un momento. Luego se da la vuelta para marcharse pero no antes de que pueda ver otra vez su escote. Una vez más me esfuerzo mucho por no mirar. Es muy guapa. Cabello largo y oscuro, ojos de pedernal y cejas perfectamente arqueadas. Es pequeña, con una sonrisa infantil, casi tímida, pero también hay cierta tristeza en ella. Lo he visto muchas veces antes. Los Hamptons suele ser el salón de la última oportunidad, un lugar donde las parejas compran una casa con la idea de pasar más tiempo de calidad juntos para salvar su matrimonio. Pero la mayoría de las veces, no logran arreglar lo que está roto.

Sé que vive aquí de manera permanente. Mis registros me dicen que esta es una de las pocas piscinas a las que se le ha prestado servicio durante el invierno. Normalmente, movemos el agua y añadimos cloro no estabilizado, luego echamos un producto de preparación para el invierno para mantener la piscina libre de algas antes de colocar la cubierta. Sin embargo, esta piscina ha sido calentada dos veces. Debe haber sido desolador estar aquí durante los meses fríos. Muy pocas personas que tienen una segunda casa en Southampton vienen aquí entre octubre y marzo y los precios de alquiler son tan desorbitados, que nadie se plantea alquilar en invierno, porque no merece la pena. Sin embargo, la playa es preciosa y tranquila cuando hace frío, así que quizás sea eso lo que le guste.

Mientras compruebo la temperatura del agua, que se supone que debe estar a exactamente veinte grados centígrados en esta piscina en particular, creo que la señorita Amari se ha puesto ropa deportiva ceñida y está hablando en la terraza con la que supongo que es su asistenta. ¿Yoga quizás? A todas las mujeres de por aquí les gusta el yoga, siempre esforzándose por aparecer lo mejor posible. Si ese era su objetivo, desde luego que lo ha conseguido. Las mallas negras hasta la rodilla y la camiseta sin mangas resaltan sus curvas y sus increíbles pechos, que pueden o no ser reales. Está tonificada y cuando se estira, vislumbro su estómago color miel. *Los ojos en la piscina, Belle,* me recuerdo.

Mi trabajo es fascinante en muchos sentidos. Puedo ver un atisbo de vidas muy diferentes a la mía, un adelanto de otro mundo. El mundo de la señorita Amari es rico, pulido y diseñado a la perfección, pero supongo que vive aquí sola y pasa los días preguntándose qué podría haber hecho de manera diferente para evitar que su marido se alejara, castigándose por algo que no es culpa suya. No cambiaría mi vida por la de ella por nada del mundo. Su cocina es como todo mi apartamento y, aunque conduce un coche razonablemente discreto, su Mercedes híbrido aún cuesta más de lo que Pool Masters me paga en un año.

Justo cuando cierro la escotilla de la sala de máquinas,

suena mi teléfono. Cojo el café y atiendo la llamada mientras me dirijo al final del jardín. A través de la puerta de hierro forjado en la valla de seguridad, veo un puente sobre pilotes que se extiende sobre las dunas hasta la playa. Es un lugar impresionante. La casa está tan cerca del mar que puedo escuchar el suave sonido de las olas. "Hola, Jules." Sonrío, feliz de saber de mi amiga. También es la mánager de reservas de una agencia para la que trabajo a tiempo parcial. Me llama desde su número del trabajo.

"Hola, cariño. Acaba de llegar una reserva para esta noche. Sé que es un poco de última hora. ¿Estás disponible?"

"Sí, no hay problema. ¿A dónde voy?"

"West End Road, señora Ashworth. Ha preguntado si podías ir más temprano porque quiere cenar contigo primero. Ofrece setecientos dólares extra."

"Lo siento pero no puedo hacer eso," le digo. "Quiero acostar a Suki antes de irme. Pero la hora habitual me viene bien." Es totalmente ridículo que alguien esté dispuesta a pagar setecientos dólares solo por cenar conmigo y, por muy tentador que sea, tengo que trazar la línea en alguna parte, especialmente con una niña de cuatro años. Además, mis clientas tienden a dejarse llevar si pasamos demasiado tiempo fuera del dormitorio, confundiendo la realidad con la fantasía por la que han pagado un montón de dinero. La señora Ashworth es una de esas clientas y no quiero que se haga una idea equivocada sobre nosotras.

"Está bien, le diré que estarás allí a las ocho y media."

"Genial." Echo un vistazo a la casa y bajo la voz, pero la señorita Amari ha desaparecido de mi línea de visión. "¿Alguna petición especial?"

Juliette se queda un momento en silencio, seguramente

revisando sus notas. "No. Solo lleva tu extensión." Se ríe entre dientes. "Lo mismo de siempre."

"De acuerdo." Suelto una risa conspiradora y pongo los ojos en blanco mirando al cielo. "Estaré lista para que me recojan a las ocho." La señora Ashworth tiene una mente sucia, pero su vocabulario es impecablemente limpio. Incluso se las arregló para pensar en una palabra que hace que un arnés suene inocente.

"Perfecto. Que te diviertas. Y, a modo personal, te veo el fin de semana," dice Juliette antes de colgar.

Deslizo de nuevo el teléfono en el bolsillo y me tomo otro momento para disfrutar de la vista antes de dirigirme a mi próximo trabajo. La playa te invita hoy a ir hacia ella, con el océano descansando tranquilamente detrás de la arena, que brilla bajo la luz dorada del sol. Es una vista impagable, sin duda se ve aún más espectacular desde la última planta de la casa. Un hombre pasea por la orilla, lanzándole una pelota a su perro. El Labrador atraviesa con entusiasmo y excitación la espuma blanca para atraparla y regresa corriendo. Agita las orejas mientras se sacude el agua del pelaje justo delante del dueño, haciendo que el hombre se ría a carcajadas. Sonrío mientras los observo y pienso en Suki, que me ha estado rogando durante meses para que le compre un perro. No tenemos espacio en nuestro apartamento pequeño y no puedo pretender que su niñera sea responsable de una niña y un perro cuando estoy trabajando, así que le he dicho que tendrá que esperar un par de años.

Detrás de mí escucho puertas que se abren y el ruido me saca de mis pensamientos. Dándome la vuelta para coger mi caja de herramientas, veo a la señorita Amari subirse a su coche y alejarse.

3

REINA – LUNES

"¿Estás bien cariño?" Sasha me mira fijamente. Deben ser los círculos oscuros bajo mis ojos lo que le preocupa. He tenido problemas para dormir últimamente.

Estoy a punto de murmurar mi habitual 'estoy bien', pero algo en la forma en que me pregunta hace que quiera abrirme. "No muy bien, para ser sincera," digo un poco incómoda porque no he mantenido una conversación seria en meses. Sasha y yo no hablamos como solíamos, esa intimidad se ha ido. Las noches en las que los cuatro -ella, yo, Sandeep y su esposo Igor – solíamos achisparnos con cócteles, seguidos de conversaciones profundas alrededor de la hoguera han sido reemplazadas por yoga y zumo verde, y este bar de zumos y cafés hipster repleto de gente no es un lugar en el que uno se abriría de manera natural. "Simplemente me siento vacía..." Hago una pausa y me encojo de hombros, metiendo una pajita por la tapa de mi vaso antes de beber el zumo de col rizada. "Me siento jodida y sin un propósito en la vida y no sé qué hacer conmigo. Pensé que mejoraría con el tiempo, pero está empeorando."

"Hmm... Siento mucho oír eso." Sasha me mira fijamente de nuevo mientras toma un sorbo de su brebaje de zanahoria, manzana y jengibre. "Pero ¿no es agradable tener la casa para ti sola? ¿Tener tu propio pequeño paraíso donde tú decides lo que sucede?"

"No, no me gusta estar allí sola. Se siente vacío." Arqueo una ceja, un poco molesta porque parece sorprendida por mi confesión. "¿Qué esperabas? ¿Que estaría encantada de que mi marido me dejara así, de buenas a primeras?"

"Por supuesto que no. Solo pensé..." Sasha se aclara la voz. "Bueno, ha pasado casi un año desde que os separasteis y pensé que, con el tiempo, apreciarías tu libertad, que disfrutarías de tu nueva vida una vez que te acostumbraras a estar sola, ¿sabes?"

"Tienes razón," digo, recordándome que esencialmente tengo mucha suerte. "No debería quejarme. Tengo suficiente dinero para vivir cómodamente, tengo una casa preciosa, dos hijos maravillosos, mi salud..."

Sasha me baja la mano cuando yo la levanto. "No me refería a eso. Tienes todo el derecho a estar herida, triste y deprimida. No serías humana si no lo estuvieras. Pero ahora puedes hacer lo que quieras, Reina. Lo que quieras. Y no estás haciendo nada." Se queda en silencio un momento, masticando su pajita. "Sinceramente, a veces te envidio."

"¿Cómo puedes decir eso?" Hago una pausa y le devuelvo la mirada. "Pensé que eras feliz."

Se encoge de hombros y de mala gana mueve la cabeza de un lado a otro. "Lo soy... Lo somos, pero no es lo que era cuando nos conocimos y hace mucho que pasamos la fase de estar enamorados. Igor y yo somos más como una máquina bien engrasada, supongo. Funcionamos a la perfección, pero nuestro matrimonio se ha vuelto mecánico." Se recuesta en la silla y deja escapar un largo suspiro.

"¿Nunca has soñado con empezar de nuevo? ¿Incluso cuando estabas con Sandeep?"

"No. Mi situación actual es mi peor pesadilla. Nunca dejaría a mi familia."

"Eso lo sé. Pero ¿nunca has fantaseado con la idea de estar con otra persona?"

"Eso no es lo mismo," digo casualmente. No esperaba que nuestra conversación llegara a esto. Francamente, no sé lo que esperaba. ¿Un poco de lástima, quizás? ¿Palabras tranquilizadoras de ella diciéndome que todo iba a estar bien? Sin embargo, parece celosa de mi libertad.

"Pero, ¿te ha pasado?" sigue presionando.

"Todo el mundo fantasea, pero eso no quiere decir que quisiera irme o que actuaría. No quiere decir que quisiera que me destrozaran el corazón y que nuestra familia se separara. Sandeep hizo realidad su fantasía, yo no. Esa es la diferencia."

Sasha asiente y mira por la ventana, siguiendo a un corredor que pasa por allí. Tiene unos diez años menos que nosotros. Guapo, con un cuerpo estupendo. "¿Puedes guardar un secreto?" pregunta.

"Por supuesto."

"Si lo que voy a contarte sale a la luz, podría arruinarme la vida," continúa, volviéndose hacia mí con una mirada de advertencia para hacerme saber que nunca ha hablado más en serio.

"Te prometo que no se lo diré a nadie." Me alivia que se sienta lo suficientemente segura como para confiar en mí. Significa que nuestra estrecha amistad ha sobrevivido durante el último año y que todavía me necesita en su vida, incluso si sale mucho más con la nueva novia de Sandeep que conmigo últimamente.

"He engañado a Igor" dice, sus grandes ojos azules se

abren de par en par, como si se arrepintiera inmediatamente de su confesión.

"Tú no..." Inclinándome hacia ella continúo en un susurro. "¿En serio?"

"Sí." Sasha también se inclina y baja la voz. "Últimamente me había estado preguntando cómo sería acostarme con otra persona después de veinte años con el mismo hombre. Para ser sincera, no pensaba en otra cosa." Hace una pausa. "Así que lo hice."

"Vale." Trato de no sonar demasiado sorprendida porque quiero que se sienta cómoda hablando conmigo. Sasha, mi amiga, la madre cariñosa y esposa fiel ha engañado a su rico, guapo, simpático y exitoso marido. "¿Cómo pasó? ¿Conociste a alguien y sentiste atracción por él?"

"No, contraté a alguien que me atraía." Echa un vistazo a la puerta, asegurándose de que nadie de nuestra clase de yoga haya entrado.

"¿Qué quieres decir?"

"Venga, Reina. Sabes perfectamente lo que quiero decir." Saca una tarjeta de visita de su bolso que dice 'Hamptons' Escorts' y me la da. "Encontré esto en el baño de un bar en la playa. En cuanto llegué a casa, comprobé la página web y la semana pasada, cuando Igor estaba fuera por trabajo y los niños estaban con amigos en Nueva York, contraté a un joven sexy para que me diera la noche de mi vida."

"Noo..." Se me abre la boca de la sorpresa.

"Ajá. Ben tenía veintinueve años, alto, rubio y musculoso, y me costó dos mil quinientos dólares más los gastos de viaje. Desde luego que valió la pena, y mucho." Se lame los labios y me dedica una sonrisa maliciosa. "Vino a nuestra casa y yo estaba súper nerviosa, pero se portó de maravilla para tranquilizarme. Tomamos una copa, me dio un masaje y después tuvimos horas de un sexo increíble, animal, como nunca antes había experimentado."

"Joder... Entonces, ¿fue bueno?"

Sasha se ríe y juega con un mechón de su pelo rubio teñido. "Sí, fuera de este mundo bueno. Fue tan bueno que no puedo dejar de pensar en ello. Lo mejor de todo esto es que no tendré que preocuparme de que me llame y no me siento culpable porque no hay sentimientos de por medio. No sé su verdadero nombre, no estoy enamorada de él ni él de mí, así que mi matrimonio sobrevivirá a esta extraña fase por la que estoy pasando. De hecho, incluso puede que mi matrimonio se fortalezca porque no buscaré distracciones en otra parte y me ha hecho apreciar mucho más lo que tengo. No sé si todo esto tiene sentido."

Para mí no tiene sentido en absoluto pero no lo digo. Al terminarme el zumo, contemplo lo que acaba de decirme. "¿Tienes pensado hacerlo de nuevo?"

"Podría, si surge otra oportunidad... Es un poco adictivo." Sasha se cruza de brazos y frunce sus labios perfilados. Es la típica mamá de los Hamptons. Siempre vestida para lucir lo mejor posible, sus uñas y cabello impecables. "Mira, tenía dieciocho años cuando conocí a Igor, un año mayor que cuando conociste tú a Sandeep, y Ben es solo el tercer hombre con el que he tenido sexo."

"Sandeep es el *único* hombre con el que me he acostado," digo, dejando mi vaso, que está tan vacío como mi vida. "El único." Es algo triste de admitir, pero es la verdad.

Sasha se sorprende. "Madre mía, y yo que pensé que era una santa. ¿Cómo es que nunca hemos tenido esta conversación?" silba entre dientes. "¿Era bueno por lo menos?"

"¿Qué? ¿El sexo?" Hago una pausa por un momento para pensar. "Estaba bien, supongo. Pero no tengo con qué compararlo. Pero el sexo nunca fue tan importante para mí. Sobre todo se trataba de amor, conexión y confianza."

Cuando está a punto de responder, le entra un mensaje en el teléfono y gime de frustración. "Mierda. Igor quiere que le recoja su ropa de la tintorería. Nuestra asistenta ha tenido una emergencia, por eso cogió mi coche, y pensé que podría esperar, pero necesita su camisa blanca favorita para una reunión esta tarde o no sobrevivirá."

"¿No puede recogerla él mismo?"

"Por lo que parece no." Sasha pone los ojos en blanco. "¿Te importa si nos paramos allí de camino a casa?"

"No, está bien. Estoy lista para irme si lo tú estás también." Le devuelvo la tarjeta pero niega con la cabeza.

"Quédatela. Debería haberme deshecho de ella pero sentí la extraña necesidad de quedármela como recuerdo. Échale un vistazo a su página web, podría servirte de inspiración." Se cuelga el bolso al hombro y se levanta. "Esta conversación no ha terminado todavía. Aún tengo mucho que contarte. ¿Quieres que sigamos hablando con una copa de vino más adelante en la semana?"

"Sí, por supuesto." Digo, mi respuesta un poco más ansiosa de lo que pretendía. Aliviada de que Sasha y yo volviéramos a estar donde estábamos antes de que mi vida se desmoronara, cojo mi bolso y mi esterilla de yoga. Es la primera vez desde mi divorcio que realmente siento que he mantenido una conversación seria y no puedo esperar a que continuemos con lo que empezamos. "¿Qué tal mañana?"

"No puedo. Tenemos una cena. Pero puedo el jueves."

"El jueves me viene bien." Ni siquiera necesito comprobar mi agenda, ha estado casi vacía últimamente. Aparte de que la temporada de verano aún no ha empezado, generalmente los solteros no están invitados a almuerzos o cenas. A las fiestas sí. Quieren que cuadren los números.

Pero los eventos donde hay que estar sentados y donde las personas realmente hablan entre sí parecen estar reservados únicamente para las parejas.

"Genial." Sasha se queda un poco parada, dubitativa, pero da un paso adelante y me abraza. "Te echo de menos, Reina."

"Yo también te echo de menos," digo, tragándome el nudo que se me forma en la garganta. Contemplo tirar la tarjeta en el cubo de basura junto a la puerta mientras salimos pero cambio de idea y la meto en mi bolsa de deporte. Esto no es para mí, pero, aún así, tengo curiosidad...

4

BELLE – LUNES

"¡Mami!"

"Hola, dulzura." Me arrodillo y abrazo a Suki cuando se lanza a mis brazos. Siempre está feliz cuando llego a casa y mi corazón se llena de amor cada minuto que paso con ella. Aspiro profundamente contra su pelo, la aprieto con fuerza y la beso en la frente. "¿Has sido buena?"

"Ha sido buenísima," dice Jackie, la niñera. "Bueno, ¿vas a salir luego?"

"Sí, pero dentro de un rato. ¿Estás segura de que te viene bien quedarte? Ha sido todo un poco de última hora."

Jackie sonríe. "No hay problema, cielo. ¿Quieres que cocine algo para las tres?"

"Ni de broma, yo lo hago," digo, consciente de que Jackie tiene sesenta y tantos años y lleva de pie toda la tarde. "¿Por qué no vas y te relajas o te echas una siesta? Suki puede ayudarme a preparar la cena."

"¡Sí!" Suki agarra su taburete y lo empuja hacia la encimera de la cocina. Le encanta ayudar, e incluso si eso significa que tendré que pasar un buen rato limpiando lo que va dejando detrás, vale la pena por ver la sonrisa en su cara.

"Gracias, Suki." Enciendo la tetera para hacerle una taza de té a Jackie y la acompaño hasta el sofá.

"Oye, puede que sea vieja, pero no se me ha acabado la batería," protesta, pero veo que está cansada. Jackie vivía en la casa de al lado cuando éramos niños y solía cuidarnos varios días a la semana. Siempre ha sido como una madre para mí y ahora no podría estar más agradecida de que se esté ocupando de Suki. La deja y la recoge de preescolar tres días a la semana, se queda por las noches cuando tengo trabajos como escort y normalmente cenamos juntas antes de que yo tenga que salir de nuevo. Pero los fines de semana Suki es toda mía, así que podemos pasar más tiempo de calidad juntas que la mayoría de los niños con padres que trabajan.

"Por favor. Solo échate una siesta." Le doy una manta de lana. "¿Qué te parece arroz salteado?"

"Si alguien necesita una siesta, esa eres tú." Bromea y me lanza una sonrisa traviesa. Jackie sabe lo que voy a hacer esta noche y le parece bien. Siempre me he sentido cómoda contándoselo todo, así que también le conté sobre mi trabajo paralelo cuando empecé. *'Mientras lo disfrutes y te traten con respeto, no voy a juzgarte,'* dijo con un rubor en sus mejillas y añadió *'Pero, por favor, no se lo digas nunca a tu padre.'*

Jackie y mi padre tienen una relación extraña. Son los mejores amigos pero nunca llegó a ser más que eso, aunque a veces parece que estén casados. Cuando se mudó a Sag Harbor hace unos años, sugirió que podía ayudar a cuidar a Suki. Nunca tuvo su propia familia, quizás porque siempre estuvo esperando a que mi conflictivo e indeciso padre la invitara a salir. Nunca lo hizo, pero Suki es como una nieta para ella, y la vida ha sido mucho más fácil desde que se mudó a dos calles de ellas. Jackie es como mi familia y, cuando llegue el momento, cuidaré de ella también. Eso es lo que hacemos. Todos nos cuidamos y sacamos lo mejor de una situación compleja con una historia dolorosa.

"¡No quiero arroz!" grita Suki desde la cocina abierta.

"Vale. Entonces, ¿qué te apetece?" le pregunto. "¿Pasta?"

Se lo piensa un momento y asiente. "Sí, pasta. Con brócoli."

"Claro," digo. "Con salsa de brócoli y parmesano. Es una idea fantástica." Afortunadamente, le gustan las verduras. Según Jackie, yo era todo lo contrario de pequeña, pero parece que he perdido mi gusto por lo dulce. Le doy a Suki una cabeza de brócoli y un cuenco y comienza a arrancar cogollos con entusiasmo. Por supuesto, la mitad termina en el suelo, así que también cojo un colador para lavarlos más tarde. "¿Has tenido un buen día con la tía Jackie?"

"Sí," dice en un susurro, totalmente concentrada en lo que está haciendo. Su labio inferior sobresale de lo más adorable mientras sus deditos juguetean con un cogollo que es demasiado grande para su gusto.

"¿Y el cole? ¿Qué has hecho esta mañana?"

"Hemos aprendido cosas sobre los animales bebés."

"Ah ¿sí? ¿Qué tipo de animales bebés?"

Suki deja de hacer lo que está haciendo durante un segundo y se vuelve hacia mí con el ceño fruncido. "Pollitos y corderitos. Nacen en primavera y son pequeños y luego crecen."

"Así es." Le devuelvo la sonrisa. "¿Sabías que el abuelo tiene corderitos ahora? Nacieron la semana pasada. Podemos ir a verlos mañana si quieres."

La cara de Suki se ilumina. "¡Sí!" grita, lanzando sus

manos al aire y dejando caer otro trozo en el proceso. "¿Podemos ir ahora?"

"No, cariño, ahora no. Iremos mañana. Tienes que cenar y dormir primero y por la mañana puedes despertarme, ¿de acuerdo?"

Suki se enfurruña durante un segundo, pensando si tener una rabieta o no. Últimamente ha sido un poco impredecible, pero me han asegurado que es un comportamiento totalmente normal para una niña de cuatro años. "Vale," dice finalmente y vuelve su atención al brócoli. "¿Puedo tocar los corderitos?"

"Sí, si eres amable, puedes tocarlos. Todavía son bebés y tú eres una niña grande, así que tienes que tener mucho cuidado con ellos."

"¡Tengo cuatro años!" Suki levanta tres dedos, mira su mano y añade un cuarto.

Su declaración sacada de la nada me hace reír y levanto cuatro dedos también. "Sí, eso es, tienes cuatro. Y pronto tendrás..."

"¡Cinco!" Ahora levanta seis dedos y sonríe de oreja a oreja porque sabe que está haciendo trampas.

La levanto y beso su mejilla regordeta y ella chilla de alegría. Desde el sofá del salón, oigo a Jackie reírse y, como siempre, cuando me siento abrumada por el amor que recibo, me tomo un momento para apreciar lo afortunada que soy.

5

REINA – LUNES

De vuelta en casa, miro por la piscina para ver si Belle está todavía por aquí, pero, por supuesto, hace mucho que se ha ido. Es raro que me sienta un poco decepcionada de que nuestra conversación durara tan poco, así que ignoro el extraño hormigueo que siento en mi interior y trato de pensar en otra cosa. Solo vino a comprobar mi piscina y no debería estar tan interesada en ella.

"¿Estás buscando algo?" Me giro y me encuentro a Nola detrás de mí.

"No, no." El calor me sube a las mejillas y me siento atrapada, a pesar de que estoy en mi propiedad y no he hecho nada malo. "Discúlpame que no haya tenido mucho tiempo para charlar esta mañana. ¿Has tenido un buen fin de semana?"

"Estuvo bien," dice. "Trabajé el sábado por la mañana... para el que no debe ser nombrado, pero, por lo demás, simplemente me relajé con mi familia."

"Fantástico. ¿Cómo están los niños?" Evito preguntarle por Sandeep y Bree hoy. Ya está anticuado y soy consciente de que he empezado a parecer una ex esposa desesperada que no puede simplemente dejarlo ir. Además, no quiero que Nola piense que tiene que posicionarse de un lado u otro. Trabajaba para Bree antes de que yo la contratara.

Nola me dirige una sonrisita, como si supiera que las preguntas me están quemando en la lengua. "Son inútiles y difíciles sobre todo," bromea. "Jack se quedó en la cama todo el día de ayer y Filipa vino a casa de madrugada, borracha, después de estar en la discoteca el sábado por la noche. Pero, por lo menos, no se metieron en problemas. Que yo sepa, por lo menos."

Me echo a reír y suelto mi bolsa de deporte cuando ella me la quita. "Son solo adolescentes. No te preocupes, pasará."

"Si tú lo dices." Nola se coloca la bolsa bajo el brazo. "Pero sí que hubo un drama serio con Sandeep y Bree el sábado," añade, entrecerrando los ojos.

"Ah, ¿sí?" Arqueo una ceja, vocalizando lentamente.

"Sí." Su expresión se vuelve seria y me coge la mano. "¿Me prometes que esto quedará entre nosotras?"

"Por supuesto." Lo digo en serio. Quiero a Nola y nunca traicionaría su confianza ni pondría en peligro su trabajo. Pero también es curioso que sea la segunda persona que confíe en mí hoy.

"De acuerdo." Se muerde el labio, deseando sacárselo de dentro. "Esto podría molestarte..."

"Por favor, solo dilo." Me siento sobre la encimera de la cocina porque tengo la sensación de que será mejor que me siente para lo que está por venir. "¿Se han separado?"

"No. Es peor que eso. Bree está embarazada," dice de manera teatral.

"¿Embarazada?"

"Sí, embarazada. Y Sandeep no está nada contento porque siempre le ha dicho que no quería tener más hijos."

Se señala la oreja. "Nunca escucho a escondidas, pero, al mismo tiempo, lo escucho todo, quiera o no. Soy invisible en la mayoría de los hogares."

"Joder..." Me tomo un momento para dejar que la información me entre en la cabeza. Mi ex marido ha dejado embarazada a su joven novia. Los ojos de Nola se encuentran con los míos y parece compadecerse de mí. Siempre me dijo que esto era solo una etapa y que volveríamos a estar juntos. "Supongo que va a tener al bebé, ¿no?"

"Sí. No se lo ha dicho hasta que estaba casi al final del primer trimestre. Pero, incluso aunque no estuviera embarazada, sé que quería ser madre desde que empecé a trabajar para ella."

"Vaya. Bueno. ¿Y Sandeep no estaba de acuerdo al principio?"

"No, pero lo estará. No tiene otra opción."

"Entonces, van a tener un bebé..."

"Sí." Nola hace una mueca, preocupada por si me ha molestado. "¿Estás bien?"

"Sí, creo que sí. Es solo que no lo esperaba." Dejo escapar la respiración que he estado conteniendo y me froto la cara.

"No creo que nadie lo esperara." Nola baja la voz. "Aparte de Bree. No se ha estado tomando la pastilla. Limpio su dormitorio y la misma tira de pastillas ha estado sobre su mesita de noche durante los últimos seis meses."

"Jesús." Alzo la voz. "Así que lo ha estado planeando..."

"Eso creo," dice, encogiéndose de hombros. "Bueno, no quería preocuparte, solo pensé que debías saberlo."

Intento analizar cómo me siento sobre todo esto y, sinceramente, es como si me hubieran dado una bofetada. El amor de mi vida está empezando una nueva, haciendo exactamente lo que pensé que nunca haría con nadie más, formar una familia. La familia lo es todo para mí y mi único consuelo cuando Sandeep me dejó fue que él solo tendría una familia y que yo siempre sería parte de esa unidad. Lo que habíamos creado era sagrado. Y ahora va a tener otra, como si fuera a comprar un coche nuevo o una casa, planeado o no. "Gracias, te agradezco que me lo hayas dicho. Mis labios están sellados."

Nola asiente y se pone a vaciar mi bolsa. Tira la toalla, mis pantalones de yoga y la camiseta sin mangas al suelo sobre un montón de paños de cocina sucios y saca mi botella de agua para vaciarla. "Vi esta mañana que había una mujer nueva para encargarse de la piscina," dice, cambiando de tema.

"Sí. Belle. Parece agradable." Rápidamente le cojo la bolsa, para que no encuentre la tarjeta de visita en el bolsillo lateral.

"Oh." Nola parece sorprenderse de que sepa su nombre y no la culpo. Probablemente me he referido a Barry como Larry en un par de ocasiones y por mi vida que no puedo recordar cómo se llaman los jardineros porque la agencia los va rotando. "Se pasó por aquí antes de irse. Dijo que estaba todo bien y que va a reemplazar la arena en el filtro el viernes. Por lo visto ya ha pasado tiempo desde la última vez."

"Sí." A decir verdad, no tengo ni idea de cuándo fue la última vez, igual que no tengo idea de nada relacionado con el mantenimiento de la casa. Por el amor de Dios, si casi no sé dónde está la lavadora. "¿Dijo si iba a ser un trabajo largo? No recuerdo cuánto tiempo tardó la primavera pasada."

"No dijo nada, pero seguramente tardará un par de horas." Dijo Nola levantando la mirada. "¿Por qué? ¿No te viene bien el viernes? Puedo llamar a la empresa y decirles que vengan otro día o...”

“No, está bien.” La interrumpo. “Solo tenía curiosidad.” Señalando las escaleras, digo: “Bueno, voy a darme un baño. Vuelvo en un rato, por si te quieres tomar un café conmigo.”

Me quito la ropa y me preparo un baño caliente. El baño principal carece de trastos o accesorios y es completamente blanco. Dos lavabos en forma de huevo con espejos largos y dos duchas de lluvia ocupan las esquinas del espacio cuadrado. Una enorme bañera de forma ovalada está debajo de la ventana que da a la piscina. En el medio y a ambos lados hay un separador con ganchos de ropa y bancos de mármol para vestirse. Pensé mucho en cómo convertirlo en un baño familiar elegante y funcional, pero ahora parece más un vestidor elegante en un gimnasio privado, estéril y sin calidez, en lugar del ambiente fresco playero que buscaba. Sandeep fue el cerebro encargado de nuestra impresionante casa. Diseñó esta villa inspirada en mediados de siglo con vistas al Atlántico. Pero yo era el ama de casa y me tomaba ese papel muy en serio. Obviamente, yo no era tan buena en el diseño de interiores como su nuevo amor, que hizo que nuestra sala de estar estuviera impresionante, pero lo hice lo mejor que pude. Era una buena madre, una buena esposa. Era muy buena en el arte de entretener, pero eso no fue suficiente para él y, ahora, ha seguido con su vida de la manera más dramática. Quizás es el momento para mí también de seguir adelante. Me había convencido a mí misma de que lo había hecho, pero esta noticia duele y ha desenterrado recuerdos dolorosos.

Mientras me hundo contra el reposacabezas acolchado,

cierro los ojos y vuelvo a reproducir mi conversación con Sasha. Apenas puedo creer que me envidie por mi situación. ¿Debería estar agradecida por tener la oportunidad de empezar de nuevo? Y si eso es así, ¿dónde coño empiezo? ¿No es un poco sórdido contratar un escort? ¿No está mal? ¿Podría? Creo que no. ¿Qué diría si mis hijos se enteraran alguna vez? He tenido fantasías sexuales con otras personas, claro. De hecho, he tenido muchas, pero nunca pagadas, y este escenario parece extremo. Si pudiera tener algo, ¿qué sería? Me viene la imagen de la sonrisa de Belle y la borro con un gemido.

Antes de conocer a Sandeep, antes de quedarme embarazada y tener una boda forzada, antes de ser madre, era una persona diferente, con un estilo de vida diferente. Era una estudiante universitaria que vivía en un bonito apartamento en Manhattan, cortesía de mis padres ricos, quienes volvieron a Beirut cuando yo tenía diecisiete años. Pensaron que mis posibilidades de tener éxito como mujer serían mejores en Estados Unidos, así que aquí me dejaron, con doble nacionalidad y una asistenta que, sin duda, informaba de todos mis movimientos, pero era amable y cariñosa y no me importó quedarme sola. Florecí entonces. Me propuse conseguir una carrera que me diera éxito y tener una vida plena. La fotografía era mi pasión y mi sueño era estudiar fotografía en Yale. Las solicitudes estaban listas y perfectas mucho antes de que pudiera presentarlas. Estaban cuidadosamente guardadas en el cajón de mi escritorio, esperando el día en que me graduara en el instituto. Fui mucho de fiesta, me enamorisqué de hombres y mujeres pero nunca hice nada. Y nunca caí en el círculo vicioso del alcohol y las drogas. Tomé buenas decisiones. Si una 'Belle' hubiera mostrado interés por mí, probablemente la habría rechazado, por la educación recibida. Porque me enseñaron que eso estaba mal. Eso fue hace solo veintidós años, pero parece toda una vida.

Y entonces Sandeep me invitó a salir un día. Era estudiante de arquitectura, inteligente, carismático y guapo, y no encontré una razón para decirle que no, así que dije que sí. Una cita llevó a otra y entonces, boom. Diez semanas después, estaba embarazada. Fue un shock para los dos porque habíamos usado anticonceptivos. Nuestros padres nos obligaron a casarnos, así que nos casamos antes de que naciera Eddie. Incluso ahora, sabiendo que ambos éramos demasiado jóvenes para una vida tan seria, no me arrepiento de nada. Tener a Eddie y cinco años después a Nicole, me hizo sentir completa como persona.

Mis padres nos compraron una hermosa casa adosada en Brooklyn y me convertí en ama de casa. Cuando Sandeep obtuvo su título y comenzó a trabajar, éramos una familia bastante adinerada. Una vez que se hizo un nombre y empezó su propia empresa, nos convertimos en lo que la mayoría de la gente consideraría "ricos".

Y ahora, aquí estoy, con solo treinta y nueve años y sin un propósito en la vida. Ya siento que he vivido toda una vida pero no queda nada de ella. Vendimos la casa de Nueva York y la de los Hamptons se puso a mi nombre después del divorcio. Mi padre me dejó mucho dinero cuando falleció hace cinco años, así que, si soy sensata, no tendré que preocuparme por mis finanzas nunca más. Pero necesito algo en lo que concentrar mi atención y tiempo, algo que me defina como persona. Algo donde poner mi corazón y mi alma, como hice cuando cuidaba de nuestra familia. Algo para evitar que mi mente siga divagando y pensando en mi matrimonio roto y en la feliz pareja que espera un bebé. Porque, sin esa vida, ¿quién soy?

6

BELLE – LUNES

"B, entra." La señora Ashworth, la mujer a la que ha estado visitando cada dos semanas durante un año más o menos, abre más la puerta y hace un gesto hacia el atroz sofá de terciopelo rosa. A estas alturas, he aprendido bastante sobre ella. Sé que tiene cincuenta y tantos años, está casada y tiene dos hijos. Sé que tiene un gato que bufa mucho y que se llama Mr. Handsome y sé que tiene un negocio de éxito que tiene algo que ver con el alquiler de coches. Es bisexual, un poco morbosa y le encanta ir de compras, el vino tinto y el helado de chocolate con menta. También sé que su marido está de viaje de negocios porque siempre que está fuera es cuando me contrata y, por lo que parece, hace la vista gorda a lo que sucede cuando él no está. Dios sabe lo que él hace. Quizás es así como cada uno justifica sus infidelidades. Quizás sea eso lo que les mantiene unidos o lo que les esté separando. En cualquier caso, no es asunto mío y no me preocupo por ello.

"Estás estupenda," digo, echando un vistazo a su diminuto vestido morado. Demasiado tinte en el pelo y demasiado exuberante. En realidad, no es mi tipo pero no importa. Me encanta el sexo y me encantan las mujeres y que se corran siempre me ha puesto a cien. Con mi lucrativo segundo trabajo, puedo hacerlo cuando quiera sin tener que exponerme al complejo y frustrante mundo de las citas y las relaciones, y eso me ha funcionado muy bien hasta ahora. "Muy sexy."

"Aduladora," arrulla y trota hacia la cocina para abrir una botella de vino. A Cindy Ashworth, aunque prefiere que la llame señora Ashworth, le gusta nuestra rutina, que comienza con una copa de Châteauneuf-du-Pape y un poco de coqueteo antes de bañarnos juntas. Luego, me lleva a su dormitorio, donde yo estoy al mando. La ato, la provoco sin descanso y luego la follo con un arnés hasta que está demasiado cansada para continuar. Me ha pedido que me quede muchas veces, dispuesta a pagarme simplemente para que la abrace mientras duerme, pero nunca he aceptado esa oferta. Jackie me espera en casa poco después de medianoche e, incluso aunque estuviera disponible toda la noche, quiero estar en casa cuando Suki se despierte.

Tomo la copa de vino de la señora Ashworth y coloco la otra mano sobre el respaldo del sofá para que ella pueda acurrucarse sobre mi hombro. "¿Cómo estás hoy?"

"Bueno, ya sabes..." Se frota la sien. "Muy ocupada y estresada. Los accionistas están encima mía y Mr. Handsome tuvo que ir al veterinario para su inyección, pero no encontré su cartilla de vacunación y..." Se detiene, me da palmaditas en el muslo y lo aprieta. "Bueno, tenía que verte. Necesito liberar algo de tensión." Batiendo sus pestañas postizas, sus ojos bajan a mis labios. "Siempre tienes la increíble habilidad de relajarme y hacer que me olvide de todo."

"Me alegra poder ser de ayuda." Y solo porque sé que

ella quiere oírmelo decir, añado: "He estado deseando hacérmelo contigo."

"Mmm..." La señora Ashworth se ríe entre dientes y Mr. Handsome salta entre nosotras y me bufa. "¿Has oído eso, Mr. Handsome? B va a hacerme sentir bien," dice, ignorando que el gato amenaza prácticamente con matarme. Si alguien dibujara una caricatura de la señora Ashworth, sería una mujer alta con labios grandes, pómulos altos, pechos enormes y un gato sin pelo agresivo pegado permanentemente a su regazo.

"Creo que está celoso," digo y extiendo un dedo con cautela para que lo huela. Me encantan los animales, pero este siempre ha tenido algo en mi contra y cuando vuelve a bufar, retiro rápidamente la mano.

"Tonterías. Es una dulzura," dice, acariciándola la cabeza. "Como tú." Hace un gesto hacia el bolso que he dejado al lado del sofá. "¿Qué golosinas has traído hoy?"

"Si te lo dijera, arruinaría la sorpresa, ¿no?"

"Mmm..." dice otra vez, con la emoción visible en su mirada. "Ya sabes que me gustan las sorpresas." Su labio superior tiene el doble tamaño que el inferior y tiene la costumbre de resaltarlo. El relleno se siente duro y extraño cuando la beso, pero no es desagradable, solo diferente. La mayoría de las escorts femeninas no besan pero yo me salté esa regla en mi primera noche. A lo largo de mi vida, he besado a muchas más mujeres de las que veo ahora de forma regular, y si mantuviera todo estéril, mis clientas bien podrían usar un vibrador. Quieren sentir a una mujer, el peso de un cuerpo sobre ellas. Quieren calidez, afecto y admiración. Quieren a alguien que las trate como merecen ser tratadas y yo puedo hacerlo mejor que nadie. Las animo cuando están deprimidas y les doy esperanza. Cuando me voy, todas tienen una sonrisa en su cara y eso me hace feliz.

Paso mi lengua por sus labios y ella gime suavemente. Nos besamos, profundo, duro, salvaje. No me hace sentir mucho más que satisfacción cuando oigo sus sonidos de placer y, aunque no me excita, no es desagradable. Mi mano se desliza por el escote de su vestido para acariciar sus pechos. Pellizcándole el pezón, sonrío contra sus labios cuando gime ruidosamente y se remueve en el sofá. Sé que le gusta, así que la pellizco más fuerte hasta que se le escapa un gemido gutural.

"Mala, eres una chica mala," susurro, acercando mi boca a su oído. "Estás haciendo demasiado ruido. ¿Qué pasaría si tu marido llegara a casa y nos escuchara?" Esto es exactamente lo que quiere que le diga y ya puedo sentir cómo sube y baja su pecho rápidamente contra mi mano.

"Lo siento, me callo," dice. Sin embargo, pronto lo vuelve a hacer, solo para que yo tenga una razón para castigarla.

"¿Está listo el jacuzzi?" Hago un gesto hacia las puertas correderas traseras. Normalmente vamos al baño de su habitación, pero la mirada en sus ojos me dice que le gusta que sugiera algo diferente esta noche.

"Ajá," dice entre respiraciones profundas.

"Bien. Porque he traído algunos juguetes nuevos a prueba de agua." Me echo un poco hacia atrás para poder mirarla a los ojos. "Pero tendrás que estar muy callada o los vecinos podrían oírte. ¿Puedes hacerlo?"

La señora Ashworth asiente con entusiasmo. Me levanto y agarro mi bolso para llevarla afuera. Es una noche hermosa así que ¿por qué no disfrutarla? El cielo está teñido de rojo cuando llegamos al jacuzzi en el jardín trasero y algunas nubes solitarias flotan oscuras contra el carmesí. La señora Ashworth no tiene vistas al mar, pero tiene un enorme jardín con un césped inmaculado que se extiende a lo largo y ancho detrás de la piscina. Palmeras y plantas tropicales se elevan en cada esquina y hay un elegante bar al lado del jacuzzi que podría albergar al menos a diez personas. Con un grupo de personas elegantemente vestidas esparcidas por ahí, podría pasar fácilmente por una escena de una fotografía de Slim Aarons. Pero esta noche solo estamos ella y yo y el silencio de un barrio rico y aburrido. Abriendo mi bolso, me preparo mentalmente para darle la mejor noche hasta el momento. Siempre me esfuerzo por ser la mejor.

7

REINA – MARTES

La página web de escorts parece de alto standing. No es sórdido de ninguna manera y ni siquiera hay referencias al sexo en la primera página. Ni rojo, ni rosa, solo tonos blancos y grises. Debajo del menú desplegable hay una bonita imagen de un hombre y una mujer cenando en un restaurante elegante. A primera vista, parecen una pareja normal, pero al observarlos más de cerca, la mujer lleva portaligas y el hombre tiene la mano sobre su rodilla debajo de la mesa.

Las pestañas 'nuestras damas' y 'nuestros caballeros' en la parte superior de la página me dirigen a los escorts e, instintivamente, me siento atraída por la lista de acompañantes femeninas. Hay un filtro para 'solo hombres', 'bisexuales' y 'solo mujeres' y cliqueo en este último. Solo aparecen cinco mujeres en esta sección y no me sorprende. Sospecho que muy pocas clientas reservan una acompañante femenina por aquí y siento una punzada de inquietud, una sensación de que algo anda mal conmigo, incluso solo por mirar. Cualquier persona que conozca, aparte de Sasha, me consideraría una guarra por buscar escorts en internet. Tomo nota mental de borrar mi historial de búsqueda, por si acaso Nicole usa mi portátil durante el fin de semana.

No está del todo bien que casi instantáneamente me atrajera la sección femenina, sin embargo, la anticipación enciende algo en mi interior cuando me desplazo por los perfiles de las mujeres que están disponibles para sexo F/F. 'Angel', la primera, parece demasiado buena para ser verdad. Con una figura perfecta, cabello largo y rubio y grandes ojos azules. También parece súper heterosexual. La segunda y la tercera, 'Red' y 'Tatiana', tienen un aspecto gótico y se especializan en SM. Esto me asusta un poco, así que paso de largo. Con sus cabellos negros y sus maquillajes oscuros, posando con látigos y azotadores, se ven demasiado intimidantes como para ni siquiera considerarlas. No es que realmente vaya a hacer esto, por supuesto... *¿no?*

"No," murmuro en voz alta y me tomo un sorbo de mi vino blanco. Ya he bebido más de lo que debería, pero la noticia de que Bree está embarazada me ha alterado y necesito el vino para adormecer mis pensamientos. Al mismo tiempo, el vino me ha llevado a sacar la tarjeta que Sasha me dio de la bolsa de deporte y ahora, aquí estoy, sentada en el antiguo despacho de Sandeep, detrás del ordenador portátil. Cerré la puerta con llave, lo que es ridículo porque estoy sola aquí. Se siente un poco sucio y algo depravado, pero me recuerdo a mí misma que esto es solo una idea, una fantasía que se está gestando. Estar en esta página web es lo más pícaro que he hecho nunca y parece un momento importante en el tiempo. El momento en el que tomo mi aburrida y segura existencia de nuevo en mis manos y decido que puedo hacer lo que me dé la gana. No necesito a Sandeep. Me ha hecho daño, ha seguido adelante con su vida. Tengo que dejarlo ir y dejar de pensar en el pasado. Ya no le pertenezco y él no me pertenece. Y, desde luego, no lo necesito entre las sábanas, tampoco era tan bueno. Tal vez ahora es mi momento de descubrir lo que hago porque Sasha tenía razón. Podría hacer cualquier cosa en este momento de mi vida y, sin embargo, no estoy haciendo nada.

Me desplazo hacia abajo en la página y se me corta la respiración al ver a la cuarta escort lesbiana. No registro exactamente qué es lo primero que me llama la atención de su rostro. Algo me resulta familiar y luego me cae encima.

"Belle," murmuro por lo bajo y tomo otro trago largo de mi vino. Vuelvo a llenar la copa. Es realmente muy guapa, con sus hoyuelos y su sonrisa descarada. Sus grandes ojos marrones, que me invitan a cliquear en su mirada juguetona. ¿Qué hace trabajando para un servicio de acompañantes? Ya tiene un trabajo y no es el tipo en absoluto, pero también es verdad que solo intercambiamos un par de frases. Nadie sabe qué secretos oscuros esconde la gente detrás de puertas cerradas. Está registrada con el nombre de "B" y, a diferencia de las otras, se la ve feliz más que seductora. Eso la hace más accesible de alguna manera pero, al mismo tiempo, también hay algo extremadamente sexual en ella. "Joder." Tengo que admitir que la encuentro inmensamente atractiva. Desplazándome por las tres fotos de su perfil, estudio cada una de ellas detenidamente, observando cada detalle. Una vez más, a diferencia de las demás, vestidas con lencería cara, Belle lleva jeans y una camiseta ceñida gris. *'Confía en mí. Estoy muy bien desnuda,'* dice debajo y me río entre dientes, en parte porque la he visto en la vida real y no tengo ninguna duda de que desnuda tiene que estar increíble y en parte porque es un poco arrogante y eso me hace gracia.

'Te haré sentir como ningún hombre o mujer lo haya hecho

nunca.' Otra declaración directa y audaz, pero me la creo. Siento un calor extenderse entre mis muslos cuando imagino su boca en mi cuello, su cuerpo sobre el mío, sus manos recorriendo mi cuerpo desnudo... Ha pasado mucho tiempo desde la última vez que me sentí excitada y es una sorpresa muy agradable.

Volviendo a su foto de perfil principal, el primer plano, miro su rostro encantador y juvenil durante minutos mientras me termino el vino. No es mucho más joven que yo, treinta y tres años según dice el perfil, pero tiene una vitalidad que me atrae y me hace desearla como ninguna otra cosa. Por supuesto, me abstengo de hacer clic en el botón de 'reservar', pero miro su disponibilidad. Tres noches a la semana, de 8.30 pm a 12 pm. Dos mil setecientos dólares. *'Una copa, una ducha y luego, lo que te haga gritar.'*

Por ese precio, ya puede ser buena. Inmediatamente me da vergüenza hasta pensarlo, porque ¿cómo se le pone precio a un cuerpo humano? Además, aunque quisiera, nunca podría contratarla. Sería muy incómodo verla al día siguiente cuando viniera a dar servicio a mi piscina después de una noche de dar servicio a mi cuerpo, y ni siquiera sé si me gustaría tener sexo con una mujer. La mujer libanesa tranquila y serena que hay en mí me hace dar un brinco de sorpresa por tener esos pensamientos. *¿Qué coño estoy haciendo?*

De golpe, cierro el portátil, me lo pongo bajo el brazo y me aventuro escaleras abajo. Fuera está oscuro y hay tormenta, pero la playa me está llamando. No he estado allí desde el verano pasado, preocupada de encontrarme con Sandeep y Bree en un paseo romántico. Pero ahora, con este clima, no estarán fuera y siento la necesidad de caminar durante kilómetros, para vencer las fuertes ráfagas de viento que chocan contra las ventanas reforzadas que se extienden a lo largo de toda la costa. Necesito aclarar mi mente, pensar, idear un plan que me dé alguna dirección en la vida. Pero, sobre todo, necesito borrar a Belle de mi mente antes de que la idea de tener sexo con ella se apodere de cada centímetro de mi imaginación.

8

BELLE – MIÉRCOLES

"Mami, quiero ver a los corderitos."

"Cariño, hoy no, ¿vale? Te prometo que volveremos a pasar por la granja del abuelo el fin de semana." Paso mi mano por el cabello oscuro de Suki y planto un beso en su mejilla.

"Pero, ¿por qué no podemos ir ahora?" pregunta Suki.

"Porque tengo que trabajar. Jackie viene ahora. Tú quieres a Jackie, ¿verdad?"

Suki se encoge de hombros y pone su cara de enfadada, sobresaliendo su labio inferior. "Sí, pero Jackie no me va a llevar a ver a los corderitos y yo quiero ver a los corderitos."

Contengo la respiración mientras cuento hasta tres y le sonrío. Amo a Suki más que a mi vida, pero ha entrado en esta fase de testarudez, donde cada pregunta se responde con otra pregunta y tiene obsesiones que duran meses. La última tiene que ver con los corderos del abuelo que la llevé a ver ayer. Suki se sentó en el suelo con un vestido blanco, parecía un angelito mientras los corderos saltaban a su alrededor. Los adora, por eso quiere volver una y otra y otra vez.

No habla de otra cosa. "Iremos a verlos el sábado. Solo tres sueños más."

"¿Por qué tengo que dormir? No me gusta dormir."

Cuando suena el timbre, dejo escapar un suspiro de alivio y dejo entrar a Jackie. "Hola, Jackie. Prepárate, hoy está en racha."

"¿Qué hay de nuevo en eso?" Jackie se ríe entre dientes y levanta a Suki para abrazarla. "Nada que no pueda manejar. La llevaré al parque. ¿A qué hora vuelves?"

"Puede que hoy llegue más tarde de lo habitual. Tendremos que limpiar a fondo después de la tormenta de anoche. ¿Te importa?"

Jackie me lanza una sonrisa mientras niega con la cabeza. "En absoluto. Soy toda tuya."

"No puedo agradecértelo lo suficiente. He estado haciendo tantas horas extras últimamente que iba a tomarme la tarde libre para reunirme con mi nuevo contable, pero parece que estaré ocupada limpiando hojas todo el día. ¿Las cinco está bien?"

"No hay problema. ¿Cómo va con el contable?"

"Bien, creo. Casi hecho y voy a ver a un mayorista para hacer mi primer pedido la semana que viene."

"¡Qué emocionante!" Jackie se pone a Suki en la cadera y la mira. "Mami va a montar un súper negocio con mucho éxito, ¿lo sabías? Va a ser la reina de las fiestas de *los Hamptons*. ¿Sabes qué es la reina de las fiestas?" Nos reímos cuando Suki niega con la cabeza con una sonrisa tonta. "Mami va a hacer feliz a mucha gente con cosas divertidas para la piscina."

"¿Piscina?" Suki repite y me mira. "Trabajas en una piscina." No creo que haya estado en una antes, siempre vamos a la playa. A diferencia de la mayoría de la gente en los Hamptons, no tenemos piscina, ni siquiera jardín, y tenemos que conformarnos con el balcón. Mi padre y Jackie tampoco tienen piscina, ni mi amiga Juliette. Todos mis clientes la tienen, pero ellos viven en un mundo diferente. No más feliz o mejor per se, solo diferente. Espero sinceramente que crecer en una península rica no afecte a Suki en el sentido de que sienta que ha sido privada de cosas, porque es una niña afortunada que recibe una lluvia de amor y atención.

"Eso es. Es un agujero en el suelo lleno de agua," digo. "Pero es un poco aburrido. No hay arena, así que la playa es mucho más divertida."

"Ah." Suki coge un trozo de pancake empapado en miel y se lo mete en la boca, aparentemente contenta con mi explicación. Le encanta la playa y, por suerte, vivimos cerca.

Le robo un trozo de pancake, cojo mi bolso y le acaricio el hombro. "Me tengo que ir, cariño. ¿Te portarás bien?"

"Por supuesto. Siempre se porta bien," dice Jackie, removiéndole el cabello con la mano. "Bueno, ¿qué te parece el parque? ¿te parece buen plan?"

Mientras le lanzo un beso a Jackie y me dirijo a la puerta, Suki grita: "¡Quiero ver a los corderitos!"

Conduciendo en la camioneta de Pool Masters, me sorprende sentir un cosquilleo de nervios cuando la aplicación de mi empresa me dice quién es mi primer cliente. Se me había olvidado que la señorita Amari estaba en la lista de servicios hoy y resulta una agradable sorpresa porque me gustó. Fue amable y educada. *Y sexy*, pienso para mí. Rápidamente me saco ese pensamiento de la cabeza porque se supone que no debo sentir atracción por mis clientes.

Todo está muy verde en esta época del año y el sol, que está saliendo, arroja una luz preciosa sobre la carretera que tengo delante. El camino de Sag Harbor a Southampton consiste en carreteras largas y rectas, bordeadas por campos de césped impolutos, canchas de tenis, setos bien cuidados, distintos tipos de árboles maduros y hortensias. Las casas aquí son típicas de los Hamptons, con sus molduras blancas, tejas de madera, tablones también de madera, techos inclinados y buhardillas que las convierten en casas pintorescas. Los ciclistas reducen la velocidad del tráfico, pero nadie tiene prisa aquí. Muy pocos van a trabajar, aparte de los agentes inmobiliarios, que son tan fáciles de identificar que me divierte. Uno se detiene a mi lado frente a un semáforo. Alto y guapo, visto. Con descapotable, visto. Traje azul marino, visto. Reloj grande, visto. Gafas de sol de marca, visto. Cuando el semáforo se pone en verde, él acelera, solo para detenerse bruscamente en el siguiente semáforo.

En mi opinión, Nueva York tiene mucho más encanto que los Hamptons, pero es nuestro hogar y un lugar seguro para que Suki crezca. Nos gusta vivir en Sag Harbor y nos encanta el mar. Estar tan cerca de la playa no tiene precio cuando eres pequeño. Recuerdo perfectamente esos felices largos días jugando en la arena y nadando en el océano con mi hermana, a quien le hubiera encantado la parte de la playa tranquila frente a la casa de la señorita Amari si estuviera viva hoy. Como siempre, me golpea una punzada de tristeza cuando pienso en ella, pero me he vuelto muy buena alejándola. Solo permito que el dolor fluya libremente cuando estoy a solas con mis recuerdos.

Paso el viñedo *Duck Walk* y tomo la carretera hacia la playa de *Little Plains*. Conduciendo por la carretera de *Little Plains*, vislumbro el agua clara y poco profunda de la playa. En comparación con otras casas a lo largo de esta calle, la casa de la señorita Amari es relativamente modesta. No tiene pistas de tenis ni un camino de entrada infinito. Pero eso no quiere decir que la casa sea pequeña. Con acceso directo a la playa y vistas al Atlántico, estoy segura de que vale al menos doce millones, si no más. La estrecha franja de dunas privadas le da al lugar una sensación de aislamiento sereno, igual que los árboles altos y los setos naturales a ambos lados de las puertas de hierro forjado.

Cuando rodeo la casa hacia el jardín trasero, la señorita Amari está allí de pie, como si me estuviera esperando. Y, mierda, está increíblemente preciosa. Siempre he pensado que la atracción es algo que crece con el tiempo, pero en esta ocasión es potente y muy real. Ha pasado ya un tiempo desde la última vez que me sentí atraída físicamente por alguien. Estoy tan acostumbrada a tener cuerpos a mi disposición en mi trabajo de escort, que se me ha olvidado este sentimiento. *Basta, Belle. Ni lo pienses siquiera.*

9

REINA - MIÉRCOLES

"Buenos días, señorita Armani."

"Belle..." Aunque la esperaba y llegaba justo a tiempo, me quedo completamente anonadada al verla. ¿Está bien mi pelo? ¿Mi ropa? Me he cambiado tres veces esta mañana después de depilarme y arreglarme durante horas y todavía creo que el bikini amarillo claro y el caftán blanco transparente no son lo bastante buenos. Me he esforzado al máximo para parecer que no me he esforzado en absoluto, como si estuviera relajada en la piscina después de despertarme así. Pero la realidad es que me he arreglado el pelo, me he pintado las uñas y me he puesto maquillaje, lo justo para que parezca natural, y voy por mi tercera taza de café porque llevo despierta mucho tiempo. El intento por sacarla de mis pensamientos anoche fracasó, así que saqué mi vibrador, que no había usado en una década, y literalmente esperé a que se cargara mientras miraba sus fotos de internet. Y ahora que está aquí, no tengo idea de qué hacer conmigo. "¿Cómo estás?" pregunto, mi voz es aguda, mientras fuerzo una sonrisa extraña.

"Estoy genial. Hace un día fantástico, ¿verdad?" Me devuelve la sonrisa desde el otro lado de la piscina. "¿Y usted?"

"Estoy bien, gracias. Terminando algunas cosas aquí antes de ir a la ciudad." Es mentira pero no quiero que piense que no tengo planes, así que preparé cuidadosamente mi escenario y coloqué mi ordenador portátil debajo de la gran sombrilla blanca al final de la mesa larga.

"No la entretengo entonces," dice Belle.

"No, no lo he dicho en ese sentido." Me estremezco por las palabras que salen de mi boca a una velocidad y un volumen casi desesperados. "¿Te apetece un café? Voy a hacerme uno para mí."

"Claro, ¿por qué no? Gracias." Belle inspecciona la piscina y recoge la red grande que ha traído. La tormenta de anoche la ha llenado de hojas y, para mi total deleite, comienza a caminar de un lado a otro para sacarlas. Sus piernas están bronceadas y sus pantalones cortos muestran unos muslos tonificados. Sus bíceps se flexionan mientras arrastra la red. No es un trabajo fácil. Yo misma lo he hecho un par de veces y requirió mucha fuerza. *Debe ser fuerte...*

"¿Capuchino?"

"Sí, por favor, sin azúcar."

La observo desde la cocina mientras finjo rellenar mi taza y le preparo su café, tomándome mi tiempo para poder disfrutarla. No fue así el lunes. No estaba tan ensimismada con ella hasta que descubrí que era una escort y supe con seguridad que le gustaban las mujeres. ¿Ahora me gustan las mujeres a mí? Esa es una pregunta muy interesante porque, desde luego, me gusta Belle.

"Aquí tienes." Mi mirada se posa en sus manos mientras coge la taza. Mi primer pensamiento es que son sorprendentemente delicadas para alguien que se dedica al trabajo manual, pero entonces recuerdo que este no es su único trabajo y que debe cuidarlas muy bien.

"Gracias." Belle toma un sorbo con cuidado y cuando me quedo ahí, bebiendo mi café casi frío ya, se vuelve hacia la playa. "Tiene una vista increíble. Doy servicio a muchas piscinas a lo largo de esta franja, pero nada tan exquisito como esto."

"Sí, es bastante especial. La luz de la mañana es preciosa cuando llega a las dunas."

"¿Va mucho a la playa?" pregunta.

"Fui a dar un paseo anoche, durante la tormenta. Fue agradable."

Asiente y cuando nuestros ojos se encuentran, siento la excitación dentro de mí. "Yo me senté en mi balcón, cuando regresé de un trabajo después del trabajo. Me encanta cuando hay tormenta."

"Oh... ¿Trabajas por la noche también?" pregunto, aunque tengo una idea bastante clara de lo que estuvo haciendo.

"Algunas veces." Belle pone su taza en el banco que hay delante de la casita de la piscina y que contiene un bar y una mesa de billar y coge la red de nuevo. "Trabajo cuando puedo. Tengo una hija pequeña, así que planifico mi horario en función de la niñera. Afortunadamente, en Pool Masters son bastante flexibles."

"¿Tienes una hija?" Nada podría haberme desconcertado más, pero consigo guardarme la sorpresa.

"Sí. Tiene cuatro años. ¿Usted tiene hijos?"

"Sí, pero son mucho mayores y ya viven fuera. Mi hijo tiene veintidós. Ahora mismo está viajando con su novia, y mi hija tiene diecisiete. Empezó su primer año en la Universidad de Nueva York."

"Oh." Belle parece confundida. "No parece lo bastante mayor como para tener hijos de esa edad."

Me río nerviosa por el cumplido, jugando con un mechón de mi cabello. "Era muy joven cuando los tuve. Acababa de cumplir dieciocho cuando nació Eddie."

"Guau. Y ahora está..." Belle hace una pausa. "¿Divorciada? ¿Le importa que pregunte? Solo lo he asumido, como ha cambiado su nombre..."

"Sí, estoy divorciada," digo. "Mi ex marido se mudó a un par de calles más abajo para vivir con nuestra diseñadora de interiores."

"Joder..." Hay un toque de disgusto en el tono de Belle y se estremece. "Siento oír eso."

"Está bien," digo. "Es mi momento ahora, supongo. Solo necesito averiguar qué es." Hay un silencio extraño y me doy cuenta de que he compartido mucho más de lo que debería con alguien que solo ha venido a trabajar en la piscina. Y este es realmente el momento en que debería dejarla hacer su trabajo. "Bueno, será mejor que vuelva a lo que estaba haciendo. Avísame si quieres algo más."

"Se lo agradezco, pero estoy bien." Belle señala la botella grande de agua junto a su caja de herramientas. "La piscina estará reluciente en una hora por si quiere nadar. Estoy añadiendo algunas sustancias químicas, solo necesitan disolverse antes de que pueda entrar."

"No hay problema, esperaré." Le dirijo una sonrisa y camino de regreso a la cocina rodeando la piscina. En el interior, me apoyo en el frigorífico y me llevo una mano al pecho. Me tiemblan las manos y me siento sin aliento y rara por dentro. Nunca me había sentido así con nadie. Ni cuando Sandeep y yo nos conocimos, ni en nuestra primera cita, ni siquiera la primera vez que me acosté con él. *Mierda. Siento algo por Belle de verdad.*

10

BELLE – JUEVES

Suki corre hacia su abuelo y él la levanta y la hace girar. "Qué alegría verte, peque. ¿Tan pronto de vuelta?"

"Los corderitos," le explico e intercambiamos una mirada divertida. "Le dije que vendríamos el fin de semana, pero no podía esperar y yo tenía la tarde libre." Es el primer año que Suki muestra interés por los animales, aunque el 'interés' es probablemente un eufemismo. Está obsesionada con sus libros infantiles de granjas de animales y le encanta ver documentales sobre la naturaleza conmigo.

"Ajá. Te gustaron, ¿eh?" Mi padre atraviesa la granja y abre la puerta de la cocina que da al patio trasero. No es una granja realmente, no en el sentido tradicional, pero tiene un establo con bastantes pollos y ovejas, y vende huevos, yogur y queso de oveja en el mercado local de granjeros en East Hampton para ayudar a la pobre pensión que recibe. Aquí es donde crecí, una granja pequeña en East Hampton. Es una de las pocas que quedan después de que muchos granjeros vendieran sus tierras por los altos precios. Las granjas fueron demolidas y convertidas en villas y hoteles, los campos que tenían cultivos, ahora son jardines cuidados que rodean mansiones majestuosas. Las vistas, una vez tranquilas, están ahora tapadas por puertas y setos. Pero así es la vida, todo parte de la economía en crecimiento, supongo.

Mientras mi padre lleva a Suki a ver los corderos, enciendo la cafetera y sonrío al ver la foto enmarcada de mi hermana, la madre de Suki. Está colocada como un santuario en el alféizar de la ventana, con velas encendidas a cada lado. Siempre están encendidas, mi padre las mantiene así día y noche. Incluso después de tres años, me sigue doliendo mucho mirarla, pero cuando estoy aquí, dejo que el dolor me inunde, en vez de luchar contra él. Suki es el mayor consuelo que mi padre y yo podríamos desear. Se parece a su madre. Yo también me parezco a su madre, así que Suki se parece a mí. La gente asume que es mía y no tengo la costumbre de explicar que no lo es. Porque realmente sí que lo es. Corre la misma sangre por nuestras venas. Soy la familia más cercana que tiene y la he adoptado. Me llama 'mamá' y me quiere como a una madre. Y yo la amo como a una hija, más de lo que nadie pueda imaginar.

Suki sabe más o menos que no soy su verdadera madre. Cuando tuvo la edad suficiente para preguntar por la mujer de la foto, respondí honestamente, pero es demasiado pequeña para entenderlo de verdad. A veces la encuentro mirando la foto con curiosidad y, en esos momentos, daría cualquier cosa por saber qué está pasando por su cabeza.

A través de la ventana veo a Suki y a mi padre abrir el pequeño establo para dejar salir a los corderos. Me río cuando la oigo gritar de emoción. Cojo las dos tazas y me uno a ellos.

"Aquí tienes." Le doy una taza a mi padre y me coloco junto a él en el muro bajo derruido que rodea el patio. "Vendría bien un poco de mantenimiento aquí. Puedo cortar la hierba hoy y quizás comprar ladrillos para arreglar esta pared."

"Gracias, cariño. Pero voy a mantener la hierba larga durante un tiempo, a las ovejas les gusta. Y la pared..." se encoge de hombros. "No me importa que esté un poco irregular."

Asiento con la cabeza y tomamos nuestro café en silencio mientras Suki corre por allí para acariciar a los corderos. A mi padre le gusta que todo permanezca igual y eso incluye rayones en el papel de la pared y abolladuras en los muebles. Nunca cambia nada, no lo permite. Pero como ya no es joven y le horroriza que lo demuelan si lo vende, ha decidido que quiere que yo lo tenga. "Lo siento, pero no puedo hacerme cargo de la granja," digo por fin, comenzando una conversación que he estado retrasando durante meses. "Lo he pensado, como me pediste, pero de verdad que no puedo."

"Ya sé que no tienes el tiempo ni el dinero para mantenerlo, cariño. Nunca debí mencionarlo." Echa un vistazo hacia la casa. "Es solo que es difícil imaginar que no se quedará en la familia. Hay tantos recuerdos hermosos de tu madre y tu hermana entre esas paredes. Y si me mudo, me preocupa que esos recuerdos se desvanezcan."

"Me aseguraré de que no lo olvides." Le acaricio el hombro y lo atraigo hacia mí. "Mira, papá, sé que no será fácil para ti mudarte, pero es lo mejor. Estás esperando tu prótesis de cadera e incluso si te recuperas por completo de eso, mantener esto está siendo ya demasiado para ti."

"Sí." Deja escapar un largo suspiro de frustración. "Pero

a Suki le encanta esto, y esta granja ha pertenecido a la familia durante generaciones. ¿Y si algún día quiere vivir aquí?"

"Papá," intento de nuevo con tacto. "Trabajo muchos días, estoy ahorrando para el futuro de Suki, pronto comenzaré mi propio negocio y no puedo permitirme el lujo de contratar a gente para cuidar de los animales además de mi niñera. ¿Qué tal si llamamos a alguien para que lo valore? No digo que debas venderlo ahora, pero te dará algo en lo que pensar."

"Tienes razón, lo tendré en cuenta." Sus ojos se iluminan cuando uno de los corderos comienza a saltar alrededor de Suki, haciéndola chillar de alegría. Intenta levantarse pero el cordero salta sobre ella, haciéndola caer mientras los otros tres se acercan para ver qué travesuras está tramando su valiente hermana. A Suki no le importa. De hecho, le encanta y se acerca para acariciarlo. "¿Cómo va el trabajo?"

"Hay mucho trabajo. Tengo algunas horas extras porque uno de mis compañeros se está recuperando de un accidente, y también voy a trabajar dos noches esta semana." Mi padre cree que estoy contratada para hacer servicios de emergencia en coches de alquiler por la noche. Nunca entendería si le dijera lo que hago realmente.

"La puedes traer aquí siempre que quieras, ya lo sabes." Sus ojos perplejos siguen a Suki, que ha renunciado a intentar ponerse en pie y se arrastra a cuatro patas detrás de los corderos.

"Está bien, ya se lo pedí a Jackie. Pasará más tarde por aquí, por cierto. Pensé que podría preparar la cena para los cuatro."

"Eso estaría bien." Mi padre sonríe. "Suki y yo podemos

coger algunos huevos del granero y hay al menos una docena de tomates maduros."

"No te levantes. Los cogeré más tarde." Intento detenerlo, pero ya se ha levantado y se dirige hacia el camino empedrado que bordea un lado de la casa. Cuando cree que no lo estoy mirando, lo veo cojear.

11

REINA – JUEVES

"Bueno, ¿miraste la página web?" susurra Sasha. Estamos sentadas en un bar en el pueblo de Southampton, las dos bebiendo un Martini. Sasha lleva un vestido azul ceñido hasta la rodilla y yo unos jeans y una blusa negra de seda. De verdad que parezco de baratillo a su lado.

"Lo hice," digo, mirándome los talones que descansan sobre el taburete. Saqué mis zapatos favoritos del fondo del zapatero para esta noche, les quité el polvo e incluso sentí una chispa de emoción cuando me los puse, después de meses usando zapatos bajos.

"¿Y? ¿Viste a 'mi Ben'?" pregunta, haciendo comillas en el aire. "¿Qué te pareció?"

"Ah, *tu* Ben," bromeo. No puedo decirle que me salté a los hombres, así que le guiño un ojo y digo: "Sí, está bastante bien. Ahora veo que fue una noche increíble."

"¿Verdad?" dice sonriendo. "Reina, estoy tan contenta de poder hablar de esto contigo. Me estaba matando tener que guardármelo para mí. Pero no lo voy a convertir en un hábito. He estado pensando y..." hace una pausa. "Bueno, es una de esas cosas que tenía que hacer para sacármelo de encima y, aunque quiero, no volveré a hacerlo."

"¿Te arrepientes?"

Sasha se toma un momento para pensar y niega con la cabeza. "No. Fue una tontería y una imprudencia poner mi matrimonio en riesgo de esa manera, pero no me arrepiento. Esa noche me dará algo con lo que fantasear durante muchos años."

"Bien. Y estoy de acuerdo, probablemente no volver a hacerlo sea lo más sensato. Si Igor se enterara, podrías perderlo y no merece la pena. Pero me alegro de que me lo hayas contado y estoy aquí para cuando quieras hablar." Le doy una palmada en la mano. "Esto es agradable, Sash. Solo tú y yo." Muevo un dedo entre nosotras y nuestros cócteles.

"Sí. Ha sido raro desde tu divorcio. Con Igor y Sandeep siendo amigos y lo siento mucho si yo..."

"Oye, no te disculpes," la interrumpo. "Está bien. Sé que estás en una posición complicada."

Sasha asiente. "Gracias por entenderlo. ¿Quizás podríamos hacer del jueves nuestra noche, cuando ambas estemos libres? ¿Tú y yo, un par de tragos, solo para ponernos al día? Porque necesito más tiempo de chicas y, si te soy sincera, Bree es un poco aburrida."

"Me gustaría eso," digo, encantada de que Bree no esté en lo más alto de su lista de amistades.

Sasha termina su cóctel, pide dos más y se vuelve hacia mí. "Bueno, estamos aquí para hablar de ti. ¿No te tentaron los escorts? ¿O has pensado en registrarte en una de esas aplicaciones de citas?"

"Los escorts no son para mí y creo que es demasiado pronto para las aplicaciones de citas."

"Tonterías. Nunca es un buen momento para hacer cosas que dan miedo, así que ahora es tan bueno como cualquier otro," protesta, moviendo su teléfono hacia mí. "¿No viste a nadie en la web que te hiciera mojarte?"

"¿Yo? ¿Quieres decir en la página web?" Se me sonrojan las mejillas ante la pregunta, provocada por el cóctel, y agradezco que las luces sean discretas aquí. "Yo, mmm..." Me muerdo el labio, no sé cuánto compartir, pero Sasha ha compartido su mayor secreto conmigo y quiero confiarle el mío.

Sus ojos se abren de par de par cuando me quedo en silencio y me señala con el dedo. "¡Eres una chica traviesa! Contrataste a alguien, ¿a que sí?"

"No, en realidad no lo hice," digo deprisa. "Te lo juro. Pero ocurrió algo muy extraño."

"¿Qué?" Sasha se inclina, pendiente de cada una de mis palabras ahora. "Dime."

"Bueno, la compañía de servicios de piscinas envió a un sustituto para Barry."

"¿Te refieres a Larry? ¿El tipo con el corte de pelo gracioso?"

Me río y niego con la cabeza. "Pues resulta que se llama Barry. Bueno, pues enviaron a una mujer, Belle, y había algo en ella que me hizo pensar de una manera que no había pensado en nadie en años y años."

Sasha frunce el ceño. "No entiendo. ¿De qué manera?"

"De una manera sexual," digo, decidiendo decir las cosas como son. "La encontré atractiva." Levanto una mano cuando Sasha abre la boca, sin duda a punto de bombardearme con preguntas. "Espera, déjame terminar antes de que hablemos sobre ello. Vino el primer día y yo me fui a yoga. Dejé que Belle hiciera lo que tuviera que hacer y fue entonces cuando me diste la tarjeta. Y cuando miré la página web la noche siguiente, allí estaba ella." Bajo la voz hasta un susurro. "Mi chica de la piscina es una escort. Trabaja para ellos. Solo mujeres."

Sasha me mira con la boca abierta. "Espera, a ver si lo entiendo. Tu nueva chica del servicio de piscinas trabaja para Hamptons' Escorts... Vale, es una extraña coincidencia, pero lo que me desconcierta realmente es lo que me has dicho antes." Ladea la cabeza y me mira. "No sabía que te interesaban las mujeres."

Me río, me siento incómoda y me remuevo en el taburete. "Sentí flechazos por chicas cuando era más joven, pero nunca hice nada."

"¿Y ahora es algo que tal vez querrías probar?"

"Quizás." Me encojo de hombros. "No puedo dejar de pensar en ella. Ha despertado algo en mí y ahora me siento confundida y no sé qué hacer conmigo. Para serte sincera, no hay mucho que *pueda* hacer."

"Podrías contratarla. ¿No sería ese el próximo paso obvio?"

"No, no puedo," digo resueltamente. "Viene a dar servicio a la piscina tres veces a la semana. Sería raro porque nos veríamos."

"Pero ¿tú quieres?" Sasha navega por la página web en su teléfono y se desplaza por la lista de escorts lesbianas. "¿Cuál es?"

"'B', digo, señalando la foto de Belle. Una vez más, verla hace que se me corte el aliento y me alejo del teléfono porque es demasiado para mí teniendo compañía.

"Dios mío..." Sasha entrecierra los ojos mientras observa a Belle y contengo la respiración, esperando su opinión. "Eres un demonio," dice por fin. "Es sexy. Aunque las mujeres no son lo que me gusta, entiendo totalmente lo que ves en ella." Es mucho más comprensiva de lo que esperaba.

"Hay más," continúo. "Me dijo que tiene una hija de cuatro años."

"¿En serio? Hmm..." Sasha devuelve el teléfono a su bolso, me acerca el siguiente Martini y ataca al suyo. Esta noche está bebiendo como un cosaco. Yo ni siquiera voy por la mitad del segundo y ella ya va por el cuarto. "¿Crees que tiene pareja? ¿Una esposa o un marido?"

"No sé. No me la imagino con un hombre y parece poco probable que tenga alguna relación con este tipo de trabajo."

"¿Y por qué no le preguntas a ella?"

"Sí. Puede que lo haga." Suspiro profundamente, inflando mis mejillas mientras remuevo distraídamente la aceituna en mi bebida. "No puedo dejar de pensar en ella y es muy estresante." Soy consciente de que le estoy contando más de lo que había pensado, pero me siento bien compartiendo y me siento menos sola con todas estas emociones extrañas que me han estado persiguiendo durante días. "Dejé de pensar en las mujeres de esa manera cuando conocí a Sandeep pero, desde el lunes, todo ha vuelto, golpeándome como una tonelada de ladrillos."

Sasha echa la cabeza para atrás y se echa a reír. "¿Sabes qué? Nunca te habría imaginado con una mujer pero, verte ahora y oírte hablar así, es como si fueras una persona diferente y lo entiendo. En serio. Yo también era una persona diferente con Ben."

"O quizás esta soy yo," digo, porque ya no estoy segura de nada.

12

BELLE – JUEVES

"¿Lo pasaste bien con el viejo?"

"Sí, fue agradable. Jackie también vino. No entiendo por qué esos dos no acaban con la parte incómoda y empiezan a salir de una vez." Juliette y yo estamos sentadas en el balcón, viendo pasar el mundo. Abajo, la calle está plagada de gente yendo a los bares y restaurantes, y el bar The Oyster, debajo de mi apartamento, tiene una larga cola de clientes esperando una mesa. Se está bien aquí arriba, con el sonido de las risas y la música de fondo y el olor a comida de los restaurantes.

Juliette se ríe y vuelve a llenar su taza de té de la tetera que hay en medio de las dos. "¿Todavía están en la fase de mejores amigos?"

"Sí. Los mejores. Y ella lava su ropa todas las semanas. O sea, está clarísimo que se gustan. Ella ve su ropa interior sucia regularmente, entonces, ¿qué demonios están esperando? Hace treinta años que murió mi madre."

"Jackie era la mejor amiga de tu madre," dice Juliette. "Incluso después de treinta años, entiendo que a ninguno de los dos les parezca bien."

"Pero para él sería bueno tener una compañera. Estoy preocupada. Cojea y la granja se está convirtiendo en una carga para él. Pero es muy terco. No quiere saber nada de mudarse a corto plazo." Miro mi té, que ya no me apetece. "Oye, ¿quieres algo más fuerte? Tengo un whisky escocés bastante bueno. Tú y Cameron os podéis quedar a dormir si queréis."

Juliette se ríe y pone los ojos en blanco. "Ya estamos. Claro, ¿por qué no? Es casi su hora de acostarse de todas formas y yo estoy disfrutando esto." Se pone en pie y señala la tienda al otro lado de la calle. "Tú sirve ese whisky y yo mientras voy a comprarle un cepillo de dientes."

"Salud." Chocamos nuestros vasos y tomo un sorbo, saboreando el líquido dorado que me calienta la garganta. Es la primera vez que me quedo en casa en mucho tiempo. Hoy en día, la vida se interpone en el camino y rara vez podemos tomarnos una bebida fuerte juntas. "Por lo más salvaje que he hecho en semanas."

Juliette deja escapar una carcajada estruendosa. "Yo igual, cariño. Hace cinco años éramos unas fiesteras y míranos ahora. Una copa de whisky escocés un jueves por la noche es todo lo malo y salvaje que podemos hacer." Bebe un trago y se recuesta con un suspiro. "Pero la vida no es tan mala. Mi madre se jubila pronto, así que podrá cuidar más a Cameron y yo tendré tiempo para comenzar a tener citas."

"Ooh... ¿estás lista ya para tener citas?" le pregunto en tono de broma. El novio de Juliette la abandonó poco después de nacer Cameron y, como yo, ha estado luchando por conciliar el ser madre soltera y trabajadora durante años.

"Sí, estoy lista. Con todo, estoy bien. Tengo mi vida en orden, puedo pagar mis facturas, Cameron está bien y yo acabo de arreglar mi coche." Me guiña un ojo. "Son las pequeñas cosas, ¿verdad?"

"Absolutamente." Vuelvo a llenar nuestros vasos y me hundo en la silla también, apoyando mis pies en la baranda del balcón. "¿Y dónde piensas conocer al afortunado?"

"Ah, no lo sé." Juliette se pasa la mano por su cabello castaño rojizo y lo coloca detrás de las orejas. "¿En internet, en bares, en la playa quizás?" Entrecierra los ojos mientras me mira. "Y tú, ¿qué?"

"¿Yo?" me echo a reír. "No puedo quedar con nadie mientras sea escort. Sería una locura. Ninguna mujer lo aceptaría."

"Eso es verdad. Pero no vas a estar mucho más tiempo haciendo eso, ¿no?"

"No. Estaba pensando en quizás tres meses más, solo para ahorrar un poco más antes de empezar a trabajar por mi cuenta."

Juliette asiente. "Entonces, una vez que dejes de hacer lo que estás haciendo, también puedes empezar a tener citas. Podríamos tener citas dobles." Me lanza una sonrisa y añade: "No es como si me fueras a robar a mis hombres."

"Qué asco, no." Miro por encima de mi hombro hacia la sala de estar para asegurarme de que Suki y Cameron no se han escabullido de su habitación. "Pero tener citas con un niño es difícil, ¿no crees?"

"No sé. Todavía tengo que averiguarlo." Dice frunciendo los labios. "Supongo que tendría que ser alguien a quien le gustaran los niños, alguien responsable... Y bien parecido, por supuesto," añade y mueve la cabeza con un gemido. "Vale, básicamente estoy jodida."

"Lo siento, no era mi intención desanimarte. Me encanta que quieras salir y conocer gente nueva."

"No, tienes razón." Dice Juliette. "Los únicos solteros aquí son agentes inmobiliarios y todo lo que quieren es un poco de diversión entre las sábanas."

"Eso no es verdad. Dave, el de la tienda, está soltero," digo y las dos estallamos en carcajadas estridentes.

"Gracias por la sugerencia, pero prefiero a alguien con menos de setenta años." Ladea la cabeza y me mira. "¿No has conocido a nadie que te haya atraído? ¿En todo el tiempo desde que volviste de Nueva York?"

"No," digo resueltamente pero vacilo durante un momento. Tomando un trago de mi whisky, pienso en la señorita Amari.

"¿Qué?" me pregunta, dándome un codazo. "Venga, dímelo. Sé que te estás conteniendo."

"No es nada. Solo una mujer a cuya piscina empecé a prestar servicio esta semana. Sentí atracción por primera vez en años, pero no tiene sentido. Es hetero y rica y ni siquiera la conozco. Es una atracción puramente física y solo de mi parte."

"¿Cómo puedes estar tan segura de eso?"

"Porque te lo acabo de decir, es hetero." Pongo los ojos en blanco. "Y, aunque no lo fuera, está muy fuera de mi alcance." Aún así, a medida que la noche se oscurece y el alcohol me relaja, me permito imaginármela delante de mí y disfrutar del hormigueo que me recorre el cuerpo. Sin sentido o no, es agradable sentir esa vieja sensación de deseo otra vez.

13

REINA – VIERNES

Parece que voy de mal en peor. Me desperté desconcertada esta mañana en un charco de mi propio sudor a las cuatro de la mañana, el latido entre mis muslos era tan intenso, que tuve que usar mi vibrador por tercera vez esta semana. Realmente pensé en contratar una escort en ese momento mientras estaba sobre la cama, mirando al techo, después de tres orgasmos. No Belle, por supuesto, sino alguien diferente, solo para sacar esta energía sexual de mi cuerpo. Pero no importa cuántas veces me desplacé por la lista de mujeres atractivas, no tenía ganas de acostarme con ninguna aparte de ella.

Mi cuerpo está hipersensible y estoy constantemente perdida en mis pensamientos mientras mi mente da vueltas, tratando de encontrarle sentido a lo que me está pasando. Yo, Reina Amari, siento atracción por las mujeres. Al menos, por una en particular.

Es solo un enamoramiento, me sigo diciendo, pero si esto es un 'enamoramiento', es la primera vez que tengo uno y ese pensamiento me asusta aún más. No estoy familiarizada con este sentimiento de inquietud constante, de deseo, de admiración, de excitación. Belle me ha consumido y ni siquiera lo sabe. Y si lo hiciera, seguro que se asustaría. *Divorciada rica, triste y solitaria, deseando a la persona de mantenimiento de piscinas.*

Cuando bajé las escaleras y vi mi reflejo en el espejo del salón, sabía que me estaba esforzando demasiado. Vestida en un precioso vestido amarillo, tacones altos y mi cabello peinado a la perfección. Ya era demasiado tarde para cambiarme a algo más informal. Belle ya estaba en el jardín y me había visto por la fachada de cristal. Me saludó con la mano y yo le devolví el saludo, demasiado ansiosa quizás.

Mis ojos están fijos en la cafetera mientras espero que el capuchino llene las tazas y me digo a mí misma que me calme. Esto no significa nada para Belle. Solo soy la primera de una larga lista de clientes del día y necesito tener eso en mente. Justo antes de que esté a punto de entrar en la sala de máquinas, salgo con su café y un plato lleno de galletas con trocitos de chocolate.

"Hola, señorita Amari." Belle me lanza una sonrisa agradecida cuando le dejo el café y las galletas. "Me está malcriando. De verdad que no necesita hacer eso, ¿sabe?"

"Por supuesto que sí," digo, desviando la mirada y fingiendo que estoy mirando un barco en la distancia. Su cercanía es demasiado, demasiado intensa y está empeorando cada vez que la veo. Hoy lleva una camiseta sin mangas azul marino y pantalones cortos vaqueros, y cuando se ajusta la gorra sobre la frente, su camiseta se levanta y me da una vista de su maravilloso vientre tonificado. "Es por la mañana. Todo el mundo necesita café por la mañana."

Belle se ríe y el sonido envía mariposas a mi centro. "Bueno, se lo agradezco." Mira mis piernas por una fracción de segundo y, si no me equivoco, también mira mi escote. "Está muy guapa, por cierto. ¿Planes especiales para hoy?"

El calor sube a mis mejillas por el cumplido y de repente tengo problemas para mantener el equilibrio. "Solo hacer unas compras más tarde. Mi hija viene a casa para el fin de semana."

"Qué bien. Seguro que la echa de menos."

"Sí y también estoy muy orgullosa de ella." Buscando algo para mantener la conversación, le señalo la carretilla con tres grandes bolsas de arena que ha traído. "¿Nola me dijo que ibas a cambiar la arena en el filtro?"

"Sí. Normalmente lo hacemos al inicio de la temporada. Es un trabajo grande, así que podría llevar un par de horas."

"No hay problema," digo, encantada con la noticia. "Estaré por aquí hasta el mediodía."

Cuando Belle termina, yo estoy dentro con mi portátil porque me preocupaba mirarla demasiado si me quedaba junto a la piscina. El taburete más cercano a las puertas correderas de la isla de la cocina es mi lugar favorito y es donde normalmente paso las mañanas cuando llueve. Probablemente parezca que estoy haciendo cosas importantes, pero en realidad estoy comprando lencería por internet. Mi cajón de ropa interior está lleno de sostenes y bragas viejos y lavados, e incluso mis mejores conjuntos están anticuados. No importa que nadie lo vaya a ver, es hora de que me regale algo que me haga sentir sensual.

Jadeo cuando Belle entra de repente y cliqueo en la página de Agent Provocateur.

"Lo siento, señorita Amari. No pretendía asustarla." Belle me da una tablet con un lápiz óptico. "Solo necesito que me firme esto antes de irme. Es el cheque por la arena, se lo cargamos a su cuenta."

"Oh." Me quedo en blanco por un momento, como si no pudiera recordar ni mi nombre. Está muy cerca y puedo oler su deliciosa piel bronceada. Huele a sol y a loción de coco, mezclado con un toque de sudor que me vuelve loca. "Puedes llamarme Reina," me oigo decir.

"Reina, ¿como la casa? Bonito nombre. Significa reine en francés, ¿verdad?"

"Correcto. ¿Cómo lo sabes?"

"Hablo un poco de francés. ¿Eres francesa?"

"Libanesa. Mis padres son de Beirut, Líbano."

Belle me observa, sus ojos quemando mi piel. "Ah, así que de ahí es de donde viene tu apariencia exótica. ¿Hablas árabe?"

El comentario de 'exótica' hace que mi pulso se acelere. Hasta ahora ha sido totalmente profesional pero, si no me equivoco, hay un toque de seducción en su voz. Seguramente solo me lo esté imaginando pero, aún así, no puedo quitarme de la cabeza la sensación de que hay cierta energía entre nosotras. "Realmente no. Crecí en Nueva York principalmente."

"Qué bien. Viví en Nueva York durante un par de años. Fue fantástico pero estoy feliz de estar de vuelta aquí. El océano, el aire salino y el..." La voz de Belle se diluye y su sonrisa se desvanece mientras mira algo en la encimera.

Me quedo helada cuando veo que es la tarjeta de Hamptons' Escorts. La dejé allí y lo olvidé por completo. *Joder. Joder. Joder.* "La encontré en el despacho de mi ex marido," me apresuro a decir porque sería raro no mencionarlo. Al mismo tiempo sé que sueno nerviosa y atrapada.

Belle me mira y mira la tarjeta, no se cree mi excusa ni por un momento. Yo tampoco me creería. Soy consciente de cómo estoy en este momento, los ojos muy abiertos por el pánico y mis mejillas de color rosa brillante. Entonces, su expresión se suaviza, sonríe y asiente. "Claro." Es posible que no sepa que yo sé su vida secreta. Probablemente piense que he estado mirando la lista de los hombres. "Pero incluso si *fuera* tuya," continúa, "no es nada de lo que avergonzarse. Es solo un servicio como cualquier otro."

"¿Así que conoces esta compañía?" le pregunto, devolviéndole la tablet.

De nuevo, Belle me mira, esta vez con intenso interés. "Creo que sabes que sí, Reina." Solo el sonido de mi nombre saliendo de sus labios me hace temblar y, cuando me quedo en silencio, demasiado aturdida como para pensar en algo que decir, me lanza un guiño y gira sobre sus talones. "Bueno, ha sido un placer. Que tengas un fantástico fin de semana con tu hija. Te veo la semana que viene."

14

BELLE – VIERNES

A última hora de la tarde, cuando llego a la tienda de juguetes después del trabajo, todavía me estoy castigando por mi comportamiento de esta mañana. No debería haber coqueteado con ella, pero lo hice. Supongo que me impresionó tanto ver la tarjeta de Hamptons' Escorts allí que no pensé en nada. Quizás ni siquiera me vio en la página. Quizás estaba mirando a los hombres. Quizás la tarjeta era de verdad de su ex marido. Pero su reacción fue exagerada y hoy noté que me miraba de cierta manera. *Con interés.*

"¿Puedo ayudarle?"

"Sí, por favor." Logro sonreír a pesar de mi estado de ansiedad. He estado esperando este momento durante mucho tiempo y necesito sacar esa conversación de mi mente. "Me gustaría ver tus juguetes para piscinas."

"Por supuesto. Soy Randy, me alegro poder ayudarle. ¿Está buscando algo en especial?" El mánager de ventas mira mi camiseta manchada y mis pantalones cortos. Probablemente piensa que soy una jardinera a la que han enviado a buscar juguetes para los hijos de sus jefes.

"Enséñame todo lo que tengas. Necesito una gran selección."

Los ojos de Randy se iluminan y se dirige a un pasillo lleno de hinchables. "Tenemos casi cualquier cosa, desde hinchables para niños hasta bares flotantes y hay muchas cosas de todo tipo en la parte de atrás."

"Genial." Miro la enorme selección. "Empecemos con las cosas pequeñas. Los donuts rosas con las grageas serían perfectos para una despedida de soltera. ¿Son de buena calidad? Necesito juguetes que duren."

"Son buenos," dice. "Y son los más grandes de su tipo en el mercado. Tienen un asiento interior y un portavasos. Espere, déjeme que le saque uno." Coge un palo largo y levanta uno de los donuts del gancho. "Cincuenta y nueve dólares. Incluye un kit de reparación para pinchazos pequeños."

Paso la mano sobre la goma gruesa. "Parece bueno. Quiero quince, por favor. Diez rosas y cinco de las mixtas."

Randy parece sorprendido pero no comenta nada mientras lo escribe en su iPad. "No estoy seguro de si tenemos tantos en stock. Llevaría unas dos semanas traerlos."

"Está bien, no tengo prisa. Todavía tengo que firmar el contrato de arrendamiento en el almacén. ¿Qué tal los bares flotantes?"

"Este es nuestro bar más grande y espectacular," dice con entusiasmo, señalando uno con diez asientos y con una mesa redonda en el medio. "Son cuatrocientos setenta y nueve dólares. Diez portavasos, un hueco en el medio para colocar un enfriador de vino y cómodos respaldos. Está demasiado alto para bajárselo pero, si me da una hora, puedo hacerlo."

"No hace falta. Me llevaré dos de esos, por favor. Ya he visto las reseñas en internet." Señalo el bar más pequeño, con capacidad para seis. “Dos de esos.” Mi entusiasmo crece a medida que deambulamos por los pasillos. Este es, este es el momento. Lo estoy haciendo de verdad. Me está quitando a Reina de la cabeza y eso es bueno. Al mismo tiempo, me da un poco de miedo estar invirtiendo todos mis ahorros en algo que puede que no funcione.

“¿Puedo preguntarle qué planea hacer con todo esto?” me pregunta el mánager.

“Voy a montar un negocio de alquiler. Accesorios para fiestas.”

“Es una idea fantástica.” La forma en que me mira Randy me hace pensar que quizás se esté preguntando por qué no se la ha ocurrido a él. “Muchas fiestas en los Hamptons. ¿Ha contactado con algún organizador de fiestas y bodas ya?”

“Sí. La temporada no ha empezado todavía pero algunos ya me han respondido con consultas, así que pensé que sería mejor que empezara a proveerme de artículos antes de darles un presupuesto.”

“Bien por usted.” Randy abre una imagen en su iPad y me la enseña. “Esto podría interesarle. No lo tenemos en stock, pero podemos encargárselo.”

“Guau.” Observo el muro de escalada de más de siete metros de altura que está pegado al borde de la piscina que alberga el espectáculo. “No lo había visto nunca.”

“Me alegro de poder enseñarle algo nuevo,” dice con una sonrisa. “Es seguro para los adultos, siempre que sepan nadar, claro, porque solo pueden caer al agua y es fantástico para los que quieren algo de actividad. Solo he vendido uno de estos, pero, por alguna razón, son muy populares en los Emiratos. Quizás tengan piscinas más grandes allí.”

“Hay muchas piscinas grandes aquí también. ¿Cuánto?”

“Dos mil setecientos dólares.”

"De acuerdo." Miro el resto de las fotos mientras mentalmente compruebo mi presupuesto. Trato de analizar quién querría alquilar algo así. También es cierto que no puedo pensar en nadie que no quisiera intentarlo, porque parece divertido. Tener un producto único que la gente no pueda conseguir en ningún otro sitio es una ventaja, así que asiento y le devuelvo el iPad. "Me lo llevo."

Al decirlo, Randy levanta el puño en señal de victoria, se ríe de él mismo y pone los ojos en blanco. "Se lo juro, ni siquiera trabajo por comisión, pero me encantan los juguetes y usted es la cliente de mis sueños."

Me río también y le doy una palmada fuerte en el hombro. "Entonces, tú sabes cómo funciona todo y cómo montarlo, ¿verdad?"

"Oh sí. Forma parte de mi trabajo saber cómo funciona todo."

Lo veo y me doy cuenta de que se ve bastante musculoso debajo de la camisa polo celeste de la compañía que lleva puesta. "¿Por casualidad buscas un segundo trabajo?"

"¿En serio?" dice frunciendo el ceño. "¿Haciendo qué?"

"Simplemente montando las cosas, la verdad. Asegurarte de que todo esté seguro y bien puesto. No puedo ofrecerte un contracto, claro, y soy consciente de que no es muy apropiado hablar de esto en tu lugar de trabajo, así que tal vez podríamos hablar mientras nos tomamos una cerveza..." Miro a mi alrededor para asegurarme de que nadie esté escuchando, pero estamos los dos solos. "Necesito a alguien que me ayude y que sea autónomo hasta que mi empresa despegue, así que si tienes tiempo libre fuera de tu trabajo, me encantaría darte algunas horas a modo de prueba, si te interesa."

"Desde luego que lo haría." Dice sonriendo. "Me vendría bien el dinero extra. Mi esposa y yo estamos esperando un bebé y solo trabajo aquí cuatro días a la semana."

"De acuerdo. Reunámonos para hablar de ello entonces." Randy está muy interesado. La verdad es que no lo he pensado, pero parecía una obviedad. Igual que fue una obviedad montar este negocio después de cómo vive la otra mitad y los problemas que tienen para deshacerse de las cosas que compran solo para una fiesta. No puedo contar la de veces que me han preguntado si quería un unicornio hinchable, un juego de beer pong a prueba de agua o una red de volei-playa. Al igual que los limpiadores y jardineros de mis clientes, no puedo aceptar nada. No tengo piscina ni tampoco un sitio para almacenarlos. Al menos no todavía. Compran cosas porque encaja con el tema de su fiesta. El dinero no es el problema, el problema es deshacerse de las cosas que se amontonan en los patios traseros. La mayoría de la gente aquí son conscientes del medio ambiente, no quieren que los vean tirando cosas, así que contratar para hacerlo todo sería la solución perfecta. En cuanto a los organizadores de fiestas, supongo que estarían encantados con la oportunidad de contratar todo lo que necesitan desde un solo lugar, ahorrándoles mucho tiempo, estrés y esfuerzo.

"Me interesa. ¿Es de aquí?" pregunta Randy.

"Algo así. Vivo en Sag Harbor."

"Perfecto. Yo vivo en East Hampton, podemos encontrarnos en algún punto intermedio." Me hace señas para que le siga, saltando ahora como un niño en una tienda de chucherías. "Y ahora que sé el tipo de cosas que busca, tengo mucho más que enseñarle."

"Genial." Le sigo y me río de su entusiasmo. Randy era exactamente lo que necesitaba para recuperar mi ímpetu y seguridad.

15

REINA – VIERNES

"¡Nicole!" le doy un largo abrazo a mi hija y la empujo hacia adentro. "¿Qué tal el viaje?"

"Largo y lento," contesta con un gemido y flexionando los hombros. "Tengo hambre. ¿Qué hay para cenar?" Va directa al frigorífico, coge un tetrabrik de zumo de naranja y le da un trago largo.

"He estado un poco distraída hoy, así que he pedido comida china. No tardará mucho." No comento nada de que no esté usando un vaso. Estoy tan feliz de que esté aquí que puedo perdonarle su falta de modales. "¿Qué tal la semana?"

"Ocupada. La próxima semana empiezo el trabajo de campo, así que he estado adelantando con el estudio para los exámenes." Nicole vuelve a poner el zumo en su sitio, se limpia la boca con la manga de la sudadera con capucha que lleva puesta y me mira, como si se acabara de darse cuenta de que estoy ahí. "Oh, guau. Estás súper guapa. Tu pelo... tan bonito y tan liso."

"Gracias." Me sonrojo por el cumplido y me pongo el pelo detrás de las orejas.

"Y tus tacones y tu vestido..." Se acerca a mí y pasa sus dedos por mi vestido amarillo de lino y seda. "¿Es nuevo?"

"No. Simplemente es que nunca lo he usado."

"Ah. ¿Vas a salir esta noche?"

"Por supuesto que no. Estás tú aquí," exclamo. "Solo pensé que debería cuidarme más y mejor, eso es todo."

La boca de Nicole se convierte en una amplia sonrisa. "Bien por ti. Me alegra ver que estás mejor. ¿Has hablado con papá?"

"No. Ya no tengo motivos para hablar con tu padre. ¿Y tú?"

"No." Nicole desvía la mirada, sé que está mintiendo. Probablemente, Sandeep le ha dicho que Bree está embarazada y le ha pedido que lo mantenga en secreto hasta que él esté listo para decírmelo. Debe estar temiendo el momento pero, ahora que ya he superado el shock inicial, sé que podré mantener la calma y ser agradable. Quizás el darme cuenta de que me siento atraída por una mujer después de veintidós años de matrimonio con un hombre ha eclipsado todo lo demás que está pasando en mi vida.

"Deberías ir a visitarlo mientras estás aquí. A él le gustaría," digo. "Todavía no has estado en su casa."

"No." Dice, haciendo una mueca. "No me importa salir a comer con él, pero no voy a saltar de alegría para verlo a él y a Bree juntos. Quizás un café en algún sitio el domingo, ya veremos." El timbre de la puerta suena y Nicole aprovecha agradecida la oportunidad de terminar la conversación. Cogiendo algo de cambio del cuenco en la encimera de la cocina para el repartidor, sale corriendo por la puerta hacia las cancelas. "¡Comidaaaaaaaaa!" grita, haciéndome reír. Vuelve con una bolsa grande llena de todos sus platos favoritos que he pedido y, cuando la abre, el olor de chow mien, algas fritas, berenjenas de Sichuan, pato pequinés crujiente con verduras, tortitas y salsa de ciruelas, sopa wonton y rollos de fideos al vapor llenan la cocina. Es demasiado para dos personas, pero sé que le gustan las sobras para el desayuno, así que me he sobrepasado un poco. "Qué rico, me muero de hambre," dice, abriendo las cajas.

Saco platos, palillos, copas y una botella de vino blanco a la mesa del comedor y Nicole trae la comida, que ya está atacando por el camino. Normalmente, me siento en la cabecera de la mesa, pero esta semana me he estado sentando a un lado porque me daba una vista de Belle sin obstáculos de por medio. Sin pensar, saco esa misma silla y me siento. Nicole me lanza una mirada fugaz de confusión pero no comenta nada. "¿Sigues disfrutando de Nueva York?" le pregunto mientras sirvo el vino.

"Sí, mucho. Siempre me preguntas lo mismo." Se sirve berenjenas en su plato y me pasa la caja.

"Soy tu madre, es importante para mí que disfrutes de la vida. ¿Qué vas a hacer este semestre? ¿Algo interesante?"

"Supongo. Podré darte una respuesta en un par de meses, todavía es demasiado pronto." Frunce los labios y se muerde la mejilla. "¿Qué querías hacer tú cuando eras más joven?"

El comentario 'más joven' pica. "Oye, que todavía soy joven," digo, dándole una patadita debajo de la mesa. "Dudo que muchos de tus compañeros tengan una madre todavía en los treinta y tantos años."

"Por los pelos." Pone los ojos en blanco y se ríe. "Lo siento, es broma. Tú sabes lo que quiero decir."

Tomo un sorbo de vino y miro los platos en la mesa. No tengo hambre. No he podido comer en todo el día, totalmente desconcertada por el incidente con Belle pero, de todos modos, me sirvo. Aunque solo seamos nosotras dos, sigue siendo tiempo para pasar en familia y voy a comer, tenga apetito o no. "Bueno, supongo que quería ser fotógrafa."

"¿En serio?" Su mirada desconcertada me dice que no es posible que yo tenga una parte artística en mi cuerpo. "Sabía que te gustaba la fotografía, compraste todo el material aquí, pero no sabía que querías dedicarte a eso. ¿Eras buena?"

"Pues me consideraba mejor que la media. No estoy segura de lo buena que sería ahora. No he practicado mucho en la última década, aparte de las fotos que he sacado con el móvil."

"¿Tienes algunas fotos chulas tiradas por ahí en alguna parte? ¿Dónde está tu cámara?"

"Creo que tengo algunas arriba en una caja, en el estudio. Mi cámara creo que está allí también, pero es muy vieja, como yo," añado, arqueando una ceja. "Estoy segura de que las hay mucho mejores en el mercado ahora."

"Lo siento, mamá, no quise ser discriminatoria." Me lanza un beso. "¿No tienes ganas de retomar la fotografía? ¿Ahora que tienes más tiempo libre?"

"Quizás." Dudo porque, honestamente, no lo había considerado pero tiene razón, tengo demasiado tiempo libre y en realidad no es mala idea.

"Excelente," dice, aceptando mi vaga respuesta como un sí. "¿Por qué no vamos a comprar una cámara nueva este fin de semana? Podríamos hacerlo por internet o ir a la ciudad. Sí, vamos a la ciudad. Almuerzo y compras, solo nosotras dos."

"Vale. Almuerzo y compras," digo, feliz con la idea de pasar un día en la ciudad con mi hija. Y además me entusiasma la idea de volver a tener una cámara de fotos entre mis manos después de tantos años. Siento ganas de volver a ver el mundo a través de una lente, de capturar la esencia de todo lo que amo.

"Solo quiero que te encuentres a ti misma de nuevo, mamá. Igual que tú quieres que yo disfrute de la vida, yo quiero que tú también seas feliz."

Hay un silencio entre nosotras mientras reflexiono sobre lo que acaba de decir. Parece algo muy maduro de su parte y me desconcierta un poco. ¿Ha sido tan obvio para ella que he estado pasando un mal momento? He hecho todo lo posible por ocultarlo, siendo la mejor versión de mí durante los fines de semana que ha estado aquí. "Lo sé, cariño, pero soy feliz. Ya me siento mucho mejor."

"Sí, me he dado cuenta de eso. Hay algo diferente en ti. No solo tu apariencia, hay algo más." Otra vez, Nicole me observa, como si estuviera esperando una confesión. ¿Está esperando que le diga que he tenido una cita o que he conocido a un hombre en el supermercado o en internet? ¿Esperando descubrir por qué de repente estoy dando vueltas sobre tacones de aguja otra vez y cuidándome como nunca antes? No hay nada de qué informar, por supuesto. Al menos nada que esté dispuesta a compartir, así que simplemente sonrío.

"Es solo que ya es hora de seguir adelante," digo, concentrándome en mi comida. Sí, me siento diferente hoy, pero también me siento aterrorizada y confundida porque, incluso con Nicole aquí, Belle es todo en lo que puedo pensar.

"Me alegro de que hayas dicho eso porque quería hablar contigo de algo." Hace una pausa. "Hay una fiesta en la casa de un amigo en Brooklyn a final de mes y me gustaría ir. Es en sábado pero el tráfico será horrible viniendo aquí y..."

"Por supuesto, cariño. Quédate en Nueva York y diviértete," la interrumpo. "No necesitas mi permiso. Quiero que vengas a casa porque quieres estar aquí, no porque te preocupe que esté sola."

"Pero no puedo evitar preocuparme por ti." Se encoge de hombros. "Y solo para aclarártelo. Me encanta venir aquí. Me encanta el mar y te quiero. Este es mi hogar y *tú eres* mi hogar. Solo que no quiero que te sientas sola."

Me pican los ojos de la emoción y trago el nudo que se me ha formado en la garganta. "Te prometo que no me siento sola, ¿de acuerdo?" La miro fijamente. "Eres adulta y te estás convirtiendo en tu propia persona, así que quédate en Nueva York cuando quieras, ¿me oyes? Cuando quieras. Y cuando vuelvas a casa, siempre habrá comida china esperándote." Me estiro por encima de la mesa y le aprieto la mano. "Mientras me llames y me digas que estás bien, yo estaré bien."

16

BELLE – SÁBADO

"No quiero ir al banco. Quiero ir a ver a los corderitos." Protesta Suki mientras nos preparamos para salir.

Termino de cepillar su cabello y empiezo a hacerle una trenza en el lado izquierdo. "Tenemos que ir al banco, cariño. Mami necesita abrir una cuenta comercial."

"¿Por qué?"

"Porque voy a montar mi propia empresa y necesito pagar muchas cosas que he pedido."

Suki se da la vuelta y frunce el ceño de la manera más mona. "¿Por qué?"

Me río, aseguro el elástico en la trenza y empiezo por el otro lado. "Para que tú y yo podamos tener una buena vida. Para que, con el tiempo, podamos tener una casa más grande. Para que tú puedas estudiar y ser lo que quieras. ¿No quieres eso?" Escuchándome hablar, no me puedo creer que sea la misma persona de hace tres años. Trabajando detrás de una barra en clubes nocturnos de Nueva York, acostándome con toda la ciudad y compartiendo un apartamento con tres amigos. Vivía el momento y nunca planeaba más allá de un día. Ahora tengo una hija de la que cuidar, una hipoteca que pagar, estoy a punto de empezar mi propio negocio y la vida no podría ser mejor. Mi hermana me dio algo muy importante antes de fallecer. Me dio el regalo de la devoción, la responsabilidad y el amor, y aunque todavía la echo de menos todos los días, tener a Suki en mi vida me hace sentir más fuerte y positiva.

"¿Estudiar?"

"Sí. Es cuando vas a una escuela de niñas grandes y te enseñan cómo hacer un trabajo." Pienso en Reina hablándome de su hija. Deben estar muy unidas si todavía sigue viniendo a casa los fines de semana y solo espero que Suki haga lo mismo a esa edad. He estado analizando nuestra breve conversación una y otra vez. Estoy segura de que Reina sabe que trabajo para Hamptons' Escorts. Si lo sabe, eso también quiere decir que ha estado buscando entre las escorts lesbianas... "¿Qué quieres ser cuando seas mayor?" pregunto, en un intento por distraerme de Reina. "No necesitas decidirlo ahora, claro, y puedes cambiar de opinión cuando quieras. Y si no lo sabes, también está bien."

"Quiero ser princesa," dice con naturalidad.

"¿Princesa? Eso no es un trabajo." Me divierte que sea la típica niña, teniendo en cuenta que yo soy todo lo contrario. Claramente lo ha heredado de su madre. Linda solía vestirse de princesa cuando éramos pequeñas y a mí me gustaba ser el príncipe, aunque nunca me quedaba bien con las camisas a cuadros de mi padre.

Suki ladea la cabeza hacia atrás para mirarme. "Quiero ser princesa con un trabajo."

Me río entre dientes. "Vale. ¿Qué trabajo?"

"Igual que el tuyo." Dice sonriendo. "Quiero nadar en piscinas."

"Yo no nado en piscinas, cariño. Las limpio. Pero si eso es lo que quieres hacer, entonces puedes hacerlo."

"Sí. Quiero ir a trabajar contigo." Suki se da una palmada en el muslo. "Y quiero nadar también. Y quiero ser princesa."

"Quizás podría enseñarte a nadar. Eso sería un buen comienzo, ¿no?" Dudo que tenga los mismos sueños dentro de tres años, pero es bonito que quiera ser como yo en este momento.

"Pero yo *sé* nadar."

"Sí, ya sé que sabes nadar. Y nadas muy bien, pero quiero decir sin tus manguitos." Toco sus hombros dos veces, mi señal de que su pelo está arreglado, y se da la vuelta con el ceño fruncido.

"¿Sin nada?"

"Sí, solo con tus brazos y piernas. Puede que necesites practicar, pero lo conseguirás. Iremos a la piscina comunitaria. Será más fácil que en el mar y es posible que Juliette y Cameron quieran venir también."

Suki reflexiona sobre mi propuesta, que debe parecer indignante para un niño de cuatro años. Nadar sin manguitos. Una locura. "Vale. ¿Podemos ir ahora?"

"No Suki. La piscina está cerrada ahora," digo, haciendo una mueca por mi mentirijilla. "Ahora vamos al banco y luego a comprar comida." Niego con la cabeza y sonrío. Al menos he logrado distraerla de 'los corderitos'.

Nadie dijo que esto fuera fácil. Después de nuestra visita al banco, estoy haciendo malabarismos con un cochecito lleno de comida y con Suki arrastrándome por la acera. Se considera ya demasiado mayor para ir en el carrito, pero es la única forma en que puedo hacer varias cosas a la vez. Lo utilizo para transportar cosas cuando ella está conmigo, así puedo llevarla de la mano al mismo tiempo. Hoy está lleno con guisantes congelados, espinacas y helado derretido, entre otras cosas, pero eso no quiere decir que llegaremos al congelador más rápido.

Por el rabillo del ojo algo llama mi atención y me detengo de pronto para mirar al otro lado de la calle. “Espera Suki”, le digo, entrecerrando los ojos para asegurarme de que no me estoy imaginando cosas.

“Mami, me estás agarrando demasiado fuerte.”

“Ay, lo siento cariño.” Me doy cuenta de que le estoy apretando la mano cuando veo a Reina saliendo de la tiendecita rara de tecnología en la esquina de nuestra calle y aflojo la mano. Está con una chica que asumo que es su hija. Tiene un parecido notable con Reina. Más joven, por supuesto, con un poco más de curvas y vestida de manera mucho más informal, pero sus ojos grandes, su cabello largo y oscuro y sus labios gruesos son los mismos. La chica levanta una cámara Polaroid, pero Reina parece reticente, o quizás tímida, a posar para la foto. De repente levanta la vista, como si pudiera sentir mis ojos sobre ella, y la saludo con la mano desde el otro lado de la calle. Me escucho llamándola. “Venga, vamos a saludar a la amiga de mamá. Será solo un minuto.”

Me siento nerviosa cuando levanto a Suki y cruzo la calle, y por la mirada que veo en su rostro, creo que Reina también está nerviosa. Mi corazón late con fuerza, pero ya es demasiado tarde para darme la vuelta, así que levanto la barbilla y le dirijo una amplia sonrisa.

17

REINA – SÁBADO

Examinando la tienda, llena de todo lo relacionado con la fotografía, me siento abrumada por todo lo que tienen expuesto. Nos hemos aventurado a ir a Sag Harbor ya que la única tienda especializada en la península está aquí. Es un pueblo pesquero encantador, con una multitud de gente muy local y de ambiente bohemio. Nunca he estado en esta parte de los Hamptons. La mayoría de mis amigos viven en los pueblos y aldeas de Southampton y Easthampton y sus alrededores, escondidos detrás de setos privados en sus grandes villas. Es agradable salir de mi vecindario y me ha hecho darme cuenta de lo pequeño que es mi mundo en realidad.

"¿Qué tal esta?" Nicole coge una cámara enorme. La lente en sí es más grande que sus dos manos agarrando el cuerpo mientras me apunta.

"Esa es para larga distancia," digo con una risita. "No necesito una cámara de francotirador. Una simple, digital, semi profesional o híbrido, con un buen enfoque servirá." Echando un vistazo a los estantes, mi atención se dirige hacia una Nikon D6, porque todas mis cámaras anteriores han sido de la misma marca. Levantándola, froto mi pulgar sobre la superficie áspera y admiro la lente. La cámara tiene una forma poco usual, cuadrada en vez de triangular, pero la siento fuerte y cómoda en mis manos.

"¿Qué tiene pensado fotografiar?" me pregunta el auxiliar de ventas que ha estado escuchando.

"Todavía no estoy segura. La playa, el océano, la vida silvestre, la gente tal vez." Le dije que no necesitaba ayuda, pero ahora que tengo delante tantas opciones, en cierto modo sí que la necesito. "¿Qué opina?"

"Creo que esa DSLR es una gran elección. Es cara, pero una de las mejores que tenemos. ¿Sabe de cámaras?"

"Solía, pero hace mucho tiempo de eso," digo, cruzando mis manos alrededor de la cámara y levantándola para mirar por la lente. Su visión es nítida, mucho mejor que mi vieja cámara, pero no me sorprende. La tecnología debe haber avanzado mucho desde mi adolescencia o cuando tenía poco más de veinte años.

"Tiene una configuración silenciosa para la fotografía de la vida silvestre, un sistema de enfoque automático increíblemente preciso y la calidad es de primera. También es resistente a la intemperie y apto para todos los entornos, de día y de noche," el auxiliar continúa explicando. "Diría que se inclina más hacia lo profesional y sobre todo la compran periodistas o fotógrafos deportivos, pero es fácil de usar y está diseñada para capturar momentos más que escenas."

Asegurando el colgador forrado de neopreno alrededor de mi cuello, noto que su peso es agradable. No demasiado pesada para largas caminatas, ni tampoco demasiado ligera. No hay nada peor que una cámara endeble. Quiero saber que está ahí. "Me gusta."

"Tiene buen gusto."

"Sí que lo tengo," bromeo. Apuesto a que ya nos ha

evaluado para ver si podemos permitirnos comprar algo así. Aunque Nicole lleva unos vaqueros rotos y una camiseta gris sin marca, estoy segura de que el bolso de Givenchy Antigona que le compré por su diecisiete cumpleaños no ha pasado desapercibido y tampoco el mío de Bottega Veneta. No soy de las que tiran la casa por la ventana. Un buen bolso es todo lo que necesito, y he tenido este durante años. Teniendo esto en mente, también soy consciente de que no me he regalado nada especial en mucho tiempo y realmente quiero esta cámara.

"Puedo sumarle a esto una garantía adicional de cinco años y una cámara Polaroid para la jovencita," dice, esperando que con la oferta, Nicole me convenza. "E incluiré dos paquetes de rollos de películas vintage y uno en sepia."

Por supuesto, Nicole está emocionada. Es la sugerencia perfecta para alguien de su edad. "¡Sí mamá! Me encantaría tener una." Me mira con esos ojos de perrillo y me río porque no necesito que me convenzan. Ya me he decidido.

"De acuerdo, me la llevo."

Nicole toma ansiosamente la caja con la cámara Polaroid y comienza a cargar la película sepia mientras yo pago, estudio los ajustes básicos de mi nueva cámara y firmo los documentos para la garantía. Si hubiera sabido que algo tan simple como una cámara Polaroid barata haría tan feliz a Nicole, le habría comprado una hace mucho tiempo.

"¡Sonríe!" dice, a punto de tomarme una foto mientras salimos de la tienda.

"Por favor, no lo hagas. No me gusta que me hagan fotos." En un acto reflejo, levanto una mano para taparme la cara y me giro un poco.

"Venga mamá. Este es un gran momento. Por fin tienes una buena cámara otra vez."

Moviendo la cabeza con una risita, me rindo y levanto la

bolsa de compras mientras le sonrío con torpeza. Al ver algo, o más bien a *alguien* familiar, en mi visión periférica, mi expresión alegre cambia rápidamente a una de sorpresa. Es Belle, de pie al otro lado de la calle y observando nuestras bromas. Una mano sostiene la de una niña pequeña que asumo que es su hija y la otra tira de un carrito lleno de bolsas de supermercado.

"¡Eh, Reina!" Me saluda con la mano, levanta a la niña en su cadera y, para mi sorpresa, cruza la calle. Mi corazón late salvajemente cuando se acerca, tanto que apenas puedo saludarla.

"Hola Belle," consigo decir. Mi voz no suena como la mía cuando estoy cara a cara con ella. Se ve tan diferente sin su gorra roja y sus pantalones cortos. Hoy va vestida con vaqueros desgastados y una camiseta azul marino. Lleva una camisa blanca de lino sobre los hombros y el pelo peinado hacia atrás de manera informal. Es tan increíblemente atractiva que me encuentro mirándola fijamente. Hoy no se parece a Belle, la chica de la piscina, sino a "B", la escort. *Como su foto de perfil.*

"Y tú debes ser Nicole." Me impresiona que recuerde su nombre y veo que Nicole está desconcertada. Conoce a todas mis amigas y Belle es, desde luego, un poco diferente a ellas, al menos en la apariencia.

"Sí." Nicole le da la mano y sonríe a la niña. "Hola guapa. ¿Cómo te llamas?"

"Suki," murmura mientras se chupa el dedo.

"Que nombre tan bonito. ¿Cuántos años tienes?" pregunta Nicole. Me doy cuenta de que soy yo quien debería estar haciendo estas preguntas, pero estoy demasiado aturdida para mantener una conversación.

"Suki tiene cuatro años," dice Belle cuando Suki no

responde. "Y ya se está volviendo demasiado pesada para llevarla." La baja y le coge la mano.

"Eres una niña muy bonita," digo por fin. Suki se ríe nerviosa y se medio esconde detrás de la pierna de Belle.

"Es tan mona. Me encantan los niños." Dice Nicole, lanzándole una sonrisa a Belle. "¿De qué conoces a mi madre?"

"Doy servicio a su piscina," dice Belle. "Trabajo para Pool Masters."

"Ah." Nicole me mira, probablemente porque perdí la lengua. "¿Qué le pasó a Larry?"

"Barry." Belle se ríe entre dientes. "Se rompió el brazo. Le estoy sustituyendo." Dice mirándonos a ambas. "¿Qué hacéis por aquí, en Sag Harbor?"

"Mamá se acaba de comprar una cámara nueva." Dice Nicole señalando la bolsa. "Me contó que solía ser una buena fotógrafa en el pasado, así que quería verlo por mí misma."

"Ah, ¿sí?" dice Belle arqueando una ceja. "Si fuera tú, empezaría con esa hermosa vista que tienes en la casa."

"Sí, creo que lo haré." Por fin, reúno el valor para mirarla a los ojos y el efecto que causa esa simple acción es asombroso. No esperaba verla aquí. Está fuera de contexto y es confuso, me hace sudar en frío. Mi centro siente hormigueos, tengo el pulso acelerado y ojalá pudiera mirarme en un espejo para ver si estoy presentable. "¿Y qué estás haciendo tú aquí?" tartamudeo.

"¿Yo? Ah, vivimos aquí." Belle señala el primer restaurante de una fila de muchos. "Justo ahí, encima del bar The Oyster."

"Qué bonito," digo, levantando la mirada hacia el edificio de dos plantas con un amplio balcón que da a la calle. La verdad es que no sé dónde esperaba que viviera. Lo pensé en algún momento e incluso traté de encontrarla en las redes sociales, pero fue en vano. Francamente, no me la imaginaba viviendo en ningún sitio al ser el mantenimiento de piscinas y el acompañamiento dos mundos tan contradictorios, pero ahora que la veo aquí, tiene sentido. "Justo en medio de toda la acción."

Belle se echa a reír. "No estoy segura de que haya mucha acción en Sag Harbor, pero nos gusta, ¿a que sí, Suki?" Gira el carrito en dirección al bar. "Bueno, ha sido un placer verte. Será mejor que metamos el helado en el congelador."

"Sí, un placer verte a ti también." Le lanzo un beso a Suki. "Y a ti." Nos quedamos ahí y pienso dónde ir ahora. No podemos quedarnos delante de la tienda pero tampoco quiero ir en la misma dirección que Belle. Eso sería raro, después de habernos despedido. *Oh Dios, estoy pensando demasiado las cosas.* "¿Qué te parece si vamos a Southampton Village y comemos en ese lugar de gambas que te gusta?" Le pregunto a Nicole y, sin esperar respuesta, empiezo a caminar de vuelta al coche

"Pero pensé que querías quedarte en Sag Harbor," dice Nicole, siguiéndome. "Dijiste que las tiendas y los restaurantes estaban bien y que querías echar un vistazo."

"Ya sé que dije eso pero tengo mucha hambre, así que igual podemos ir a un sitio donde sabemos que la comida es fantástica." Volviéndome hacia ella me encojo de hombros como disculpa. "Si no te importa, claro. De todas formas, no te gusta ir de compras, ¿no?" Siento la necesidad de salir de aquí porque no sé cómo comportarme después de ver a Belle. Ha sido demasiado, demasiado abrumador. Ninguna de las dos tiene idea de cómo me siento y me voy a asegurar de que nunca lo descubran.

"No me importa," dice Nicole encogiéndose de hombros. "Pero..." hace una pausa mientras metemos las bolsas en el coche y subimos en el coche. "Pero lo que no entiendo es por qué te estabas comportando de manera tan extraña con esa mujer."

"No lo hacía. Es solo la mujer que da servicio a nuestra piscina."

"Exactamente. Entonces, ¿por qué estabas tan callada e inquieta? Es como si te pusiera nerviosa o algo. ¿Ha hecho algo que te haya hecho sentir incómoda?"

"No, Dios no." Miro hacia el cielo e intento reírme. "De verdad que no sé de qué estás hablando." Desesperada por cambiar de conversación, señalo la foto Polaroid que me ha hecho. "¿Cómo estoy?"

18

BELLE – DOMINGO

El domingo es mi día favorito de la semana. Juliette y yo decidimos ir a Montauk con Suki y Cameron para comer rollos de langosta en '*Rolls*', una chocita en la carretera principal, solo porque teníamos antojo de ellos. Es un lugar popular así que llegamos temprano para asegurarnos una mesa a la sombra en la terraza. Las familias y los milenials se amontonan alrededor de sus mesas de picnic azules bajo marquesinas de bambú desvencijadas. Como es uno de los pocos lugares donde los ricos y famosos se juntan los fines de semana con los lugareños, a Juliette le encanta venir aquí para ver celebridades. Aunque ella siempre lo ha negado, es un poco quiero y no puedo de corazón, lo que es algo entrañable de una manera un poco extraña. Lee todas las revistas de cotilleos, se mantiene al día de los escándalos y las intrigas que rodean a las personas de la alta sociedad de los Hamptons y, de vez en cuando, trata de arrastrarme a los lugares de moda más recientes.

Juliette cierra los ojos y gime de placer mientras muerde su rollo de langosta. Tiene tres delante y me sorprenderá si logra terminárselos. "Mmm, lo he echado de menos. Está tan, tan bueno. ¿Por qué cierran en invierno? No es justo."

"Tan, tan bueno," dice Cameron, cerrando los ojos e imitando a su madre.

Me río, porque lo hace a la perfección, incluso cuando pone los ojos en blanco al final de manera teatral. "Chicos, ¿estáis emocionados de ir a la piscina más tarde?"

Cameron asiente. "Yo ya sé nadar," dice, metiéndose una patata frita en la boca.

"Yo también," interviene Suki. "Puedo nadar en los más profundo de lo profundo." Está más que emocionada y le cuenta todo lo que eso implica a Cameron, escenas imaginarias que incluyen tiburones, sirenas y una princesa que limpia piscinas. Más y más ketchup termina en su mejilla mientras habla y come al mismo tiempo, para deleite de las personas que nos rodean.

"Aquí tenéis, chicos. Tres rollos de langosta, patatas fritas y Coca Cola." Una mujer deja una bandeja con comida sobre una mesa y se une a la pareja que se ríe de la historia espectacularmente incoherente de Suki. Le sonrío a la mujer y trato de mantener una cara seria cuando veo que es la señora Ashworth. Se me queda mirando un momento, parpadeando, como si estuviera procesando la situación, quizás haciendo un análisis de riesgo interno. Las personas que están con ella son mucho más jóvenes. Sospecho que el chico es su hijo porque se parece a ella. No es la primera vez que me pasa esto, así que vuelvo a mi comida y cojo el teléfono, fingiendo responder un mensaje. Tropezarme con una clienta parecía un gran problema la primera vez que ocurrió, pero ahora he descubierto que actuar con calma es una forma de evitar un estrés innecesario. No quiero que entre en pánico. Está casada y, obviamente, no quiere que nadie sepa de sus escapadas. En cuanto vea que estoy tranquila, ella también lo estará y todo irá bien.

La señora Ashworth se vuelve hacia nuestra mesa, igualmente divertida por Suki. Para mi sorpresa, ella no me ignora y no insta a sus compañeros de mesa a irse. "¿Es tu hija? Es adorable."

"Sí," digo, un poco incómoda. No me gusta que las clientas sepan nada de mi vida privada, pero no puedo ignorarlos, coger a Suki y marcharme, así que la rodeo con un brazo y finjo divertirme. "Tiene mucho que decir hoy, normalmente no es tan habladora."

"Parece muy lista para su edad. Debe haberlo heredado de su madre." La señora Ashworth me está poniendo ojitos, girándose hacia un lado para que la pareja que tiene a su lado no vea lo que está haciendo. Hasta ahora me las he arreglado para mantener mi vida privada separada de mi vida de escort, pero esto se está acercando más a casa y la mirada que me está lanzando me hace sentir incómoda, especialmente con Suki aquí.

"Sí, es muy inteligente." Les dirijo una sonrisa cortés y me dirijo a Juliette. "¿Qué te parece si nos terminamos esto en la playa?"

"¿Qué? Eso no tiene sentido. Vinimos temprano porque..." Juliette se queda en silencio cuando desvía su atención de su comida por un momento y levanta la mirada para ver a la señora Ashworth que me está mirando fijamente. No estoy segura de si Juliette recuerda quién es, tiene que verificar muchos clientes a la semana, pero un leve estremecimiento me dice que sí. Agradezco cuando empieza a poner la comida de Cameron en una cajita, a pesar de sus protestas.

"¿Vives en la playa?" pregunta la señora Ashworth a Suki. "Como eres tan buena nadadora."

"No. Vivo en Sag Harbor. Número cuarenta y nueve de Main Street," dice Suki con toda naturalidad y comienza a recitar la información que le he enseñado a memorizar en caso de que alguna vez se pierda. "Mi mami se llama Belle Rodgers y su número es..."

"Vale, Suki, ya es suficiente," la interrumpo. "Eso es solo si no puedes encontrarme, ¿recuerdas?"

La pareja se ríe pero la señora Ashworth parece fascinada. "Sag Harbor es un sitio bonito," dice. "Fuimos a cenar allí ayer." Señala a los jóvenes que le acompañan. "Mis hijos están de visita este fin de semana."

"Qué adorable. Bueno, desde luego tienes el clima a tu favor." Intento sonar casual mientras cierro los contenedores de cartón y los amontono.

"¿Vivís todos juntos allí?" le pregunta la señora Ashworth a Suki.

"Mamá, eso es un poco intrusivo, ¿no crees?" Su hija le lanza una mirada perpleja, claramente confundida de por qué su madre está tan interesada en nuestras vidas.

"Sí," miente Juliette con una sonrisa, rescatándome haciéndose pasar por mi pareja.

Observo que la señora Ashworth ahora sigue a Juliette con la mirada. "Discúlpenos. Prometimos a los niños que comeríamos en la playa. Que tengáis un día precioso."

"Pero dijiste que íbamos a ir a la piscina," protesta Cameron con la boca llena todavía mientras Juliette lo empuja hacia el coche. "No quiero ir a la playa. Quiero ir a la piscina."

"Sí, vamos a la piscina, no te preocupes." Susurra Juliette, abrochando el cinturón a ambos mientras yo arranco.

"Lo siento mucho." Miro por el retrovisor mientras me alejo, medio esperando que la señora Ashworth nos siga como una maníaca. "Me pararé en algún sitio agradable donde podamos sentarnos para hacer un picnic."

"No te preocupes. No es culpa tuya, esa mujer es..." enciende la música a todo volumen para que Suki y Cameron no puedan oírlas desde la parte de atrás. "Es una tía espeluznante. Parecía un poco obsesionada."

"Dímelo a mí. No se comportó así la última vez que estuve con ella. Desde luego no me hizo preguntas personales."

"Dios, nunca se sabe, ¿verdad?" dice Juliette encogiéndose de hombros. "Solo puedo verificar si no tiene antecedentes y si son quienes dicen ser. Desgraciadamente, no puedo comprobar si están locos. Pero pondré una señal de advertencia en el sistema de reservas, para que no pueda volver a contratarte."

"Probablemente sea lo mejor." Dejando escapar un suspiro de alivio, me desvío en la carretera junto a la playa más cercana, donde un letrero dice que hay mesas de picnic. "Vamos a olvidarnos de esto y disfrutemos de nuestra comida. Seguro que todo estará bien."

19

REINA – LUNES

Este lunes por la mañana no podría haber sido más diferente a la semana pasada. Todavía estoy nerviosa, pero por otras razones. No es la ausencia de Nicole lo que me pone nerviosa, sino la anticipación de ver a Belle esta mañana. Llevo mallas y un top corto porque voy a clase de yoga más tarde y me siento cohibida por la cantidad de piel que enseño, pero estoy segura de que la mayoría de las clientas de Belle van en diminutos bikini mientras ella está trabajando. Sin embargo, dudo que algunas de ellas la miren de la misma forma que lo hago yo. ¿O sí? ¿Y si a la señora Roberts de la casa de al lado le gustan las escorts femeninas? ¿Y si alguien de mi clase de yoga se ha acostado con ella?

Solo ha pasado una semana desde la primera vez que vi a Belle, pero parece mucho más. Cuando algo consume tu mente veinticuatro-siete, el tiempo parece ralentizarse y no puedo dejar de pensar en el viernes y en nuestro encuentro del sábado. Creo que se ha dado cuenta de que sé que trabaja para Hamptons' Escorts, de eso estoy segura. No es que revelara nada cuando la vimos en Sag Harbor, no fue más que amigable y estaba relajada. He reproducido nuestra conversación delante de la tienda de fotografías en mi mente una y otra vez, muy incómoda por mi parte, deseando haber dicho algo diferente. Deseando haberme mostrado como una mujer despreocupada y con los pies en la tierra con un toque coqueto, pero no demasiado, para que no sepa cuánto la deseo, cuando, en realidad, todo lo que hice fue parecer una torpe.

El viento y el mar bloquean el ruido del frente de la casa y no oigo abrirse las puertas, así que cuando aparece es como una grata sorpresa y siento que mi rostro se ilumina al verla. *Soy una perdedora.* Trato de borrar la sonrisa de mi rostro mientras ahí estoy yo, como un comité de bienvenida de una sola persona. *Casi cuarenta años y obsesionada con la chica de la piscina. Es patético. Absolutamente patético.* "Hola, Belle."

"Buenos días, Reina." Belle me saluda con la mano y se toma un momento para admirar las vistas antes de volverse hacia mí. "Ni una nube en el horizonte."

"Sí," digo, maldiciéndome por estar una vez más sin palabras. Como un adicto, estoy esperando su próximo impacto sobre mí y no me decepciona. Mi cuerpo se llena de calor y la adrenalina inunda mis venas. Es delicioso y preocupante al mismo tiempo. "Estaba admirando el cielo azul. ¿Café?"

Belle mira la sala de máquinas, se queda ahí de pie un momento antes de encogerse de hombros y caminar alrededor de la piscina hacia la terraza. "Claro. Me encantaría."

Su café ya está esperando y todavía está caliente cuando levanto la taza de debajo de la cafetera.

"¿Has probado ya tu cámara nueva?" pregunta, tomando un sorbo del café.

"Sí. Salí a caminar esta mañana y aprendí todos los ajustes. Es increíble. Mucho mejor que la que tenía antes."

"Bien." Dice sonriendo. "¿Puedo ver algunas de tus fotos?"

"Oh..." Mordiéndome el labio, lanzo una mirada a la cámara, en la mesa del salón. "No estoy segura de que sean muy buenas. No soy profesional, pero te invito a que eches un vistazo..." Cojo la cámara, la cambio a modo 'ver' y se la doy.

"No sé nada de fotografía pero estas son preciosas," dice, pasando de una foto a otra de las que hice esta mañana durante el amanecer. Aumentando una de ellas, señala el primer plano de una gaviota con un pez en el pico. El sol que está saliendo enmarca su cabeza como un halo y en la esquina derecha, una ola que se aproxima choca contra una roca. "Y esta es increíble."

"Gracias. A mí me gustó mucho también." Puedo sentir su aliento sobre mi cuello cuando habla, y su cuerpo casi toca el mío mientras vemos juntas las imágenes.

"Tienes mucho talento, Reina." Cuando se vuelve hacia mí para devolverme la cámara, nuestros ojos se encuentran y soy incapaz de moverme o mirar hacia otro lado. No hay forma de que no se dé cuenta del deseo en mi mirada, pero no puedo evitarlo. "¿Estás bien?" susurra después de un largo silencio. Hay algo diferente en nuestra forma de actuar hoy. Es más íntimo, como si estuviéramos compartiendo un secreto.

"Ajá," digo, tragando saliva mientras dejo la cámara en la mesa de la terraza.

Belle asiente, sin quitarme los ojos de encima, y con esa mirada, ha cruzado los límites de la profesionalidad. Esta no es una conversación entre jefe y empleado. "Pareces nerviosa en mi presencia." Sus pestañas largas revolotean mientras baja la mirada a mis labios. "¿Lo estás?"

"Sí."

"¿Y es algo malo?" pregunta cuando no doy más detalles.

"Depende."

"No me lo estás poniendo fácil con respuestas de una sola sílaba." Se ríe entre dientes y lleva su mano a mi cabello, poniendo un mechón oscuro detrás de mi oreja.

"Disculpa..." Apenas puedo sostenerme. Mis piernas parecen gelatina y mi corazón está latiendo tan fuerte que estoy segura de que puede oírlo. De dos maneras diferentes, esto solo puede ir en una dirección. O se va o me besa ahora mismo, porque por la forma en que me está mirando, podría hacerlo. "Me resulta difícil explicarlo. No tiene sentido, pero..." Niego con la cabeza porque no puedo decirlo. "No importa."

Su expresión cambia de la manera más mágica. Sus ojos se oscurecen y aparece una sonrisa seductora en su boca, haciendo que sus hoyuelos destaquen. Me debilita y me siento húmeda y toda blanda por dentro. "Sabes que trabajo para Hamptons' Escorts, ¿verdad?"

Hay un largo silencio entre ambas. No tengo idea de si se trata de una verdadera atracción o si solo está buscando una cliente nueva pero, en este momento, no me importa. "Sí. Te vi en la página web."

"¿Y estabas mirando a las escorts femeninas?" Su tono es extrañamente suave y tranquilizador.

"Sí. No esperaba verte allí."

Belle se ríe. "Me imagino que fue una sorpresa. No tengo la costumbre de decírselo a la gente." Continúa mirando mi boca y siente un charco de humedad entre mis muslos. Ojalá me agarrara la cara y me besara hasta dejarme sin sentido, pero no lo hace. "Si estás interesada, Reina, si hay alguna parte de ti que puedo ayudarte a explorar, mi agenda está libre mañana por la noche."

Tomo una profunda respiración y me aparto un poco, porque esto se está volviendo más real de lo que nunca pretendí. Ahora que mi secreto ha salido a la luz, me asusta mucho pero no puedo apartar los ojos de sus labios. "Oh..." Apoyándome en la mesa del patio, mi mano agarra la superficie con tanta fuerza que mis nudillos se ponen blancos. Ella los cubre con su mano.

"Perdona. Me he sobrepasado." No parece para nada arrepentida cuando lo dice.

"No, está bien." El pánico se apodera de mí una y otra vez. No tengo idea de qué decir o cómo comportarme, así que doy un paso hacia la puerta y la miro, esperando no parecer aterrorizada. "Me tengo que ir," me escucho decir y me doy la vuelta para coger mi bolso. "Yoga."

20

BELLE – LUNES

Vale, lo he dicho. He plantado la sugerencia en su mente. Reina me deseaba, podía verlo en sus ojos y me pregunto si ella vio ese mismo deseo en los míos. Desapareció tan rápido que apenas la vi irse, las ruedas chirriando mientras se alejaba. La semana pasada no se fue hasta las diez de la mañana así que sé que llega temprano y con demasiado tiempo libre para pensar. Me la imagino sentada en el coche delante del estudio de yoga, preguntándose qué coño acababa de pasar. Ruborizada, tomando largas y profundas respiraciones en el asiento del conductor, los ojos cerrados y la cabeza apoyada en el asiento, dejando al descubierto su delicado y elegante cuello. Me recorre una oleada de excitación y me imagino pasando mi lengua por él. No pretendía hacerla sentir incómoda pero se le pasará y confío en que no presentará una denuncia en mi contra.

Mi flirteo no fue prudente, pero no me arrepiento. Aunque deseaba besarla desesperadamente, y creo que ella habría recibido mi boca con agrado, no pude. No solo porque no habría sido muy apropiado, teniendo en cuenta que estoy aquí para trabajar, sino también porque habría mandado el mensaje de que me gusta de verdad. Sí, me siento atraída por ella, pero ella nunca puede saberlo. De esa manera, si me contrata, me acuesto con alguien que me atrae y Reina puede explorar su sexualidad y sentirse muy, muy satisfecha después.

Mis clientas se sienten bien después de una visita mía, no porque yo sea increíble en lo que hago, sino porque anhelan el contacto físico y la atención y porque, en el fondo, siempre han sentido curiosidad por estar con mujeres. Llevo haciendo este trabajo tres años y todavía no me he encontrado con una clienta 'abiertamente' lesbiana. La mayoría son heterosexuales, o eso dicen, y es liberador para ellas dejarse llevar sin tener que preocuparse de que sus familias se enteren o de que sus amigos las juzguen. Tampoco tienen que estresarse por ser una buena amante en un territorio desconocido. Simplemente pueden recostarse y disfrutar del viaje. Reina no es diferente y si da el paso, sé que puedo hacerla sentir increíble. Y si cambia de opinión y decide que las mujeres no son lo suyo, bueno, por lo menos la habré ayudado a entender esa parte.

Era una coincidencia que la noche del martes estuviera disponible. Preocupada de que la señora Ashworth se estuviera involucrando demasiado después de habernos visto durante el almuerzo, Juliette canceló su reserva permanente. No me siento cómoda con ella por haber hablado con Suki y porque sepa dónde vivo, no quiero volver a verla. Ciertas clientas han ido demasiado lejos a lo largo de los años, siguiéndome o declarándome su amor eterno, y ese es el momento en el que lo doy por terminado. No estoy en las redes sociales y no saben mi nombre real, pero la gente con dinero tiene sus medios para descubrir lo que *yo* no quiero que sepan. No hay amor entre una escort y una clienta, todo está en sus cabezas. Es una fantasía que nunca funcionaría en la vida real, pero algunas no lo reconocen. Simplemente no veo cómo una transacción y los sentimientos pueden ir de la mano, son dos conceptos completamente diferentes. El amor no está en venta. El amor solo puede desarrollarse cuando las circunstancias son realistas. Todo lo demás es solo un revoltijo de falsas emociones y deseos.

Cuando la puerta principal se cierra de un portazo y entra la asistenta me doy cuenta de que he estado soñando despierta, todavía de pie junto a la mesa de la terraza donde Reina me dejó con el café en la mano.

"Buenos días. Eres Belle, ¿verdad?" dice, apoyándose contra la puerta trasera. "Soy Nola."

"Sí, buenos días, Nola. ¿Cómo estás?"

"Bien, gracias. ¿La señorita Amari no está?" Mira por la sala de estar abierta y luego hacia el patio.

"Se fue a clase de yoga," digo y me acabo el café. "Se acaba de ir."

"Oh," Nola frunce el ceño mientras mira su reloj y va a la cocina. "¿Quieres otro café?" me pregunta, encendiendo la cafetera.

"No, gracias. Será mejor que vuelva al trabajo." No creo que me haya escuchado cuando el sonido de moler granos de café resuena en la cocina.

"¿Cómo está Barry?" grita por encima del ruido.

"No estoy segura," digo con sinceridad. "No lo conozco muy bien, pero me han dado seis semanas de trabajo así que supongo que es cuando esperan que vuelva al trabajo."

"Muy bien. Espero que se recupere." Justo cuando estoy a punto de volver a la piscina, Nola trae dos cafés. "Bueno, si te voy a ver con regularidad, también podríamos conocernos un poco mejor, ¿no?" Me da una de las tazas. "Vengo tres o cuatro días a la semana, solo medio día. La señorita

Amari no es muy desordenada ni ensucia mucho al estar ella sola, así que también trabajo para otras personas."

"Rei..." Me paro ahí. "La señorita Amari parece una buena persona para la que trabajar."

Nola me lanza una mirada perpleja, consciente de que estaba a punto de llamarla por su nombre. Me mira fijamente por un momento y continúa sin hacer más preguntas. "Sí, es muy amable. Te digo que no tendrás ningún problema trabajando aquí. ¿Dónde vives?"

"En Sag Harbor. Tengo un apartamento en Main Street."

Nola silba entre dientes. "Eso es caro. ¿Cómo te lo puedes permitir?"

No me sorprende que me lo pregunte. Las dos somos personal con un salario básico, no somos diferentes, y Sag Harbor es realmente caro para vivir allí. La verdad es que, sin mi trabajo de escort, estaríamos viviendo todavía con mi padre. "Es pequeño. Me las apaño."

"Hmm..." Hace una pausa y me mira de nuevo. "Yo vivo en Holbrook, cerca del aeropuerto. En un apartamento en el sótano, con mi marido y mis dos hijos," añade. "Muy alborotadores todos, incluido mi marido. ¿Estás casada?"

"No, pero tengo una hija pequeña."

"Oh..." Nola se sienta y levanta los pies. "Cuéntame cosas de ella." Claramente no tiene intención de ponerse a trabajar todavía. Miro mi reloj, luego miro la piscina, que está impecable, y decido que puedo esperar otros cinco minutos, así que me siento con ella y disfruto del sol de la mañana.

21

REINA – LUNES

"Hazlo," susurra Sasha. "Hazlo, hazlo, hazlo."

"Shh..." susurro yo también, luchando por mantener mi posición hacia atrás en la pose del rey paloma. Después de tener a Eddie empecé a hacer yoga y, aunque no practico religiosamente todos los días, me va bien en la clase avanzada. "Aquí no."

"Venga, tienes que hacerlo. Prácticamente te ha retado a hacerlo, no te puedes echar atrás ahora." Lamento haberla puesto al día antes de la clase porque está tan emocionada por mí que no puede dejar de hablar de ello.

"Sasha, he dicho que aquí no," digo entre dientes.

"Silencio, por favor. Vamos, señoras. Cinco minutos más y podrán hablar todo lo que quieran." Nuestro instructor camina entre los cuerpos y empieza la cuenta hacia atrás desde diez. "Estupendo. Ahora, salgan lentamente de su posición, pónganse sobre manos y rodillas y hagan la postura del niño."

Dejo escapar un largo suspiro de alivio cuando por fin me inclino hacia adelante, aliviando mis músculos de la tensión. Estirando los brazos hacia adelante, pongo la cabeza entre las rodillas y me concentro en la respiración. *Adentro, espera, afuera, espera. Adentro, espera, afuera, espera.* Ya siento los hombros más ligeros. Debería asistir a más de una clase a la semana, especialmente ahora que estoy tan tensa.

"Bien. Ahora, siéntense y, lentamente, extiendan sus piernas hacia adelante y reposen sus espaldas." El instructor sigue a nuestro lado, asegurándose de que no interrumpamos su clase otra vez.

Hacemos lo que dice y cierro los ojos. Normalmente me dejo llevar a un estado feliz de nada, pero parece que hoy no puedo. Sasha siempre dice que me envidia por ser capaz de meditar. Me dijo que en lo único que puede pensar ella en esa parte de la clase es en nuestro instructor argentino encima de ella, sin sus mallas ajustadas. Debo ser la única mujer de la clase que no siente nada por él y creo que ahora sé por qué. Mi mente se va a Belle y sus labios, a sus ojos mirándome fijamente con ese brillo curioso y, Sasha no es equivocaba, atrevido y retador. *Si estás interesada, Reina, si hay alguna parte de ti que puedo ayudarte a explorar, mi agenda está libre mañana por la noche...*

"Eh, despierta." Sasha me da un empujón y me despierto de un salto.

"Ay, perdona." Parpadeo, decepcionada por haber sido arrancada de mi ensueño.

"Nunca antes te habías quedado dormida en clase." Extiende una mano para ayudarme a levantarme. Cojo mi bolso y la sigo afuera, en dirección a nuestros coches.

"No me he quedado dormida. ¿Te apetece un zumo?"

Se le forma una sonrisa traviesa en los labios. "No creo que tengamos tiempo para eso." Dice, señalando mi bolso. "Dame tu teléfono."

"¿Por qué?

"Solo dámelo."

Sin energía para discutir con ella, lo desbloqueo y se lo doy. "¿Qué estás haciendo?" le pregunto cuando, mirando por encima de su hombro, veo que está en la página de Hamptons' Escorts y desplazándose por ella hasta llegar a la página de Belle, pulsa en el botón de 'reservar'. "¡Eh, para!"

"Échate para atrás, te estoy ayudando," dice simplemente, alejándose cuando trato de arrebatarle el teléfono de sus manos. "Sabes que quieres y Belle no se siente incómoda, prácticamente te dijo que la contrataras."

"Pero no sé si estoy lista aún. No creo que lo esté."

"Nunca estarás lista, así que será mejor que te quites la tirita y lo hagas." Sasha saca sin vergüenza un par de tarjetas de crédito de las ranuras de cuero en la tapa de mi teléfono y sostiene una de ellas. "¿Está bien esta?"

Abro la boca para protestar pero ya no tengo excusas. Siempre puedo cancelarlo, pienso para mis adentros, y eso es probablemente lo que haré cuando llegue a casa. "Sí, esa está bien," digo con un suspiro de resignación.

"Genial." Sasha parece entusiasmada mientras mete los datos de mi tarjeta y espera a que aparezca la página de confirmación. "Ya está, reservado, sujeto a un control criminal..." Luego coge mi carné de conducir, le hace una foto y la sube. "Lo confirmarán en dos horas. Mañana por la noche, de ocho y media a doce. Belle hará realidad todas tus fantasías," cita la página en tono burlón.

"Joder," murmuro. "Esto es lo más aterrador que he hecho en mi vida. ¿Qué pasa si no le gusto? ¿Qué pasa si siente repulsión hacia mí?"

Sasha se echa a reír. "No sentirá repulsión. Por lo que me has dicho, podría haber incluso cierta atracción mutua y, además, es su trabajo. Esto es para tu placer, solo para ti."

"No parece que esté bien pagar por sexo," digo.

"Créeme, cambiarás de opinión muy pronto."

Me siento en la pared de ladrillo que hay detrás de mi coche y dejo que todo se asiente. *Belle está contratada para mañana por la noche. Una persona, una mujer, contratada para tener sexo. Voy a tener sexo con Belle. Voy a tener sexo con una mujer por primera vez en mi vida. Durante horas voy a tener todo con lo que había fantaseado la semana pasada. O quizás no. Quizás me daré cuenta de que solo era un encaprichamiento tonto y que, mirando atrás, no me atraen las mujeres en absoluto. Tal vez la decepcione. Tal vez se ría de mí.* Ante eso, me echo a llorar, y por mucho que lo intento, no puedo parar.

"Eh, ven aquí." Sasha debe estar sorprendida porque nunca me ha visto así. Me toma entre sus brazos y aprieta fuerte. "Lo siento mucho, he estado fuera de lugar. No debería haberte presionado. ¿Quieres que lo cancele?"

Negando con la cabeza, respiro hondo y me limpio la nariz. "No, no eres tú. Bueno, eres tú," digo con una risa incómoda. "Pero has hecho lo que yo nunca me atrevería a hacer, así que te lo agradezco. Pero..." Mi respiración se acelera de nuevo y me obligo a contener otro arrebato. "Me siento muy insegura."

Para mi sorpresa, los ojos de Sasha se llenan de lágrimas también. Me aprieta los hombros antes de soltarme y me levanta la barbilla para mirarla a los ojos. "Reina, eres tan increíble. ¿Te das cuenta de que la mayoría de los hombres en nuestros círculos matarían por estar contigo? No que a ti te importe, por supuesto," añade con un toque de humor. "Ahora entiendo por qué no te he visto nunca flirtear con otro hombre. Todo tiene sentido ahora. Simplemente preferías a las mujeres y tú ni siquiera lo sabías. Pero, créeme, eres una mujer muy atractiva."

"Sí, claro." Vuelvo a resoplar y me aclaro la garganta.

“Eres imparcial porque eres mi amiga, pero agradezco tus ánimos.”

“Y una mierda.” Sasha me levanta, me toma por los hombros y me da la vuelta hacia la ventana del coche para que vea mi reflejo. “Mírate, Reina. Eres una mujer preciosa y exótica en la plenitud de tu vida. No tienes que preocuparte por el dinero, eres soltera, tus hijos se han ido y es tu momento de brillar, de perseguir tus sueños y averiguar lo que te inspira. Así que averígualo. Mira bien tu vida y pregúntate qué es lo que quieres. Tienes el mundo a tus pies y ya es hora de que explores tus opciones. Ambas sabemos que hay algo que deseas, así que empieza con eso y mañana podrás tacharlo de tu lista.”

Asiento y respiro hondo. “De acuerdo. Es solo que...” hago una pausa. “Es muy pronto.”

“Todo lo nuevo y aterrador siempre se siente como que es demasiado pronto. Pero tenemos...” mira su reloj de oro. “Al menos seis horas para comprar lencería y algo elegante para ponerte antes de que tenga que volver a casa, y podemos hacer una parada para una pedicura y una depilación de camino al centro comercial.” Dice, guiñándome un ojo. “La preparación es la mejor medicina para los nervios.”

22

BELLE – LUNES

"Oye, nena, ¿adivina qué? Mañana tienes una clienta nueva." Juliette me llama justo cuando voy conduciendo de camino a casa desde mi último trabajo del día.

"Oh... Ya hace tiempo que no tengo una nueva pero supongo que la temporada de verano está empezando." Al acercarme a un semáforo, reduzco la velocidad y gruño cuando veo la fila de coches que tengo delante. Las carreteras están cada día más llenas y pronto me llevará el doble de tiempo llegar a cualquier parte. "¿A dónde voy? ¿Hotel? ¿Casa?"

"Southampton, casa privada. Reina Amari. Hice un chequeo y está limpia." Juliette suspira cuando no digo nada. "¿Qué pasa? ¿No te apetece? Puedo mandarle un email y cancelarlo."

Abriendo la ventanilla, inspiro aire fresco. Incluso después del intercambio tan directo esta mañana, no esperaba que Reina me contratara tan pronto, si no en absoluto, y es una sorpresa agradable y un shock al mismo tiempo. *Reina Amari.* El coche delante de mí se detiene de nuevo.

Hay tantos semáforos. "No, no la canceles," digo por fin con voz entrecortada. Es como si volviera a mi vida anterior en Nueva York, deseando pasar una noche con una mujer que me gusta mucho, y se me olvidó cómo era. Las mariposas, la anticipación, solo que esta vez es mucho, mucho más fuerte y me siento nerviosa.

"Vale. ¿Qué pasa? ¿La conoces?"

"Sí." La tensión en mi centro me está matando y aprieto los muslos mientras conduzco por la carretera principal a paso de tortuga. "¿Te acuerdas de esa mujer de la que te hablé? ¿A la que doy servicio a su piscina?"

Juliette suelta un resoplido. "No me digas que es ella. ¿Es ella?"

"Sí. Es Reina. No me puedo creer que me haya contratado."

"¿Le hablaste de Hamptons' Escorts?"

"No, fue solo una loca coincidencia. Me vio en la página y me reconoció." Hago una pausa. "Jules, esto no me ha pasado nunca antes. Que me contrate alguien que sabe quién soy."

"Bueno, dijiste que sentías atracción por ella," dice Juliette.

"Sí, me siento increíblemente atraída por ella." Me aclaro la garganta e intento sonar menos tensa de lo que estoy, porque acostarme con Reina Amari ya es la presión personificada. "Bueno, ¿ocho y media? ¿Alguna petición?"

"No, nada en mis anotaciones."

"No me sorprende. No creo que sepa lo que quiere y es posible que ni siquiera siga adelante con eso. Que yo sepa, nunca ha estado con una mujer." Seguro que en este momento estoy tan nerviosa como Reina, pero Juliette no necesita saberlo. "No te sorprendas si cancela."

"Bueno, ya sabes los términos de contrato. No hay reembolso diez horas antes de la reserva."

"Ya lo sé, pero dudo de que el dinero suponga un problema para ella."

"Hmm... Te gusta, tú le gustas. Imagínate." Juliette se ríe entre dientes. "Sería una ricachona perfecta."

"Oye, eso no es gracioso. Sabes que yo no soy así." Inflando mis mejillas, dejo escapar un profundo suspiro. "Lo siento, no quería hablarte así. Solo que estoy preocupada... ¿Y si ella no está interesada en mí?"

"Quieres decir ¿qué pasa si no le gusta el sexo lésbico? ¿Estás de broma? Nunca dices cosas así." Juliette se está riendo a carcajadas ahora. "¿Dónde está esa amiga mía con tanta confianza en ella misma? Solías presumir de que podías convertir a cualquier mujer y llevarla a tu equipo."

"Sí, bueno, ahora soy una persona diferente," digo. "Además, no me he acostado con nadie que me gustara de verdad en muchos años. Es un poco desalentador."

"Estarás bien. Es como montar en bicicleta," me asegura, todavía en tono divertido. "Y si Reina decide que al final no le gustan las mujeres, no será culpa tuya. Simplemente confirmará su preferencia de género. Y eso supondrá un punto y final."

"Ya." Apoyo el brazo sobre el borde de la ventanilla y respiro profundamente. Esta mañana, cuando estaba cara a cara con Reina y deseando besarla, todo parecía muy simple. Era como si mi mente de hace tres años y con una sola idea, antes de Suki, se hubiera apoderado de mí y hubiera perdido toda capacidad para pensar con claridad y sopesar las consecuencias de mis acciones. ¿En qué estaba pensando? ¿Que sería una buena idea contratarme para tener sexo solo porque yo la deseaba? ¿Que después de todo eso, todo volvería a la normalidad? ¿Que me presentaría allí para seguir con el mantenimiento de la piscina? ¿Que tomaríamos un café juntas como si nada hubiera pasado? "Es solo que no lo he pensado con claridad. Si te soy honesta, yo la animé a ello, y no debería haberlo hecho."

"No te preocupes," dice Juliette, intentando una vez más tranquilizarme. "Estás haciendo unas montaña de un grano de arena. Es una transacción por un servicio y Reina no es diferente de tus otras clientas, aparte de que crees que está muy buena. Y no entiendo que eso sea algo malo." Cuando no respondo, dice: "¿Belle? ¿Estás ahí?"

La bocina de un coche suena detrás de mí y me doy cuenta de que estoy parada delante de la luz verde del semáforo. "Sí, aquí sigo." Me aclaro la garganta y me compongo mientras me alejo. "Tienes razón. Estoy haciendo una montaña de un grano de arena y no es para tanto. Me aseguraré de que Reina Amari se lo pase en grande mañana."

"Ese es el espíritu. Oye, enviaré una botella fría de champán con tu chófer. Cortesía de Hamptons' Escorts para nuestra nueva clienta. Tengo otra llamada, me tengo que ir. Buena suerte mañana, ¿vale?"

Después de que Juliette cuelga, continúo mi viaje en un estado leve de ansiedad. Pero entonces recuerdo que tengo que pagar tres meses por adelantado por el almacén que acabo de alquilar. *Solo un poco más.* Y en los meses que me quedan, también podría divertirme de camino.

23

REINA – MARTES

En el momento en el que el intercomunicador me avisa de que hay alguien en la puerta, estoy tan nerviosa que me estoy pensando si ignorarlo. He pagado, así que no sería un delito hacer que Belle se vaya. De hecho, me imagino que estaría encantada con los dos mil setecientos dólares más fáciles que hubiera ganado jamás. Además, nos ahorraría la incomodidad la próxima vez que nos viéramos. El sonido repetitivo del timbre me pone nerviosa y aunque el Honda Accord negro que veo en mi pantalla es discreto y no lleva logo, me imagino a mis vecinos hablando de él cuando se para en mi camino de entrada. ¿Qué esperaba? ¿Que entraría usando su llavero de Pool Masters y de repente aparecería en mi sala de estar vistiendo solo sus pantalones de peto y su gorra roja?

Espero apoyada contra la puerta del frigorífico, con la esperanza de que capte la indirecta cuando finjo que no estoy en casa. Pero el timbre suena una y otra vez y, ansiosa por hacer que pare, me dirijo al dispositivo en la pared para abrir las puertas. Educada para no ignorar a la gente, lo menos que puedo hacer es ofrecerle una copa y explicarle que todo esto ha sido un gran error. Que realmente no soy el tipo de mujer que pagaría por tener placer sexual y que simplemente me dejé llevar, confundida por los momentos difíciles por los que estaba pasando en mi vida.

Cuando abro la puerta principal y la veo salir del coche, observo que no está vestida de manera muy diferente a como la vi en Sag Harbor, aparte de su rostro, oculto detrás de unas grandes gafas de sol de aviador. Aunque su camisa blanca de lino y sus vaqueros azules no la hacen destacar, está más sexy que nunca, como si hubiera nacido para llevarlos.

"Hola Reina. Temía que no me dejaras entrar," dice con voz ronca, quitándose las gafas para mirarme.

"¿Habría sido tan malo?" Abro más la puerta, ella se despide del chófer con la mano y pasa por mi lado, rozándome levemente.

"Sí. Creo que habría sido una lástima para las dos. Estás preciosa, por cierto." Belle señala mi bata nueva de satén rosa suave. Después de probarme numerosos vestidos, ninguno me hacía sentir cómoda, a Sasha se le ocurrió la idea de comprar esto. Me aseguró que era la prenda perfecta porque es elegante y se quita fácilmente, pero ahora me siento como un fraude, como si estuviera jugando un juego retorcido, que estoy tratando de parecer difícil de conseguir. No puedo seguir con esto y no sé cómo decírselo.

"Gracias." Instintivamente cierro mi bata un poco más y doy un paso atrás. "He, mmm... En realidad, he cambiado de opinión. No puedo hacer esto y siento que hayas hecho todo el camino hasta aquí. Pero, por favor, quédate a tomar una copa, no quiero que sea incómodo." En ese momento, su coche da la vuelta en mi camino de entrada y se dirige hacia las puertas. "Tal vez deberías hacerle señas para que vuelva ¿Pedirle que espere?"

"Está bien. Nunca se queda muy lejos." Belle pone una mano sobre mi hombro. "Y entiendo perfectamente que hayas cambiado de opinión." Me sonríe y levanta la botella de champán que llevaba en la mano. "Pero, ya que has mencionado una copa, podríamos beber esto. ¿Lo abro? Está frío."

"De acuerdo. Gracias." Hago un gesto hacia el sofá. "Por favor, siéntate. ¿A menos que prefieras estar fuera?"

"Sí, vamos fuera. Hace una noche preciosa." Belle cruza la habitación hacia la terraza trasera y abre la botella por el camino. En vez de dirigirse a la mesa del comedor, elige el sofá de dos plazas junto a la piscina y se sienta con las piernas estiradas, cruzándolas en los tobillos, con el pecho hacia afuera, como si estuviera a punto de comerse el mundo. Se está comportando de manera diferente esta noche, más resuelta. Quizás esté interpretando un papel, quizás esta sea su verdadera personalidad, pero mi reacción es la misma en cualquier caso. Estoy muy excitada mientras cojo dos copas de champán del armario de la cocina. Parece estar muy bien, muy fresca y muy segura de sí misma, totalmente imperturbable ante esta situación tan poco usual. Ayer había límites establecidos, pero esta noche tiene un aire de autoridad que es increíblemente sexy. Desearía de verdad poder hacer esto. Dios sabe cuánto la deseo, pero estoy demasiado aterrorizada.

Belle llena las copas y da una palmada en el espacio que queda a su lado. "Ven, siéntate aquí," dice, mirándome de arriba a abajo una vez más. Sus ojos penetrantes me hacen arder y su mirada deja un rastro de llamas por todo mi cuerpo. Sé exactamente lo que está haciendo, pero me siento de todos modos. Estoy segura de que no es la primera vez que una mujer se asusta después de haber contratado a una escort y Belle está claramente tratando de tranquilizarme para que pueda cambiar de opinión. Pero me pregunto por qué. ¿Qué sacaría ella de esto?

Me pasa una copa y las chocamos para brindar antes de tomar un sorbo. La forma en que se lame una gota de los labios, lenta y deliberadamente, es un acto de seducción, uno que estoy segura de que ha hecho otras muchas veces antes. *¿Está disfrutándolo?*

"No estés nerviosa," dice, poniendo una mano sobre mi muslo. "Solo nos estamos tomando una copa y si quieres que me vaya después, me iré. No tenemos que hacer nada."

"Lo sé." Hay tantas preguntas dando vueltas en mi cabeza. Me tomo un momento para poner en orden mis pensamientos. Es difícil pensar con su mano ahí, enviando un delicioso dolor entre mis muslos. "¿Cuánto tiempo llevas haciendo esto?" Le pregunto por fin después de un largo silencio.

"Tres años." Dice sonriendo. "Y probablemente te estés preguntado *por qué* lo hago..."

Niego con la cabeza. "No quiero pasarme de la raya. Eso es algo privado y estoy segura de que normalmente no hablas de cosas así con tus clientas."

"Verdad. Pero mis clientas generalmente no saben quién soy. Ni siquiera saben mi nombre real, pero tú sí. Así que estoy feliz de decirte por qué lo hago si tú me dices por qué me has contratado. Es un intercambio justo, ¿no crees?" Belle toma otro sorbo de su champán y continúa cuando no respondo. "Como la mayoría, comencé a trabajar de escort por dinero. Era una chica un poco salvaje. Hace tres años, vivía con amigos en Nueva York y salía todas las noches y entonces, de repente, Suki se convirtió en parte de mi vida."

"Pero pensé que Suki tenía cuatro años," digo. "¿La adoptaste?"

"Algo así. Pero esa es una historia para otro momento."

Un toque de tristeza se instala en su rostro. "Regresé a los Hamptons y necesitaba darle un hogar, un ambiente estable, y hacer de escort pareció una forma rápida y bastante agradable de proporcionar los medios para lograr un fin." Se encoge de hombros y ese destello de tristeza se va tan pronto como llegó. "Verás, me gusta el sexo. El sexo con mujeres y, hasta ahora, no me he arrepentido de hacer lo que hago. Una amiga me lo sugirió, ella es la que hace las reservas en Hamptons' Escorts. Yo tenía una reputación con las mujeres en aquel entonces, así que pensó que sería buena. Se suponía que iba a ser solo un año, este segundo trabajo, hasta que consiguiera un apartamento y ahorrara suficiente dinero para emergencias. Pero aquí estoy, tres años después. Nos hemos mudado, he mantenido mi vida, nuestra vida, en orden durante un tiempo, pero ser escort es fácil y divertido, así que sigo atrasando dejar de hacerlo. Pero pronto lo haré. No quiero que Suki lo sepa y es solo cuestión de tiempo antes de que alguien en nuestros círculos, y con eso me refiero a las mamás del preescolar, lo descubra. Pero un par de meses más no harán daño."

"Así que disfrutas esto..." digo sorprendida. "¿Con todas tus clientas?"

"Con la mayoría." Belle sonríe. "Al menos hasta ahora. Cada mujer es hermosa a su modo y me gusta hacerlas sentir bien." Mueve su brazo hacia el respaldo del sofá y juega con un mechón de mi cabello.

"Hmm..." Mis ojos se cierran por un momento y me estremezco, la sensación es tan abrumadora que tengo que recordarme a mí misma que tengo que respirar. *Dentro, fuera. Dentro, fuera. Es solo mi pelo.* El champán se me está subiendo a la cabeza porque no he podido comer en todo el día.

"Tu turno, Reina," dice Belle en voz baja. ·Cuando vi la

tarjeta, sabía que era tuya y no de tu ex marido. Espero no haberme pasado de la raya."

"No, está bien. No pasa nada. ¿Pero cómo sabías que era mía?"

"Estabas nerviosa. Y eso quería decir que habías estado mirando a las mujeres."

"Debió sorprenderte. No doy el tipo."

"En realidad no. La mayoría de mis clientas están casadas con hombres y se considerarían heterosexuales."

"¿De verdad?" Haciendo un recorrido mental por mi lista de amigas y conocidas, me pregunto si alguna que conozca se ha acostado con Belle.

"Sí. Entonces, ¿por qué tú?" me pregunta.

"Una amiga me recomendó la compañía. Había contratado a un hombre a través de ellos," le digo. "Solo miré porque..." Mi voz se apaga y hago una pausa. "En realidad no sé por qué miré, supongo que tenía curiosidad y me encontré buscando directamente en la sección femenina. Y entonces te vi..." Me detengo de nuevo. No puedo decirle que tengo este ridículo encaprichamiento por ella.

"Y tu curiosidad se convirtió en interés," concluye.

"Eso parece."

"¿Has estado con una mujer antes?" pregunta Belle mientras desliza un dedo por mi cuello y apoya la mano en mi hombro.

"No," digo sin aliento, mirando su mano como si estuviera a punto de arrastrarme al torbellino de todos mis miedos y deseos juntos. Un cálido ardor se extiende entre mis piernas y siento algo que nunca antes había sentido. Es una sensación intensa, una necesidad tan fuerte de que me toque ahí que casi dejo caer la copa. Con mano temblorosa, la pongo sobre la mesa y no tengo idea de qué hacer conmigo. Recostarme de nuevo es sobrecogedor, así que me quedo sentada al borde del sofá.

"¿Te importa si te toco?" pregunta Belle, acercándose y mirándome. "Sé sincera."

"No, no me importa. Me gusta." Desearía tener la capacidad de decir algo ingenioso o, al menos, algo más elaborado, pero las palabras me fallan. Cuando roza mi mejilla y me mira a los ojos, sé que quiero esto más que nada en el mundo.

"Bien." Los labios de Belle dibujan una pequeña y seductora sonrisa mientras se inclina, agonizantemente lenta, acercando su boca a la mía. Se mano se mueve hasta mi nuca y me acaricia con el pulgar. "¿Puedo besarte?" me pregunta.

Dudo por un largo momento y asiento, y en el momento en que sus suaves labios rozan los míos, me convierto en líquido. Es como si cada parte de mí se derritiera hasta que no queda una sola célula sólida en mi cuerpo. Incluso mis pensamientos se sienten como lava caliente, rodando lentamente sobre la roca, destruyendo lo viejo y creando un nuevo paisaje desconocido. En algún lugar en el fondo de mi mente, persisten algunas vagas ideas. Suave... Tan suave... Más...

Los deliciosos labios de Belle se separan y me atrae más hacia ella. Con un ritmo sexy y lánguido explora mi boca, tomándose su tiempo, antes de que su lengua se encuentre con la mía. Gimo y me permito hundirme en el beso y dejar que me posea. Es complaciente, emocionante, excitante y tantas otras emociones a las que no sé dar nombre. Leí en algún sitio que los escorts no besan a sus clientes y olvidé preguntarle a Sasha sobre ello, así que no estaba preparada para esto. No para el beso, y no para lo que me haría. Y, desde luego, no estaba preparada para volverme líquido.

Por un momento, también me olvidé de que he pagado por esto y, cuando lo recuerdo, inmediatamente lo aparto de mi pensamiento y paso mis dedos por su cabello oscuro sedoso. Ahora mismo, solo quiero fingir. Sabe a menta y champán, una combinación extraña pero deliciosa que guardaré en mis recuerdos para siempre. Todo sobre este beso quedará conmigo. Me aseguraré de que no se me olvide. El aroma de cítricos frescos en su cuerpo, el tacto sensual de su mano deslizándose hasta mi bata, acariciando mi omóplato, sus labios, más persistentes ahora mientras ladea la cabeza y profundiza el beso. Vuelvo a gemir, más fuerte esta vez y el sonido de este nuevo placer, mi propio sonido, me resulta extraño. Belle gime también, tan bajo que apenas puedo oírlo. ¿Es real? ¿O es solo que es lo que hace? Aparto esa pregunta también, porque no quiero que nada arruine el momento.

Cuando se aparta y pasa un pulgar por mi mejilla, me estremezco y la miro a los ojos. Parece excitada pero tal vez eso sea solo mi ilusión.

"¿Te ha gustado?" pregunta.

No necesito responder. Sé que mi expresión lo dice todo, pero balbuceo una respuesta de todos modos. "Ha sido... Ha sido increíble."

Belle se muerde el labio inferior y se inclina de nuevo. "Besas muy, muy bien, Reina." Esta vez, es menos cuidadosa cuando se acerca, besándome como si estuviera tomando lo que *ella* quiere y me envía a un frenesí de sentidos. Todo lo que quiero es más y Belle me lo da. Empujándome sobre los cojines del sofá, su parte superior cubre la mía. Su calor y su peso son como el agua después de cruzar el desierto y la bebo con avidez. No hay vuelta atrás, no podría aunque lo intentara.

Mis nervios han disminuido, empujados por un deseo

tan profundo que podría ahogarme en él. No necesito probar mi valor ante ella. Ella solo quiere hacerme sentir bien, así que me relajo con sus caricias y decido confiar en ella por completo.

Besando mi cuello, Belle succiona y muerde mi carne, y con cada pequeño mordisco, me estremezco y gimo. Se mueve y mete la mano bajo mi bata, trazando la curva de mis senos sobre mi sostén nuevo. Jadeo cuando roza mis pezones, que nunca antes habían estado tan sensibles. Mi cuerpo está listo para esto. *Estoy* lista para esto.

"¿Qué tal si me enseñas tu dormitorio?" dice Belle cuando se aparta de mi cuello. Su mirada baja a mi boca, como si de verdad se estuviera muriendo por besarme de nuevo.

"¿Estás segura?" susurro, y río entre dientes cuando me doy cuenta de lo ridículo de la pregunta.

"Sí." Me lanza una mirada divertida. "Pero solo si tú lo estás."

24

BELLE – MARTES

La bata de Reina se abre, revelando un atisbo de su cuerpo debajo de la tela de satén. Mi reacción es intensa. Un hambre, una profunda necesidad de hacer que se corra con tanta fuerza que me contrate una y otra y otra vez, porque es la única forma en que la tendré para mí. Ese beso me ha matado y no tiene idea de que necesito esto tanto como ella.

Los nervios arden por mi centro mientras la sigo por la ultramoderna escalera flotante, viendo cómo sus caderas se balancean ante mí. Es extraño, porque solo me he sentido así de nerviosa dos veces: la primera vez que tuve relaciones sexuales y antes de mi primer trabajo como escort. Sé que siente algo por mí, nadie reacciona como ella. Claro, tengo confianza y sé lo que estoy haciendo, pero este deseo es algo que no he visto con ninguna de mis clientas, ni con ninguna de mis novias anteriores. Es el deseo de una mujer que ha reprimido su sexualidad durante toda su vida adulta. Esa parte de ella está pidiendo a gritos que lo descubran y yo soy la persona afortunada que puede saciar su apetito y cumplir sus deseos. Y la deseo. Realmente la deseo. Esta noche no es un trabajo, es un privilegio, un honor. Nada podría haberme preparado para cómo me sentiría al tener mis labios contra los suyos.

La mano de Reina tiembla cuando abre la puerta de su dormitorio. Es un espacio moderno precioso, como el resto de la casa. En otras circunstancias, le haría algún comentario sobre las vistas espectaculares, de las ventanas que van del suelo hasta el techo o de la enorme cama de madera con su cabecera tallada a mano, pero esta noche mi atención está centrada en una sola cosa. Los últimos rayos del sol arrojan un cálido resplandor por la habitación y la palmera alta que se mueve con el viento fuera crea una sombra teatral sobre las altas paredes blancas, dibujando formas oscuras sobre su rostro angelical.

"¿Puedo quitarte esto?" le pregunto, moviendo mis pulgares debajo de la solapa de su bata.

Reina respira hondo antes de tirar del lazo, haciendo que la bata se abra. "He tenido dos hijos," dice, prácticamente disculpándose por su cuerpo, que es absolutamente impresionante, más allá de lo imaginable. Sus pechos llenos y reales son como un soplo de aire fresco en comparación con los levantados y operados que son prácticamente la norma en los Hamptons. Su piel tiene el color de la miel. Supongo que no le han dicho lo hermosa que es con la suficiente frecuencia y me entristece que se sienta insegura.

"Eres tan increíblemente hermosa," susurro, y lo digo sinceramente, desde el fondo de mi corazón. El conjunto de lencería color champán enmarca su figura como una obra de arte, abrazando y destacando sus sutiles curvas. Cuando le deslizo la bata, Reina sonríe con timidez y cruza los brazos sobre su pecho, pero tomo sus manos y las beso.

"Creo que deberías acostarte," digo, señalando la cama. Mientras se recuesta sobre la gran cantidad de cojines impresionantes en el medio de la cama, empiezo a desabrocharme la camisa y la dejo caer en el suelo.

Reina mira mis pechos pequeños en el sostén deportivo blanco de Calvin Klein, cambia su atención a mis dedos, que ahora están desabrochando mis jeans. Parece intrigada, curiosa, y cuando los deslizo hacia abajo, revelando bóxers blancos a juego, se lame los labios y una intensa necesidad sexual brilla en sus ojos. Me quedo de pie un rato, para darle tiempo a que me mire. Nunca ha estado con una mujer, así que necesito tomarme esto con calma, dejar que se acostumbre a mi cuerpo.

"Joder..." murmura. Me sorprende porque Reina no parece el tipo de mujer que usa ese tipo de vocabulario.

Le lanzo una sonrisa seductora y me subo a la cama, me coloco sobre mis manos y rodillas sobre ella, mi boca se detiene justo encima de la suya. "Solo dime si quieres que pare, ¿de acuerdo?"

Asiente y levanta un poco la cabeza, sus ojos rogándome que la bese. Besar a Reina es confuso porque me hace perder el control. Es excitante, absorbente y natural, como un río que fluye libremente. Me atrae hacia ella y gimo mientras nos devoramos. Sus brazos me rodean y sus uñas raspan mi espalda mientras me muevo a su cuello y trazo suaves besos hasta su clavícula y sus senos, siguiendo el borde de su sostén. En este punto, normalmente pregunto a mis clientas qué quieren pero dudo que Reina tenga idea. Sin embargo, lo está disfrutando. La forma en que se mueve, levantando su pecho para encontrarse con mi boca es una vista fascinante. Deslizo mis manos bajo su espalda arqueada para desabrocharle su sostén y la miro a los ojos para asegurarme de que se siente cómoda.

Para mi sorpresa, se lo quita ella misma rápidamente y lo arroja al otro lado de la habitación, como si se hubiera estado muriendo por quitárselo. La vista de sus hermosos pechos me hace salivar y observo sus pezones, que suben y bajan con su respiración.

Joder. La deseo tanto. Solo un suave roce de mi mano saca un fuerte gemido de su boca, y cuando con mis labios rodeo uno de sus perfectos, duros y rosados pezones, grita y sacude sus caderas. Estoy tan excitada que tengo problemas para contenerme. Me obligo a esperar un momento antes de pasar a su otro pezón. Su reacción es asombrosa y viene de muy, muy dentro.

"Oh, Dios mío," murmura, tirando de mí más fuerte. Paso mi lengua a su alrededor y tiro suavemente usando mis dientes mientras la observo. Una erupción de pura alegría se posa en su rostro y es una vista preciosa, con los ojos cerrados mientras mueve la cabeza de un lado a otro.

Mientras continúo besando mi camino por sus costillas, acaricio su vientre y me detengo justo debajo del ombligo antes de volver a subir. Quiero hacerla esperar, hacer que su primera vez dure. Sus pestañas se agitan, el vello de sus brazos se eriza y su corazón late con fuerza cuando paso mi mano por sus pechos, usando la otra para estabilizarme sobre ella. Sus pezones están duros como rocas, sus mejillas sonrosadas y su respiración pasa por sus labios en una mezcla irregular de inspiraciones rápidas y exhalaciones largas.

"¿Estás bien?" pregunto, más por cortesía que por preocupación, porque de ninguna manera se siente incómoda. Abriendo mis dedos, la acaricio y, sabiendo hacia dónde me dirijo, apenas puede hablar.

"Ajá." Su voz sube un poco de volumen, diciéndome que he tocado una de sus zonas erógenas, justo encima del hueso de la cadera. Siempre estoy atenta, es mi trabajo. Mi objetivo es conocer primero los cuerpos de mis clientas, explorar sus reacciones a todo lo que hago. Acariciándola ahí de nuevo, gime en voz alta. Me muevo hacia abajo, hundo mi cara contra su piel suave y arrastro la lengua sobre ese lugar. "Sí..."

Reina se mueve con impaciencia, y cuando tiro de sus bragas, levanta las caderas para que yo pueda bajarlas. "Por favor," murmura.

Se me corta la respiración al ver la delgada línea de cabello entre sus muslos, al ver su sexo reluciente cuando abre un poco las piernas. Siento su calor contra mi pecho y deseo pasar mi lengua por su humedad y saborearla. Dios, quiero probarla, pero no puedo porque esto es un trabajo. No sin protección. Tengo miedo de romper nuestra interacción natural al acercarme a mi bolso y abrir el paquete de protectores dentales, así que me deslizo hacia arriba y cubro su cuerpo con el mío.

Ambas suspiramos por el contacto y caemos en un beso de deseo, de anhelo. Nuestros brazos y piernas se enredan y nuestras caderas se empujan como si fuéramos amantes perdidos hace mucho tiempo. Mi muslo entre sus piernas, mis manos en su pelo, su pierna envuelta en mis caderas y sus dedos apretando mi trasero, tirando de mí con fuerza contra ella. Nuestro lenguaje corporal, desesperadamente necesitado, está muy alejado de la fría realidad de una escort y su clienta y, aunque en teoría esto no tiene sentido, es maravillosamente simple y abundantemente claro. Yo la deseo y ella me desea y, ahora mismo, nos necesitamos de una manera que es completamente real y física.

Deslizando mi mano entre sus piernas, paso un dedo por sus pliegues ardientes y deja escapar un grito estrangulado, echando la cabeza hacia atrás.

"Te deseo," susurra contra mis labios. Esas dos palabras me hacen perder el control y todo lo que quiero es hacerla explotar. Todo su cuerpo tiembla cuando la penetro con dos dedos y la beso de nuevo, gimiendo al sentir su humedad cubriendo mis dedos. Nuestras bocas están pegadas, nuestros cuerpos convertidos en uno y la tomo lenta y profundamente, moviéndome dentro de ella como si estuviera en trance. Es hermoso escuchar su placer, sentir su necesidad, saber que le estoy dando algo especial y que nunca antes ha tenido. Reina se abre como una flor y me succiona en sus profundidades más profundas hasta que me pierdo en ella y ella se pierde en mí. Siento que se contrae cuando doblo los dedos y levanto la cabeza para mirarla. Arquea la espalda, sus músculos se tensan mientras contiene la respiración y sus ojos se abren de par en par ante mí con sorpresa. Y, entonces, se derrumba con un grito estrangulado y une su mano con la mía, manteniéndome dentro de ella mientras llega al clímax. Sus ojos se cierran con fuerza y sus cejas se fruncen. Se muerde el labio inferior con tanta fuerza que temo que lo haga sangrar. Es un momento dolorosamente hermoso y no queriendo que termine, lo mantengo tanto tiempo como puedo. Acariciando su cabello con la otra mano, aparto mechones oscuros de su frente sudorosa. Parece agotada, contenta y triste al mismo tiempo y, cuando una lágrima rueda por su mejilla, la seco.

"¿Estás bien?" Me preocupo cuando no responde de inmediato, su mirada ausente, como si estuviera totalmente perdida en sus pensamientos. Pero entonces, sonríe y pone una mano en mi mejilla.

"Sí. Solo que..." Reina hace una pausa, buscando las palabras adecuadas. "No tenía ni idea," dice por fin. "Todos estos años, y no tenía ni idea."

Todo lo que puedo hacer es devolverle la sonrisa, porque ahora no es el momento para conversar. Necesita tiempo para reflexionar y ordenar sus pensamientos. No puede ser fácil cuando descubres que te atraen las mujeres a los treinta y nueve años, especialmente con toda una vida detrás de ti. La beso en la frente y me aparto de ella. Se acurruca en el hueco de mi brazo, como si perteneciera allí. Sosteniéndola fuerte, acaricio su cabello mientras permanecemos en silencio, deseando que la noche no termine nunca.

25

REINA – MARTES

Sandeep nunca me tocó con tanta comprensión. Ni siquiera yo he podido tocarme como lo hace ella. Belle ha trazado un mapa de mi cuerpo, lo ha estudiado como si fuera la única cosa que le importara y me ha hecho explotar hasta que no me ha quedado nada más por dar. Recostada en el hueco de su brazo, medio envuelta encima de ella, me pregunto si es así con todas sus clientas, porque esto no se parece en nada a lo que había imaginado que sería una experiencia con una escort. Quizás es diferente cuando se trata de dos mujeres, o quizás tiene sus propias técnicas. Todo lo que sé con seguridad es que mi vida nunca volverá a ser la misma.

"¿Siempre te dejas la ropa interior puesta?" pregunto, pasando un dedo por el elástico de su sujetador deportivo.

"Algunas veces. No quería abrumarte." Belle me lanza una sonrisa maliciosa antes de quitárselo. "Pero creo que ahora puedes soportarlo."

Mirando sus pechos pequeños y firmes, no estoy realmente segura de que *pueda* soportarlo y, de inmediato, una nueva excitación me atraviesa el cuerpo. Nunca esperé estar tan excitada por los pechos de otra mujer, pero me doy cuenta de que no hay nada más fascinante que su cuerpo desnudo. Me invade el impulso de poseerla, de explorar su cuerpo como ella ha explorado el mío. "¿Puedo tocarte?" pregunto, tan suavemente que apenas me oigo decirlo.

Belle toma mi mano y la lleva a sus pechos, luego la desliza sobre las delicadas curvas. Cuando las yemas de mis dedos rozan sus pezones, cierra los ojos y gime en voz baja, agarrando mi mano con más fuerza. La beso porque quiero que gima en mi boca, que derrame todo su placer dentro de mí. "Eres tan suave," digo, poniéndome al mando cuando suelta mi mano y empieza a acariciarme la espalda y el trasero. Soy como una mujer virgen; torpe, insegura, curiosa pero decidida. No decidida a quitármelo de encima, sino decidida a hacer que esto sea bueno para ella también. Mi boca se dirige a su cuello y lo beso hasta llegar a la clavícula mientras respiro su encantador aroma. Siento su piel caliente contra mis labios, sus pezones están hipersensibles cuando paso mi lengua sobre ellos. Sonriendo ante sus rápidas respiraciones, sé que estoy haciendo algo bien.

Deslizo mi mano sobre la suave piel de su vientre, pero me detengo cuando siento que sus músculos se tensan. ¿Significa que le gusta o que no? No tengo ni una fracción de su confianza, pero tengo un profundo deseo de hacerla sentir bien, así que estoy dispuesta a arriesgarme. Ella es la que está al mando, y si se siente incómoda, me lo dirá.

Finalmente, encontrando el coraje para moverme más abajo, deslizo las yemas de mis dedos debajo del elástico de sus bóxers y no me detiene. Se estremece y, cuando encuentro su carne húmeda y caliente, deja escapar un suave gemido. Su calor me excita más y siento que mi mano tiembla mientras la exploro.

Sus caderas se disparan cuando deslizo mis dedos hacia

arriba y repito el movimiento, con la esperanza de estar haciéndolo bien. No debería ser diferente a cuando me toco yo, pero es algo tan nuevo para mí que me cuestiono todo lo que hago. Su respiración se acelera y pronto empieza a gemir más fuerte y a abrir las piernas. Mientras me muevo por su delicioso cuerpo, la beso, y ella entrelaza sus dedos en mi cabello y me besa también. Esto me llega al alma. Saber que me desea hace que quiera darle todo y más. Veo sus ojos cerrarse mientras la acaricio y, sin previo aviso, de repente, se tensa, deja escapar un largo y profundo gemido y empieza a temblar debajo de mí. Está llegando al clímax y todo lo que puedo hacer es apartar mi cara de la suya para mirar la fascinante vista mientras sigo tocándola y acariciándola. Con los ojos fuertemente cerrados, los labios entreabiertos, la cabeza inclinada hacia atrás y todo el cuerpo temblando, parece un ángel caído, alimentándose de nuestros pecados.

Mi rostro estalla en una gran sonrisa y cuando ella abre los ojos y ve mi expresión de satisfacción, se ríe.

"Lo siento, se suponía que eso no podía pasar," murmura. Se cubre la cara con sus manos, mortificada. "Oh, Dios."

"¿Por qué?"

"Porque me estás pagando para que yo te dé placer *a ti*, no tú a mí."

"¿Estás diciendo que acabas de tener un orgasmo?" pregunto, alargando mis palabras en un tono burlón. "Creí que estabas fingiendo." Lo último es mentira, porque lo que acabo de presenciar ha sido muy, muy real.

Belle se echa a reír. "No estaba fingiendo. Sería una ridícula si lo hiciera."

"Hmm..." Trato de borrar la sonrisa de mi cara pero parece permanente. "Entonces, ¿va contra las reglas?"

"Más o menos. Va contra mis reglas." Se pone de lado para mirarme y me atrae hacia ella. "Normalmente no dejo que las clientas me toquen íntimamente."

"¿Por qué no?"

"Suenas como Suki," dice de broma. "Tantas preguntas..."

"Lo siento." Cuando acaricia mi mejilla, cierro los ojos y me apoyo en su mano. Se siente reconfortante y cálido, y me dan ganas de quedarme dormida entre sus brazos.

"No lo sientas." Belle me besa suavemente en los labios. "Solo hago cosas que sé que serán agradables para mí, como complacer a los demás. Es la mejor manera de mantenerme lejos de situaciones incómodas, de lo contrario, no podría hacer este trabajo. Debería haber discutido las reglas básicas contigo, pero estabas muy nerviosa, así que pensé que era mejor no complicar demasiado las cosas y dejar que todo sucediera naturalmente."

"Entiendo. Gracias por hacerme sentir tan cómoda." Paso mi mano por la curva de su cadera, maravillándome de su cuerpo. "¿Por qué me *dejaste* tocarte?"

Belle me dirige una pequeña sonrisa. "Porque quería que lo hicieras." Cuando me aparto de ella, se pone de lado, se apoya en su codo y me mira. "Parece que estás disfrutando esto."

"Sí. ¿Te importaría si te contrato otra vez?" Cae el anochecer, recordándome que el tiempo pasa y que desearía poder pararlo.

"Por supuesto que no, me gustaría mucho." Acariciando mi cabello con ternura, parece estar pensando en algo. "¿Sabes? si te hicieras una prueba, podríamos divertirnos mucho más la próxima vez."

"¿Una prueba?" Frunzo el ceño. "¿Te refieres a una prueba de ETS?" Por un segundo, casi me siento ofendida porque solo me he acostado con un hombre en mi vida. Pero entonces me recuerdo a mí misma que este es su trabajo, que no me conoce y que no soy diferente a ninguna de las otras mujeres con las que se acuesta. Y entonces me recuerdo a mí misma que Sandeep tuvo una aventura y que Bree debe haber tenido toda una serie de amantes antes que él.

"Sí. Así podré usar mi lengua contigo de una manera que te hará explotar la cabeza," dice, lamiéndose los labios. "Créeme, valdrá la pena."

Sus palabras me hacen retorcerme y todo lo que puedo hacer ahora es mirar su boca e imaginármela entre mis piernas. *Su lengua. Joder.*

"Piénsatelo," dice Belle. "Pero, por ahora..." Se pone encima de mí y empuja sus caderas contra las mías. "Por ahora, todavía tenemos tiempo y quiero que te recuestes y te relajes."

Han pasado horas gloriosas y yo desearía poder funcionar correctamente, pero flashbacks eróticos y calientes siguen invadiendo mi mente. Estoy despistada, distraída, incluso totalmente ausente, y cuando Nola levanta la voz y me llama por mi nombre, soy consciente de que no he escuchado ni una sola palabra de lo que acaba de decirme.

"Perdona, ¿qué has dicho?"

"Le he preguntado si tiene planeado celebrar su cumpleaños," dice Nola. "Es en dos meses y, no es por presionarle, pero ya sabe lo difícil que es organizar algo a última hora en los Hamptons. Así que si quiere mi ayuda, estaría bien saberlo más pronto que tarde."

"Ah, sí, mi cumpleaños." Mi estómago da un vuelco ante

la idea de cumplir cuarenta. "No lo he pensado, si te soy sincera. Tal vez me lo salte por completo este año."

"Pero el año pasado también se lo saltó," dice Nola. "O sea, lo entiendo perfectamente, Sandeep acababa de irse. Pero ¿no cree que estaría bien celebrar su cuarenta cumpleaños? Parece mucho más feliz ahora." Hace una pausa. "Aunque también está muy, muy distraída."

"Sí que estoy distraída, perdona. Me pensaré lo de mi cumpleaños." Salgo de la bañera y me pongo una bata blanca mullida y me envuelvo el cabello con una toalla. Nola me ha visto desnuda innumerables veces y me siento tan cómoda en su presencia que ni siquiera pienso que está a mi lado, colgando toallas limpias.

"Sin presión, haremos que funcione si finalmente decide celebrarlo," dice con una sonrisa. "Por cierto, espero no pasarme de la raya, pero ¿ha conocido a alguien?"

"¿Qué?" Me sonrojo y por un momento me pregunto si es vidente.

"Un hombre," aclara. "No es que sea asunto mío."

"¿Un hombre?" me río y me dirijo al tocador de mi dormitorio. "No, no he conocido a nadie. ¿Por qué lo preguntas?"

"Es solo que..." Nola se ríe entre dientes mientras pone la última toalla en el estante y me sigue. "Se está comportando como una mujer enamorada. Está dispersa, se levanta tarde y tiene este brillo en los ojos."

"¡No estoy enamorada!" exclamo y nos reímos. La verdadera razón por la que me levanto tarde es porque no tengo idea de cómo comportarme con Belle, que ahora mismo está en el jardín trasero. Quiero verla y hablar con ella, de verdad. Pero también necesito tiempo para procesar lo que pasó anoche. Cuando me levanté, sentí que nuestra noche había sido un sueño, como si nunca hubiera sucedido, pero entonces percibí su aroma en mi almohada y la realidad se me echó encima. Me acosté con una mujer y me gustó. No, me encantó. Y ahora ¿qué? Nola me hace la cama y probablemente por eso está especulando. Las sábanas están bastante sudorosas y hechas un lío, y mis sábanas nunca están así. "Lo juro, no hay ningún hombre." Eso es verdad, así que ni siquiera tengo que mentir. ¿Un flechazo? Por supuesto. ¿Un poco obsesionada? Sí. Pero no estoy enamorada y, desde luego, no estoy con un hombre.

"Solo le estoy tomando el pelo." Nola coge la cesta de la ropa vacía. "Pero si quiere hablar, aquí estoy, ¿de acuerdo?"

"Gracias," murmuro, más para mí misma porque ella ya ha desaparecido por las escaleras. Mirándome en el espejo, noto que me encuentro bien, incluso al ver las sutiles patas de gallo alrededor de mis ojos. Belle me hizo sentir hermosa y esa energía aún queda en mí. Me dio la impresión de que me deseaba de verdad y que, durante un par de horas, yo era todo lo que importaba. Es asombroso lo que sentirse deseada puede hacerle a alguien y, fuera real o no, aprecio el efecto posterior.

Aún así, no tengo nada de ganas de cumplir cuarenta años. Algunas mujeres me han dicho que sus cuarenta fueron estupendos. Que fue un momento de su vida en el que comenzaron a sentirse más seguras de sí mismas y dejaron de preocuparse o importarles lo que los demás pudieran pensar de ellas. "A la mierda ser joven", dijo una mujer en mi clase de yoga. "Nunca volvería atrás." ¿Pero yo? Siento que estoy volviendo a la pubertad y ya ni siquiera sé quién soy. Sin embargo, sobre todo, de repente estoy aterrorizada por lo que otros piensen de mí.

Me pongo crema hidratante y me entretengo con el teléfono mientras espero a que mi piel se hidrate. Un mensaje de Sasha preguntando si todavía sigue en pie tomar unas copas mañana, una invitación a un baile benéfico en julio y una pregunta de mi madre sobre un regalo de cumpleaños están esperando mi respuesta. Pero, en lugar de eso, me encuentro pidiendo una cita para hacerme una prueba de ETS en el consultorio de mi médico. *Así podré usar mi lengua contigo de una manera que te hará explotar la cabeza.* Sus palabras se han estado repitiendo en mi cabeza desde que me desperté y no puedo dejarlo pasar. Ni siquiera veinticuatro horas después de la primera visita de Belle y ya estoy fantaseando con derramarme sobre ella de nuevo, mi cuerpo ruge de deseo.

Fuera, escucho la voz de Nola y luego la de Belle. Su voz me atrae como una fuerza magnética y, sin pensarlo, me levanto y abro las puertas del balcón y ahí está ella, toda fresca, preciosa y sexy, como siempre. Pantalones vaqueros cortos, camiseta azul marino, gorra roja y esa sonrisa que me debilita todo. Observo sus manos, recordando cómo se sentían al explorar mi cuerpo. Observo sus labios y todavía puedo sentir sus labios contra los míos. Y entonces, Nola mira hacia arriba y Belle mira hacia arriba y nuestros ojos se encuentran en un intercambio cargado de significado. Estoy clavada en el suelo y me recuerdo que se supone que debo salir a saludarla, que eso sería lo normal, así que respiro hondo y sonrío.

26

BELLE – MIÉRCOLES

Su perfume aún permanecía en mi piel cuando llegué a casa, no quería lavarlo. Y ahora estoy de vuelta aquí, con una actividad diferente, mezclando productos químicos para una piscina que apenas se usa y que solo necesita servicio cada diez días. Tal vez debería decirle que está malgastando el dinero, alguien debería haberlo hecho hace mucho, pero si lo hiciera, no la vería mucho en el precioso tiempo que me queda hasta que Barry vuelva de su baja por enfermedad.

Reina no ha salido y me pregunto si se está escondiendo de mí en algún lugar de esa casa grande. No la culparía. Tampoco es que tengamos una relación personal, y quizás está muerta de miedo ahora que se ha dado cuenta de lo que hizo. Si eso fue todo, lo atesoraré como un maravilloso recuerdo y me mantendré fuera de su camino todo lo que pueda. Pero una cosa es cierta, ella también apreciará el recuerdo, sin importar lo que se diga a sí misma.

Anoche hice algo poco propio de mí. Cuando estaba en la cama, exhausta pero completamente despierta por la adrenalina, busqué información sobre Reina. No había mucho que encontrar porque sus perfiles en redes sociales eran privados, pero sí encontré a Nicole y había una fuente interminable de información y fotografías que me enseñaron más sobre su madre. Al principio pensé que era su ex marido el que tenía el dinero, pero parece que Reina es incluso más rica que él. Había fotos de vacaciones de ellos visitando a su madre en el palacio de su familia en Beirut. Su casa en Stuyvesant Street en el East Village de Nueva York, donde vivió con su marido e hijos hasta que se divorciaron, debe haber costado una fortuna y tiene algunos amigos muy poderosos. Allí era más bien una socialité, quizás todavía lo es. Después de todo, no tengo ni idea de lo que hace por la noche. A través de los canales de Nicole, encontré fotos de Reina y su marido en la Met Gala, y de ella y Nicole en el yate de algún multimillonario.

Cuando comencé a formarme una imagen de su vida, me di cuenta de cuánto está en juego para ella. Su familia en Beirut, su lugar en la sociedad... Si alguien descubriera que había contratado a una escort, el escándalo la perseguiría durante años y las consecuencias podrían ser devastadoras. Reina no es una mujer que pueda salir del closet fácilmente y lo siento por ella, porque anoche quedó claro que le gustan mucho las mujeres.

Nola, la simpática pero terriblemente cotilla asistenta, me saluda desde la terraza y grita que me está preparando un café. Me sorprende que no haya personal a tiempo completo aquí. La mayoría de la gente para la que trabajo tiene una asistenta interna y un jardinero a tiempo completo, pero aquí todo se subcontrata. La única constante es Nola. Me contó que Reina es muy flexible y que puede compaginar este trabajo con otros en otras casas, que los hijos de Reina son educados y ordenados y que es el trabajo más fácil que ha tenido nunca.

"Gracias," digo cuando se acerca con un capuchino y un trozo de tarta. "En serio, no deberías. Solo voy a estar un rato aquí hoy, no hay mucho que hacer."

"Pero tienes que probarlo," dice, bebiendo su café. "Lo he hecho yo. Es polaco."

"Guau. ¿Eres repostera?" le doy un mordisco y gimo de placer. "Está muy bueno."

"Lo intento," dice alegremente y se vuelve para mirar hacia el balcón del dormitorio, donde ha aparecido Reina. Lleva una bata blanca y el pelo envuelto en una toalla. Parece una diosa griega. La insinuación del escote es tentador y, mientras la miro fijamente, siento que mis labios dibujan una amplia sonrisa. *Mi reina.* Durante unos minutos, Reina parece como si hubiera visto un fantasma, pero luego me devuelve la sonrisa, convirtiendo la tensión nerviosa en mi interior en un delicioso hormigueo. No es una sonrisa educada, parece realmente feliz de verme. "¡Hola Belle!" grita con entusiasmo.

"Buenos días Reina." Se produce un momento incómodo en el que nos quedamos allí, mirándonos. Está demasiado lejos para mantener una conversación. Pero, aunque pudiéramos, ¿qué nos diríamos con Nola aquí también?

Reina retrocede, claramente pensando lo mismo. Me saluda con la mano y lanza una última mirada por encima del hombro antes de retirarse a su dormitorio, donde imagino que se quitará la bata. *Dios, la deseo tanto.*

"La llamas Reina..." dice Nola con una mirada perpleja.

"Me lo pidió ella," le digo encogiéndome de hombros.

"Hmm... sigue insistiendo en que yo lo haga también, pero no me acostumbro." Nola toma un sorbo de su café y vuelve a mirar hacia el balcón. Las puertas correderas están cerradas pero todavía habla en voz baja. "Está de un humor raro hoy."

"Ah, ¿sí?" Creo que Nola se está pasando de la raya pero finjo que soy toda oídos. Después de todo, solo soy la que da servicio a la piscina y el personal tiende a cotillear entre ellos. "¿Qué quieres decir?"

"Su cama," susurra. "Hoy no estaba como está todas las mañanas. También tiene lencería nueva, acabo de ponerla en la lavadora. Y la forma en que se está comportando..." Hace una pausa para dar efecto. "Estoy casi segura de que ha venido un hombre."

Mordiéndome el labio para no sonreír, permanezco en silencio. *Si supiera.*

"Lo siento, no debería haber dicho eso," continúa Nola, agitando una mano. "Ya estoy cotilleando de nuevo."

Sí, sí que lo estás haciendo. Le lanzo una mirada desconcertada y le aprieto el hombro. "Está bien, no se lo contaré a nadie."

"No lo hagas, por favor. Solo que estoy tan feliz de que por fin siga adelante con su vida y que deje a un lado a ese ex marido suyo." Sonríe. "Creo que la señorita Amari está enamorada."

No puedo contarle a Nola mi propia teoría. Que Reina está apabullada porque está confundida sobre su sexualidad después de una noche conmigo, así que le doy la taza vacía y cojo la red que he traído. "Pues si lo está, bien por ella." Empiezo a arrastrar la red por el agua, haciéndole saber que estoy aquí para trabajar. "Muchas gracias por el café y la tarta. Estaba deliciosa."

27

REINA - JUEVES

La noche siguiente, Sasha y yo cenamos en Hush, un club en el East Village. La terraza en la azotea está llena de una mezcla de gente del lugar y milenials de la costa este que se han escapado de las casas de sus padres para pasar una noche de diversión. Debemos ser por lo menos diez años mayores de la media de edad que se ve por aquí. Me alegro de haberme vestido de manera informal con jeans y una blusa blanca con los hombros descubiertos porque Sasha, con su vestido largo de satén rosa claro, parece fuera de lugar. No es que le importe mucho, la verdad. A Sasha le gusta alardear de sus curvas y le encanta ser el centro de atención. Después de una temporada en un reality show de televisión, que duró poco porque se cansó de que las cámaras la siguieran, todavía aparece regularmente en las páginas de sociedad y es algo así como una celebridad aquí.

"¿Quieres dejar de coquetear con todo el mundo?" digo con incredulidad cuando sonríe a otro hombre que pasa junto a nuestra mesa. "¿Qué pasa contigo?" Ya le ha echado el ojo al DJ *y* a nuestro camarero, ambos con poco más de veinte años.

"Oye, que solo estoy mirando. No hay nada malo en eso," responde, echando su pelo rubio sobre el hombro. "Estoy segura de que Igor también mira de vez en cuando."

"Estoy segura de que lo hace, pero esta noche estás a tope."

"Solo un poco de diversión," dice Sasha con un feliz encogimiento de hombros. "Estoy tan contenta de salir contigo de nuevo y poder hablar de cosas picantes sin hombres delante. ¿Por qué éramos siempre los cuatro antes?" Toma un sorbo de su vino blanco y se sirve un trozo de queso halloumi del plato que compartimos. Su estado de ánimo es animado y contagioso.

"Sí, ¿por qué?" sonrío y choco mi copa con la suya. "Yo también prefiero esto."

"Bueno, dime con sinceridad," dice acercándose más a mí. "¿Fue de verdad tan bueno como dijiste que era?"

"Sí." Le lanzo una sonrisa y me remuevo en mi silla ante el aleteo familiar de las mariposas. "Fue alucinante." Yo también me inclino y continúo en un susurro. "Concerté una cita con mi médico para hacerme una prueba de ETS, así no tendremos que tener cuidado la próxima vez. Fue idea suya."

Los ojos de Sasha se abren de par en par. "¿La próxima vez?"

"Ajá." Entrecierro los ojos al mirarla. "Pero si se lo dices a alguien, te mataré."

"Por supuesto," dice ella, como si lo diera por hecho. Su expresión se vuelve entonces seria y se me queda mirando durante unos minutos. "Entonces, ¿qué vas a hacer?"

"¿Qué quieres decir?"

"Pues que te gusta tener sexo con mujeres. Por lo que me

contaste, prefieres las mujeres a los hombres, al menos a una mujer en particular. Entonces, ¿eres gay? Y si lo eres, ¿qué vas a hacer?"

"No lo sé." Esa es una pregunta que me he hecho una y otra vez hoy. "No tengo que decidirlo ahora ¿no?"

"No, pero es algo en lo que tienes que pensar. No es que importe que seas gay o hetero," añade apresuradamente. "Pero si estás segura, quizás deberías hablar con tus hijos en algún momento, para que no se sorprendan cuando mamá de repente empiece a salir con una mujer."

"Pero... no me imagino saliendo con una mujer," digo.

"¿Te imaginas saliendo con un hombre?"

"No. Supongo que eso parece poco probable ahora." Gimo y entierro mi cara entre mis manos. "Dios, Sasha, ¿qué voy a hacer?"

"Relájate. Este puede ser nuestro secreto durante el tiempo que quieras. Pero creo que estás entrando en pánico y convirtiendo esto en algo mucho más grande de lo que es. Mucha gente es gay."

"¿Como quién?" pregunto. "En nuestros círculos, quiero decir."

"A nuestros círculos les vendría bien un poco de diversidad, creo que sería bienvenida. Además, esto es los Hamptons. No es como si estuvieras viviendo con tu madre en Beirut."

Esas palabras me dan pavor. "Por favor, no me recuerdes a mi madre. No sobreviviría si lo supiera."

"No tiene que saberlo nunca. ¿Con qué frecuencia la ves?"

"Solo unas dos veces al año y soy yo quien suele visitarla. Dice que sus gatos se alteran si sale de su casa por más de un par de noches." Pongo los ojos en blanco. "Sus doce gatos. Aunque tienen sus propias asistentas que atienden todas sus necesidades."

"Sus grandes y mullidos gatos persas. Los he visto, los sigo en Instagram." Dice y se echa a reír. "Mi favorito es Ruby. El blanco con la cara gruñona."

"Todos tienen caras de mal humor," digo riéndome. "Acaba de hacer mini camas con doseles personalizados para todos ellos. Totalmente ridículo."

"Bueno, ahí lo tienes, salvada por los gatos. No es que fuera a aparecer sin previo aviso. Y tu tío, ese mega rico, ¿no es gay? Dijiste que tiene un compañero que va con él a todas partes y vi esas fotos de vosotros dos juntos en su yate. Parece un poco amanerado."

"Sí. Estoy bastante segura de que es gay, pero nunca lo admitiría abiertamente."

"Pero todo el mundo sospecha que lo es, ¿no? ¿Y nunca se ha casado?"

"No. Sigue soltero a los cincuenta. Creo que mi familia lo sabe, solo que no se habla de ello." Suspiro y tomo un trago largo. "Bueno, ya está bien hablar de mí. No quiero pensar en nada de esto, me está dando ansiedad."

Sasha sonríe y vuelve a llenar mi vaso. "Por supuesto. Vamos a hablar de algo sucio."

"Tengo un chisme muy jugoso para ti," digo, extrañamente aliviada de que mi ex marido me haya dado algo para distraerme de Belle por un momento. "Adivina quién va a tener un bebé."

28

BELLE – VIERNES

Reina parece tener sueño todavía cuando sale con la fina bata de seda que se puso para mí el martes por la noche. "Hola," dice con una tímida sonrisa y me pasa un café. "Por favor, ignora mi aspecto, me acosté tarde."

"¿Otra vez?" bromeo. "No te preocupes, estás preciosa, como siempre." En cuanto las palabras salen de mi boca, me doy cuenta de que probablemente es demasiado, pero no me importa. Está preciosa de verdad y extrañamente vulnerable, con el cabello desordenado y la cara sin maquillaje. Entonces me imagino despertándome a su lado, viendo esa cara de sueño a primera hora y sintiendo el calor de su cuerpo contra el mío.

"Gracias." Dice y sonríe con timidez. "Me voy a tomar mi café en la playa. ¿Te gustaría acompañarme? A menos que estés ocupada. No quiero distraerte de tu trabajo."

"Creo que sabes que tu piscina está recibiendo más servicio del que necesita," digo con una risita y la sigo hasta la reja. "De hecho, iba a sugerirte que redujeras los servicios a una vez por semana, a menos que tengas invitados."

"Yo también lo había estado pensando porque mis hijos ya no están aquí, pero no quería dejar a nadie sin trabajo." Reina teclea un código para abrir la reja y caminamos por el puente sobre pilotes que cruza las dunas hacia la playa. Está descalza y veo sus uñas pintadas de un rosa claro. Sus pies están impecables, igual que sus manos elegantes, y no puedo dejar de mirarlos.

"Eso es muy amable de tu parte, pero te puedo asegurar que tenemos trabajo más que suficiente."

"Bien. En ese caso, me lo pensaré," dice, bajando los escalones. La playa que se extiende ante nosotras se encuentra en silencio y nos sentamos en el último escalón del puente. Se respira un aire de intimidad estar aquí con ella, como si hubiéramos cruzado una línea al aventurarnos fuera de las instalaciones. "¿Cómo estás?" Es una simple pregunta, pero hace que suene importante, como si mi bienestar le importara realmente.

"Estoy bien," digo casualmente, tratando de contener el deseo en la parte baja de mi abdomen. "¿Cómo estás tú después de la otra noche?"

Reina mira distraídamente hacia el océano, agarrando su taza con ambas manos. "He estado bastante dispersa, para ser sincera. Es... es mucho para procesar." Hace una pausa y por fin se gira para mirarme a los ojos. "Pero fue increíble y quiero hacerlo otra vez." Hay un silencio largo y cargado y añade: "He pedido cita para esa prueba."

"Oh..." Me lamo los labios y bajo la mirada hacia su boca, deseando besarla con tantas ganas que apenas puedo contenerme. Quiero decirle que no tiene que contratarme, que estoy a su merced y que puede tenerme cuando quiera. Aquí mismo, ahora mismo, cuando quiera, donde quiera. Pero no puedo decirlo porque esto no es una relación y nunca lo será. Es un arreglo y tengo que protegerme. "Estoy deseando que llegue esa próxima vez."

"¿De verdad?" Reina me observa y veo que, al igual que yo, está confundida por esta extraña intimidad que hay entre nosotras.

Sí, Reina. Creo que eres increíble y no puedo dejar de pensar en ti. Te deseo, tengo necesidad de ti. Trago saliva. "Sí. Eres especial." Nos estamos acercando peligrosamente, tanto que estamos a punto de dejarnos llevar y besarnos, así que me recuesto apoyando los codos en el escalón que tengo detrás y cambio de tema. "¿Viene Nicole este fin de semana?"

Algo cambia en su rostro. Es sutil pero no pasa desapercibido y lamento haber cambiado de conversación. "No. Voy a verla a Nueva York," dice, dibujando una sonrisa.

"Qué bien. ¿Cuándo fue la última vez que estuviste allí?"

"El año pasado, cuando firmé los papeles del divorcio," dice, encogiéndose de hombros. "He estado evitando Nueva York e incluso contraté a alguien para que se llevara y almacenara mis cosas después de vender la casa, para no tener que volver allí. Simplemente no podía ver a amigos en común o visitar lugares a los que Sandeep y yo solíamos ir juntos. Pero ahora estoy preparada. De hecho, estoy deseando ir." Una pareja de enamorados pasea por la playa y los seguimos con la mirada. No pueden tener más de veinticinco años y se detienen cada pocos pasos para besarse, dejando un patrón de pasos regularmente interrumpidos en la arena.

"¿Echas de menos la ciudad?"

"Algunas veces." Se encoge de hombros. "Pero mi vida allí era con mi familia. Si volviera, no sería lo mismo. Tengo amigos en Nueva York y los he echado de menos durante el invierno, pero la mayoría de ellos tiene casa en los Hamptons, así que volverán pronto y los que no, siempre pueden quedarse conmigo porque tengo un montón de espacio disponible. ¿Qué hacías tú en Nueva York?" me pregunta.

"Inicialmente fui allí a estudiar. Aunque siempre me fue bastante bien en el colegio, dejé la universidad, demasiado distraída con el estilo de vida de la gran ciudad para concentrarme en lo que era realmente importante. Así que terminé trabajando en bares y clubs y me encantaba la atención que recibía de las mujeres. Darles placer se convirtió en un juego para mí y creo que ahí es donde comenzó todo."

"¿Qué estudiaste?"

"Finanzas."

"¿Finanzas?" Reina parece perpleja. "Soy consciente de que no te conozco muy bien, pero me resulta difícil imaginarte trabajando en ese campo."

"Sí, yo también. No sé en qué estaba pensando." Digo con una risa entre dientes. "Creo que al principio solo quería probarme a mí misma. No le dije a mi padre que lo había dejado hasta un año después. Estaba tan orgulloso de mí por ser la inteligente de la familia que no tuve valor para decirle que eso no era lo mío. Pero, con el tiempo, tuve que hacerlo y se lo tomó mejor de lo que esperaba."

"¿Estáis unidos?"

"Sí. Mi madre murió cuando mi hermana y yo éramos muy jóvenes y él ha sido un gran padre. Jackie, nuestra vecina, también ayudó mucho en aquel momento. Y sigue haciéndolo con Suki, así que ella también es parte de la familia."

"Siento lo de tu madre. ¿Puedo preguntar qué pasó?"

"Cáncer de mama. Yo tenía tres años, así que no la recuerdo mucho realmente." Hago una pausa, pensando que esta conversación se está haciendo muy personal.

"Aún así, debe haber sido horrible para ti," dice Reina.

"¿Y tu hermana? ¿Qué edad tenía cuando murió tu madre?" Mueve una mano y niega con la cabeza, mirando al cielo como si se maldijera a sí misma. "Lo siento, no importa. No quería interrogarte."

"Está bien, no pasa nada." Pongo una mano sobre su rodilla, la retiro cuando ambas la miramos. Todo lo que decimos o hacemos ahora parece tan fuerte que ya no sé cómo comportarme con ella. "Mi hermana Linda era dos años mayor, pero ella murió también," digo finalmente. No estoy segura de por qué le estoy contando todo esto pero, al mismo tiempo, tengo muchas ganas de hacerlo. Le sonrío para que sepa que me encuentro bien hablando de eso. "Era la madre de Suki."

"Dios." Pasa una mano por mi mejilla y me inclino hacia su tacto, apreciando el gesto. "Tú..." Creo que está a punto de decir 'pobrecita', pero se detiene. "¿Y adoptaste a Suki?"

"Sí. El padre de Suki no estaba presente y cuando ella enfermó, también con cáncer de mama, hizo los arreglos necesarios para que yo fuera la madre adoptiva legal de Suki en caso de que no sobreviviera." Parece que está a punto de llorar, así que tomo su mano y la beso. Entonces se acerca más a mí y me rodea con un brazo. Permanecemos así, sentadas y abrazadas, durante unos minutos en silencio, escuchando las olas y las gaviotas que vuelan en círculos sobre nosotras.

"Eres una mujer valiente," dice al fin. "Admiro tu fuerza."

"No soy valiente. No tuve más remedio que seguir adelante, pero amo a Suki y ahora tenemos una vida bastante buena. Ella es feliz y eso es todo lo que importa."

"¿Y tú? ¿Eres feliz tú?" De nuevo parece una pregunta profunda y necesito un momento para pensar. En realidad, nunca me he preguntado si soy feliz.

"Sí. Disfruto viendo a Suki sonreír, crecer, hacer amigos,

aprender cosas… disfruto vivir aquí e ir a la playa los fines de semana. Mis sueños son diferentes ahora, más reales, supongo. No se trata de vivir mi vida al máximo o de una pasión eterna. Se trata de estabilidad y paz interior." Volviéndome hacia ella, decido que es mi momento de interrogarla. "¿Y tú? ¿Eres feliz?"

Reina se ríe y niega con la cabeza, como si no tuviera ni idea. "Creo que soy feliz. Por lo menos más feliz de lo que era hace un tiempo. Pero quizás ahora sea lo opuesto a ti. Me gusta bastante la idea de vivir mi vida al máximo y perseguir la pasión eterna o como quieras llamarlo. Nunca antes lo he hecho."

"Entonces has tenido un gran comienzo. Explorar tu sexualidad es solo el principio, así que disfruta el viaje y no te avergüences. Todo lo que deseas en este momento es natural. Puede que lo tuvieras enterrado pero siempre ha estado ahí y, al final, eres quien eres."

Reina asiente. "Gracias. Lo tendré en cuenta."

Termino mi café, me levanto y tomo su mano para ayudarla a levantarse. Reina se agarra a mí más tiempo del necesario y mientras caminamos por los escalones, el deseo es tan fuerte que finalmente la suelto para no atraerla hacia mí. "Tengo que ir a mi próximo cliente."

"Por supuesto. Siento haberte retenido aquí. No pretendía que fuera tan personal." Se sonroja mientras cruzamos el puente.

"No te disculpes, esto ha sido agradable. Me gusta hablar contigo."

"A mí también." Se detiene junto a la reja y sonríe. "Entonces, ¿te veo la semana que viene?"

"Sí. Nos vemos el lunes. Que te diviertas en Nueva York."

29

REINA – SÁBADO

"Es tan extraño tenerte aquí, mamá," dice Nicole mientras paseamos por nuestro antiguo barrio. Es la primera vez que estoy aquí desde que salí de la casa, angustiada después de tropezar con un email pícaro y sugerente de Bree dirigido a mi marido. Después de eso, solo vine a una reunión con nuestro abogado para el divorcio. Nicole pensó que podría ser 'catártico' para mí visitar Stuyvesant Street y sus alrededores de nuevo. Bueno, así es como lo puso ella. Así que, aquí estamos, paseando sin rumbo después de una comida larga en Manhattan. Al principio parecía desalentador, pero ahora todo lo que queda es una fuerte sensación de disociación, como si este fuera un mundo diferente y yo no formara parte de él.

"Para mí también resulta raro." Nicole sigue viniendo al barrio a visitar a sus amigos y, como solo pasó un par de meses conmigo en los Hamptons antes de mudarse al campus de la UNY, no ha cambiado mucho para ella. "Pero creo que me gusta ser una extraña aquí. Es agradable disfrutar de la ciudad sin toneladas de planes."

"Bien." Nicole se quita la sudadera con capucha y se la

ata a la cintura. Los días cada vez son más cálidos y pronto Nueva York será insoportablemente calurosa y húmeda. "Vamos a tomar algo, necesito sombra."

Nuestra antigua calle es una de las pocas calles diagonales en Nueva York, cruzando East 9th Street entre la Segunda y la Tercera Avenida. Sandeep y yo elegimos este barrio por mi amor por los edificios históricos. Pasamos por St. Mark's Church in-the-Bowery, uno de los muchos recordatorios del pasado holandés de Nueva York, y por una discreta casa de estilo federal con ladrillos rojos colocados en lazos flamencos, la más antigua del East Village. A la vuelta de la esquina está mi lugar favorito de comida japonesa para llevar y un poco más lejos está el bar donde me reunía regularmente con amigos. Hay un nuevo bar junto a él, y mi atención se dispara cuando veo una bandera de arcoíris sobre la puerta y un 'fin de semana solo para mujeres' garabateado en una pizarra blanca fuera. No estoy segura de por qué siento la necesidad de entrar allí, no es que quisiera mirar mujeres. Belle es la única mujer en mi mente y, aunque nunca irá a ninguna parte, la sola idea de flirtear con otra persona es impensable. Quizás solo quiero estar cerca de otras personas como yo, para no sentirme diferente, o quizás solo tengo curiosidad por ver el tipo de lugares que solía frecuentar Belle. "Vamos a ver qué tal este," digo sin pensar. "Dice que tiene un patio."

Nicole mira la bandera y me lanza una mirada divertida. "Vale, lo que quieras mamá osa." Probablemente piensa que no me doy cuenta y que será divertido ver mi expresión cuando me dé cuenta de que estamos en un lugar frecuentado por lesbianas.

Por dentro no es nada especial. De hecho, parece bastante anticuado para ser un bar recién abierto, pero la camarera es muy amable y la música está muy animada.

Pido una Coca-Cola para Nicole y un gin tonic para mí, nadie me mira raro ni me hace preguntas. Solo hay un par de mesas ocupadas, pero cuando nos dirigimos a la puerta de atrás con nuestras bebidas, hay un patio lleno de mujeres, hablando y riendo alrededor de unas mesas llenas de color. Un árbol enorme con luces de arco iris da sombra al espacio y el sol que se asoma a través de la copa deja un hermoso patrón de luz en cada superficie. Aunque es encantador y alegre, inmediatamente me arrepiento de haber venido porque también hay mucha gente y me siento abrumada.

"Puedes quedarte con esta mesa, nosotras nos vamos," dice una mujer de aspecto masculino a Nicole mientras ella y su amiga se levantan. Le guiña un ojo pero Nicole no parece inmutarse.

"Gracias, muy amable," responde con una sonrisa amable que se convierte en una descarada cuando me siento frente a ella. "Estás un poco ruborizada, mamá. ¿Estás bien?"

"Sí, estoy bien." Trago salivo e intento mantener mis ojos solo en Nicole. "¿Estaba esa mujer flirteando contigo?"

Nicole se ríe entre dientes. "Creo que sí, pero no me importa." Se inclina hacia mí y baja la voz. "No sabías que este bar era gay, ¿verdad?"

"No," miento. "¿Y tú?"

"Sí. He venido un par de veces con una amiga. Una amiga-amiga," añade nerviosa.

"Oh," le sonrío. "No tienes que explicarme nada. No me importaría que salieras con mujeres."

"¿En serio? ¿Estás segura?"

"Por supuesto. Yo solo quiero que seas feliz." Nicole me mira sorprendida y no la culpo. Hace un año mi reacción habría sido bastante diferente, supongo. Lo quería todo para ella: un título, un trabajo, una casa bonita, un marido, una familia. Sigo queriendo lo mismo, por supuesto, pero ahora veo que no todo es tan simple y blanco o negro, como siempre supuse.

"¿Cómo es que de repente te has vuelto tan abierta de mente?"

"No soy tan diferente a como era antes," miento de nuevo. "Simplemente que nunca antes hemos tenido esta conversación." Remuevo mi bebida y por fin me atrevo a mirar a mi alrededor. Hay tantas mujeres gays. La mayoría de ellas están sentadas en grupos, otras parecen estar en una cita. Una mujer mira con curiosidad en mi dirección. Probablemente se esté preguntando qué estoy haciendo aquí, todas se ven mucho más informales que yo y, vestida para Manhattan, parezco demasiado elegante con mi vestido largo y mis enormes gafas de sol. Me vuelvo hacia Nicole e ignoro su intensa mirada. "¿Has salido alguna vez con una chica?"

"¡Mamá!" Nicole aparenta sorprenderse. "¿De verdad vamos a hablar de eso?"

"Solo quiero saber qué pasa en tu vida," le digo con total sinceridad. "Nunca hablamos de tu vida amorosa."

"Ya." Se bebe la mitad de su bebida y levanta una ceja. "Bueno, si de verdad quieres saberlo..." hace una pausa. "Salí con una chica una vez y no era lo mío. O sea, fue divertido mientras duró, pero prefiero a los chicos. Y sí, he conocido a alguien pero todavía es muy nuevo. Solo nos hemos visto un par de veces."

"Oh," sonrío, encantada de que se esté abriendo a mí. Nicole siempre se ha guardado las cosas para ella, como yo, supongo. Nunca he sido muy habladora, pero algo ha cambiado. "Así que has estado saliendo con alguien."

Nicole se echa a reír. "No estamos en los ochenta, ya no

funciona así," dice, haciéndome sentir una anciana. "Los chicos no se presentan en la puerta de las chicas con flores para invitarla a salir. Pasamos el rato con amigos en común y he estado en su casa un par de veces. Tiene su propio apartamento."

El comentario del apartamento me preocupa pero intento que no se me note. "No es mucho mayor que tú, ¿verdad? ¿Cómo se llama? ¿Qué estudia?"

"Tiene veintitrés años. Se llama Tyrell y es rapero." Nicole me lanza una mirada de 'atrévete a criticarlo'. Sabe exactamente lo que estoy pensando. *Un rapero. Sin trabajo ni ingresos fijos, sin futuro. No es lo bastante bueno para mi hija.* Me obligo a tratar de ver las cosas desde su perspectiva y me abstengo de empezar un interrogatorio. Mis padres se enfurecieron cuando les dije que estaba embarazada de Sandeep. Él no provenía de una familia adinerada como yo y eso generó muchos roces, con Sandeep sintiendo que no era lo suficientemente bueno. Supongo que eso le dio el impulso para demostrar que estaban equivocados y buscar el éxito, pero, aún así, fue muy difícil y no quiero que Nicole se encuentre en la misma posición.

"De acuerdo. Mientras seas feliz, cariño. Si funciona, me encantaría conocerlo."

Los ojos de Nicole se abren como platos. "¿No vas a sermonearme?"

"No." Frunzo los labios y niego con la cabeza, pero cambio de opinión cuando imagino a Nicole con una barriga de embarazada. "Bueno, en realidad, un poco y un momento solo. Verás, tenerte a ti y a Eddie ha sido lo mejor que me ha pasado en la vida y no lo cambiaría por nada del mundo. Pero nunca logré un título y quiero eso para ti. Es difícil cuando un día te encuentras en una situación en la que tienes que empezar de nuevo y no tienes ni idea de qué hacer con tu vida. Así que, por favor, cuando llegue el momento, usa protección, ¿de acuerdo? Y ten sexo solo cuando estés lista."

Ahora es el momento de Nicole de sonrojarse y deja escapar una risa ahogada. "Ya no soy virgen, mamá. Y sí, uso protección, así que no te preocupes." Estira la mano sobre la mesa para apretar la mía. "No estés en shock, mamá. Tengo casi dieciocho años. Y sé que probablemente pienses que todos hablan con sus madres antes de tener relaciones sexuales por primera vez, pero en realidad no es así. Ninguno de mis amigos lo hace, simplemente sucede cuando sucede. Además, tú tenías tus propios problemas el año pasado y no quería estresarte aún más."

"Cariño, no quiero que sientas nunca que no puedes hablar conmigo. Por favor, tienes que saber que siempre voy a estar ahí para ti, no importa lo que pase en mi vida en ese momento." Tiene razón, estoy muy sorprendida de que ya haya tenido relaciones sexuales, pero yo me quedé embarazada a los diecisiete, así que sería muy hipócrita de mi parte no aceptarlo. Es una mujer adulta, mucho más sabia que yo a esa edad. "Pero me alegro de que me lo hayas dicho y lo de conocer a Tyrell iba en serio. Me encantaría conocerlo."

"Gracias," dice Nicole.

"¿Por qué?"

"Por no juzgarme." Se recuesta en la silla, visiblemente relajada. "Es difícil de entender que estoy sentada en un bar gay con mi madre de Stepford, diciéndole que estoy saliendo con un rapero y hablando de sexo."

"¡Oye, yo no soy una madre de Stepford!" exclamo.

"Quizás ya no, pero seamos sinceras, antes lo eras." Dice entrecerrando los ojos de forma divertida. "Venga, mamá. Te pasabas la mayor parte de tu tiempo preocupándote de qué ponerte para los eventos, qué servir en las cenas y a quién invitar."

"Hmm..." Me echo a reír porque, en cierto modo, tiene razón. "Hacía eso, ¿eh?" Dos mujeres comienzan a besarse en la mesa de al lado. Aunque no soy muy fanática de las muestras de afecto en público, es algo muy sensual de ver y me quedo mirándolas, totalmente intrigada. La forma en que sus labios se tocan y sus manos se mueven por el cabello de la otra... Es excitante. *¿Así es como Belle y yo nos vemos cuando nos besamos?* "Bueno, a partir de ahora, las cosas van a cambiar," digo, apartando mis ojos de ellas.

30

BELLE – DOMINGO

"Mami, ¿podemos ir a la piscina otra vez?"

"Vamos a ir a la playa más tarde, cariño. Cameron también estará allí." Agarro con más fuerza la mano de Suki mientras cruzamos la calle hacia el Café Harborside. "Solo necesito un café y un momento para leer el periódico. Puedes jugar con el iPad si quieres, y también he traído un libro para colorear." Mirando por encima del hombro, no puedo evitar la incómoda sensación de que alguien nos está mirando, pero no veo a nadie que conozca.

Agradecida de que haya una mesa libre a la sombra al final de la terraza junto al agua, dejo que la brisa me refresque la piel y pido un capuchino para mí y una limonada para Suki. Barcos y modestos yates navegan hacia el puerto deportivo, los que van a pasar el día están allí lo bastante temprano como para asegurarse un lugar en el atraque. Me gusta observar a la gente y ver la emoción en sus rostros cuando llegan aquí por primera vez. La verdad es que es una ciudad bonita y estoy orgullosa del lugar donde vivo. Suki saca sus crayones de mi bolso y parece muy feliz de mantenerse ocupada por un rato, así que me acomodo con mi periódico y disfruto de un tiempo de inactividad.

"Me alegro de veros aquí," dice alguien cuando estoy absorta en un artículo. Reconociendo la voz inmediatamente, me paralizo y levanto la mirada para encontrarme con la señora Ashworth de pie junto a nuestra mesa.

"Hola, señora Ashworth," digo dubitativa, mirando a Suki, que está concentrada en un dibujo de la selva en su libro. Solo por educación, añado "¿Cómo está?"

"Estoy muy bien, gracias." La señora Ashworth se pasa una mano por su cabello rubio teñido y bate sus pestañas hacia mí. "Pero, por favor, llámame Cindy, nos conocemos lo suficiente como para dejar a un lado las formalidades," agrega con un guiño. Para mi total sorpresa, toma asiento en nuestra mesa. "Recibí una llamada para decirme que no estabas disponible y debo decir que me sentí muy decepcionada."

Una vez más observo nerviosa a Suki, que ahora sonríe a la señora Ashworth al reconocerla. "Hola," dice.

"Hola, tesoro. ¿Qué estás coloreando?"

"Un elefante," dice, levantando el libro para enseñárselo. "Lo he coloreado de azul," añade con una risita.

"Eso es muy creativo. ¿Qué vais a hacer tu mami y tú ho...?"

"Está bien, Cindy," la interrumpo con cautela. "Es bueno verte pero estoy aquí relajándome con mi hija. Si te he molestado de alguna manera, te agradecería que lo habláramos en un lugar privado en un momento que nos venga bien a las dos."

Cindy parece complacida y se acerca a mí. "No hay problema. ¿Qué tal si cenamos esta noche?"

"No, no me refiero a una cena," digo, poniendo todo mi esfuerzo en ser educada. Estoy bastante segura de que nos ha seguido hasta aquí y si está delirando de alguna manera, no quiero llevarla al límite. Mirando a mi alrededor, veo que hay un lugar tranquilo en una esquina de la terraza y le hago un gesto, pensando que probablemente sea mejor terminar de una vez y que no se haga la idea de que tengamos una cita. "Suki, quédate aquí donde pueda verte durante cinco minutos, ¿vale? Solo voy a hablar con Cindy un momento. Enseguida vuelvo."

Suki frunce el ceño pero no protesta y vuelve a sus dibujos. La señora Ashworth suspira mientras se levanta y me sigue a la mesa vacía.

"¿Por qué estás tan distante conmigo?" susurra. "¿Qué he hecho?"

"No has hecho nada, Cindy. Pero mantengo mi trabajo y mi vida privada estrictamente separados y no quiero socializar con mis clientas fuera de las visitas. Esa que está ahí es mi hija. ¿No entiendes que es muy incómodo para mí que le hagas preguntas personales y que nos sigas?"

"No os he seguido," dice, levantando la voz como defensa.

"Venga ya. Sé que lo has hecho. Ni siquiera vives por aquí."

La señora Ashworth parece herida pero no hago ningún esfuerzo por consolarla. Si lo hago, podrías empeorar las cosas. "Voy a solicitar el divorcio," dice, tragando saliva. "Así que pronto seré una mujer soltera. Podemos vernos tanto como queramos y puedes venirte a vivir conmigo si eso es algo que podrías llegar a considerar."

Mirándola en estado de shock niego con la cabeza. "Por favor, no lo hagas. No abandones a tu esposo a menos que estés en un matrimonio infeliz. Nosotras no tenemos una relación. Me has contratado como escort. Eso es algo completamente diferente." Trato de hacer que mis frases sean cortas con la esperanza de que mis palabras le lleguen.

"Pero..." Intenta agarrarme la mano pero las meto en mis bolsillos. "Pero puedo cuidar de ti. De vosotras dos."

Sin saber qué decir ahora porque claramente no acepta un no por respuesta, recurro a lo único que se me ocurre. Mentir. "Tengo una relación, Cindy. Con la mujer que me viste en Montauk. Le pedí al equipo que cancelara tu reserva porque te estabas poniendo demasiado personal conmigo. Estoy enamorada de ella y es algo serio."

"Así que era verdad..." Su labio tiembla ligeramente y se inclina hacia mí. "¿Cómo se llama?"

"Eso es privado," digo, algo aliviada de ver que su delirio se hace añicos y, al mismo tiempo, preocupada por lo que pueda hacer ahora.

"Dime su nombre," bufa. "Me has traicionado."

"Cindy," le digo con voz tranquila. "No te he traicionado. Tú y yo no tenemos una relación." Es difícil creer que la mujer tranquila y serena que he estado visitando en su hermosa casa está completamente loca pero es claro que es muy inestable y posiblemente peligrosa. "Me gustaría que te mantuvieras alejada de mí y de mi hija, ¿de acuerdo?" Cuando no responde, añado: "¿Está claro?"

Cindy permanece en silencio, con los puños cerrados frente a ella. Por un segundo me preocupa que me golpee, pero finalmente se levanta y se aleja. Mi corazón está acelerado y me enferma pensar que vaya a divorciarse por mi culpa. Mientras vuelvo a mi mesa, esbozo una sonrisa, asegurándome de que Suki no se dé cuenta de lo molesta y preocupada que estoy.

31

REINA – DOMINGO

"Ha sido divertido. En serio." Nicole lo dice como si estuviera sorprendida de no haberse aburrido conmigo. Cierro la cremallera de mi bolsa de fin de semana y le doy un largo abrazo.

"Sí. Me encantaría hacerlo de nuevo. Y no te preocupes por no venir el próximo fin de semana. Ve a la fiesta y diviértete, ¿vale?" Nicole se quedó en mi habitación después de haber cenado tarde y vimos películas en la cama como solíamos hacer cuando era más pequeña. Esta mañana hemos ido juntas al gimnasio del hotel y después a la sauna, antes de atacar el desayuno del buffet. Me podía haber quedado con amigas, pero no le quise decir a nadie que venía. No es que no quisiera verlas, es solo que quería tener a Nicole para mí sola y no estaba segura de si estaba preparada para enfrentarme a nadie que no fuera Nicole en el estado actual en el que me encuentro.

"Ven cuando quieras." Me dice Nicole apretándome el brazo. "Por cierto, ¿vas a celebrar tu cumpleaños?"

Niego con la cabeza. "No lo creo, cariño. Pero me encantaría cenar contigo si estás allí."

Nicole frunce el ceño. "Pero vas a cumplir cuarenta, mamá. Es algo grande."

"Ojalá todos dejarais de recordármelo," digo con una sonrisa. "Es solo que no me apetece organizar nada, ¿sabes? No es que no tenga tiempo, es solo que no tengo ganas de llamar a toda esa gente que he estado evitando durante tanto tiempo. Además, sabes que no me gusta ser el centro de atención."

"¡Madre mía! De verdad que has estado demasiado aislada," dice Nicole. "¿Por qué no me lo dejas a mí? En serio, me encantaría organizar una fiesta para ti. Nada grande, te lo prometo. Solo tus amigos más cercanos. Ellos saben por lo que has pasado y, créeme, no te culpan por no devolver sus llamadas. Estarán muy contentos de verte de nuevo."

"Lo siento, pero prefiero pasarlo contigo..."

"Vale, es tu cumpleaños." Nicole suspira y me lanza una sonrisa. "Entonces, déjame al menos organizar algo especial, solo nosotras dos. Una sorpresa."

"Claro. Eso suena bien." No me gustan mis propios cumpleaños, nunca me he sentido cómoda. Me encantaba organizar cenas y cócteles pero eso era diferente porque no se trataba de mí. Por mi treinta cumpleaños, Sandeep nos llevó a mí y a los niños a las Maldivas porque me negué a una fiesta y pasamos un tiempo maravilloso allí. Nos alojamos en una cabaña preciosa con el suelo de cristal construido sobre el océano y no tuve que preocuparme por vestirme o alimentar a los niños. Sin presión, sin estrés y sin familia, aparte de nuestra pequeña y dulce burbuja. Esa fue la última vez que tuvimos unas vacaciones de verdad todos juntos. Visitamos a mi familia en Beirut con regularidad y pasamos muchos fines de semana largos en los Hamptons, pero nunca tuvimos tiempo para escaparnos de las obligaciones. Sandeep estaba ocupado con el trabajo, yo planeaba mi vida en torno a la escena social de Nueva York y los niños crecieron y preferían salir con los amigos. Todo eran excusas, la verdad, porque, en realidad, dejamos de buscar tiempo para poner nuestro matrimonio y nuestra familia en primer lugar.

Echando la vista atrás, no creo que fuéramos tan felices como podríamos haber sido, siempre faltaba algo. Ese algo, he llegado a la conclusión, es la pasión. El pegamento que mantiene unidas a las parejas de por vida, el aceite que hace que la máquina del matrimonio funcione sin problemas en cuanto a intimidad, el elixir mágico que permite que las relaciones funcionen, incluso en tiempos difíciles. Había mucho amor, pero la pasión nunca estuvo ahí. Y algunas veces, ni siquiera el amor es suficiente.

No creo que tuviera ni idea de lo que era la pasión hasta conocer a Belle. Pero ahora parece como si corriera por mis venas. Solo que, desgraciadamente, es una escort, a la que pago para que me haga sentir bien. Es unilateral y no hay amor, así que no es real. Aún así, después de haber estado privada de pasión toda mi vida, la deseo como nunca antes he deseado nada.

Con un suspiro, tomo mi teléfono y me dejo caer en la cama. Todavía me queda media hora antes de la salida del hotel, así que reviso mis emails y encuentro los resultados de las pruebas de ETS que me había hecho antes de venir aquí el viernes. Aunque no me sorprende que todas sean negativas, siento un poco de alivio. Si Sandeep se desvió una vez, es posible que lo haya hecho antes y eso me preocupaba.

Sin mi hija aquí para distraerme, mis pensamientos van una vez más a Belle. Un escalofrío de emoción me recorre el cuerpo cuando navego por Hamptons' Escorts y veo que está disponible el martes. Todavía me parece mal pagar por sexo, pero después de haberme acostado con ella una vez, se ha convertido como en una droga para mí y si esta es la única forma, tomaré lo que pueda. Nadie lo sabrá nunca. Mientras relleno los detalles de mi tarjeta de crédito y presiono el botón 'reservar', me pregunto si ella recibirá una notificación. ¿Se emocionará? *No seas tonta*, me digo. Solo soy una clienta como cualquier otra. Lo disfrutara o no, es su trabajo y necesito seguir recordándome que no significo nada para ella.

He pensado en ella con otras mujeres y odio sentir celos. Los celos son una emoción nueva para mí, pero no particularmente agradable y me da vueltas en la cabeza. Incluso cuando descubrí que Sandeep me había estado engañando, no me sentía como ahora. Estaba enfadada y herida, claro, incluso devastada, pero no celosa. La idea de él y Bree en la cama juntos no me causaba este nudo casi insoportable en el estómago como cuando imagino a Belle con otra persona y eso no tiene ningún sentido. Quiero saber si tiene clientas favoritas, si piensa en ellas fuera de su trabajo. Quiero saber si tiene fantasías con ellas, si tiene fantasías conmigo.

Cuando llega el mensaje de confirmación, dejo escapar un suspiro de alivio y luego, inmediatamente, los nervios se apoderan de mí. Es agotador estar tan emocional todo el tiempo, pero, al mismo tiempo, nunca me he sentido más viva que ahora.

32

BELLE – LUNES

Es difícil estar aquí, reprimiendo el contacto físico mientras todo en lo que puedo pensar es en su reserva para mañana. Reina también está teniendo problemas. Lo sé por la forma en que me mira, como si quisiera arrancarme la ropa. Nuestras charlas por la mañana se han convertido como en un hábito cómodo, agradable, pero hoy casi puedo sentir la tensión en el aire.

De nuevo estamos sentadas en el último escalón del puente, ambas con un café en la mano. Reina lleva la ropa de yoga, un top corto con tirantes negros, unos leggins negros y unas zapatillas de deporte negros también y su cámara colgada al cuello. Por lo menos hoy he hecho mi trabajo, así que no me siento como si me estuviera aprovechando. Como mi próxima cita no es hasta las once, acepté su invitación para venir aquí con ella.

“La luz es una maravilla esta mañana,” dice, mirando hacia el océano.

“Sí que lo es.” Sonrío y hago todo lo que puedo por no mirar sus pechos bajo el top ajustado. Nadie hace que mi libido se dispare como lo hace Reina. "¿Qué tal tu fin de semana en Nueva York?"

"Fue realmente agradable, la verdad," dice. "Solo Nicole y yo. Se quedó conmigo en mi habitación del hotel." Duda por un momento por lo que va a decir. "Fuimos a tomar una copa a un bar gay."

Sus palabras casi hacen que me atragante con el café y me vuelvo hacia ella con el ceño fruncido. "¿En serio? ¿Hablaste con ella sobre...?"

"No, por supuesto que no. No le hablé de ti, si eso es lo que quieres decir," dice rápidamente. "Simplemente pasábamos por allí y quise entrar."

"¿Y?"

"Y nada. Al principio me sentí un poco incómoda, pero todo el mundo parecía muy agradable y..." hace una pausa. "Bueno, fue interesante ver mujeres juntas."

"Pero creciste en Nueva York. Seguro que te has cruzado con parejas de lesbianas en muchas ocasiones."

"Sí, pero nunca le presté mucha atención, ¿sabes? Nunca presté mucha atención a lo que sucedía a mi alrededor." Dice, encogiéndose de hombros. "Solo estoy intentando descubrir este cambio tan repentino en mí."

"Yo creo que sabes perfectamente lo que te está ocurriendo."

Reina se humedece los labios mientras me mira y, Dios, quiero besarla. "Sí," dice. "Creo que sí." La electricidad que hay entre nosotras se palpa durante el largo silencio que sigue. "Llegaron los resultados de mi prueba. Estoy limpia." Se sonroja mientras levanta su teléfono y me enseña la página.

Soy muy consciente de que estoy peligrosamente cerca de hacer algo estúpido. "Eso es bueno," digo por fin. "Yo me hago pruebas regularmente, así que tampoco tendrás que preocuparte por mí." Y aparece otro silencio. "Bueno, entonces, te veo mañana, ¿no? Estoy deseando que llegue."

"Sí. Yo también." Su voz es entrecortada mientras sigue mirándome. De repente, como si fuera demasiado, sale de su trance y vuelve su atención al océano. "¿Cómo fue tu fin de semana?"

"Muy agradable. Llevé a Suki a la playa con una amiga y su hijo y fuimos a ver a mi padre," digo, dejando a un lado la situación incómoda con la señora Ashworth. "Voy a abrir mi propio negocio, así que he estado bastante ocupada con eso."

Los ojos muy abiertos de Reina me dicen que está sorprendida de escuchar esto. "Oh. ¿Qué tipo de negocio?"

"Un alquiler de accesorios para fiestas en piscinas. Cualquier cosa que se te ocurra, lo tengo. Mobiliario, iluminación, decoración, juguetes para la piscina..."

"Eso suena divertido. Y déjame adivinar, ¿Suki está probando todos los juguetes?"

"No, el mar es demasiado peligroso para hinchables caros y no conocemos a nadie con una piscina, así que aún no le he enseñado nada."

"Oh. Por supuesto." Lo dice como si se acabara de dar cuenta de que no todo el mundo que vive en los Hamptons tiene piscina. "Siempre puedes traerla aquí si quieres usar mi piscina o tener fácil acceso a la playa. Sé lo difícil que es encontrar aparcamiento junto a la playa en verano y hay una gran entrada a la casa y no hay nadie más que yo."

"Gracias. Eso es muy amable por tu parte pero no creo que sea una buena idea."

"¿Por qué no? Tengo todo este espacio y las instalaciones perfectas y nadie lo está disfrutando."

La observo y me doy cuenta de que está hablando en serio. Por supuesto a Suki le encantaría venir, pero ya me siento abrumada por todo lo que tengo en la cabeza y no quiero involucrar a mi hija en el lío en que me estoy metiendo, enamorándome de una clienta. "Me temo que eso confundiría los límites," digo con cuidado. "No puedo traer a Suki a la casa de una clienta."

"Lo siento, no se me ocurrió pensar en eso." Dice, dirigiéndome una mirada de arrepentimiento. "Tienes razón, lo entiendo." Baja la mirada hacia su café y frunce el ceño. "¿Te puedo preguntar algo?"

"Por supuesto."

"¿Por qué trabajas para Pool Masters si ganas mucho más dinero con el trabajo de escort?"

"Dos razones," digo. "En primer lugar, quiero que Suki me vea yendo a trabajar todas las mañanas, haciendo un trabajo normal como todos los demás padres. También quiero que mi padre sepa que tengo trabajo, no sabe nada de mi trabajo de escort. Y segundo, simplemente necesito el trabajo en Pool Masters para tener nuestro seguro médico."

"Ya. Y el trabajo de escort no necesariamente te lo proporcionaría." Reina me dirige una sonrisa de complicidad. Obviamente, el seguro médico no es algo de lo que haya tenido que preocuparse nunca. "Debe ser extraño vivir una doble vida."

"En realidad no." Digo encogiéndome de hombros. "Veo hacer de escort como una actuación. Y como solo son dos o tres noches a la semana, o menos si no me apetece, es solo algo que disfruto hacer. Algunas noches más agradables que otras," añado porque necesito que sepa que ella es especial.

"¿Tienes clientas favoritas?" me pregunta. Si no me equivoco, puedo sentir algo de celos en ella, así que le sonrío y fijo mis ojos en los suyos.

"Solo una."

Se la ve pillada por mi respuesta pero complacida,

sonrojándose. Entrecierra los ojos cuando se acerca un hombre. Va descalzo, vestido con pantalones cortos de color caqui y una camiseta blanca. Camina a paso ligero, hasta que nos ve. Se detiene, duda un momento, se da la vuelta y comienza a caminar de vuelta.

"¿Lo conoces?" le pregunto, aliviada de que esto me dé una salida de una conversación difícil.

"Sí. Es Sandeep, mi ex marido," dice, mirándolo pensativamente. "Probablemente venía aquí y no esperaba que yo tuviera compañía."

"Ah. ¿Me voy?"

"No. Por favor, no." Me coge la mano cuando estoy a punto de levantarme. "Ya sé de qué quiere hablar de todos modos. Él y su nueva novia van a tener un bebé."

"¡Jesús, Reina! Eso debe ser difícil para ti." Digo apretando su mano.

"Es..." se encoge de hombros. "En realidad, está bien. Lo sé desde hace unas semanas, así que ya he superado el shock inicial, pero él no sabe que lo sé. Debe estar martirizándolo porque no es de los que salen a pasear un lunes por la mañana. Es un adicto al trabajo."

Asiento con la cabeza. "¿Su oficina está en los Hamptons?"

"No, trabaja desde casa. Solía tener una oficina en Nueva York pero, ahora que hace diseños para los ricos y los famosos, solo acepta proyectos grandes e importantes y lo mantiene simple con un equipo de trabajadores independientes que también trabajan desde casa. Pero viaja mucho."

"¿Es un nombre importante dentro de su profesión?" Ya sé que lo es porque busqué información sobre Sandeep también pero la asustaría si lo supiera. Diseñó uno de los edificios de oficinas con más alta tecnología del mundo en Dubái y ha ganado muchos premios por su trabajo.

"Sí. Tiene mucho talento. Y siempre ha tenido ese instinto de probarse a sí mismo porque yo era... bueno... yo era rica cuando nos conocimos y él no. Pero bueno, pronto logró darle la vuelta a eso."

"¿Sientes algo por él todavía?"

"No. Es el padre de mis hijos y siempre quedará algo ahí. Pero no como esto."

"¿Como esto?"

Mueve la cabeza y vuelve a sonrojarse. "Quiero decir, lo que siento por él no es sexual y no creo que lo haya sido nunca. Eso es lo que estaba tratando de decir," explica de manera apresurada. Observa a Sandeep desvanecerse en una mancha blanca en la distancia y yo estoy intentando entender cómo alguien podría dejar a la hermosa, amable y sexy Reina. Quizá siempre sintió que ella nunca estuvo interesada en él de esa manera. Pero si yo la tuviera, si fuera mía de verdad, entonces nunca, nunca la dejaría ir.

33

REINA – LUNES

"¿Zumo?" pregunta Sasha, abriendo la puerta del bar de zumos al lado del estudio de yoga sin esperar la respuesta.

"Creo que necesitaría algo más fuerte," digo de broma.

"¿Por qué? ¿Problemas en el paraíso con esa Belle tuya?"

"Shh... no tan alto." Echo un vistazo al menú, ordeno lo habitual y Sasha hace lo mismo. Nos hemos vuelto predecibles las dos pero por lo menos ahora nos permitimos soltarnos el pelo con cócteles una vez a la semana. "La voy a ver mañana," susurro mientras nos dirigimos hacia una mesa junto a la ventana, ocupando los dos últimos asientos libres. "La voy a ver como..., ya sabes."

"Ya sé lo que quieres decir," me interrumpe con una risita. "Pero eso es bueno, ¿no?"

"Sí. Sí que lo es, pero estoy muy nerviosa."

"Pero ya lo has hecho una vez. Seguramente será más fácil cuando sabes qué esperar."

Lo pienso un momento y niego con la cabeza. "No, créeme. No es más fácil. Si acaso, se está volviendo jodidamente complicado." Tomo un sorbo de mi zumo y vacilo un momento. "Prométeme que no te reirás."

"Nunca." Sasha se hace la cruz sobre el corazón, su expresión inocente como un corderito.

"Creo que me he encaprichado con ella," digo bajando la voz. "En serio, Sash, puede que algo vaya mal en mí. Busco cualquier excusa para hablar con ella cuando está trabajando en la piscina y le he contado cosas muy privadas sobre mí. Y ni siquiera puedo mirarla a los ojos porque me resulta demasiado. Me pone de los nervios solo con estar cerca."

Sasha apoya el codo en la barra y la mano en su mejilla mientras se gira hacia mí. "Vale, es un poco gracioso pero prometí no reírme y no lo haré." Arquea una ceja mientras me mira divertida. "No creo que estés obsesionada, Reina. Sé que es solo los primeros días pero creo que estás enamorada de ella. ¿Lo has considerado?"

"No estoy enamorada de ella. No puedo estarlo," digo a la defensiva pero, en el fondo, sé que tiene razón. Nunca he estado enamorada antes, así que ¿cómo sabría cómo se siente? "Le estoy pagando para que se acueste conmigo. No es muy romántico que digamos."

"Lo sé. Eso no significa que no puedas enamorarte de ella. Claramente tiene sus artes con las señoras. Súper encantadora y todo eso."

"Ese es el problema. No sé si es así con todas o solo conmigo. Sé que hay química entre nosotras, de eso estoy segura. Pero quizás es una de esas personas que tiene química con todo el mundo. Es muy sexual."

Sasha asiente y piensa. "Bueno, solo hay una manera de averiguarlo. Tienes que invitarla a salir."

"De ninguna manera." Digo con voz entrecortada. "No puedo invitarla a salir. Si me rechaza, estaría avergonzada y si dice que sí, entonces tendría una cita oficialmente con una mujer."

"¿Y?"

"Y no creo que pudiera hacer eso. En público, quiero decir. Tengo hijos y una posición en la sociedad. Ni siquiera estoy segura de si soy..."

"Por eso necesitas salir con una mujer. Para estar segura." Dice encogiéndose de hombros. "Eres soltera y tus hijos son prácticamente adultos. ¿De qué tienes tanto miedo?"

"¡De todo!" exclamo exasperada. "Tengo miedo de todo, ¿no lo entiendes? Mis sentimientos, que ella se acueste con otras mujeres... y ni siquiera he pensado qué pasaría si vamos más allá. Tiene una hija. ¿Y si salimos y no funciona? Y si funcionara, ¿qué dirían mis amigos? ¿Mi madre?"

"En cuanto a tu madre, eso ya lo hemos hablado antes. Está lejos y tú tienes tu propia vida. Y en cuanto a tus amigos, yo soy tu amiga y lo veo genial. Y si para ellos no lo es, entonces no son verdaderos amigos. Tan simple como eso. No estamos en la Edad Media. Ni en Wyoming," bromea.

"Eso es fácil de decir para ti. Tú no eres la que se está enamorando de una escort." Ya está. Lo he admitido. Estoy a medio camino de enamorarme locamente de Belle.

La expresión divertida de Sasha se desvanece y pone una mano sobre mi muslo. "Cariño, lo que tenga que pasar, pasará. ¿Crees que puedes hablar con ella?"

"Sí."

"Bien. Entonces habla con ella y dile cómo te sientes. Es la única forma de tener una perspectiva de tu situación." Duda un momento antes de continuar. "Solo necesito advertirte sobre algo pero tienes que prometerme que no te vas a molestar o enfadar, ¿de acuerdo?"

"De acuerdo… ¿qué es?" Se apodera de mí una sensación de inquietud porque tengo una idea de lo que va a decir.

"Bueno, ella es escort y tú una mujer muy rica. Es todo lo que quiero decir, de verdad. Solo recuérdalo si vas a intentar una relación con ella."

"¿Estás tratando de decir que Belle solo busca mi dinero? Ella no es así."

"No. Solo que lo tengas en cuenta. Después de todo, en realidad no la conoces."

Por un momento, quiero gritarle. Quiero decirle que no lo ve genial como dijo, que está reaccionando como lo haría cualquier otra persona y que eso no ayuda. Quiero decirle que *sí* la conozco, porque así lo siento. Incluso sin conocer todos los detalles de su vida, la entiendo, y creo que ella también me entiende. Pero Sasha no la conoce, solo sabe lo que yo le he contado. Solo quiere protegerme y, por eso, no puedo culparla ni enfadarme con ella. "Claro," le digo, dejando escapar un largo suspiro. "Lo tendré en cuenta."

34

BELLE – MARTES

Debería haber pensado más en esto, pero ese es el problema con la atracción, ¿no? El poder de la atracción te hace ir contra toda razón. Esto no va a terminar bien, lo sé, y, sin embargo, aquí estoy, alejando los signos de alarma instalados en mi mente. Cuando hay química de verdad no está bien que te paguen, pero ¿cuál es la alternativa? No soy la pareja idónea para alguien como Reina.

Mi conductor se detiene delante de la casa y en cuanto salgo del coche, se pone a llover a cántaros. Corro hacia la puerta principal y se abre de par en par, revelando a la mujer elegante e impresionantemente preciosa con la que he estado fantaseando todo el día. Es un shock para mi sistema volver a verla, a pesar de que estuve aquí ayer. Lleva puesta la bata de satén y sus curvas perfectamente suaves y sus pezones duros son visibles a través de la delicada tela. Reina no tiene ni idea del efecto que me produce.

"Adelante." Me acompaña a la cocina, donde coge un paño de cocina y empieza a secarme el pelo. La forma en que presiona su cuerpo contra el mío mientras pasa el paño por mi cara envía una oleada de deseo a todo mi ser. "Estás mojada."

"Sí. ¿Y tú?" le pregunto con una sonrisa seductora.

Reina me devuelve la sonrisa. "Mucho." Su voz es entrecortada y sus ojos llenos de necesidad bajan hasta mis labios. Como si fuera una señal, nos fundimos en un beso apasionado, nuestras lenguas chocan en un frenesí de lujuria, nuestras bocas se encadenan con fuerza. El trapo cae al suelo, mis manos se posan en su cabello y las de ellas debajo de mi blusa. Esta vez no hay palabras, no hay bebidas para calmar los nervios y no hay una exploración suave. La mujer siempre en control y serena que soy normalmente cuando visito clientas también se ha ido y me siento absorbida por ella.

Empujándola contra la isla de la cocina, aparto su pelo y devoro su cuello, aspirando su aroma. Tiene un cuello tan delicado, tan suave y tan bien formado. La vena de la base palpita frenéticamente contra mis labios. Su corazón late con fuerza, puedo sentirlo tamborileando contra mi pecho mientras presiono mi cuerpo contra el suyo.

Reina inclina la cabeza hacia un lado y gime mientras se aferra a mí como a un bote salvavidas. Sus pequeños y dulces sonidos entrecortados me hacen temblar mientras deslizo su bata por su hombro para besarlo.

"Vamos arriba," murmuro contra su piel mientras acaricio su pecho. "Me muero por saborearte."

"¿Estás cómoda?" Reina está a mi merced y le encanta. Además del intenso calor que veo en sus ojos, la incertidumbre, la anticipación y un poco de miedo se filtran a través de su mirada mientras termino de asegurar sus muñecas a la cabecera de la cama.

"Sí," dice en voz baja, sus manos tirando de las ataduras de seda. Lleva un conjunto de lencería blanca que, a pesar de su corte sexy, le da un aspecto extrañamente inocente y casi virginal. Su sostén de encaje en forma de V cuelga de un hombro, dejando al descubierto un pezón duro como una roca. Sus bragas brasileñas blancas están empapadas por su excitación.

Esto fue idea mía pero no se lo pensó dos veces cuando lo sugerí. Nuestra química es demasiado intensa, nuestra interacción demasiado orgánica y no puedo dejar que me toque de nuevo porque ya me volvió loca la primera vez que lo hizo. Hacerme aún más vulnerable ante alguien que me está pagando no es una opción, pero nunca me había encontrado tan en conflicto. Sí, lo disfruté mucho, demasiado, pero también tengo que tener en cuenta que Reina acaba de transferir dos mil setecientos dólares a Hamptons' Escorts, de los cuales dos mil estarán en mi cuenta mañana por la mañana. *Me está pagando. Esto no es real.* Ese es mi mantra esta noche y lo repito mentalmente una y otra vez, recordándome lo que soy para ella. Alguien que le proporciona una sensación de excitación. Alguien que la está ayudando a explorar quién es. Alguien que le atrae físicamente. Alguien que siempre será su sucio secreto. Y alguien que será reemplazada por una pareja en cuanto se sienta mejor consigo misma y empiece a tener citas de nuevo. Eso es lo que soy, ni más ni menos, y será mejor que lo reconozca o ella será el mayor error que haya cometido jamás en mi vida.

Me siento a horcajadas sobre ella y me quedo mirándola durante un rato, tirando, moviéndose debajo de mí, pensando si usar la palabra que la liberará en menos de diez segundos hasta que finalmente se da por vencida y asiente. Reina deja de resistirse. Confía en mí.

"Buena chica," le digo y le saco una risa nerviosa de sus labios. "Quédate quieta y disfruta. Prometo que no te haré daño." Sé que Reina no es el tipo de persona a la que le gusta que le peguen, mi instinto así lo dice. Se relaja un poco con mis palabras pero su pecho está todavía agitado, con sus pezones erectos expuestos y llamando a mi boca. Llevando puesto solo mis bóxers, me muevo contra su sexo y sonrío cuando gime. Sus ojos van de mi cara a mis pechos mientras se muerde el labio inferior. Le gustan mis pechos.

"No tienes idea de cuánto deseo saborearte." Me inclino para besarla lenta y profundamente hasta que se convierte en un charco de humedad que gime y se retuerce. El sexo oral no se hace en mi tipo de trabajo. No sin protección, pero se ha hecho las pruebas y, además, ya he prometido usar mi lengua y hacer que le explote la cabeza, así que he cruzado todos los límites que se podían cruzar. Después de fantasear con esto durante toda la semana pasada, deseo tener mi boca entre sus muslos. Su pecho se dispara cuando giro mi lengua alrededor de su pezón, lo pellizco y lo muerdo suavemente. Otro largo gemido y luego contiene la respiración mientras voy bajando. El punto sobre el hueso de la cadera recibe atención extra, me encanta cómo la hace retorcerse de placer y sus restricciones no hacen más que aumentar su excitación. Mis manos se deslizan por sus muslos, separándolos, y gime y abre más las piernas, invitando a mi boca a su parte más secreta. Huele a dulce y la fina tira de pelo me hace cosquillas en los labios mientras la beso suavemente, apenas tocándola. Mi aliento caliente soplando sobre su sexo es suficiente para hacerla gritar.

"Jesús, Belle..."

Levanto la mirada un momento y me mira a los ojos, los

suyos oscuros y cargados de anticipación. Me encanta cuando dice mi nombre y pronto lo estará gritando. De nuevo soplo y espero. La espera la está volviendo loca.

"Por favor," me suplica con voz entrecortada. "Por favor, no puedo soportar más esto."

Y yo, simplemente, la miro en silencio y después de unos momentos y sin avisar, me inclino y trazo todo su sexo con la punta de mi lengua. El grito desenfrenado y prolongado que se le escapa se produce al mismo tiempo que la sacudida de sus caderas contra mi boca. Yo gimo también mientras me deleito con sus embriagadores jugos. Sabe de maravilla, tal como imaginaba, presiono más fuerte y repito la acción, esta vez demorándome en su clítoris. Cuando lo chupo en mi boca, deja escapar otro grito fuerte y sé que ya está cerca. Deslizando dos dedos dentro de ella, paso mi lengua alrededor de su clítoris. Siento su pulso acelerado por todas partes, está hinchada y lista para explotar.

"Dios mío..." Reina se pone tensa y se eleva de la cama, la combinación de mis dedos y mi lengua la llevan al borde. Cierro los ojos mientras sus paredes se contraen fuerte y rápido. "¡Belle! ¡Joder!".

Es emocionante y maravilloso. Sus piernas envuelven mi cuello mientras se deja ir, levantando sus caderas para ir al encuentro de mi lengua. Me detengo en ese maravilloso momento y extraigo los dedos mientras escucho sus maravillosos gritos. En este preciso momento Reina es mía y solo por ahora, parte de esto es real. No quiero dejarla ir.

35

REINA – MARTES

"¿Me desatas?" pregunto cuando puedo hablar por fin.

"Por supuesto." Belle tira de las ataduras y soy libre en segundos. Toma mis manos, entrelaza sus dedos con los míos y se acomoda encima de mí para besarme. "¿Estás bien?"

"Sí." Le sonrío y tomo su rostro entre mis manos. "Todavía estoy temblando."

"Puedo sentirlo." Belle se mueve entre mis muslos, su cadera descansa sobre mi centro aún palpitante. "Eres increíble Reina," dice, apartando un mechón de cabello de mi cara. "Realmente increíble."

Nuestros ojos se encuentran y es una escena tan íntima que vuelvo a sentirme confusa. "La increíble eres tú," digo, y levanto la cabeza para besarla de nuevo. "Yo también quiero saborearte." Cuando se le entrecorta la respiración y veo la duda en su rostro, me arrepiento de haberlo dicho. "Lo siento, olvídalo. Sé que normalmente no permites eso, solo me dejé llevar."

"No lo sientas." Belle me mira, realmente me mira y

estoy segura de que la excitación que veo en sus ojos no es un acto. La he excitado expresando mis deseos y ahora su reacción me está excitando a mí también. Está claro que lo desea, entonces, ¿por qué se resiste? "A la mierda," murmura por fin y se quita los bóxers. "¿Estás segura?"

"Completamente." Se me corta la respiración cuando la veo completamente desnuda y el deseo me atraviesa el cuerpo ante la idea de bajar a su sexo.

Se quita de encima de mí, permitiéndome ponerme sobre ella. Me muevo hacia abajo y paso mis manos por sus muslos, mirando extasiada su sexo reluciente. Mi cuerpo tiene una intensa necesidad carnal de poner mi boca en ese mismo lugar. Es sobrecogedor y hermoso al mismo tiempo, su carne palpitante llamándome, tirando de mí. "¿Estás segura?" susurro mientras me inclino hacia adelante, todavía observando cómo pelea con una batalla interna.

Belle no responde. Vacila durante unos largos segundos antes de alargar su mano y alcanzar la parte de atrás de mi cabeza y entrelazar sus dedos en mi cabello. Acercándome más a ella, escucho su profunda y embriagadora respiración mientras beso el suave y pulcro triángulo de pelo. Mis labios apenas la tocan, pero sus caderas se sacuden violentamente y murmura una maldición. Está muy sensible y excitada y, cuando paso mi lengua sobre su sexo, nuestros gemidos inundan la habitación.

Belle está deliciosa. Las mujeres son deliciosas y, Dios mío, podría hacer esto durante toda la noche, todas las noches. Tiene un sabor único, como nada que haya probado antes, es mi nuevo sabor favorito. Estar haciéndole esto parece surrealista y la lamo con más fuerza. Disfruto de sus gemidos y me hacen desearla aún más. Hago círculos con mi lengua alrededor de su clítoris, imitando lo que ella me hizo antes. Lo que me hizo para hacerme explotar. No pasa mucho tiempo antes de que esté empujando sus caderas contra mi boca, agarrando mi cabello con sus manos y, cuando me muevo más abajo y la penetro con mi lengua, porque siento una necesidad inexplicable de hacerlo, de repente se queda muy quieta antes de dejarse ir. Puedo sentir su orgasmo en cada célula de su cuerpo. Sus piernas tiemblan y sus manos se aprietan, acercándome más a ella. Ahoga un grito, un grito gutural que termina en un silencioso gemido. Me quedo ahí un tiempo, sin querer parar hasta que esté completamente quieta y agotada. Y cuando su cuerpo se relaja, así como sus manos, suelta mi cabello. Deslizándome hacia arriba para encontrarme con su boca, nos besamos, saboreándonos la una a la otra, entrelazando nuestros brazos y piernas en una red enredada, acercándonos todo lo que podemos.

"Ha pasado mucho tiempo desde que alguien me hizo eso," dice con voz ronca. "Ha sido increíble."

"Bueno, yo desde luego lo he disfrutado." Paso un dedo por su cintura y su cadera, maravillándome de sus hermosas curvas. Tener sexo con una mujer de esta manera es una sensación nueva y tentadora, una experiencia a la que podría acostumbrarme.

Apenas puede hablar con su todavía respiración entrecortada. "Pero esto..." duda un momento. "Esto no está bien."

"¿Cómo que no?" pregunto. "A mí me ha parecido que ha estado jodidamente perfecto."

"Pediré que te hagan un reembolso. No puedo permitir que pagues por esto," dice Belle, poniéndose su camiseta sin mangas azul marino antes de ponerse la camisa. Ha estado callada durante la última media hora y siento que está molesta.

"¿Qué quieres decir? No entiendo..." Ojalá pudiera quedarse pero, aunque no tuviera que volver a casa con Suki, parece que está deseando irse de repente y eso me duele.

"Vamos, Reina. Sabes que esto no está bien."

Mirándola a los ojos, le lanzo una mirada inquisitiva. "¿Por qué? ¿Porque es muy bueno? ¿Porque tenemos química? Sabes que tenemos química, ¿verdad? Juraría que hay algo entre nosotras. ¿O quizás es porque me gustas demasiado?" No creo que 'gustar' sea la forma más correcta de expresar cómo me siento, pero me da miedo abrumarla si le confieso mis verdaderos sentimientos.

"Sí. Todo lo que has dicho," dice con un suspiro, como si odiara tener que admitirlo. "Y porque tú también me gustas."

Yo también le gusto. Ni siquiera me lo había imaginado. Se apodera de mi un sentimiento de euforia con sus palabras y nos miramos fijamente. "Te gusto," repito.

"Sí. Es más que gustarme," admite. "Pero tengo que protegerme. No puedo enamorarme de mis clientas."

"Entonces, ¿por qué no hacemos esto de otra forma? Podríamos vernos de manera normal. ¿Una cita quizás?" Me sonrojo, casi sin creerme lo que acabo de decir. La sugerencia de Sasha ayer me pareció ridícula, pero ahora que me ha dicho que no podemos volver a vernos, estoy desesperada por hacer lo que sea con tal de no perderla. "¿O podrías venir el fin de semana? Nicole se va a quedar en Nueva York y Nola no va a estar aquí. Cocinaré para ti y podremos hablar."

"No puedo hacer eso." Belle se pone los calcetines y las

zapatillas de deporte y echa un vistazo a la habitación por si se le ha olvidado algo.

"¿Por qué? ¿Porque tú no tienes citas?"

"No." Hace una pausa y mira hacia la puerta como si buscara una forma de escapar, cambia de opinión y se sienta en el borde de la cama. "Mira, tú y yo no podemos salir, ¿no lo entiendes?" me pregunta, cogiéndome de la mano. "Mis clientas se enamoran de mí todo el tiempo porque soy la primera persona que les presta atención a nivel físico en un momento de sus vidas cuando más lo necesitan. Tienen una fantasía, yo la hago realidad y se dejan llevar por un tiempo. Pero, al final, no soy lo que ellas quieren. Quieren un hombre rico que las cuiden, no una escort con una hija." Se encoge de hombros. "Créeme, no soy lo que quieres, Reina. Esto es solo una tormenta en las aguas tranquilas de tu vida. Pasará."

"Tú no sabes lo que quiero."

"Ah, ¿no? Porque, digamos que empezamos a salir, ¿me llevarías a fiestas como tu novia? ¿Me presentarías a tu familia? ¿Aceptarías a mi hija? Porque eso es lo que es una relación. Porque no es solo que yo aparezca en la puerta de tu mansión multimillonaria cuando a ti te convenga."

"Oye, eso no es justo," le digo, levantando la voz.

Belle suspira. "Tienes razón, lo siento. No debería haber dicho eso pero, por favor, intenta verlo desde mi posición. Venimos de mundos diferentes. No tenemos sentido juntas."

"¿Se trata de dinero?"

"Sí y no. Reina, ambas sabemos que eres fabulosamente rica y que tienes amigos poderosos. No creas que no he visto esas fotos sobre la chimenea. Y yo solo soy una madre soltera que da servicio a tu piscina y mi mejor amiga es mi agente que hace las reservas en la agencia de escorts. ¿Cómo crees que podrían unirse nuestras vidas? ¿Qué demonios pensarían tus amigos y tu familia de mí? Incluso aunque renunciara a mi trabajo de escort, ¿no te preocuparía que se enteraran de mi pasado? ¿Y si esto es solo una fase para ti? Tengo que pensar en Suki. No puedo salir con nadie y mucho menos con una mujer hetero que está tan lejos de mi alcance que ni siquiera puedo empezar a describirlo."

"Me importa muy poco lo que nadie piense de mí." En cuanto lo digo sé que puede que no sea del todo cierto y también sé que tiene buenas razones para decir todas esas cosas. ¿Podría realmente salir del clóset con mi familia? ¿Cómo me sentiría si nos vieran juntas en público, cogidas de la mano o besándonos? Hasta ahora, ella ha sido mi mayor secreto y podía lidiar con ello porque estaba segura de que nadie se iba a enterar. Al sentir mi conflicto interno, Belle simplemente asiente y aprieta mi mano. Tiene la expresión triste, pero está segura de lo que dice.

"No, Reina. No podemos salir, no funcionará nunca. Pero, por si cuenta para algo, esto ha significado más para mí de lo que nunca llegarás a saber." Se levanta y sale de mi habitación, dejándome en la cama y sintiéndome más confusa que nunca. Quiero salir corriendo tras ella y decirle que nada importa porque nadie me ha hecho sentir como ella lo hace. Quiero rogarle que me dé otra oportunidad pero, sabiendo lo que está en juego para ella y sabiendo que en el fondo esto es algo en lo que tengo que pensar muy bien, no hago nada. Cuando oigo cerrarse la puerta principal me invade una sensación de tristeza abrumadora. Echo un vistazo a la cama y ya la echo de menos, así que me levanto, me pongo el albornoz y bajo las escaleras para servirme una copa de vino.

Todavía sigue lloviendo y grandes gotas caen por mi rostro mientras me dirijo a la playa descalza con mi vino en la mano. Necesito que este tiempo elimine mi confusión mientras asimilo las últimas palabras de Belle. No lo pensé, ni lo imaginé siquiera. Todo lo que sentí fue real y ella también lo sintió. Es un pequeño consuelo, pero no me hace sentir mejor. Los relámpagos relucen sobre mi cabeza, un patrón de tenedores cegadores que iluminan el cielo. Las olas rompen con violencia contra la orilla, el poder del océano refleja mi agitación interior. Quizás Belle tiene razón, quizás esto sea lo mejor. Las tormentas son hermosas, impredecibles y deliciosamente peligrosas, evocan emoción. Pero también pueden ser destructivas.

36

BELLE – MARTES

"Cariño, ¿estás bien?" Jackie parece preocupada cuando me ve.

"Sí, creo que sí." Me dejo caer en el sofá y se me escapa un profundo suspiro, me doy cuenta de que no estoy bien en absoluto. "Mi clienta... es..." Se me apaga la voz y trago saliva, mirando mis manos, que descansan sobre mis piernas.

"¿Fue grosera contigo?" pregunta Jackie mientras estira la espalda y su instinto de protección se activa. "Te juro que la mato si ha hecho algo para hacerte daño o..."

"No, no. No es nada de eso," la interrumpo y le sonrío para tranquilizarla. "Tengo sentimientos por ella, Jackie. Estoy completamente enamorada de ella y no sabía qué hacer, así que le dije que no podía verla más."

"Ah..." Jackie se me queda mirando fijamente. Se da la vuelta, se dirige al frigorífico, abre dos botellas de cerveza y me pasa una. Teniendo la sensación de que necesito hablar, se sienta a mi lado y me rodea con un brazo. "Esto tenía que ocurrir en algún momento, cariño. No puedes simplemente tener sexo con alguien y esperar que no despierte ningún sentimiento en ti."

"No, normalmente no tengo ningún problema en separar las dos cosas," digo. "Pero con Reina fue diferente. Hubo una atracción desde el primer momento y aunque solo me contrató dos veces, se volvió demasiado íntimo para que yo pudiera manejarlo."

Jackie asiente y pasa su mano sobre mi mejilla. "Quizás sea el momento de que dejes de hacer esto, más pronto que tarde. No hace falta que sigas con ello dos meses más solo por el dinero. No vale la pena si te tiene así."

"Sí." No tengo fuerzas para argumentar contra eso y, además, sé que tiene razón. No he disfrutado de ninguno de mis trabajos en las dos últimas semanas. Solo podía pensar en Reina, se ha hecho dueña completa de mi mente.

"¿Y ella? ¿Qué siente ella por ti?"

"Dijo que quería que tuviéramos una cita." Levanto la mano cuando está a punto de decir algo. "Para, Jackie. Ha estado casada con un hombre la mayor parte de su vida y es muy rica. Fui una imbécil dejándome llevar así. Lo más probable es que para ella solo sea una fase por la que está pasando y con el tiempo terminará con un hombre."

"Ya. Por supuesto." Jackie me dirige una sonrisa de comprensión. "Pero no puede ser muy hetero si se ha estado acostando contigo..." dice riéndose, para aligerar un poco el ambiente.

"Eso es verdad. Pero es demasiado complicado para mí." Digo encogiéndome de hombros. "Creo que la ofendí y probablemente debería disculparme. Me siento mal por cómo salí de su casa."

"¿Fuiste grosera con ella?"

"No. Solo le dije la verdad. Que nunca podríamos

funcionar juntas porque somos demasiado diferentes y que tengo que pensar en Suki en todas las decisiones que tomo."

Jackie elige cuidadosamente sus palabras antes de dar su opinión. "Belle, tú has sido increíblemente desinteresada. Y estoy muy, muy orgullosa de ti por hacer las cosas tan bien y por ser una gran madre para Suki. Créeme. Vi los problemas que tuviste al principio y se me hizo muy difícil no intervenir. No lo hice porque sabía que era importante para ti hacer lo correcto por tu hermana y que necesitabas tener ese sentido de responsabilidad." Hace una pausa y me atrae hacia ella. "Pero tener un hijo no significa que no puedas buscar tu propia felicidad y permitirte cometer errores. Y está bien cometer errores, así que no desdeñes una posibilidad de enamorarte solo porque pienses que no funcionará. Nadie es perfecto y Suki no espera que lo seas."

Los ojos de Jackie son tan cálidos y amables que casi me echo a llorar. Casi, porque hace años que no lloro y no voy a empezar ahora. "Es simplemente que no quiero dejar entrar a nadie en la vida de Suki y que luego no se quede. Ya ha perdido demasiado."

Jackie niega con la cabeza, claramente no está de acuerdo conmigo. "Cariño, ni siquiera has tenido una cita. Suki no necesita conocerla a menos que se convierta en algo más serio." Hace una pausa. "Además, creo que más que nada, ella solo quiere verte feliz."

Escucho sus palabras pero no me convencen. "Créeme, esto solo me traerá dolores de cabeza." Tomando un largo trago de cerveza, miro al techo y trato de borrar la imagen de Reina de mi mente. "Otra clienta me ha estado siguiendo," digo, sintiendo que tengo la necesidad de confesar todo lo que me ha estado preocupando últimamente. "Apareció en el Café Harborside cuando yo estaba allí con Suki y básicamente sugirió que se divorciaría para que pudiéramos vivir felices y comer perdices."

"No..." dice horrorizada.

"Sí. Tuve que bloquearla del sistema de la compañía."

"¿Vas a llamar a la policía?"

"No puedo. No ha hecho nada malo. No directamente por lo menos." Dejo escapar un suspiro. "Pero creo que esa fue la última vez que la voy a ver. Le mentí y le dije que tenía una relación. Estaba muy enfadada cuando se fue. Pero lo que quiero decir es que algunas mujeres creen que yo soy su persona porque soy la primera mujer con la que han estado. Porque he tenido un impacto en sus vidas y les he hecho reconsiderar lo que quieren. Pero las cosas no funcionan así."

"Ya. Y crees que esta mujer, Reina... ¿Crees que ella también se está dejando llevar por eso que dices?"

"Es posible, no sé. Probablemente debería disculparme con ella y luego mantener las distancias." Rasgando la etiqueta de mi botella, pienso en voz alta. "No sé por qué estoy tan sensible, quizás porque mañana es el aniversario de Linda."

"Quizás. Yo también he estado algo rara," admite. "A ver cómo te sientes en un par de días."

"Sí. ¿Quieres que te recoja y vamos juntas al cementerio?"

"Eso sería genial."

Me termino la cerveza y me levanto. "Gracias por la charla." Me doy la vuelta cuando estoy a punto de entrar en la habitación de Suki para ver cómo está. "Espero que sepas cuánto te aprecio."

"Lo sé, cariño." Jackie se levanta también, se dirige hacia mí y me abraza.

"¿Y este abrazo, por qué?" Pregunto, abrazándola con

fuerza y agradeciendo el consuelo, por pequeño que sea. Hace mucho tiempo que no me sentía así, pero también hace mucho desde que dejé entrar a una persona en mi vida y sé que va a ser difícil dejar ir a Reina.

"Porque necesitas uno. Estoy aquí para ti, ¿de acuerdo?" Da un paso atrás y me sonríe, sus cálidos ojos me dicen que, con el tiempo, todo estará bien. "Estoy aquí."

37

REINA – MIÉRCOLES

Belle no ha venido esta mañana. Al principio me preocupaba que fuera por mi culpa, pero el hombre que vino en su lugar me aseguró que no estaba enferma y que había planeado este día libre con semanas de antelación. Echo de menos tenerla cerca y, en un intento por evitar pensar en ella, he bajado a la playa con mi cámara de fotos. Sentada con las piernas cruzadas sobre una toalla bajo la sombrilla que he traído, enfoco la lente hacia algo que chapotea en el océano frente a mí. *Es una foca.* No he visto ninguna desde que me compré la cámara, así que me quito las sandalias y entro en el mar, tratando de acercarme mientras enfoco el lugar donde la he visto desaparecer. El corazón me da un vuelco cuando vuelve a sacar su cabecita y me mira directamente. Siento una gran emoción cuando logro capturar la imagen perfectamente. No parece asustada, solo curiosa, e incluso nada en mi dirección hasta que mi teléfono suena en el bolsillo de mis pantalones cortos, la asusta y escapa.

Gimo de frustración, lo cojo y luego gimo más cuando

leo el nombre en la pantalla del teléfono. "Hola mamá," digo, poniendo un tono alegre.

"Hola Reina. Hace tiempo que no hablo contigo así que pensé en llamarte."

"Sí, hace tiempo." Salgo del mar y me dejo caer sobre la arena, dejando que las suaves olas me laven los pies. Se me están mojando los pantalones pero, mientras mi cámara esté seca, no me importa.

"¿Dónde estás? Hay mucho ruido."

"Estoy en la playa y estaba haciendo una foto a una foca." Mirando hacia la superficie, me decepciona cuando la veo alejarse nadando. "Pero ya no se ha ido, así que no importa."

"¿Otra vez estás con la fotografía?"

"Sí, me compré una cámara nueva y he estado practicando. Me lo estoy pasando genial con ello."

"Siempre has sido muy artística." Mi madre arrulla algo tonto e incoherente, lo que significa que uno de sus gatos acaba de subirse a su regazo. "Bueno, ¿cómo estás? ¿Cómo estáis Sandeep y tú? ¿Ha vuelto ya a casa?"

Arrepintiéndome ya de haber contestado al teléfono, dejo escapar un largo suspiro y niego con la cabeza. "Estamos divorciados, mamá. No va a volver."

"Tonterías. Todos los matrimonios tienen altibajos." Se aclara la garganta antes de continuar con el discurso estándar que he escuchado ya tantas veces. "Nunca es el cuento de hadas que aparece en las películas, pero un matrimonio sólido puede..."

"Puede superar cualquier cosa," le digo, terminando su frase. "Sí, bueno, eso no va a pasar y tienes que aceptar que se acabó. Yo hace mucho tiempo que lo acepté." Se produce un silencio al otro lado de la línea y espero que lo deje ir por fin. Cuando solicité el divorcio, mi madre fue el mayor desafío en el aspecto emocional. No tuve problemas en decírselo a mis hijos y a mis amigos, pero esperé tres meses antes de decírselo a ella, atrasándolo porque sabía que se convertiría en una discusión interminable y una negación total. Parece que, a pesar de que ha estado a miles de kilómetros de distancia durante más de veinte años, todavía se las arregla para dominar mi vida desde el otro lado del charco.

"Pero podrías hablar con él, hacer las paces. Lo que sea que sucedió..."

"Lo que sucedió es que tuvo un affaire. Ahora vive muy feliz con su novia nueva." No menciono que van a tener un bebé porque probablemente lo llamaría directamente por teléfono y no quiero eso. Una separación es medio aceptable, un divorcio no. Y tener un hijo con otra persona ya está en una dimensión completamente diferente. "De todos modos, aunque él quisiera volver, no estoy interesada."

"¿Por qué no?" me pregunta incrédula. "Seguro que por el bien de los niños querrías intentar arreglar la situación."

"Los niños están bien y yo estoy bien. Déjalo ya."

"No están bien. He visto fotos de Eddie y Maddie en Instagram y están durmiendo en chozas y hamacas. Claramente vuestra separación ya le ha pasado factura."

"Divorcio, mamá, no separación," la corrijo. "Y Eddie se está divirtiendo muchísimo. Está de mochilero y ha sido elección suya y no porque no tenga hogar. Siempre tendrá su hogar aquí conmigo. Y ahora, hablemos de otra cosa o te prometo que cuelgo."

"Muy bien." Sigue un suspiro dramático y luego dice: "Tu tío Achmed estuvo aquí ayer. Lo invité a él y a su amigo a cenar. Son una pareja extraña esos dos. Muy amigos, muy cercanos, aunque no podrían ser más diferentes."

Porque son pareja. "Qué bien. ¿Cómo están?"

"Oh, se estaban preparando para asistir a un baile de verano en algún lugar de Suiza. Achmed es muy cosmopolita. Me trajeron unos dátiles muy especiales de Dubái, estaban riquísimos. Le diré que te envíe una caja." Vuelve a producir unos sonidos más chirriantes y ahora sí que la oigo ronronear. "Mis bebés también están bien. Ruby me está pidiendo su almuerzo. Ha estado mal del estómago estos dos últimos días, así que no puedo hablar mucho tiempo."

Entonces, ¿por qué me has llamado? "De acuerdo, mamá. Te dejo ir entonces. ¿Va a estar bien Ruby?"

"Sí, creo que sí. Ayer vino un veterinario y me dijo que tres días comiendo pechuga de pollo al vapor serían suficientes. He estado muy estresada, sobre todo desde que traje un nuevo bebé a casa, así que hay un poco de tensión hasta que se acostumbren a estar juntos."

"¿Otro?"

"Sí. Se llama Reina, le he puesto tu nombre. Es la persa más bonita que he tenido nunca. Pelo largo, blanco como la nieve y unos ojos azules luminosos."

Extrañamente, esto es probablemente lo más amable que me haya dicho nunca mi madre y sonrío. "Qué dulzura. Cuídalos bien. Haré reserva para un vuelo para ir a verte pronto."

"Gracias cariño. Y, por favor, trae a Sandeep y a los niños. Hace casi dos años que no estamos todos juntos."

38

BELLE – MIÉRCOLES

Quizás debería haberle dicho a Reina que no iría hoy pero no estaba pensando con claridad cuando salí corriendo anoche. El aniversario de la muerte de Linda es siempre un día difícil para mí y saber que este podría ser el primer año en que Suki puede entender la verdad solo lo hace más difícil.

En dirección a su tumba con ramos grandes de lirios blancos, mi padre, Jackie, Suki y yo cruzamos el cementerio en silencio. Nunca hablamos mucho este día, solo estamos aquí para recordarla, cada uno a nuestra manera. Más allá del sauce doblado que se arquea sobre una red de senderos estrechos, su lápida blanca brilla a la luz del sol. Es extraño pensar que Linda ha quedado reducida a esto, a un trozo de mármol blanco con su nombre. Sin embargo, el lugar, al final del cementerio, es tranquilo y hermoso, con flores silvestres ahora esparcidas por la hierba. Yace junto a mi madre, que tiene una lápida similar. Ambas tumbas están limpias, las rosas rojas que mi padre puso allí están floreciendo. Las visita varias veces a la semana, incluso en verano, pero yo solo vengo una vez al año porque prefiero recordar a Linda tal como era; siempre positiva y optimista, dulce, cariñosa y con buen carácter. No es justo que nos la arrebataran tan pronto pero, después de la terapia de duelo que recibí y de centrar toda mi atención en Suki, he aceptado su muerte. Ahora puedo estar aquí sin estallar en un mar de lágrimas.

Aún así, es difícil, y como si supiera que me cuesta mantener el tipo, Suki, normalmente muy habladora, aprieta mi mano en silencio y me mira cuando nos detenemos junto a la tumba de su madre. Mi padre coloca un jarrón que ha traído junto al otro en el montículo de piedra, introduce las flores y añade agua de una botella de Coca-Cola. Luego toma la cesta con margaritas, las favoritas de mi madre, de las manos de Jackie y las pone sobre su tumba. Siempre se ha asegurado de que mi madre tenga flores frescas. Solía traernos aquí todas las semanas cuando Linda y yo éramos pequeñas y ahora está haciendo lo mismo por Linda. Sabiendo cómo me he sentido, y me siento yo, no puedo imaginar el dolor por el que él ha pasado pero, aun así, sigue sonriéndole a la vida. Eso requiere de mucha fuerza y coraje y me produce una gran admiración por él. A diferencia de mi padre, yo nunca fui a la iglesia y, aunque no estaba completamente de acuerdo con la parte de los 'ángeles' de la inscripción que ordenó para la lápida, ahora me gusta.

Linda Rodgers
Cantando con los ángeles
Amada hija, hermana y madre
Tu voz siempre sonará en nuestros corazones

"Linda," murmura papá. "Estamos aquí." Respira hondo y mira al cielo. "Cariño, espero que la estés cuidando bien."

"Linda," repite Suki en voz baja.

"Linda fue tu primera mamá," digo, señalando la foto colocada en el frente de la lápida. Muestra a una Linda sonriente y radiante en un festival en Nashville. Lleva un vestido blanco bohemio y flores en el pelo. Fue donde quedó embarazada después de una aventura de una noche con un guapo desconocido después de actuar como cantante secundaria en un gran evento. "También era mi hermana y muy buena cantante."

"¿Puedo tener una hermana?" Suki anima un poco el ambiente con su pregunta y todos nos reímos.

"No creo que eso llegue a pasar, cariño. Pero puedes tener todos los amigos que quieras. A veces son tan valiosos como la familia." La levanto, la apoyo sobre mi cadera y la beso en la mejilla.

"¿Linda está en el cielo?"

"Sí. Está con la abuela. Todos las echamos mucho de menos pero las volveremos a ver algún día, dentro de mucho tiempo." No estoy segura de por qué le digo esto teniendo en cuenta que yo no creo en el cielo, pero parece que es lo correcto para decir a una niña de cuatro años.

"¿Cuántos sueños hasta que las veamos?" pregunta Suki.

Jackie le sonríe y mueve la cabeza. "Para ti, muchos, muchos sueños. Demasiados para poder contarlos, así que no te preocupes por eso."

Viendo su expresión confusa, se me hace un nudo en la garganta. Al menos nunca sentirá el dolor de la pérdida porque no recuerda a su madre. Yo tampoco recuerdo a la mía y es mucho más fácil así. A lo largo de los años he formado mi propia idea de quién era. Combinando fotografías que he visto e historias que mi padre y Jackie me han ido contando, tengo un collage mental de una mujer dulce, hermosa, inteligente, cariñosa e inspiradora. Por supuesto, nadie es tan perfecto como te la imaginas, pero me gusta la madre que imaginé y eso me ayudó mientras crecía.

"Cuatro años ya," dice Jackie. "Cómo pasa el tiempo." Suspira profundamente y rodea con un brazo a mi padre, que está llorando.

"¿Estás triste abuelo?" pregunta Suki.

"A veces, cariño. A veces estoy triste porque echo mucho de menos a las personas que amaba." Se inclina sobre ella y le acaricia la mejilla. "Pero, ¿sabes qué? Tú haces que todo sea mejor. Y también tu mamá y Jackie."

Suki sonríe, se acerca a él y la pongo en sus brazos. "Mejor," dice, empujando un dedo contra su nariz. Se parece mucho a Linda cuando sonríe y, en el fondo, espero que mi hermana, de alguna manera, sepa que está aquí con nosotros, que se ha convertido en una niña dulce y valiente, con un futuro increíble por delante. Espero que sepa que he crecido y madurado y que haría lo que fuera necesario para proteger a Suki, y que estas tres personas la aman más que a nada en el mundo. Es cierto. Ella hace que todo sea mejor.

39

REINA – VIERNES

Al oír abrirse las puertas, se me forma un nudo en el estómago. Esperar a Belle me ha tenido preocupada todo el día porque no tenía idea de cuándo vendría. "¿Puedo venir esta noche?" me preguntó después de terminar su trabajo con la piscina esta mañana. Solo puede significar una cosa: ya no me quiere más como su clienta o de ninguna otra manera. Vino con ella un aprendiz y ninguna de las dos supimos cómo comportarnos delante del joven, así que simplemente nos ignoramos la mayor parte del tiempo que estuvo aquí.

Está claro que está ocupada preparando a la persona que la sustituirá y así ya no tendrá que venir más. No la culpo. Le estoy pagando para que cuide de mi piscina y le he estado pagando por sexo. Hay algo malo en eso y no negaré que me ha estado molestando todo el tiempo. No quiero que piense en mí como una mujer rica malcriada que piensa que puede conseguir todo lo que quiera siempre que ofrezca el suficiente dinero.

Cuando abro la puerta, maldigo la ansiedad que siento en el estómago. Sé que es una estupidez enamorarse de una escort. Es tonto, imprudente e ingenuo y, aún así, eso no impide que la desee todo el tiempo y que sueñe con tener algún tipo de relación con ella. Mi necesidad de estar con ella es tan fuerte que, en este momento, aceptaría cualquier cosa. Cualquier cosa.

"Hola," digo, dejándola entrar. "Te esperaba más temprano. ¿No vas a ver a nadie esta noche?"

"No, lo cancelé."

"Ah." Me dirijo al frigorífico y sirvo dos copas de vino. Está seria y si quiere hablar, yo necesito una.

"No, gracias," dice cuando le ofrezco una copa. "He venido en mi coche."

Asiento, sospecho que quiere acabar con esto cuanto antes. "Sé lo que vas a decirme."

"¿Lo sabes?" Cuando da un paso hacia mí, reprimo un gemido por su cercanía.

"Sí. No podré volver a contratarte." Digo simplemente, fingiendo que esto no me está haciendo daño. Besarla es en todo lo que puedo pensar, pero me reprimo. "Sin resentimientos, te lo prometo."

"Gracias, probablemente sea lo mejor. Yo, ehm... Quería decirte que siento si te he lastimado o molestado." Su voz es baja y ronca y, si no me equivoco, un poco emotiva.

"No te preocupes por mí, estoy bien." La sonrisa de valentía que muestro es solo a medias. "Y yo siento si me acerqué demasiado." Permanecemos en silencio, ignorando la clara química que hay entre nosotras. La miro, me mira. Casi puedo sentir su lucha interna. Estoy esperando a que se dé la vuelta y se vaya pero, en cambio, extiende su mano y acaricia mi mejilla, este cambio me sorprende. No es una mirada de arrepentimiento o lástima. He visto esa mirada antes. En la cama.

"¿Qué estás haciendo?" susurro cuando se inclina y me

apoya contra la encimera de la cocina. Siento su abdomen contra el mío, sus pechos contra los míos.

"No tengo ni idea." Belle suena tan confundida como yo en este momento, pero no hay duda de que las dos deseamos lo mismo. Sus labios rozan los míos y, sin dudarlo, enrosco mis dedos alrededor de su cuello, la acerco más a mí y la beso con fuerza. La he echado de menos y, cuando me envuelve en sus brazos y me besa con avidez, sé que ella también me ha extrañado. Saber que quiere esto, saber que me desea, hace que besarla sea aún más divino e instintivamente, alcanzo la parte inferior de su camiseta y la levanto. No me pregunta si estoy bien, no va despacio y me vuelve loca cuando se quita de un tirón la camiseta, me levanta el vestido y me pone sobre la encimera. Esto ya no se trata solo de mí. Esto es sobre ella y yo. Sobre nosotras, juntas.

Belle me abre las piernas y se coloca entre ellas. El deseo brota entre nosotras mientras nos besamos en la cocina como si fuera la primera vez. Y de alguna manera lo es. Es la primera vez *real*. Siento sus uñas arañando mis omóplatos debajo de mi vestido, subido ahora hasta mi estómago, y yo deslizo mis manos hacia su trasero y lo aprieto.

"Te deseo, Reina," murmura contra mi boca y mueve su mano entre mis piernas.

Sus palabras me excitan aún más, es increíble ser deseada de esta manera. Sé que ella siente lo mojada que estoy mientras frota sus dedos sobre mis bragas, haciéndome gemir con fuerza. Y, una vez más, su forma de tocarme no es cuidadosa ni considerada sino dura y urgente, y quiero que me folle como nunca antes lo ha hecho. Ni siquiera se molesta en quitarme las bragas, mete dos dedos debajo del borde, encontrando mi centro empapado.

"¡Joder! ¡Sí!" Grito, echando la cabeza para atrás cuando me penetra con dos dedos. Me folla duro y rápido. Agrega un tercer dedo y mi cuerpo apenas puede seguir el ritmo de todas las exquisitas sensaciones que me golpean, una tras otra. Me encanta cómo levanta la mirada para mirarme a los ojos, con una mirada que dice que ella también está disfrutando esto mucho. Esto es rudo, sexy, impulsivo y todo lo que yo no soy, al menos hasta hoy. Siento un enorme clímax construyéndose en mi interior y me aferro a ella mientras me lo saca más rápido de lo que creía físicamente posible.

"Mmm..." Belle gime cuando siente mis contracciones y curva sus dedos, haciéndome gritar tan fuerte que mi voz hace eco por toda la casa.

Tomo su rostro entre mis manos para besarla, necesitando todo de ella y el placer que me inunda una y otra vez. Todavía estoy disfrutando de los temblores, jadeando de placer cada pocos segundos, cuando la puerta principal se abre con fuerza de repente.

"¡Mamá! ¿Estás bien?"

En algún lugar del fondo de mi mente registro que es la voz de Nicole y también noto que suena aterrorizada. Y entonces, yo también *entro en pánico*, porque estoy sentada en la encimera de la cocina y Belle está entre mis piernas y sus dedos están dentro de mí. Y mi hija, que no debía estar aquí este fin de semana, acaba de irrumpir en la casa. *Mi hija*.

Belle claramente está más preparada que yo en este tipo de situaciones porque en cuestión de segundos, se ha apartado de mí, me ha bajado el vestido y se ha puesto la camiseta. Y ahora está mirando a Nicole, con los ojos abiertos de par en par y las manos metidas en los bolsillos traseros de sus vaqueros, como si estuviera tratando de esconderlos del mundo.

"Nicole...esto no es..." Me detengo ahí porque está claro

que es exactamente lo que parece y no tiene sentido decir lo contrario.

Nicole deja caer su bolsa de fin de semana y se queda clavada en el suelo, mirándonos en silencio, a una y a otra. Veo un indicio de reconocimiento en sus ojos antes de que mire hacia la piscina y nos vuelva a mirar. Llevándose una mano a la boca, da un paso atrás por la puerta abierta.

"Nicole, por favor, espera. Déjame explicarte..." Sé lo que está pensando. Mami se ha vuelto loca. Mami está tonteando con una trabajadora. Mami está teniendo una crisis de los cuarenta. Mami no es quien yo pensaba que era. Y entonces veo que sus ojos están enrojecidos y yo estoy más preocupada por ella que por la situación.

Nicole no responde sino que se da media vuelta y sale rápidamente por la puerta.

"¡Espera!" Salto de la encimera y corro detrás de ella, pero ya está en su coche, dando marcha atrás por el camino de entrada y abriendo la cancela con su control remoto.

40

BELLE – VIERNES

¡*Joder! ¿Por qué? No fui a su casa para eso.* Mis nudillos se ponen blanco por agarrar el volante con tanta fuerza que me duelen las manos. *Joder*. Y ahora he arruinado su vida por completo. No olvidaré jamás la expresión de Reina cuando apareció su hija, como tampoco olvidaré el grito de asco y conmoción de Nicole. Sabía que existía el riesgo de que no pudiéramos quitarnos las manos de encima una vez que nos viéramos, pero no había previsto esto.

Y ahora tendrá que explicarle a su hija algo que probablemente ni ella misma entienda. Tendrá que explicarle por qué estaba teniendo sexo con la mujer de la piscina en la encimera de la cocina y con eso, habrá muchas, muchas preguntas sobre las que ni siquiera ha tenido tiempo para reflexionar.

"¡Joder!" Maldigo, esta vez en voz alta, y disminuyo la velocidad para que al menos mi conducción sea menos imprudente que mi comportamiento. Lo que hice fue egoísta y estúpido. Cancelé a mi clienta esta noche porque no podía imaginarme acostándome con nadie más que ella.

Y entonces me presenté en su casa y actué como una adolescente cachonda. Y entonces apareció su hija. De todas las personas que podrían haber aparecido, apareció su hija.

No fui allí con la intención de hacer lo que hice. Quería disculparme, hablar con ella para que no hubiera ninguna situación incómoda entre nosotras. Pero entonces la vi y todo mi control se evaporó. Ninguna mujer me ha hecho nunca comportarme fuera de lugar ni perderme así. Tengo que sacar a Reina de mi cabeza y la única forma de hacerlo es cortando todos los lazos que nos unen. Ordeno a mi teléfono que llame a la oficina de Pool Masters. Espero con impaciencia a que alguien atienda la llamada. Afortunadamente es Sam, a quien conozco desde hace años.

"Hola Sam, soy Belle."

"Hola. ¿Estás bien?"

"Sí. Me preguntaba si podrías hacerme un favor. Se trata de los turnos de la mañana que cogí de Barry."

"Vale. ¿Qué puedo hacer por ti?"

"Bueno, ya sé que dije que estaba encantada de hacerlo, pero la niñera me ha dicho que los días tan largos son demasiado para ella. ¿Crees que podrías encontrar a otra persona que lo haga?"

"Ah." Hace una pausa y escucho ruidos de golpeteo, probablemente está con su ordenador. "Déjame echar un vistazo... Sí, tenemos algunas opciones aquí. Puedo hacer algunas llamadas pero no te prometo nada. Pero creo que no habrá ningún problema. Te llamo luego."

"Gracias Sam. Eres mi salvavidas. Luego hablamos," digo, poniendo una voz alegre. Después de colgar, llamo a Hamptons' Escorts y me contesta Juliette, que suena un poco estresada.

"Hola cariño. Es viernes noche y estoy muy ocupada. ¿Te importa llamarme más tarde?"

"Solo tardaré un minuto," digo, yendo directamente al grano. "¿Me puedes sacar del sistema, por favor?"

"¿Para esta noche? Ya te saqué esta tarde cuando me lo pediste," responde con irritación.

"No, quiero decir ¿podrías sacarme del sistema por completo?"

"¿Qué?" dice en tono dubitativo. "¿Quieres decir que no vas a esperar tus tres meses?"

"No. He terminado." Una punzada de inquietud me golpea cuando me doy cuenta de que estoy renunciando a mi principal fuente de ingresos, pero simplemente no puedo seguir haciéndolo. Primero la señora Ashworth y ahora esto. Es ya muchas cosas a la vez y se está volviendo demasiado complicado, aparte del hecho de que siento que estoy engañando a alguien con quien ni siquiera tengo una relación y nunca la tendré. Estoy enfadada conmigo misma por dejar que esto llegara tan lejos, por hacer lo único que siempre me prometí que no haría, enamorarme de una clienta.

"Nena, ¿estás bien?" La voz de Juliette se suaviza.

"Estoy bien. Vuelve a tus llamadas, podemos hablar más tarde."

"De ninguna manera. Mi mejor amiga acaba de dejar su trabajo así, de la nada, y quiero saber por qué."

Me siento frustrada y golpeo el volante con mi mano. "Porque la he jodido, ¿vale? Fui a la casa de Reina, la follé en la cocina y su hija entró y nos pilló. Deberías haber visto su mirada." Hago una pausa y niego con la cabeza. "No puedo seguir haciendo esto, Jules. Me estoy implicando demasiado emocionalmente."

"Oh, cariño." Dice suspirando. "¿Estás segura?"

"Sí. Todo ha cambiado. Tenía algo bueno pero sé que ya no lo disfrutaría. Me voy a centrar en la creación de mi nueva empresa durante un tiempo. Necesito un descanso." *Necesito olvidar a Reina*. "Por favor, cancela también todas las citas que ya tenía. Lo siento si esto te causa más problemas."

"No, no, me ocupo de ello ahora mismo." Se aclara la garganta. "Todo va a ir bien, cariño. Solo respira. ¿Nos vemos mañana?"

"Sí. Te recogeré para el mercado. A la misma hora de siempre," digo y trato de respirar profunda y calmadamente antes de colgar.

Dios mío, lo he hecho. He dado el salto. Mi vida es terriblemente incierta de ahora en adelante y no tengo ni idea de si mi negocio despegará o no. Tener algo a lo que recurrir era fácil. Demasiado fácil tal vez. Pero, aún así, era lo que necesitaba con Suki. Es hora de concentrarse y hacer contactos ahora y olvidarme de las mujeres por completo. Si me mantengo lo suficientemente ocupada, podré dejar de pensar en ella y ella también se olvidará de mí. Quizás este era el empujón que necesitaba. Es mejor así.

41

REINA – VIERNES

La casa es aún más encantadora de cerca que el vistazo que le eché a través del seto cuando me detuve aquí una vez para ver qué estaban haciendo mi ex marido y su nueva novia. El jardín delantero, un jardín de estilo inglés como Bree me lo describió cuando estaba diseñando el interior de nuestra sala de estar, está lleno de flores silvestres, comederos para pájaros, bonitas fuentes y rosales. Todo parece haber brotado espontáneamente de la tierra, pero sé que ella planeó cada brizna de hierba al pie de la letra, igual que planeó robarme a mi marido mientras fingía ser mi amiga. Ya ni siquiera me importa. No me importa que él me haya dejado por ella, no me importa que esté embarazada y que probablemente vivirán felices y comerán perdices en este paraíso bohemio. Todo lo que me importa es Nicole y que ella esté bien.

Ver su coche en el camino de entrada me produce un gran alivio. Por lo menos no regresó a Nueva York, conduciendo en el estado en que se encontraba. Pero el hecho de que esté aquí debe significar que está terriblemente enfadada y molesta porque se ha negado a venir a la casa de

Bree hasta ahora. Sandeep y Nicole se reúnen de vez en cuando para comer en Southampton pero, aparte de eso, no están tan unidos como antes. Esta es la primera vez desde que se mudó aquí que estoy realmente agradecida de que viva cerca.

La villa estilo bungalow está pintada en un terrible tono menta, la puerta de entrada dos tonos más oscuros, como los marcos de las ventanas. Se abre antes de que tenga la oportunidad de tocar el timbre y, cuando aparece Sandeep, doy un paso atrás, sorprendida de verlo frente a frente después de un año de evitarnos mutuamente. Noto que él también está incómodo y la forma en que se contrae su ceja me habría divertido si no estuviera aquí por lo que acaba de suceder.

"Reina... Hola."

"Hola," digo, levantando la bolsa de Nicole. "Se olvidó sus cosas en casa."

Sandeep asiente. "¿Habéis discutido o algo? Está llorando en la habitación de invitados y no me dice qué le pasa."

"No..." Me doy cuenta que no estoy preparada en absoluto para tener esta conversación y no puedo decirle lo que pasó realmente. "Así que tú tampoco lo sabes," digo, esperando sonar lo bastante convincente como para que me deje escapar del apuro. Nicole podría decírselo, o no, pero, por ahora, prefiero mantener mis cartas en secreto.

Sandeep no parece convencido pero tampoco hace más preguntas. Supongo que se siente lo bastante culpable conmigo tal como están las cosas y no quiere molestarme más. "No, no lo sé."

"¿Puedo verla?" Miro por encima de su hombro hacia el pasillo, sospechando que Bree está al fondo, escuchando nuestra conversación.

"Me dijo que la dejáramos en paz, pero puedo preguntárselo." Coge la bolsa, me hace un gesto para que me quede en la puerta y se dirige hacia el pasillo, dejando a la vista un poco del salón. Vislumbro una alfombra india y un sofá de diseño lleno de cojines a juego. Los imagino ahí juntos, sentados, pero no duele. Los zapatos y abrigos de Bree están en el pasillo, pero no veo los de Sandeep y me hace gracia. Cuando diseñó nuestra casa, hizo todo lo posible para disponer de un lugar para ello y así no necesitar un pasillo. Los odia, cree que son antiguos, nunca he estado de acuerdo. O sea, ¿quién no necesita un lugar para poner los zapatos y abrigos y con un espejo largo donde ver cómo estás antes de salir de casa? Incluso consideré construir uno después del divorcio, solo para molestarlo.

"Lo siento." Dice cuando vuelve. "No quiere hablar contigo ahora mismo." Me dirige una sonrisa incómoda. "Estoy seguro de que cambiará de opinión, sea lo que sea que ha pasado."

"Sí, eso espero." Consigo devolverle la sonrisa. "¿Venías a verme el otro día, cuando estabas en la playa? Te vi a lo lejos."

Echa una mirada sobre su hombro. "Sí, pero puede esperar. Tenías compañía, así que me di la vuelta."

"Solo una amistad," digo, rezando para que Nicole no me venda.

"¿Un amigo nuevo? No le vi la cara, estaba demasiado lejos."

"Se llama Belle." Me río, dándome cuenta de que su pelo corto debe haberle dado la impresión equivocada desde lejos.

"Ah." Se aclara la garganta de manera extraña. "Bueno, ¿cómo estás?" Su ceño se contrae de nuevo mientras hace la pregunta, temiendo seguramente la respuesta. Probablemente se está preparando para algo como '¿Cómo coño crees que estoy?', pero le devuelvo la sonrisa.

"Nada mal." No menciono que acabo de follar como nunca antes en mi vida, aunque terminó de la manera más dolorosa. "¿Tú?"

"Igual," dice y se encoge de hombros. "Estamos bien."

Se produce un silencio y espero a que me hable del bebé, pero no lo hace. Quizás le preocupe que le monte una escena aquí. "Bueno, será mejor que me vaya entonces. ¿Puedes decirle a Nicole que me llame, por favor? Sé que ya no es una niña, pero estoy preocupada. Parecía que había estado llorando cuando llegó."

"Por supuesto. Se lo diré. Y trataré de hablar con ella."

"Gracias. Por cierto, ¿cómo está Bree?" pregunto mientras me alejo.

Sandeep frunce el ceño, como si no creyera el tipo de conversación que estamos teniendo. No estoy segura de qué esperaba pero probablemente no una tan civilizada, aunque artificial, y estoy segura de que lo desconcierta. "Está bien," dice, y hace una nueva pausa. "Está..."

"Está ¿qué?"

"No, quiero decir que está bien. El trabajo, la vida..." Su voz se va apagando y la oportunidad se ha ido. No me lo va a decir ahora, pero sé que lo hará cuando esté listo.

"Bien, eso está bien." Jugueteo con mis llaves y me dirijo a mi coche. "Espero saber de Nicole."

"De acuerdo." Después de un intercambio incómodo de sonrisas educadas, Sandeep sale y lanza otra mirada rápida y furtiva por encima del hombro, se acerca a mí en el coche. Abro la ventanilla, dándole la oportunidad para hablar. "Reina..."

"¿Sí?" Fijo mis ojos en los suyos y la ira que estaba

convencida me vendría cuando lo volviera a ver todavía no ha aparecido.

"Solo quería decir que..." Se inclina hacia adelante y apoya el codo sobre el techo del coche. "Solo quería decir que lo siento. Por lo que te hice."

Y aquí sentada, con unas disculpas pronunciadas por primera vez cara a cara, quiero darle una respuesta honesta. "¿Eres feliz?" pregunto.

"Sí. Creo que sí."

"Entonces me alegro por ti," le aseguro. "Cuídate."

42

BELLE – SÁBADO

"¿Cómo te sientes?" me pregunta Juliette. "Ahora que has dado el salto. No creí que renunciarías antes de que empezaras tu negocio. Pensé que habíamos acordado tres meses."

"Asustada," digo honestamente, soltando la mano de Suki. Mi padre, que está atendiendo su puesto en el mercado de agricultores de Sag Harbor, abre los brazos y la levanta. Cameron los sigue e inmediatamente se sienta en una de las dos sillas plegables para niños que mi padre tiene preparadas para ellos. Suki y Cameron esperan con muchas ganas sus viajes al mercado, en parte porque reciben dinero por 'ayudarle' y también porque sentarse detrás de su caja registradora de juguete les hace sentirse mayores e importantes. Mi padre me saluda con la mano, haciéndome saber que los vigilará mientras Juliette y yo hacemos la compra y nos tomamos un café. "Mi trabajo de escort era mi colchón de seguridad, una manera fácil de ganar dinero. Nunca he sido una persona muy emprendedora, así que supongo que todo lo que puedo hacer es trabajar duro y esperar lo mejor."

Durante el invierno, el mercado de agricultores de Sag Harbor pertenece a la gente del pueblo. Es un lugar social donde charlamos, nos ponemos al día de lo que ha pasado durante la semana y probamos los productos antes de comprarlos. Ahora que la mayoría de los veraneantes ha regresado, hay mucho ruido y demasiada gente para mantener conversaciones, por cortas que sean. Mi padre apenas produce suficientes productos para satisfacer la demanda de verano así que, por lo general, se agota antes del mediodía. Ampliar la granja no es una opción a su edad y, de todos modos, hacer queso y yogurt artesanal siempre ha sido solo un hobby para él.

"Aún puedes recuperar tu trabajo si cambias de opinión. El jefe estaba destrozado cuando oyó que nos dejabas." Juliette sonríe a mi padre. "¡Gracias Frank!"

"De nada. No podría hacer esto sin ellos." Nos lanza un guiño y se vuelve hacia Suki y Cameron, tomándose su tiempo para acomodarlos antes de volverse hacia uno de los muchos clientes que hacen cola.

"Gracias Jules, pero no voy a cambiar de opinión. Quiero ser alguien de quien Suki pueda sentirse orgullosa. Tiene casi cinco años y a veces entiende más de lo que creo." Digo, encogiéndome de hombros. "No me malinterpretes. Nunca me he avergonzado de mi trabajo pero desde luego no es la vida que quiero para ella, así que debería dar ejemplo." Me detengo en uno de los puestos para comprar una baguette con semillas y Juliette compra pan sin gluten. "Además, después de Reina, ya no puedo seguir haciéndolo. Necesito tiempo para olvidarme de ella."

"Lo entiendo y siento no haberte tomado en serio. No tenía idea de lo profundo que eran tus sentimientos." Baja la voz. "Pero echaré de menos las risas que nos echábamos sobre tus clientas."

"Ya, yo también," digo riendo. "No más azotes a la señora Palmer con utensilios de cocina, fingiendo que es mi sous-chef traviesa."

Juliette se echa a reír también. "Ayer envié a Red como tu sustituta pero la señora P no estaba nada contenta y ofreció el doble para recuperarte. Debes ser buena."

"Para serte sincera, estaba empezando a quedarme sin ideas y su cocina parecía un campo de batalla después de cada sesión. Lo siento por su señora de la limpieza."

"Supongo que has llevado la pornografía de la alimentación a un nivel completamente nuevo." Juliette mira por encima del hombro para comprobar que no hay nadie escuchando. "Bueno, ¿qué pasó exactamente ayer? Estabas dispersa al teléfono. Creo que me he perdido algo."

"Todo está un poco borroso," digo, sintiendo esa sensación oscura en mi interior. "Fui a casa de Reina para hablar, después de haber salido a toda prisa el miércoles. Quería terminar las cosas de una forma decente y honesta porque me encanta pasar tiempo con ella y supongo que estábamos en camino de convertirnos en buenas amigas. Pero entonces la vi y este hambre insaciable que tengo por ella me poseyó. Creo que ella me besó primero pero, como te he dicho, todo está algo borroso. Una cosa llevó a la otra más rápido de lo que imaginé y Nicole, su hija, me vio follando a su madre en la encimera de la cocina. Se enfadó mucho y se fue. Creo que eso lo resume todo." Hago una pausa, recordando los ojos horrorizados de Reina. "La jodí a lo grande."

"Oye, se necesitan dos personas para eso," dice Juliette. "Las dos sois adultas, no hicisteis nada malo."

"Puede que haya arruinado la relación de Reina con su hija. Todo está mal."

"¿La vas a volver a ver?"

"No, no puedo volver a esa casa. Es muy probable que

sus hijos estén allí durante el verano. Le he pedido a Pool Masters que cambie mis turnos con otra persona, así que ahí acaba todo." Dejo escapar un profundo y largo suspiro. "Nunca debí permitirme acercarme a ella."

"No puedes luchar con alguien tan de verdad," dice Juliette. "Es raro de encontrar hoy en día."

"Es poco realista. Eso es lo que es, fin de la discusión." Me acerco al puesto de café y pido tres capuchinos, uno en taza para llevar a mi padre y nos sentamos en una mesa de picnic.

"Claro, jefa." Dice Juliette poniendo los ojos en blanco.

"Oye, que no soy tu jefa. Al menos no todavía," digo, cambiando de tema.

"¿Qué quieres decir?"

"Pronto tengo mi primer evento contratado a través de un planificador de fiestas con el que contacté hace un tiempo. Son unos dulces dieciséis con unos cuarenta adolescentes en una casa en East Hampton. Me preguntaba si me podrías ayudar, si quieres ganar algo de dinero extra."

"¿Ya tienes tu primer trabajo? Eso es genial."

"Sí. Y necesito que este primero vaya muy bien para conseguir más. Imagina a todos los padres que estarán allí con chicos de la misma edad. Es el mejor escaparate." Esbozo una sonrisa pero no siento la emoción que debería. La reserva llegó la semana pasada pero mi mente estaba tan ocupada con Reina que no pensé mucho en ello. Pero es hora de concentrarse y ponerse a ello. He invertido demasiado en esto para dejar que nada se me escape. "Bueno, entonces ¿qué? ¿estás interesada?"

"Desde luego. ¿Qué necesitas que haga?"

"Solo ayudarme. Asegurarte de que la propuesta para el planificador sea perfecta. Necesito enviárselo lo antes posible."

"Por supuesto que te ayudaré. Esto es genial, Belle." Juliette sonríe de oreja a oreja. "Pero no quiero tu dinero, sabes cómo ganarme. Prepárame una comida y sírveme una copa grande de vino."

43

REINA – DOMINGO

La playa está desierta cuando paseo por la orilla el domingo por la mañana. Siento la arena fría contra mis pies descalzos y huele a la lluvia de anoche. Una capa de niebla baila sobre el mar, ligera como una pluma y translúcida. Levanto mi cámara y tomo un par de fotos de la fascinante vista a la luz de la mañana. Tiene un tono azul y se siente la soledad a esta hora del día.

Al ver un cangrejo, me tiendo sobre la arena para obtener un buen plano y luego continúo caminando, con el agua hasta los tobillos. He echado de menos esto, solos mi cámara y yo. La arena es suave y lisa en esta parte, con las villas todavía dormidas, todavía sin huellas. Pronto, adultos, niños y perros comenzarán a disfrutar otra mañana en su hogar lejos de su hogar y es bueno que los Hamptons vuelvan a cobrar vida.

Cuando me doy cuenta de que casi he llegado a la casa de Sandeep y Bree, el punto donde normalmente doy la vuelta y camino de regreso a casa, veo una figura en la distancia sentada en la playa y mirando al mar. Es Nicole. Aumento la lente de la cámara al máximo y se me rompe el corazón cuando veo su expresión, así que no hago la foto. Parece tan triste. Todavía no me ha llamado pero me mandó un mensaje diciéndome que estaba bien y, aunque he respetado su deseo de que la dejara en paz por ahora, siento la necesidad de acercarme a ella. No puedo evitarlo; ignorarla iría contra mi instinto maternal.

"¿Mamá?" Nicole levanta la mirada y frunce el ceño.

"Te juro que no sabía que estabas aquí," digo, levantando una mano. "Solo estaba paseando y haciendo unas fotos y..."

"Está bien, no pasa nada. Ya sé que no harías eso." Nicole se gira hacia mí, abrazándose las rodillas. "¿Qué tal la cámara nueva?"

"Es genial, me encanta." Cuando no veo ira en sus ojos, señalo la arena. "¿Me puedo sentar contigo?"

Nicole duda por un momento, pero dice: "Vale."

Me siento con las piernas cruzadas, tapo la lente y miro hacia el océano, esperando que ella hable primero.

"¿Eres gay?" me pregunta después de un largo silencio.

"No estoy segura, cariño, pero creo que sí. ¿Te importaría si lo fuera?"

"No..." Juguetea con el bajo de su camiseta. "Pero... pero has estado con papá toda tu vida. ¿Eras feliz con él?"

"Por supuesto que era feliz. Tu padre y tú y tu hermano erais mi vida. Me ha encantado ser esposa y madre. Todavía adoro ser madre y siempre lo haré." Hago una pausa. "Pero ahora que todo ha cambiado y estoy empezando a aceptarlo, siento la necesidad de explorar quién soy, no ser solo madre, sino mi propio yo, si tiene sentido esto que digo. Y por lo que estoy pasando ahora mismo es parte de eso." Todo lo que puedo hacer es ser honesta con ella ahora y esperar que mi respuesta tenga sentido.

Asiente. "¿Estuviste alguna vez con una mujer antes de papá?"

"No. Tuve algunos enamoramientos de mujeres cuando era más joven pero solo he estado con tu padre. Sexualmente, quiero decir."

Nicole hace una mueca, como si las palabras 'papá' y 'sexualmente' fueran demasiado para ella escucharlas en la misma frase. Después de otro largo silencio, pregunta: "¿Estás enamorada de la chica de la piscina?"

"No vamos en serio y se llama Belle," le digo, arrepintiéndome de inmediato de mi tono defensivo.

"Lo sé, pero tenía que decirlo." Nicole deja escapar una risa sarcástica. "Es tan cliché que es casi divertido. O sea, pensé que lo de papá era un cliché, pero has superado su crisis de los cuarenta a lo grande."

No puedo evitar reírme también porque cuando lo dice así, veo lo que parece. "No es una crisis de los cuarenta, y no creo que tu padre esté pasando por ella tampoco."

"¿Estás segura de eso? Anoche me dijo que ha estado pensando en comprarse un Ferrari. Bree está en contra porque..." se detiene en ese momento.

"¿Porque quiere un coche familiar?" digo, incapaz de resistirme.

Los ojos de Nicole se abren de par en par. "¿Lo sabes?"

"Sí, ya sé que Bree está embarazada. Tu padre no me lo ha dicho todavía. Quizás se esté armando de valor."

"¿Te molesta que vayan a tener un bebé?"

"Estaba un poco conmocionada cuando me enteré," admito. "Pero creo que puedo estar feliz por ellos. ¿Y tú?"

"No sé. Supongo que tendré que acostumbrarme a la idea." Cuando Nicole se me acerca y apoya su cabeza en mi hombro, contengo las lágrimas de felicidad. Mi chica ha vuelto y todo estará bien.

"Me imagino que esto es difícil para ti. Mudándote al campus, tus padres lejos de Nueva York, tu padre empezando una nueva vida y yo..." mi voz se va apagando porque realmente no sé lo que estoy haciendo. La rodeo con un brazo y la atraigo hacia mí.

"No más difícil que para ti," dice ella. "¿Vas a contarle a papá sobre la chica de la piscina? Perdón, Belle quiero decir," se corrige.

"No, no estaba en mis planes. No es asunto suyo y como te dije antes, no es nada serio en absoluto." En cuanto salen esas palabras de mi boca sé que eso no es cierto. Aparte de nuestros encuentros pagados, sé que lo que pasó entre Belle y yo fue real. La parte de la atracción mutua por lo menos. "Pero si sientes que necesitas hablarlo con él, no sería justo por mi parte pedirte que te lo guardes."

"No se lo voy a decir. Él mantuvo su aventura en secreto durante meses, no merece saber nada de tu vida." Me dedica una sonrisa. "Además, papá y yo nunca hablamos de cosas serias de todas formas. Solo me pregunta por los exámenes y los novios, cosas de esas."

"¿Y? ¿Cómo está el novio?" pregunto.

"Tyrell y yo nos peleamos. Me deja de lado cada vez que le sale un concierto de última hora." Dice encogiéndose de hombros. "Es su trabajo y lo entiendo, pero me hizo sentir rechazada. Por eso vine aquí el viernes. Estaba enfadada y solo quería estar en casa."

"Siento oír eso, cariño. Y entonces vas y me encuentras así." Me tapo la cara con las manos, encogiéndome mientras las imágenes de mi hija caminando hacia mí y Belle vienen a mi cabeza. Ruego a Dios que nunca descubra que Belle es una escort.

"Creí que te estaban atacando," dice Nicole. "Estabas gritando." Cuando gimo, se ríe y me pasa un brazo por el hombro. “Bueno, por lo menos lo estabas disfrutando.” Coge la cámara de mi cuello y la enciende. “¿Puedes ver las fotos que has hecho?”

“Por supuesto.” Toda la tensión de los últimos días se aleja de mí como la marea y por fin me permito sonreír.

44

BELLE - LUNES

Con los turnos de Barry desviados a otra persona, tengo todo el lunes por la mañana por delante. Trato de no pensar en que Reina se enterará de que he dejado de trabajar para ella y abro la lista de organizadores de fiestas locales a los que he decidido llamar. De los treinta y ocho nombres, solo he contactado con tres hasta ahora, uno de los cuales ha aceptado trabajar conmigo después de confirmar mi propuesta. Hasta que me puse a investigar sobre ello, no tenía ni idea de que había tantos pero los Hamptons son un patio de recreo donde se celebra casi cualquier cosa.

Suki está en la guardería y rara vez estoy aquí sin ella así que me resulta extraño el silencio, aquí sentada en el balcón y con el ordenador portátil y un café. La mayoría de mis pedidos ya han llegado y pasé todo el día de ayer en el almacén donde guardo las cosas, organizándolo todo. Está un poco abarrotado pero servirá para el próximo año y, si lo necesito, siempre puedo actualizarlo. Justo cuando estoy a punto de teclear el primer número, suena el teléfono. Es Jackie.

"Hola cariño," dice. "Solo comprobando qué tal estás."

"Estoy bien," digo, ignorando el nudo en mi estómago. No le he contado lo que pasó con Reina. "Estoy a punto de llamar a los organizadores de fiestas y probar suerte."

"Fantástico. De hecho, tengo aquí a alguien que te puede interesar. Estoy sentada con una amiga del club de lectura. Es estilista, o escenógrafa creo que lo llaman, de una gran empresa de bienes raíces y me está contando lo súper interesante que es su trabajo y cómo hace que los lugares se vean bonitos para la venta. Organizan fiestas espectaculares para que los vean una o dos noches e invitan a compradores potenciales."

"Suena interesante." Mentalmente ya estoy haciendo cuentas, imaginándome las piscinas más espectaculares de los Hamptons, decoradas por mí. ¿Por qué no habré pensado esto yo antes? Estas fiestas se organizan regularmente cada vez que salen a la venta grandes propiedades.

"Lo mismo pensé yo." Dice Jackie y hace una pausa. "Oye, estamos sentadas en el Café Harborside, ¿quieres venir? A Rose le encantaría conocerte."

"Desde luego, me encantaría conocerla también." Echo un vistazo a la ropa que llevo puesta y miro el reloj. "Dame quince minutos, necesito cambiarme." Rápidamente recojo la mesa del balcón y cambio mi camiseta por una camisa azul. No surgen a menudo oportunidades como esta y agradezco a mis estrellas de la suerte tener a Jackie en mi vida.

"Me gusta esto," dice Rose, hojeando el folleto que he traído. "Me gusta mucho." Cuando me sonríe, no me parece la típica persona que se dedica a esto. Mayor y no tan refinada como la mayoría de la gente en el sector inmobiliario, tiene una cierta extravagancia, tal vez una auténtica esencia de creatividad. "Y ahora, pongámonos manos a la obra antes de charlar. Prefiero hacerlo al revés, es mucho más agradable," dice, inclinándose. "Estoy dispuesta a darte todo el negocio que haga al aire libre con un descuento del veinticinco por ciento."

"Veinticinco es mucho," respondo, ignorando a Jackie, que me está dando patadas por debajo de la mesa. No quiero parecer demasiado ansiosa y entusiasmada, sobre todo si esto puede convertirse en un contrato a largo plazo, necesito mantener la calma.

"No si tienes en cuenta lo fácil que es el trabajo. Las casas están a menudo desocupadas, así que puedes instalarlo todo cuando quieras. Y si hay algo que no vas a tener son malas reseñas o quejas, porque no es personal. De hecho, la mayor parte es bastante sencillo. Y además de todo eso, siempre pagamos a tiempo y, a diferencia de muchos agentes inmobiliarios, no esperamos hasta que se vende una propiedad. Y tenemos trabajo regular." Rose inclina la cabeza. "Bueno, ¿qué dices?"

Rose es muy convincente y como tengo un buen presentimiento sobre ella, sonrío y le doy la mano. "¿Por qué no? Vamos a intentarlo, te agradezco mucho la oportunidad que me das." No se parece en nada a los otros amigos de Jackie que he conocido a lo largo de los años. Ella está mucho más centrada y parece una de esas personas que siempre consigue lo que quiere.

Jackie está radiante y levanta su capuchino. "Excelente. Sabía que ibais a encajar. Lo sabía."

"Estoy deseando hacer negocios contigo."

"Yo también," dice Rose. "Jackie me ha hablado mucho de ti."

Al observar el intercambio de sonrisas entre ellas, no

entiendo por qué parecen tan unidas, aparte de la conexión con el club de lectura. "¿Cuánto hace que os conocéis?" pregunto, señalándolas con un dedo.

"Cuatro años." Dice Jackie sonriendo. "Desde que nuestra amiga común Jeanette comenzó el club de lectura."

"Sí. Nos lo pasamos genial allí, ¿verdad?" dice Rose, dándole un codazo. "Todos los demás son muy serios pero Jackie dice las cosas como son y siempre me hace reír."

Teniendo en cuenta que no he oído hablar nunca de Rose, me pregunto por qué Jackie ha mantenido esta amistad en secreto, pero no hago más preguntas porque tengo la sensación de que hay muchas cosas que Jackie no me ha contado. "Sí, Jackie es divertida," no podría estar más de acuerdo. "¿Te gustaría oír algunas historias?"

"¡Oh, por Dios, sí, por favor!"

Justo lo que pensaba. Esta no es una amistad típica. Rose está demasiado interesada en saber más de Jackie desde mi punto de vista.

"Por favor, no," suplica Jackie con una risita. "Solo Belle sabe lo peor de mí."

"Yo no diría que es lo peor," digo en tono burlón. "En mi opinión, es lo mejor." Rose se inclina un poco más y está pendiente ahora de cada una de mis palabras. Su actitud de mujer de negocios se ha esfumado, convertido ahora en fascinación.

"Cuéntame más," dice, inclinándose sobre Jackie.

45

REINA – LUNES

"¿Dónde está Belle?" pregunto cuando un hombre de Pool Masters llega el lunes por la mañana. Ya la estaba esperando con un café, así que se lo ofrezco a él.

"Buenos días a usted también y muchas gracias por el café," bromea el macizo y fornido rubio antes de dirigirme una amplia sonrisa. "Lo siento, no quería ser un descarado. Soy Ralph y Belle ya no va a avenir más."

"Ah, ¿sabes por qué?"

"No," dice encogiéndose de hombros. "Somos una compañía grande y no la conozco mucho. Tal vez intercambió los turnos."

"Ah." Trato de calmarme o este hombre pensará que estoy actuando de manera extraña. "Bueno, es una pena. Trabajaba muy bien y era muy agradable. Pero estoy segura de que tú también," añado, devolviéndole la sonrisa. "Bueno, estaré dentro. Avísame si necesitas algo."

De vuelta en la cocina, me apoyo sobre la encimera y miro el lugar donde estuve encaramada hace solo unos días.

¿Me folló por pena? ¿Alguna forma extraña de despedirse? No lo sentí así pero, una vez más, no sería la primera vez que me equivoco con alguien. Si me equivoqué hasta con mi propio marido, por el amor de Dios. ¿Fue porque Nicole nos pilló? ¿O fue demasiado para ella?

La ausencia de Belle duele y sé que no es justo, pero el hombre que está arrojando pastillas de cloro a mi piscina me molesta, simplemente porque no es ella. Me desperté a las cuatro de la mañana, sin poder dormir porque pensé que la iba a ver. Tuve la esperanza de que pudiéramos continuar con lo que habíamos empezado el viernes porque deseaba hacerla gritar como ella hizo conmigo. He deseado besarla y abrazarla de nuevo, mirarla. Pero eso ya no va a suceder. Me invade una sensación de desesperación y abandono que casi me ahoga. La necesidad de ver su rostro es demasiado difícil de resistir, así que abro mi ordenador portátil y busco por la página web de Hamptons' Escorts, pero se me para el corazón cuando veo que ha desaparecido del sistema.

"¿Qué coño es esto?" murmuro, maldiciendo cuando actualizo la página en vano. Vuelvo a buscar su nombre y, como era de esperar, aparece el mensaje 'no encontrado'. Entonces mi frustración se convierte en preocupación. ¿Y si le ha pasado algo? Saco mi teléfono del bolsillo de la bata, la bata que compré pensando en ella. La bata que cubría mi atrevida lencería, destinada solo para sus ojos. No tengo su número, así que llamo a la agencia y le pregunto a la encargada de las reservas si Belle está disponible la próxima semana, solo para comprobar que está bien.

"Belle ya no trabaja para nosotros," dice en tono alegre. "Pero tenemos muchas otras mujeres increíbles en nuestro portfolio. ¿Quiere que le hable sobre ellas?"

"No," digo, horrorizada de que esta persona esté

hablando de mujeres como si estuviera vendiendo productos. Me pone enferma, a pesar de que yo misma soy una de esas mismas personas que han participado en poner una etiqueta con el precio en los cuerpos de las mujeres. Estoy asqueada de mí misma, como aquella vez que pedí un edredón de plumas y presumí con mis amigos de lo bonito y cálido que era, hasta que Nicole me enseñó un video de cómo se crían las gallinas en las fábricas. Así es como me siento ahora mismo, solo que mucho, mucho peor. "¿Se encuentra bien?"

"Sí. Le puedo asegurar que está completamente bien. A veces pasa, que nuestras escorts encuentran otras oportunidades de trabajo. Pero no puedo revelar información personal sobre ella. ¿Qué le parece nuestra chica nueva, Leila? ¿Ha echado un vistazo a...?"

Cuelgo antes de que termine la frase y me hundo en el suelo de la cocina. Apoyo la cabeza contra el armario y miro al techo con desesperación. Debo prohibirla de mis pensamientos. Claramente no quiere tener nada más que ver conmigo, así que tengo que dejar de intentarlo. *No llores*, me digo a mí misma. *No llores, es solo un estúpido enamoramiento, muy estúpido.*

"¿Señorita Amari? ¿Qué hace en el suelo?"

"Ah, hola Nola. Solo estoy..." dejo escapar un suspiro. "No sé lo que estoy haciendo."

Nola se arrodilla frente a mí y coloca su cálida mano en mi mejilla. No he visto mucho a mi madre durante años y creo que Nola lo sabe. Naturalmente se preocupa por mí desde que me mudé aquí de forma definitiva. Es dulce, pero en este momento no me ayuda nada porque solo verle esa sonrisa amable y cariñosa me ahoga más. "Parece muy triste."

"No es nada."

Nola se pone en pie, sintiendo que no quiero hablar. Echa una mirada a la piscina antes de poner el bolso en la encimera y mira su teléfono. Siempre está al teléfono y en realidad no me importa. Sus hijos, que ahora tienen veinte años, sus hermanas, su marido y Dios sabe quién más, la llaman sin parar, todo el día, pero el tono de llamada de alguna canción de fiesta polaca es tan tonto que siempre me hace reír. "¿Dónde está Belle? ¿No ha venido hoy?"

En ese momento, me echo a llorar y murmuro un taco por hacerlo. Me digo a mí misma que me controle. No hay un drama real, no hay muerte. Nadie en mi familia tiene problemas o está enfermo, pero la desaparición de Belle de mi vida parece anularlo todo. "No sé dónde está," digo entre hipos. "Pero no creo que vuelva."

Nola parece confundida y se agacha de nuevo. "No entiendo," dice y me abraza. "¿Por qué le entristece eso?"

No contesto y ella no sigue preguntado. "Deje que le prepare una taza de té. ¿O prefiere un café? He traído un pastel marmoleado que hice el fin de semana, el de chocolate que le gusta."

"Me encantaría un té." Me levanto, asegurándome de mantener mi bata bien cerrada para que no vea mi lencería, no quiero que haga esa conexión con Belle. No creo que lo hiciera. No creo que nadie pueda imaginarme acostándome con una mujer a menos que nos pillaran como hizo Nicole. "Pero deja que yo lo haga. ¿Quieres uno?" Secándome las lágrimas, logro recomponerme y enciendo la tetera.

"Creo que le vendría bien salir un poco más de la casa," dice con cautela, cogiendo dos tazas. "Soy voluntaria en el campamento de verano para personas con necesidades especiales. Están empezando su primera semana de la temporada." Hace una pausa. "Es bienvenida si se quiere unir."

"Oh..." La miro fijamente mientras echo el agua en las tazas, agradeciendo el cambio de tema. "No sabía que hacías voluntariado. Tienes ya tanta tarea, trabajando a tiempo completo y cuidando de tu familia."

"Lo disfruto," dice Nola con una sonrisa dulce. "Ir allí siempre me pone de buen humor y lo he echado de menos en invierno. Jugamos, dentro y fuera de la piscina, hacemos manualidades, excursiones de un día a la playa y cantamos y tocamos instrumentos. Ese tipo de cosas."

"Suena agradable," digo con cuidado, sin querer comprometerme pero tampoco totalmente en contra de la idea. Distraerme me vendría bien, sin duda. El tipo de distracción que no implica fiestas ni alcohol.

"Lo es. Le puedo presentar al equipo y ver cómo se siente. Necesitará un certificado de antecedentes penales pero supongo que eso no será un problema." Niega con la cabeza cuando nota que estoy asimilando su idea en silencio. "Lo siento, me he dejado llevar. Era solo una idea y no quiero que se sienta presionada de ninguna manera."

"No, no, en absoluto. Creo que tienes razón, probablemente necesito salir más de casa. En realidad, en Nueva York tenía una vida. Estaba en la junta del Comité de Parques de la ciudad, trabajaba a tiempo parcial para Sandeep, estaba en el comité escolar y el resto de mi tiempo lo mantenía ocupado con obligaciones sociales. Ha estado todo muy tranquilo aquí y en realidad no me importaría hacer algo diferente." Trago saliva, reprimiendo otro arrebato. "¿Tengo que comprometerme?"

"Absolutamente no. Como voluntaria veterana puedo recomendar personas, pero si no es lo suyo, está bien y a nadie le importará. En principio tienen suficientes voluntarios, pero cualquier ayuda extra es siempre bienvenida."

Tomando un par de respiraciones profundas, asiento. "Está bien, me gustaría intentarlo."

"Fantástico." Nola parece complacida y sorprendida mientras me abraza. "Solo venga y a ver qué piensa. Sin ataduras."

46

BELLE – LUNES

"Bueno, y ¿cuál es el tema de la fiesta?" pregunta Juliette. "Necesitamos un punto de partida para tu propuesta."

Repaso las notas que me envió la organizadora de la fiesta. "Hasta donde yo sé, no hay tema."

"¿No hay tema?"

"No. Theresa está organizando las invitaciones, la comida, las bebidas y un DJ y yo soy la encargada de toda la parafernalia. Solo quiere comprobar qué recomendaría yo para una celebración de los dulces dieciséis."

"Ah, de acuerdo. Eso es algo poco usual en los Hamptons, que la fiesta no tenga un tema quiero decir," dice. "Mira en su Instagram y estarás bien. Tu propuesta necesitará muchos accesorios para que se vean fantásticos en las fotos. No olvides la mentalidad de esta generación, si no está grabado o registrado, no ha ocurrido nada. Si tienes dieciséis años, todo tiene que pasar por un filtro y estar ahí para que pase a la eternidad."

"Eso es patético."

"Sí que lo es, pero eso es la Generación Z para ti." Señala

los flamencos rosas que están en mi pantalla. "Tienes que ofrecer esos, sin duda. Y tienes que seguir un esquema de color. Quedará genial en las fotos. Yo iría a por el rosa."

"¿Rosa? ¿No es un poco cliché para una celebración de este tipo?"

"No, el rosa está de moda ahora así que déjate llevar. Agua rosa, luces rosas, flamencos rosas, manteles rosas y la fuente LED con luz rosa. Estará perfecto." Sigue mirando por el resto de mi inventario en mi ordenador y señala una imagen. "Coge también los vasos de plásticos rosas. Si Theresa es lista y se sube en tu moto, encontrará pajitas rosas brillantes y pasteles rosas, o lo que vayan a comer."

"Vale." Hago capturas de pantalla de todo lo que ha señalado y las pongo en una página y sonrío por lo bien que queda todo junto. "Gracias, nena. No sabría qué hacer sin ti."

"No es tan difícil como parece. La mayoría de la gente no sabe lo que quiere hasta que no lo prueba. Igual que con las escorts," bromea.

Me giro al oír la voz de Suki. "Mami, ¿podemos tomar helado?"

"Claro cariño." Le señalo el congelador. "Pero solo uno cada uno, ¿vale?" Antes de que salga corriendo, tiro de ella y le beso esa mejilla tan regordeta que tiene y le hago cosquillas hasta que chilla y se retuerce para que la suelte. Ha sido tan feliz teniéndome en casa todas las noches que no me arrepiento ni un minuto de haber dejado Hamptons' Escorts.

"¿Qué más?" pregunta Juliette.

"Nada, eso es todo."

"¿Así de simple?" me pregunta, mirándome incrédula.

"Sí. Es un servicio de alquiler, muy sencillo."

"Madre mía." Juliette echa un vistazo en su cuaderno,

anota los precios de alquiler y lo suma todo. “Casi tres mil dólares.” Dice, silbando entre dientes.

“Menos seiscientos en mano de obra,” digo. “Y no te olvides de que este es el primer evento que hago. Necesito reservas con regularidad después de este.”

“Ten fe.” Juliette dirige su atención al salón, donde Suki y Cameron están comiendo helado frente al televisor. “Se están portando de maravilla esta noche. ¿Qué están viendo?”

“No te preocupes, tiene control parental,” murmuro, tomando notas. Nos reímos cuando oímos perros ladrar y a continuación Suki y Cameron empiezan a partirse de risa. “¿Alguna película sobre perros?”

“Sí, es *Beverly Hills Chihuahua*,” dice Juliette, inclinándose hacia atrás y metiendo la cabeza dentro. “Debe haber sido idea de Cameron, le encanta esa película y sabe cómo funciona el control remoto. Me ha estado rogando que quiere un perro desde la primera vez que vio la película.”

“Oh, que Dios me ayude.” Sigo su mirada y veo que Suki parece hipnotizada. Tiene una gran sonrisa en su cara y su mano libre cerrada en un puño que se dispara cada vez que hay un momento de tensión. Se me derrite el corazón ante la imagen y tengo que reprimir las ganas de acercarme a ella y darle otro abrazo. “Espero que no empiece a pedir un perro otra vez.”

“Lo hará, créeme.” Juliette deja su bolígrafo y desliza el cuaderno en mi dirección. “Bueno, ahora que tienes todas las noches de la semana libres, ¿qué tal si le pedimos a Jackie que cuide de los niños y salimos?” Cuando me quedo en silencio, ladea la cabeza y me lanza una mirada traviesa. “Venga, Belle. Hace un siglo que no lo hacemos.”

Dudo un momento y me echo a reír al ver su cara de súplica. “Claro, ¿por qué no? Pero no voy a estar toda la noche, esa etapa ya pasó para mí. Los bares son suficiente para mí hoy en día."

"¿Y si vamos a la apertura de temporada de un club?" sugiere, cogiendo el teléfono de su bolso para enseñarme una invitación. "Shaker Room abre su terraza en la azotea para la temporada dentro de dos semanas y es solo para invitados, así que no habrá mucha gente. Civilizado, súper informal y, si tenemos suerte, habrá mucha gente soltera. Puedo pedir un reservado si quieres venir."

Me encojo de hombros al observar que la invitación no parece demasiado salvaje. "Me parece bien. ¿Y cómo es que te invitan a cosas de estas?"

"A través del trabajo. La idea es que haga contactos," dice, poniendo los ojos en blanco. "Pero, en realidad, no hay mucha diferencia. Quiero decir, si la gente quiere contratar un o una escort, lo buscará y comprobará que somos la única compañía que da esos servicios en la península. Y si la idea nunca se les ha pasado por la cabeza, no van a contratar a nadie de repente solo porque yo les dé una tarjeta de visita. Así que no tiene mucho sentido establecer contactos pero, oye, mientras mi jefe siga reenviándome invitaciones, estoy feliz de aceptarlas de vez en cuando. Bueno, entonces, ¿qué? ¿Estás interesada o no?"

"Sí, voy contigo," digo, pensando que una salida nocturna será una buena distracción. "Ha pasado demasiado tiempo y somos demasiado jóvenes para ser tan aburridas. Le preguntaré a Jackie si está disponible."

47

REINA – MARTES

La casa principal del club, un edificio normal en forma de L y pintado con los colores del arcoíris, está rodeada por un patio grande y agradable lleno de mesas de picnic. Hay una piscina vallada, un parque infantil, un estanque con caminos de piedras, peces carpa koi y nenúfares, un gimnasio al aire libre y la playa está a pocos pasos de aquí. Mientras nos dirigimos hacia allí por el camino desde el aparcamiento, Nola y yo somos recibidas por una mujer mayor negra con una camiseta amarilla de Camp Rubin.

"¡Nola!" grita, lanzándose sobre mi asistenta. Hay abrazos y besos y comentarios sobre lo bien que están y cuánto tiempo ha pasado.

"Esta es mi amiga Reina," dice Nola y eso me produce mucha ternura, no solo por el 'amiga', sino porque es la primera vez que usa mi nombre. "Solo ha venido para ver qué hacemos los voluntarios."

"Sí, te tengo en mi lista, muchas gracias por venir. Yo soy Dawn y soy la directora de personal y de voluntarios."

"Encantada de conocerte. Esto es una maravilla," digo, sinceramente impresionada.

"Sí, es fabuloso, ¿verdad? La familia Rubin, que vive un poco más abajo, son los dueños de la organización benéfica y construyeron el campamento en sus tierras. Tienen una hija con síndrome de Down, así que están muy involucrados."

"¿Bob y Marla Rubin?" pregunto, cayendo en la cuenta en ese mismo momento de la conexión con mis amigos.

"Sí." Dawn parece sorprendida. "¿Los conoces?"

"De hecho, he estado en un par de cenas para recaudar fondos." Me avergüenza darme cuenta de que hasta ahora no sabía para qué recaudaban fondos exactamente, aparte de que tenía algo que ver con la discapacidad. Después de pagar la friolera de dos mil dólares por una mesa, aparecía con un vestido precioso y socializaba. Nuestras conversaciones se centraban en cualquier cosa menos en la causa real de por qué estábamos allí. Supongo que en aquel momento sentía que ya había hecho mi parte y no tenía que preocuparme por los detalles.

"Bueno, en ese caso, muchas gracias por tu apoyo," dice Dawn con una sonrisa radiante y nos hace señas para que la sigamos. "Aquí tenemos niños con necesidades emocionales y de aprendizaje y también con discapacidades físicas y mentales." Señala los tres edificios amarillos al lado de la casa principal. "Nuestros siete orientadores viven aquí con sus chicos asignados y tenemos cinco estudiantes, un terapeuta de arte y tres enfermeras que trabajan a tiempo completo durante el verano. Y nuestros leales voluntarios, como Nola, que ha estado ayudando desde que empezamos Camp Rubin en 2014." Dawn acaricia el hombro de Nola y la hace entrar. "Nuestro primer grupo de la temporada, veintidós niños con discapacidades mentales de entre diez y dieciséis años, deberían estar aquí en una hora, así que estamos preparando café para los padres que vienen a dejarlos aquí y habrá limonada y snacks para los chicos. Daré un discurso de bienvenida y una descripción general del programa de actividades. Podría venirte bien sentarte, así sabrás qué hacemos aquí y qué esperar de este lugar."

"Suena bien." Sonrío, me siento muy a gusto con esta mujer de buen corazón y, en realidad, estoy deseando que empiece el día.

Dawn echa un vistazo a sus documentos. "Tu certificado de antecedentes penales no ha llegado todavía por lo que veo, pero puedes ayudar en la cocina si quieres quedarte hoy."

"Por supuesto, me encantaría. ¿Qué quieres que haga?" Dawn nos abre la puerta y entramos en un gran salón. A lo largo de la pared lateral hay un escenario con filas de sillas colocadas al frente. Las paredes están cubiertas de dibujos y obras de arte y hay un parque infantil y un rincón lleno de animales de peluche. Hay largas filas de mesas de comedor y en el otro extremo está la cocina, con un gran surtido de snacks saludables y grandes cantidades de té y café en el mostrador del buffet. Parece un lugar alegre, como un colegio de primaria, y los otros voluntarios y miembros del personal nos sonríen y saludan cuando pasan por nuestro lado.

"Si no os importa, podríais ayudar en la cocina, rellenando las cafeteras y las teteras cuando se acaben." Se vuelve hacia Nola. "¿Por qué no llevas a Reina allí y le enseñas dónde está todo? Tenemos cincuenta minutos antes de que este salón se llene de gente."

El discurso de bienvenida es caótico pero divertido, con los niños incapaces de reprimir su entusiasmo y los padres hablando animadamente de lo felices que están. Los más ruidosos son los que han estado aquí antes. Saben qué esperar y están volviendo a conectar con viejos amigos y abrazando a los voluntarios y trabajadores. Otros son tímidos, quietos en un rincón o aferrados a sus padres, quienes hacen todo lo posible por tranquilizarlos.

Para los padres es una oportunidad para darse un respiro, eso me han dicho, del cuidado y el estrés que puede traer tener un hijo discapacitado. Para los chicos, este es un lugar donde divertirse y sentirse parte de una comunidad. La mayoría de los padres aquí no pueden permitirse el lujo de llevar a sus hijos de vacaciones por lo costoso que resulta el cuidado especial, y la organización benéfica Rubin hace posible que estos niños escapen de la rutina y disfruten de la natación, los deportes y muchas otras actividades divertidas.

Nola está sentada a mi lado con una niña sobre su regazo. En realidad, es casi del mismo tamaño que ella, pero Nola le rodea la cintura con sus brazos y la balancea suavemente de un lado a otro mientras escuchamos el discurso. La niña corrió hacia ella en cuanto llegó y no se ha movido de su lado. Me encanta ver este lado de Nola.

El mensaje principal de la charla de bienvenida es la amabilidad, el cuidado y el compartir. Dawn habla también del poder de la música. Algunos niños no hablan nunca con nadie, pero cantan canciones alrededor de la fogata durante toda la noche o incluso suben al escenario en la noche del karaoke. Finalmente da las gracias a todos y le da la señal a uno de los voluntarios para que ponga una canción, que algunos reconocen y comienzan a cantar. Me encuentro absorbida por esta energía de felicidad y, cuando un chico al otro lado de mí me coge la mano, casi me atraganto de la emoción y empiezo a cantar también.

48

BELLE – JUEVES (DOS SEMANAS DESPUÉS)

"Me encanta este sitio," dice Juliette, mirando por toda la terraza de la azotea. Está decorada al estilo típico de los Hamptons, con muebles blancos y relucientes, detalles en azul y palmeras de piña que dan un ambiente playero. "Muchos tíos buenos. Deberíamos venir más a menudo."

"Por supuesto. Me encantan los tíos buenos," bromeo, chocando mi botella de cerveza contra su copa de Martini. Soy más de tomarme una cerveza en mi local habitual y Shaker Room es un poco artificial para mí, pero la música no está demasiado alta, las bebidas están frías y el ambiente es bueno, así que no me quejo. Está bien salir y hacer algo para mí misma, además de trabajar y ser madre, y está claro que Juliette siente lo mismo, porque está de un humor extremadamente animado esta noche.

"En serio, Belle. Vivimos en los Hamptons, así que ¿no crees que ya es hora de que empecemos a vivir un poco la vida de los Hamptons?" Dirige su atención a un grupo de mujeres, todas vestidas de punta en blanco. "La rubia es mona. ¿Qué crees?"

Sigo su mirada sin ningún interés por ninguna de las mujeres de aquí. En Nueva York, antes de la muerte de mi hermana y de adoptar a Suki, habría tenido al menos a una de ellas en la cama al terminar la noche. Pero esa era otra vida. "No. No para mí."

"¿Por qué no?" pregunta, frunciendo el ceño. "Las mujeres heteros nunca te impidieron pasártelo bien antes. ¿Recuerdas todas esas noches en nuestras vacaciones de verano? Lo petabas con las chicas y sé que hacías lo mismo en Nueva York. Me mantuve al corriente en tus redes sociales."

"¿Me estabas espiando?" pregunto con una risa.

"No espiaba, era solo curiosidad." Dice Juliette encogiéndose de hombros. "Envidiosa sería la palabra, supongo. Siempre quise vivir en Brooklyn pero, a diferencia de ti, nunca salí de aquí, así que cuando te mudaste estaba un poco obsesionada con tu vida."

"Bueno, era divertido, pero también muy vacío. Créeme, no te has perdido nada." Miro de nuevo al grupo de mujeres y niego con la cabeza. "Es simplemente que ya no lo disfruto, Jules. Pero estoy bien aquí si quieres ir a hablar con alguien. ¿O podría ser tu acompañante?"

"Hmm..." Juliette mira mis vaqueros y mi camisa de lino blanco y luego su vestidito negro y tacones de aguja. "Si vienes conmigo, creerán que soy tu novia. Todos piensan que somos pareja de todos modos, es muy molesto." Se echa a reír. "A veces me gustaría que te pusieras un vestido para que no tuviéramos ese problema."

Levanto una ceja y le lanzo una mirada divertida. "¿En serio? ¿Eso es lo que piensa la gente?"

"Sí. Una de las mamás de la guardería se refirió a ti como mi 'pareja' en una conversación y cuando dije que solo éramos amigas, me dijo que todos los padres asumían que estábamos juntas."

"Jesús, no me extraña que nunca de inviten a salir. Eso es..." Mi voz se apaga cuando percibo una bocanada de un perfume que me resulta familiar. No sé muy bien qué es, pero se me remueve todo. Levanto la mirada y miro a mi alrededor. Se me corta la respiración cuando veo a Reina acercarse a la mesa de al lado. Lleva un vestido negro con la espalda descubierta que me hace sufrir y va cogida de la mano de una mujer alta y rubia.

"Oh, Dios mío," dice Juliette siguiendo mi mirada. "Esa es la esposa de Igor Stravinski. Ya sabes, el magnate inmobiliario. A veces sale en los tabloides."

No sé quién es este tal Igor Stravinski ni me importa porque Reina, mi Reina, acaba de tomar asiento, coge la carta de bebidas y empieza a hablar con el camarero. De repente, como si supiera que la estoy observando, mira a su alrededor y nuestros ojos se encuentran. Sus labios todavía están separados, inmóviles en medio de una conversación. Su acompañante se da cuenta de lo que está pasando y mira en mi dirección también, le pregunta algo pero Reina parece no oírla. Sin saber qué decir o hacer, simplemente le sonrío porque así es como me siento. Todo mi cuerpo se ha convertido en una gran sonrisa y, al mismo tiempo, estoy temblando de nervios. Podría ignorarme o podría acercarse y tirarme una bebida a la cara. Después de todo, me lo merezco por haber desaparecido.

"¿Quién es esa?" susurra Juliette.

"Es Reina," le digo, sin apartar los ojos de ella. Se extiende una sensación de calidez por mi cuerpo cuando me devuelve la sonrisa, tímidamente al principio, más amplia después. Es muy extraño verla fuera de su casa, como un caballo que se ha escapado y corre libremente. Sé que es una idiotez, por supuesto. Probablemente sale mucho pero nunca pude llegar a imaginar cómo sería encontrármela en otro lugar.

"¿En serio?" Juliette entrecierra los ojos y la observa. "Ah, sí, ya la reconozco." Las saluda antes de que pueda agarrarle la muñeca y la amiga de Reina le devuelve el saludo, luego coge la mano de Reina y la levanta.

Reina se resiste al principio y parece que quiere escaparse, pero al final se rinde y sigue a su amiga hasta nuestra mesa.

"Hola," dice su amiga. "Soy Sasha y esta es Reina, pero creo que vosotras ya os conocéis." Me tiende la mano y me levanto para estrechársela. "Belle," digo, apartando los ojos de Reina por un mini segundo. Luego se vuelve hacia Juliette, que parece un poso asombrada. "¿Sois pareja?"

"¡Qué asco, no!" exclama Juliette. "¿Puede dejar todo el mundo de decir eso? Nunca voy a encontrar un hombre decente si todos asumen que estoy con ella." Se ríe y estrecha la mano de Sasha. "Soy Juliette, amiga de Belle. Un placer conocerte, y a ti también, Reina."

Aparte de saludar a Juliette, Reina aún no ha dicho una palabra y Juliette y Sasha intercambian miradas un poco nerviosas.

"¿Podemos unirnos a vosotras?" pregunta Sasha, señalando nuestro reservado. No da excusas de por qué quiere compartir nuestra mesa y me gusta lo directa que es.

"Por supuesto." Me muevo a un lado y se produce un momento incómodo cuando Sasha prácticamente empuja a Reina hacia mí antes de girarse hacia Juliette.

"Creo que iré a pedir las bebidas a la barra, para supervisar cómo hacen mi más que merecido primer cóctel de la noche. ¿Vienes conmigo?" pregunta Sasha.

Juliette asiente y sigue a Sasha a la barra como un

perrito faldero y, así como así, estamos solas. "Si no supiera que no es cierto, casi pensaría que este encuentro ha sido preparado," digo, girándome hacia Reina.

"Sí, yo también. Pero no lo es, te lo prometo."

"Lo sé." Me muevo en mi asiento, la energía que hay entre nosotras es más fuerte que nunca. Esperaba que con el tiempo se desvaneciera, pero no ha sido así. Ni tan siquiera un poco. "¿Estás enfadada conmigo?" Es una pregunta fuerte para ser la primera, pero tenía que hacerla.

"Sí," dice, mirando mis labios. "Estoy enfadada y herida. Desapareciste sin más."

"Lo siento."

"No, no lo sientes." Reina levanta mi botella de cerveza, toma un trago y se vuelve hacia mí, devolviéndomela. "Pero no tienes que disculparte. No querías que fuera nada más de lo que era y lo he aceptado. Lo entiendo, de verdad que lo entiendo. Pero mis sentimientos no han cambiado, así que es duro para mí volver a verte." Echa un vistazo hacia la barra, donde Sasha y Juliette están charlando animadamente, riendo y brindando como si fueran viejas amigas. "Sasha no es alguien con quien quieras discutir. Si no fuera por ella, me habría ido. Bueno, siento si te asusté."

Niego con la cabeza, de repente ya no estoy segura de nada. El efecto que tiene en mí es asombroso. La quiero, la deseo y la adoro. "No me asustaste. Solo tenía que..."

"¿Protegerte?" dice, terminando mi frase. "Lo entiendo. Y tienes diferentes prioridades. Suki todavía es pequeña."

"Sí, y tú eres..." hago una pausa, dejando escapar un largo suspiro. "Da igual, ya hemos tenido esta conversación antes." Pongo una mano sobre su brazo y observo cómo se le eriza el vello de la piel. "¿Cómo está Nicole? ¿Os habláis?"

"Nicole está bien. Estamos bien. Piensa que estoy un

poco trastornada. Quizás lo estoy." Pero no parece convencida mientras lo dice.

Me siento aliviada, como si me hubieran quitado un gran peso de encima. "¿Así que no he arruinado tu relación con ella?"

"No, por supuesto que no. Eso no fue culpa tuya. Nicole y yo estamos bien. En todo caso, hablamos más ahora de lo que solíamos hacer." Baja la vista hacia mi mano, todavía sobre su brazo. "Aunque es mejor que no me toques. Me hace..."

"Perdón." Retiro mi mano y me alejo un poco. "¿Qué le dijiste?"

"Que no es nada serio pero que estoy loca por ti." Sus palabras quedan en el aire y, por mucho que lo intento, no puedo quitarle los ojos de encima. Me tiene entregada a ella por completo.

"¿Estás segura de eso?"

"Sí, pero pasará. También le dije que creo que soy gay, que esto no es una fase por la que estoy pasando." No se parece en nada a la Reina nerviosa de antes. Está segura de sí misma, más fuerte.

"Es muy valiente de tu parte."

"Es la verdad."

Trago saliva y me muerdo el labio mientras dejo que sus palabras entren en mi cabeza y luego sale de mi boca la más extraña de las declaraciones. "Mi vida era simple hasta que te conocí."

Algo pasa por la mirada de Reina y sé que se da cuenta de la importancia de lo que acabo de decir. "La mía también." Cuadra los hombros y endereza la espalda, su hermosa silueta iluminada por los focos del bar detrás de ella. Sus labios brillan con una sutil capa de brillo y sus pestañas largas y oscuras baten en mi dirección. “¿No crees que eso significa algo?”

49

REINA - JUEVES

La noche se ha vuelto inesperadamente agradable después de la sorpresa de ver a Belle de nuevo. Fue difícil al principio, una situación tan incómoda que incluso consideré irme, pero con Sasha y Juliette aquí, la tensión y la presión se han ido evaporando. Me estoy quedando más tiempo de lo habitual, principalmente porque no quiero que estos preciosos momentos con Belle terminen y sospecho que ella siente lo mismo. La química todavía sigue ahí y la forma en que mi cuerpo reacciona ante ella se ha vuelto incluso más fuerte.

Sasha y Juliette se llevan extraordinariamente bien, se han estado desafiando con chupitos toda la noche. Yo me he tomado un par y me siento un poco mareada. Belle también parece más relajada. Está sonriendo y apoya un brazo sobre el reposabrazos, sus dedos juegan con mi pelo, como lo hizo la primera vez en mi casa. El deseo por ella me está mareando aún más y, aunque estamos en público, siento una necesidad tan fuerte de besarla que apenas puedo contenerme.

Sobre todo hemos hablado de nuestras amigas. Cómo

nos conocimos, nuestras historias, y nuestras amigas a cambio han contado historias embarazosas sobre nosotras. Me he enterado de que la amistad de Juliette y Belle se remonta a años atrás. Que crecieron juntas aquí y que perdieron el contacto durante un tiempo cuando Belle estaba en Nueva York. Reconectaron cuando Belle perdió a su hermana y se convirtió en la madre adoptiva de Suki y Juliette se convirtió en una gran ayuda porque tenía un hijo. Y ahora sé también que Juliette es una de las personas que hacen las reservas en Hamptons' Escorts, sospecho que fue a ella a quien le colgué el teléfono pero no se lo he dicho.

Sasha y yo les contamos que nos conocimos a través de nuestros maridos, el suyo un magnate inmobiliario y el mío un arquitecto de renombre, que trabajaron juntos en un proyecto hace años. Sasha e Igor fueron los que sugirieron que compráramos una casa en los Hamptons y es gracias a ellos que ahora vivo aquí. Juliette ha sentido mucha curiosidad por nuestras vidas, creo que nos envidia un poco. Si supiera que la vida no siempre es maravillosa solo porque seas rico. Me gusta, es divertida y agradable, tiene un fantástico lado despreocupado y tengo la sensación de que ella y Belle están muy unidas.

Belle ha hablado de su próximo trabajo, el primero para su nueva empresa, y me impresiona, no solo por la brillantez de la idea, sino por sus deseos de ser independiente. Le he contado sobre el nuevo trabajo de voluntaria al que me he apuntado y de un curso de fotografía online que estoy haciendo. Hablar de ello ha hecho que me dé cuenta de lo diferente que es mi vida ahora. Me siento más feliz, más realizada, aunque lo único que realmente quiero y no puedo tener está sentada justamente a mi lado.

"Dijiste que nuestros mundos nunca podrían funcionar juntos," digo, bajando la voz cuando Sasha y Juliette están en otra conversación mientras miran a los hombres. "Pero, ¿qué te parece ellas?" digo, haciendo un gesto hacia nuestras amigas.

Belle abre la boca para decir algo, pero se detiene. Probablemente quiere argumentar que ellas no son familia, que son solo dos personas entre muchas, pero, en vez de eso, me lanza una sonrisa seductora y aprieta su mano entre mi pelo, haciendo que mi libido se dispare. Al final, me permito inclinarme hacia ella y sentir las maravillosas sensaciones que recorren mi cuerpo. Ella se acerca aún más cuando coloco una mano sobre su muslo.

Estoy sentada de manera íntima con una mujer en un lugar público y, tal vez sea el alcohol o la forma en que me hace sentir borracha de deseo, no me importa nada. Me he imaginado así muchas veces, preguntándome si me sentiría incómoda o cohibida, pero es todo lo contrario. Belle es muy sexy y encantadora y me siento orgullosa de estar aquí con ella, incluso si es solo dentro de un círculo cercano de personas en las que ahora confío para guardar mi secreto. Sasha me lanza una mirada curiosa y sonríe al ver lo cerca que estamos sentadas. Le susurra algo a Juliette, se echan a reír y chocan sus copas en un brindis.

"Se parecen tanto que es espeluznante," dice Belle. "Quizás deberíamos dejarlas solas. Tengo la sensación de que se divertirían más sin nosotras."

Se me entrecorta la respiración y el corazón empieza a latir más fuerte y rápido. "¿Estás diciendo que quieres salir de aquí?"

"Mi apartamento está a solo quince minutos en taxi y Suki y Cameron están pasando la noche en casa de Jackie." Belle se humedece los labios y me mira fijamente. "¿Quieres venir a casa conmigo?"

"Depende," digo, ignorando mis hormonas, todas alborotadas, que quieren que grite *'¡Sí! ¡Sí, por supuesto que quiero ir a tu casa! Llévame. Por favor, llévame.'* "¿Vas a volver a desparecer después?"

"No." Belle duda. "Pero tampoco puedo prometerte nada serio. Me preocupa que las dos salgamos lastimadas."

"No necesito promesas. Solo quiero que mantengas tu mente abierta."

"Dice la mujer en el closet," bromea, inclinándose para besarme la mejilla. Su boca se mueve a mi oído y su aliento cálido me produce un escalofrío cuando añade: "Aunque es verdad que no pareces muy en el closet ahora mismo."

"¿Queréis buscaros una habitación ya?" Sasha nos sonríe. "Sé que las dos lo estáis deseando, estáis una encima de la otra."

"Tiene razón," interviene Juliette. "Iros a follar. Necesitáis sacarlo de vuestro sistema."

"¡Jules!" Belle abre los ojos de par en par ante las palabras de su amiga. "Un poco de delicadeza no vendría mal."

"La delicadeza nunca llevó a nadie a ninguna parte." Juliette se pasa la mano por su largo cabello rojo. "Y hablando de delicadeza, voy a hablar con esos chicos de ahí." Dice, señalando una mesa junto a la barra y se vuelve hacia Sasha. "¿Vienes? Me encantaría tener una acompañante que no pareciera que es mi novia."

Sasha recibe la idea con una carcajada y en cuestión de segundos estamos solas. La tensión aumenta, Belle se levanta y me tiende una mano. "¿Nos vamos?"

Sigo a Belle por la estrecha escalera. "Espero que no seas claustrofóbica," dice, mirándome por encima del hombro. "Todo mi apartamento es más pequeño que tu cocina."

"Es encantador," digo, entrando en la sala de estar, pequeña y acogedora. Me quito los tacones y me hundo en la gruesa alfombra color crema. Hay un sofá grande azul de rinconera con una tele y una mesa de café de roble, detrás una mesa pequeña de comedor con cuatro sillas. Una barra en la cocina abierta da a la sala de estar y puedo imaginarla ahí cocinando mientras Suki juega en el suelo. Largas cortinas de lino azul marino enmarcan las puertas correderas que dan al balcón, donde hay un rincón de lectura con una estantería y una lámpara de lectura contemporánea sobre una silla de estilo victoriano. Es extraño estar en su casa viendo sus cosas y los juguetes de Suki en un baúl abierto junto a la puerta. Todo esto la convierte en una persona real y no solo una fantasía.

"Disculpa el desorden. No esperaba compañía."

"No es tan desastre. El apartamento parece habitado y vivido y me gusta. A veces siento que vivo en un museo."

"Eso es porque *vives* en un museo," bromea. "Uno muy minimalista. ¿Dónde tienes todas tus cosas? Nunca hay cosas por ahí esparcidas. Nada que no sea necesario, quiero decir."

"Nola es muy eficiente."

Belle se echa a reír y se quita los zapatos. "Me encantaría tener una Nola en mi vida."

Estudio los cuadros en la pared mientras ella va encendiendo luces. Son sobre todo fotos de ella con Suki, pero también hay algunas de Belle en sus años jóvenes con los que supongo son su padre y su difunta hermana. También hay una foto de una mujer y un bebé. Ella tiene los ojos de Belle.

"Esa es mi madre," dice, siguiendo mi mirada.

"Te pareces a ella." Desvío mi atención a la foto de al lado. "¿Esta es tu hermana? Te pareces a ella también."

"Sí, esa es Linda. Aparte de nuestro parecido, éramos muy diferentes."

Encuentro un atisbo de tristeza en sus ojos, pero desaparece tan pronto como ha aparecido. Se acerca un poco a mí, como si quisiera dejar de hablar de su familia. "No tengo duda de que de pequeña fuiste revoltosa."

"Si hay alguna revoltosa aquí, eres tú." Responde juguetona, poniendo mi pelo detrás de mis orejas. "Aparte de Jackie y Juliette, nunca he traído a ninguna mujer a mi casa. Estás destrozando mis reglas."

"Me invitaste tú."

"Eso es verdad. ¿Te pongo una copa?"

"No, gracias. Creo que ya he bebido suficiente." Sonrío, y ahora que estamos solas, me permito ahogarme en sus ojos. "¿Es verdad? ¿Nunca has traído mujeres aquí?"

"Sí. No he tenido citas ni novias desde que Suki llegó a mi vida. Eres la primera." Su mano se mueve hacia mi nuca y me atrae lentamente hacia ella, acercando sus labios a los míos. Es cierto eso que dicen de que la ausencia hace crecer el amor. Nuestro primer beso es eléctrico, un cuidadoso roce de labios, como si ambas nos estuviéramos preparando para la explosión que sabemos vendrá después. Separando mis labios, la dejo entrar y gimo en voz baja mientras me rindo a la sensación de nuestras lenguas encontrándose. Todo se desvanece a mi alrededor y todo lo que puedo saborear, sentir y oír es Belle. El mareo y el calor que empieza a abrasarme silencian todos mis pensamientos mientras me derrito en ella y ella se derrite en mí. Parece que mis rodillas están a punto de ceder y creo que ella puede sentirlo porque me pasa el brazo alrededor de mi cintura y me sostiene. Me agarra con fuerza, posesivamente, y cuando su mano baja hacia mi trasero para apretarlo con fuerza, gimo más fuerte y presiono mi boca contra la suya, haciendo más profundo el beso.

Nos tomamos un momento para recuperar el aliento, nuestros ojos se encuentran y sonreímos. La loca atracción que hay entre nosotras sigue ahí mientras empiezo a desabrochar los botones de su camisa, lentamente, uno por uno. Su olor es hipnótico y sus ojos tan oscuros que casi me asustan. Aparto la prenda de sus hombros hasta que cae al suelo, paso mis manos por sus fuertes hombros y brazos hasta llegar a sus manos. Ella toma las mías y entrelazamos nuestros dedos.

"Ven, deja que te lleve a mi habitación."

La sigo al dormitorio, mis piernas y brazos se tambalean, están descontrolados. Esta vez es diferente, lo noto por la forma en que me mira y por el temblor de su mano. Está el deseo innegable, por supuesto, pero también hay una pizca de nerviosismo y cautela en su mirada. Esto significa mucho para ella y está asustada.

Belle abre las cortinas, dejando entrar la tenue luz de la calle y se vuelve hacia mí, de repente dubitativa.

"No tengas miedo," susurro, usando las mismas palabras que ella pronunció en nuestro primer encuentro. "Yo no lo tengo." Sintiéndome valiente, la llevo hasta la cama y la empujo levemente para que se eche sobre ella. Ahora es nuestro momento. No la voy a dejar que me inmovilice, quiero que estemos juntas y lo quiero todo de ella. Belle se apoya sobre los codos y me observa mientras le desabrocho los vaqueros, claramente sorprendida por mi seguridad. Luego me centro en su sostén deportivo y sus bóxers hasta que está completamente desnuda ante mí. Parece vulnerable y tan hermosa, sus curvas y sus pechos pequeños me están llamando. Mis ojos la recorren libremente, observando cada centímetro de su cuerpo. Su cabello espeso y oscuro, sus ojos penetrantes que me hacen arder, su mandíbula fuerte y su boca, sus labios húmedos y entreabiertos. La delicada línea de su clavícula, su cuerpo delgado y sus fuertes brazos, los brazos de alguien que hace trabajo físico, y esos hermosos pechos pequeños que se ajustan perfectamente en mis manos. El lunar debajo de su seno izquierdo, su vientre duro y sus caderas, un poco redondeadas. Sus muslos fuertes y sus pantorrillas y tobillos bien moldeados, esa pequeña cicatriz en el pie y sus preciosos dedos, con las uñas estropeadas por la playa y por estar al aire libre. Me encanta todo de ella.

Lentamente me saco el vestido por la cabeza, dejándome solo las bragas blancas de encaje. Me siento preciosa esta noche, Belle me hace sentir así.

"Joder," murmura, mirándome fijamente.

Me quito las bragas y me subo a la cama y, sin apartar los ojos de ella, me siento a horcajadas sobre ella. Inclinándome para besarla, muevo mi centro contra el de ella y gimo al sentir su humedad. No pretendía hacer esto pero es tan maravilloso que continúo, observando la mirada excitada de Belle y la forma en que reacciona a mis movimientos. Le gusta, así que me muevo más y presiono más fuerte, sintiendo cómo mi centro se hincha y palpita con el contacto. Me siento, tomo sus manos y las llevo a mis pechos. Las mantengo ahí mientras arqueo mi espalda y me muevo hacia adelante y hacia atrás, estimulándola, hasta que pierde el control y se remueve debajo de mí.

"¿Está bien esto?" pregunto, ya casi al límite, mi clítoris está tan sensible que gimo más fuerte cada vez que empujo hacia adelante.

"Sí, no pares," suplica, echando la cabeza hacia atrás, sobre la almohada, antes de mirarme. "Es increíble. Por favor, no pares." Pellizca mis pezones con fuerza justo cuando estoy llegando al clímax y cubro sus manos con las mías, necesitando ese dolor punzante para elevarme aún más.

"¡Sí!" grita y mueve con fuerza sus caderas, bajando sus manos hasta mis muslos para acercarme a ella.

Las dos llegamos al clímax con fuerza, ambas temblando en éxtasis mientras nos recuperamos de nuestros orgasmos. Suena un gemido fuerte, luego uno más suave. Se le escapa un sonido como si le estuviera robando la vida. Exhausta, me dejo caer sobre ella, cubriendo su cuerpo con el mío.

Belle me envuelve en sus brazos y me besa en la sien mientras ambas respiramos con dificultad.

50

BELLE – VIERNES

El sonido del canto de los pájaros me despierta y el reloj de mi mesita de noche me dice que son solo las cinco y media. Suspiro profundamente al sentir el calor celestial que presiona mi cuerpo. Estamos acostadas sobre las sábanas, Reina a mi lado, su rostro descansa sobre mi pecho y su brazo sobre mi estómago. Todavía está en un sueño profundo, no se da cuenta de que la observo. Aprovecho la oportunidad para disfrutar de la vista. Me encuentro en un estado de pura felicidad y mi cuerpo la desea de nuevo.

Está amaneciendo y el sol me deja ver su rostro con mayor nitidez. Estoy agradecida por esos rayos de la mañana que bañan la habitación en tonos amarillos. Es una diosa esculpida y, bajo esta luz, vagamente humana. Sus largas pestañas revolotean, como si estuviera soñando, y las comisuras de su boca están curvadas un poco hacia arriba. Parece feliz y contenta. El sonido de su respiración me tranquiliza como nada lo haya hecho antes.

Lo que hicimos anoche durante horas y horas no fue solo sexo. Hicimos el amor. El pánico que siento al darme cuenta de ello me pone tensa, pero también sé que valió la pena, incluso si me rompe el corazón. Me entregué a ella. Le di todo de mí y ella me dio todo de sí misma. Si la pierdo, que probablemente ocurrirá, viviré y siempre tendré la noche pasada para recordarla.

Se mueve y se humedece los labios antes de despertarse, parpadeando por la luz. Por un momento parece desorientada pero mira su mano sobre mi estómago y sonríe, dejando escapar un gemido de satisfacción mientras acaricia mi piel. "Eres tan suave," murmura, llevando sus labios a mi cuello para besarlo antes de acurrucar su cara ahí, inspirando profundamente contra mi piel. "Y hueles tan bien."

La acerco más a mí y beso su coronilla. Las emociones me abruman por la intimidad del momento. "Huelo a ti."

"Mmm... me gusta." Reina se aparta un poco para mirarme y no hay arrepentimiento en sus ojos. "Esto es increíble." Me acaricia la mejilla y me observa como si me viera por primera vez.

"¿Qué es increíble?"

"Solo..." duda un momento. "Despertarme así. Contigo."

"Entonces, ¿estás bien?" pregunto, cerrando los ojos al sentir sus cálidos dedos.

Reina me besa suavemente. "Sí, estoy fantásticamente bien. ¿Y tú?"

Asiento, me pongo de costado para estar frente a ella y meto mi muslo entre sus piernas. Ella gime de nuevo, separa más las piernas y me pone encima de ella. Encajamos muy bien juntas y nuestros movimientos son naturales e instintivos, casi como si fuéramos una mente pensando lo mismo. Le sigue un beso largo y lento, profundo y sensual y, mientras tanto, nuestras piernas y brazos se entrelazan y nuestros cuerpos se funden el uno en el otro. Su calor arde contra mi muslo y su respiración se acelera con cada golpe de mi lengua contra la suya. Realmente *es* increíble. La sensación profunda que siento en mi centro me recuerda cuánto estoy sintiendo en este momento. No es solo excitación, es mucho, mucho más. Llevo mi mano entre sus piernas y jadeo por su reacción. Está muy sensible y saber cuánto me desea hace que yo la desee más, que desee aún más darle placer.

Reina gime y trae también su mano hacia mi centro, acariciándome mientras nos ahogamos en una larga y estimulante sesión de besos. La penetro y ella hace lo mismo. Nos movemos a un ritmo lento, haciendo el amor hasta que estamos tan agotadas que estamos listas para volver a dormirnos.

Cuando estoy a punto de salir de ella, me detiene, cubriendo mi mano con la suya. “Todavía no. ¿Podemos quedarnos así un ratito? Es tan… íntimo. Me encanta.”

Hago lo que me dice, la acerco más a mí y la beso de nuevo. Nunca me cansaré de besarla, de abrazarla en la cama. Tiene razón. Es una situación íntima pero en el buen sentido, aunque me asusta un poco.

“Si te prometiera que esto no es solo una fase por la que estoy pasando,” dice, recostada entre mis brazos una hora más tarde. “¿Tendrías alguna razón para no querer hacer esto de nuevo?”

Permanezco en silencio un momento, reacia a repetir todas las excusas que le he dado antes. A decir verdad, estoy tan feliz de que haya vuelto a mi vida que todo carece de importancia en este momento. La he echado de menos mucho más de lo que esperaba y ahora que está aquí, en mi cama, no quiero que se vaya, porque siento que es una situación natural y que está bien, y la necesito. Por fin, le doy la única respuesta honesta que puedo sin pensar demasiado. “No quiero perderte.”

Reina sonríe y pasa sus dedos por mi cabello. “Bien,” dice. “Entonces no me perderás. Porque yo tampoco quiero perderte. No otra vez.”

Mi corazón empieza a latir aliviado, pero también estoy aterrorizada. Lo hemos dicho en voz alta, hemos dado el siguiente paso y me dirijo a territorio peligroso. Podría perfectamente destrozarme, pero ya no tengo la energía para luchar contra esto. Rendirse sienta bien, puedo dejar de pensar demasiado las cosas y simplemente poner mi futuro en las manos resbaladizas y poco fiables del destino.

Sonrío y la beso en la frente. “Tengo que levantarme pronto.”

“Por supuesto. Me iré entonces.”

“Espera...” Echando la manta sobre nosotras, me entierro en su calor. “Solo diez minutos más.”

51

REINA – VIERNES

"Perdona que no te haya hecho el desayuno," me dice Belle y me guiña un ojo. "No me has dado tiempo." Se pone una camiseta y se peina con los dedos, echándose el pelo hacia atrás.

"Esos diez minutos extra en la cama han merecido la pena, créeme." Me estremezco pensando en la boca de Belle entre mis muslos, devorándome hasta dejarme sin respiración. Todavía estoy en una nube y no me quiero ir porque anoche y esta mañana me han hecho darme cuenta de cuánto deseo todo esto. Cuánto deseo estar con ella todo el tiempo. Incluso en la rápida ducha que nos hemos dado juntas, no hemos podido quitarnos las manos de encima y ahora Belle llega tarde. Me ha asegurado que en realidad no es un problema. Suki está con Jackie y es una mujer flexible, pero no quiero quitarle tiempo de estar con su hija. Con el vestido de la noche anterior y mi pelo largo alborotado, es obvio lo que he estado haciendo.

"Sí, desde luego que ha valido la pena." Belle me da una palmada en el trasero mientras me pongo los zapatos. "Dios, qué sexy eres."

"No más que tú." Me enderezo y me inclino hacia ella, tocando el cuello de su camisa azul. "Bueno, ¿qué hacemos a partir de ahora?"

"Podríamos empezar por intercambiar los números de teléfono." Belle sonríe y me da su teléfono para que le meta mis datos.

"Sí, probablemente sea un buen punto de partida." Me río y le doy el mío para que haga lo mismo. "¿Me llamarás?"

Su expresión se vuelve más seria mientras toma mi barbilla. "¿Qué tal si me llamas tú? Esto es nuevo para ti, así que creo que deberíamos ir con calma, a tu ritmo y en tus términos. No voy a ir a ninguna parte, estaré aquí."

Asiento y trago saliva. "No voy a mantenerte en secreto siempre."

No parece muy convencida pero sonríe y me acerca a ella para besarme. "Por ahora, yo puedo ir a tu casa o tú puedes venir aquí."

Demorándome en la puerta con nuestros labios pegados, cierro los ojos y no puedo pensar en una sola razón por la que tenga que tomarme esto con calma. Si acaso, es ella la que necesita tiempo, no yo. Después de anoche y esta mañana, sé lo que quiero. Despertarme junto a ella y que su dulce sonrisa sea lo primero que vea al abrir los ojos. Poder besarla cuando quiera es algo a lo que podría acostumbrarme. "¿Aceptas tener una cita conmigo? Ya sé que te lo he preguntado antes pero creo que ahora estamos en una situación mejor."

"¿En serio?" Belle echa un paso hacia atrás y arquea una ceja. "¿Estás segura?"

"Sí. Anoche estuvimos en público, ¿no? No es mucho más diferente a una cita." Sonrío. "No creo que esté lista para ir a ninguno de mis lugares habituales, pero me gustaría llevarte a algún sitio."

"De acuerdo." Belle parece sorprendida por mi propuesta. Tal vez había esperado que me hubiera asustado después de haberme despertado junto a ella, o tal vez todavía piensa que esto es solo una diversión para mí, aunque es obvio que no lo es. "¿Qué tal si te invito yo *a ti*? ¿La semana que viene? ¿Podríamos salir a cenar por esta zona?"

"Me encantaría." Consciente de mi sonrojo, me siento como una adolescente a la que acaban de pedir una cita por primera vez. Hemos hecho esto al revés. Hemos dormido juntas antes incluso de conocernos y ahora hay mucho que explorar. "Normalmente salgo con Sasha los jueves pero puedo cancelarlo si a Jackie le viene mejor ese día."

"No suele haber problemas con Jackie pero lo consultaré primero con ella y te lo diré." Belle abre la puerta pero en cuanto salgo, me coge de la muñeca, tira de mí y me hace entrar de nuevo, empujándome contra la puerta. "Eres tan jodidamente hermosa que me cuesta decir adiós." Y de nuevo me besa con fuerza, me levanta y me empuja contra la pared del pasillo. Sus manos fuertes debajo de mi trasero me sostienen y envuelvo mis piernas alrededor de su cintura, la abrazo y le correspondo, mientras la excitación entre ambas crece.

"Nunca llegaré a casa si seguimos así," digo entre respiraciones rápidas cuando por fin me baja al suelo. Agarro mi bolso, me aliso el vestido y le lanzo una sonrisa seductora por encima del hombro mientras bajo las escaleras.

Llamo a un taxi desde el otro lado de la calle, me subo y bajo la ventanilla cuando se pone en marcha. Me reclino en el asiento y dejo que mi cabello baile con el viento, disfrutando de esta extraña pero hermosa sensación del día después que me tiene en la cima del mundo. Todo parece encantador y lleno de posibilidades hoy, el mundo que me rodea es más feliz y menos pesado. Sag Harbor se está despertando a un ritmo lento. Pasamos madres con cochecitos de bebé, corredores y paseadores de perros. Los cafés se preparan para el día que empieza, con los trabajadores sacando mesas y sillas y abriendo las sombrillas. Sonrío a una pareja feliz que caminan cogidos de la mano. La cabeza de ella descansa sobre el hombro del hombre, quien le susurra algo al oído que la hace reír. Parece que les cuesta controlarse y por fin puedo identificarme con gente como ellos.

Estoy llena de energía a pesar de que mi cuerpo se siente cansado, pero en el buen sentido. El dolor agradable entre mis muslos y mis pezones sensibles me recuerdan el contacto de Belle. Espero que ella también lo sienta y que piense en mí hoy. Sospecho que haré poco más que pensar en ella, soñar despierta y reproducir las últimas doce horas una y otra vez en mi mente.

La brisa del mar me da la bienvenida cuando entramos en el camino de entrada a casa. Me quito los zapatos que me están matando y continúo descalza por la casa. Me estremezco cuando encuentro a Nola en la cocina. Se me olvidó que estaría aquí y no había planeado pasar toda la noche fuera.

"Hola Reina." Me mira de arriba a abajo y levanta una ceja, limpiándose las manos en el delantal. "Es un vestido precioso. ¿Lo pasaste bien anoche?"

"Gracias." Me río entre dientes mientras me dirijo hacia las escaleras y coloco los zapatos en el último escalón. Luego voy hacia el frigorífico para coger una botella de agua con gas. "Pues sí, la verdad es que me lo pasé muy bien." Tomo un trago largo, sedienta después de los cócteles de anoche.

"Fantástico." Dice Nola y hace una pausa. "Bueno, entonces había un hombre..."

"No exactamente, pero algo así," digo en tono misterioso, sin querer delatarme. Aunque confío en Nola, quiero mantener a Belle para mí sola por ahora y estar sola un rato para poder fantasear con ella en paz y sin tener que responder a un millón de preguntas. "Voy a dar un paseo. Volveré en una hora, por si quieres tomarte un café conmigo." Cojo una manzana de un cuenco de frutas que hay sobre la encimera, cruzo el borde de la piscina en mi vestido negro y me dirijo a la playa.

Al entrar, el agua del mar se siente tan bien sobre mis pies que me subo el vestido y me adentro un poco más. La manzana sabe más dulce, el sol es más cálido, el agua más tranquila y la arena entre mis dedos más fina y suave de lo normal. Si no fuera por las pocas personas que hay en la playa, me quitaría el vestido y nadaría desnuda, pero puedo sentir sus ojos en mí, preguntándose con curiosidad por qué estoy así, con un vestido de noche, paseando por la playa. Hace tres meses, ni siquiera me habría metido en el mar de manera tan espontánea pero ahora no puedo pensar en nada mejor que nadar, simplemente porque me apetece. Me agacho y me dejo caer sobre la espalda, mi cabello oscuro y la tela negra flotando a mi alrededor mientras yo miro al cielo. No me importa lo que piensen los demás. Solo quiero dejarme llevar y pensar en Belle.

52

BELLE – VIERNES

Jackie puede que sea en realidad una vidente. La expresión en su cara lo dice todo, pero no puede resistirse a expresar lo que piensa mientras me deja entrar. "Llegas tarde y tú nunca llegas tarde." Dice, guiñándome un ojo. "Creo que sé lo que has estado haciendo."

"Lo siento," digo con una sonrisa tímida, tomando a Suki entre mis brazos cuando viene hacia mí corriendo. "Se hizo tarde. Gracias por tenerla aquí." Le planto un beso húmedo en la mejilla de mi hija y me río mientras ella hace una mueca y se limpia con la manga de su suéter. "¿Lo has pasado bien?"

"¡Sí! Fuimos al parque a jugar y comimos helado y tortitas y Cameron y yo hicimos una tienda de campaña para dormir."

"Guau. Esa tienda está muy chula," digo, llevándola a la sala de estar, donde hay un colchón en el suelo debajo de un dosel de sábanas sujetas a las cuatro sillas colocadas a cada esquina. Sobre ellas hay una hilera de luces multicolores y está llena de cojines y mantas.

"Gracias," le digo a Jackie, sonriendo. "¿Ha recogido Jules a Cameron ya?" Es más una pregunta retórica porque Cameron es ruidoso, activo y difícil de ignorar.

"Sí. Vino hace una hora, más o menos. Se lo han pasado genial."

"Ya lo veo. Eres un encanto." Bajo a Suki de mis brazos y sigo a Jackie hacia la cocina, donde una cafetera espera sobre la mesa. "Sí, por favor," digo cuando la levanta en mi dirección. "A menos que estés ocupada."

"¿Quién? ¿Yo?" dice, echándose a reír. "Nunca." Sirve dos tazas, abre la puerta trasera para que entre el sol y se sienta conmigo. "Bueno, ¿me lo vas a contar todo o tengo que adivinarlo?"

Me ruborizo y me escondo detrás de la taza, casi quemándome los labios con el borde caliente. "Me encontré con Reina en la inauguración del bar al que fuimos Jules y yo anoche."

"Ah, ¿sí? ¿Y cómo fue?"

"Me sorprendió verla después de dos semanas. No lo había dejado de buenas maneras precisamente, pero ella me dio la oportunidad de disculparme. Se unió a nosotras junto a su amiga y nos tomamos unas copas todas juntas. Fue muy agradable." Vacilo y me río. "En realidad no fue solo 'muy agradable'. No sabía qué hacer cuando la vi y creo que ella también estaba bastante nerviosa. No sé qué está pasando entre nosotras pero, sea lo que sea, es mucho más fuerte de lo que pensaba." Dudo un segundo. "Pero no se la veía incómoda de estar en mi compañía con su amiga allí."

"¿Es eso de lo que tienes miedo?"

"Sí, claro. Reina es hetero, por lo menos para el mundo, y sentada a mi lado y con la química que tenemos, es bastante obvio que nos gustamos. Pero parecía estar bien así."

"¿Entonces me imagino que no fueron solo bebidas?" Cuando niego lentamente con la cabeza, Jackie mira hacia la sala de estar y baja la voz. "Suerte que tenías el apartamento para ti sola entonces. ¿O fuisteis a su casa?"

"No, fuimos a la mía." Mi sonrisa se hace más grande. "De hecho, vamos a salir la semana que viene, si no te importa quedarte con Suki otra noche."

"¿De verdad?" Jackie parece encantada de escuchar esto. "Por supuesto que cuidaré de ella. Ahora que ya no trabajas por las noches, la echo de menos. Es un poco aburrido aquí, yo sola." Toma un sorbo de su café, se recuesta en la silla y cruza las piernas delante de ella. "¿A dónde la vas a llevar?"

"No sé. Estaba pensando en ese lugar pequeñito por el puerto. ¿El italiano?" Suspiro y me froto la sien cuando, de repente, me siento insegura. "Dios, es muy difícil con ella. Está acostumbrada a cenas buenas y restaurantes elegantes. Nunca seré capaz de mantener el estilo de vida al que está acostumbrada."

"¿Puedes dejar de pensar tanto las cosas y dar una oportunidad a esta relación?" me interrumpe, dándome un golpe en la muñeca, como si fuera una niña desobediente. "Las excusas..."

"No son excusas. Tengo que ser realista porque tengo que pensar en Suki."

"Venga ya. Esto no se trata de Suki," dice. "Esto es sobre ti. Nunca te has permitido acercarte a nadie."

"Eso no es verdad. En Nueva York no quería enamorarme ni tener una relación monógama y comprometida. Era feliz acostándome con unas y otras por toda la ciudad. Y cuando volví aquí, tener una relación era lo último en lo que pensaba. Solo he estado distraída."

"Exactamente. Belle, cariño, estás asustada porque es la primera vez que te encuentras en esta situación. Una en la que hay una atracción mutua lo bastante fuerte como para que sea duradera y seria. Estás asustada porque estás enamorada por primera vez, ¿no lo ves? Nunca te he visto hablar de alguien como hablas de ella. Y sí, estoy de acuerdo en que quizás Reina no sea la apuesta más segura, pero si no vas con todo, nunca lo sabrás. Podrías salir herida, pero ya estaré yo aquí para cuidarte. O podría funcionar y entonces tendréis una hermosa vida juntas." Me mira como imagino que lo haría mi madre si todavía estuviera viva. La mujer mayor y más sabia que sabe mejor que nadie porque lo ha vivido todo. Pero, ¿lo ha vivido ella? No recuerdo que Jackie haya salido nunca con nadie.

"Tal vez tengas razón," le digo. "Pero, ¿y tú? ¿Por qué no has salido nunca con nadie?"

"¿Quién dice que no lo he hecho?" Jackie se muerde las uñas, bajando la mirada a la mesa, señal de que está incómoda.

"Nunca has mencionado a nadie."

"No era algo de lo que pudiera hablar."

"Oh." Hago una pausa y la miro. "Lo siento, no tenemos que hablar de ello."

Por fin me mira, con los ojos llenos de lágrimas y el labio inferior tembloroso. Está angustiada y me maldigo por haber sacado el tema. Está claro que es algo muy delicado para ella. "Es solo que siempre asumí que tú y papá estabais secretamente enamorados y no quería que pensaras que sería un problema para mí." Y entonces recuerdo a Rose y cómo se miraban. Tenía la intención de preguntarle sobre eso pero nunca encontré el momento y viendo el estado emocional en que se encuentra, ahora tampoco es un buen momento para hacerlo.

"No." Jackie niega con la cabeza y ha logrado recomponerse mágicamente en segundos. "Tu padre y yo estamos muy unidos pero no hay nada más que amistad entre nosotros." De repente se pone de pie y mira por la cocina como si estuviera buscando algo con lo que distraerse."Se me olvidó. Tengo una cita con el dentista esta tarde, así que será mejor que me prepare."

Me encojo de dolor porque sé que está mintiendo y Jackie nunca ha intentado deshacerme de mí, nunca. "Lo siento mucho," digo de nuevo, deseando no haber mencionado la vida amorosa de Jackie.

"¿Por qué, cariño? No has hecho nada malo, es solo que me había olvidado del dentista, eso es todo." Jackie logra sonreír. "¿Te veré el domingo en casa de tu padre para comer?"

"Sí." Yo también me levanto y empiezo a recoger las cosas de Suki. "Te veo allí. Y buena suerte en el dentista."

53

REINA – DOMINGO

Llevo puesta mi camiseta amarilla de Camp Rubin y mi pelo todavía está mojado y huele a cloro por haber estado en la piscina, supervisando las actividades de natación. Normalmente, no saldría de casa sin secarme el pelo pero aquí no me siento juzgada. A nadie le importa cómo voy, siempre y cuando ayude con una sonrisa en mi boca. Y he estado sonriendo mucho. Los niños son maravillosos y verlos pasárselo tan bien me alegra el día. Jugamos a un juego de piratas donde los niños tenían que cruzar la piscina en una balsa hinchable y encontrar un tesoro escondido en una playa falsa. Jonathan, un niño de doce años con síndrome de Down al que cuidé en la piscina, se ha pegado a mí y quiere ir cogido de mi mano a todos lados. En la otra mano lleva una bandera pirata que ondea a cada paso que da.

"Vamos por aquí y por allí, para atrás y para delante. Arriba y abajo, arriba y abajo, sobre el mar azul," cantamos juntos mientras caminamos en fila hacia las mesas de picnic. Algunos niños no pueden cantar, pero gritan cosas al azar, inspirados por el buen ambiente que hay.

"Bueno, Jonathan. Ahora voy a soltarte la mano, tengo que ir a ayudar en la cocina. ¿De acuerdo?"

Me mira, decidiendo si está bien con que me vaya. La respuesta solo puede ser 'sí' o 'no', porque son las únicas palabras que ha usado hasta ahora. Un 'no' significa que lo que vendrá luego será una rabieta, ya he tenido que calmarlo varias veces. "Sí" dice y dejo escapar la respiración que estaba conteniendo.

"¿Tienes hambre?"

"¡Sí!" grita, moviendo la bandera. "¡Sí, sí, sí, sí, sí!"

Le ayudo a sentarse en el banco y lo pongo cómodo, luego me aseguro de que todos los niños tengan un vaso, un mantel individual y una servilleta. Uno de los orientadores viene para que yo pueda irme y me dirijo al edificio principal, donde se encuentra la cocina. Es mi primer día completo de voluntariado. Después de venir aquí con Nola, se sorprendió de que me apuntara para tres días a la semana. Solo hay unos pocos orientadores y voluntarios. El campamento se tiene que asegurar de que están cubiertos antes de que comience la temporada, pero aceptan voluntarios extras como Nola y yo, que podemos rotar y echar una mano más, porque atender a estos niños es un trabajo a tiempo completo y sin parar.

"Hola, soy Reina," digo, presentándome al personal de cocina, ya que no reconozco a nadie de mi primer día. Como en el campus, el personal de la cocina también rota y hoy un hombre grande y barbudo dirige la cocina. "¿Qué puedo hacer?"

"Hola, has llegado en el momento perfecto. Soy Andy." Desliza dos bandejas en mi dirección. "Aquí tienes un par de comidas sin gluten. Los nombres de los niños están impresos en las pegatinas que hay en la esquina. Estos son los únicos almuerzos personalizados. Todos los demás son estándar, así que puedes repartirlo al azar." Andy comienza a colocar más bandejas con pasta, tazas con frutas, yogures y botellas de agua en el mostrador y alguien viene para ayudarme a sacarlas todas. Hay una emoción inmensa cuando ponemos la comida frente a ellos y las conversaciones sobre sus comidas favoritas son ruidosas y apasionadas.

Tres niños necesitan ayuda para comer, los otros generalmente no. Cuando todo está servido y bajo control, vuelvo a la cocina para ver si hay algo más que pueda hacer.

"Si no te importa, necesitamos que alguien ayude a lavar los platos." Dice Andy, señalando el fregadero grande y el lavavajillas industrial en la parte de atrás.

"Claro," digo, y me estremezco cuando veo el caos de cerca. Las ollas y sartenes, las bandejas para asar, la licuadora, las tablas de cortar, los cubiertos y las tazas de café que los voluntarios han estado usando están apilados. No sé por dónde empezar y hace un calor horrible en esta parte de la cocina. Observo el lavavajillas y me las apaño para averiguar cómo funciona, así que empiezo a enjuagarlo todo antes de ponerlo en las bandejas cuadradas y gruesas.

"Lo siento. Estamos preparando también la cena para poder irnos a las cinco," grita Andy por encima del ruido del extractor. "Habrá más platos después de esto."

"No hay problema," le grito yo también y le sonrío. Me cae el sudor por la espalda mientras raspo las sobras de las pesadas sartenes y las tiro a la basura. Mi madre estaría en shock si me viera trabajando como ayudante de cocina en pantalones cortos y camiseta, con el pelo sin lavar atado en un moño desordenado y sin maquillaje. Nicole estaría fascinada también, creo. No creo que me haya visto hacer esto antes porque siempre hemos tenido servicio en casa. Algunas veces cocino, y solía preparar el desayuno a los niños por la mañana, pero este trabajo es ajeno a mí y es duro físicamente. Cacharros van y vienen pero limpiar el desorden me resulta catártico y no me importa para nada. Pensando en lo privilegiada que he sido siempre, me digo que ahora es el momento de devolver el favor y viendo cómo me he estado divirtiendo hoy, sé que incluso me voy a pasármelo bien con todo esto.

Estoy sudorosa y agotada, pero de muy buen humor cuando llego a casa. Echo un vistazo a la piscina y nunca he encontrado el agua tan tentadora. Casi nunca la he usado porque no quería estropear mi pelo después de haberlo secado por la mañana, pero ahora mismo no puedo pensar en nada mejor que nadar un poco. Abro las puertas correderas, me quito la ropa y la dejo amontonada junto a la entrada. La luz del sol se refleja en la superficie y la brisa suave hace que se formen débiles olas en el agua. Detrás, el Atlántico está más salvaje que de costumbre y puedo oír cómo las olas rompen contra la orilla. Me encantan el océano y la vista, la playa y la privacidad. Ya no me siento sola aquí porque el día de hoy me ha hecho sentir que soy parte de algo importante, de algo más grande. El viento sopla contra mi piel mientras cruzo desnuda la terraza. Nunca he estado desnuda en mi propio jardín y, aunque resulta extraño e incluso un poco travieso, también es muy liberador.

Sumergiéndome en lo más profundo, me dejo llevar por la ingravidez. El agua me abraza y me calma mientras cruzo todo el largo de la piscina, nadando con brazadas parejas mientras me deslizo por encima del fondo. Después de un día ajetreado, parece que estoy en el cielo con el silencio que hay debajo de la superficie. Tranquilo, calmante y maravillosamente surrealista. Salgo a tomar aire, me retiro el pelo de la cara y me pongo boca arriba para dejarme llevar, absorbiendo el sol de la tarde. Disfrutando de una nueva sensación de haber logrado algo y los recuerdos que he conseguido hoy, estar cansada nunca me había hecho sentir tan bien.

54

BELLE - DOMINGO

"Ha sido una tarde muy agradable." Mi padre enciende un puro y ajusta su sillón reclinable de exterior, inclinándose un poco hacia atrás. "Eres mucho mejor cocinera de que lo que dices, Belle. Ese asado estaba delicioso." Da una calada y echa el humo haciendo círculos. "Tu madre siempre fue muy buena cocinera. Tienes eso de ella."

"No podía hacerlo mal con tus maravillosos ingredientes frescos," digo, sonriéndole mientras vuelvo a llenar su copa de whisky y me siento a su lado con mi té de manzanilla. Jackie se ha ido a casa y Suki se quedó dormida en el sofá hace ya un rato, pero no tengo prisa por irme. El jardín está tranquilo y silencioso, el único sonido proviene de los pocos corderos que aún siguen despiertos en el establo y las gallinas que deambulan por allí libremente. "Papá, ¿puedo preguntarte algo?" digo, aprovechando este momento tan íntimo y privado.

"¿Qué pasa, cariño?"

"Estaba pensando en Jackie... y en por qué ha estado siempre soltera. Siempre pensé que vosotros dos haríais una buena pareja pero estoy empezando a darme cuenta de que podría estar equivocada." Lo miro para ver su reacción, pero está mirando para el otro lado y no puedo ver su cara. "¿Recuerdas si alguna vez ha salido con alguien? ¿Hombre o mujer?"

Mi padre se estremece cuando se vuelve hacia mí. "Jackie y yo solo hemos sido amigos. Bueno, no siempre, ella era..." se detiene y da otra calada a su puro.

"¿Era qué, papá?" Si Jackie es gay, no tengo ni idea de por qué confiaría en mi padre y no en mí. Después de todo, yo lo entendería mejor que nadie. Pero esto no se trata solo de sexualidad porque lo veo tan emocionado como cuando le saqué el tema a Jackie.

Sus hombros caen y se inclina hacia adelante, mirándose los pies. Normalmente no tenemos conversaciones tan profundas pero, después del viernes con Jackie y su reacción de hoy, sé que los dos me están ocultando algo. "No depende solo de mí contártelo cariño."

"Entonces, ¿de quién depende?" le lanzo una mirada perpleja. "Papá, quiero saber." Se produce un largo silencio entre nosotros mientras él continúa mirándose los pies.

"Tu madre y yo fuimos muy felices durante muchos años," dice por fin.

"¿Pero?"

"Pero..." deja escapar un largo suspiro. "Se enamoró de otra persona."

"¿Qué?" Necesito un momento para procesar lo que acaba de decirme, sus palabras me han golpeado fuerte. Siempre he tenido una visión idílica de su relación. Parecen realmente felices en los álbumes de foto que he mirado tantas veces. Y lo siento por mi padre, a quien claramente le resulta difícil hablar de esto. "Lo siento mucho, papá. No fui mi intención desterrar recuerdos dolorosos." Acerco mi silla a él y coloco una mano en su brazo.

"Está bien, cariño, todo forma parte de la vida." Me dirige una débil sonrisa. "Estábamos bien juntos. Muy compatibles, pero siempre faltaba algo. Pasé una década intentando ser suficiente para ella, pero nunca pude serlo."

"¿Por qué? ¿De quién se enamoró?"

Desvía su atención al puro ahora, sacudiendo la ceniza con mucho cuidado para no tener que mirarme. "Jackie."

"Jesús, papá." Hago una pausa, como si no hubiera escuchado correctamente. "¿Mamá y Jackie?" Parece demasiado escandaloso para ser verdad y apenas puedo empezar a comprender lo que acaba de decirme. ¿Mi madre era gay? Aunque desearía que no fuera cierto, tampoco recuerdo mucho de ella. Sí recuerdo momentos del último verano que pasamos juntos, cuando solíamos ir todos a la playa como una familia. Pero eso es todo, aparte de un fragmento de ella cocinando en la cocina. De repente, todo encaja. La reacción de Jackie ayer, por qué nunca habla de su vida amorosa... Lo comprensiva y todo lo que me ayudó cuando le hablé sobre mí. "Pero no lo entiendo. Tú y Jackie sois amigos."

"Ahora sí. Pero por aquel entonces, ella era la amiga de tu madre. Hablaban de cosas de chicas e iban de compras juntas, por lo menos antes de que se convirtiera en algo más. Nunca formé parte de ello realmente." Se aclara la garganta. "Le prometí a Jackie que nunca te lo diría, pero tampoco puedo mentirte."

"Entonces, cuéntamelo," le digo, apretándole suavemente la mano.

"Tu madre estaba muy enferma." Da un profundo suspiro. "Jackie permaneció junto a su cama día y noche, cuidándola, y yo estaba feliz de que ella estuviera allí porque a veces…" Hace una pausa. "Bueno, a veces dos niñas pequeñas y una esposa que se estaba muriendo eran demasiado para mí. Ella también me ayudaba mucho, en la casa y cocinando para nosotros. En aquel momento no lo veía, quizás porque era demasiado difícil de comprender."

Asiento, encontrándome con la tristeza de sus ojos. "¿Cómo lo descubriste?"

"Tu madre me lo contó justo antes de morir. Había estado enamorada de Jackie durante dos años y habían tenido encuentros íntimos varias veces a la semana."

Lo miro incrédula. "No entiendo por qué te lo dijo. Mamá se estaba muriendo y podría haberse llevado ese secreto a la tumba. ¿Por qué hacerte daño al admitir que había tenido una aventura?"

Mi padre suspira antes de continuar. "Tu madre me dijo que era posible amar a dos personas al mismo tiempo. Nos amaba a los dos por igual, solo que de diferentes maneras, eso dijo. Y quería que estuviéramos el uno para el otro cuando ella se fuera." Alcanza su vaso de whisky y hace girar el líquido dorado en el vaso. "Me dolió, por supuesto. Estaba muy enfadado y molesto y me sentí traicionado. Pero se estaba muriendo." Una sola lágrima rueda por su mejilla. "Y todavía la amaba, mucho, así que le prometí que cuidaría de Jackie y Jackie le prometió que cuidaría de mí."

"Y tú…"

"Al principio no. Odié a Jackie después de enterarme. Un par de días después del funeral, estaba realmente llevándolo mal, así que decidí ir a su casa y decirle exactamente lo que pensaba de ella. Pero, cuando la vi, estaba tan mal…" Mi padre traga saliva antes de continuar. "Estaba tan deshecha y rota como yo y no pude hacerlo."

"Así que, con el tiempo, encontrasteis consuelo el uno en el otro."

"Sí. Ella era la única persona con la que podía hablar sobre tu madre y viceversa. Y al final, entablamos una amistad que no tenía ningún sentido pero que, al mismo tiempo, era tan natural que hemos estado unidos desde entonces."

Apoyando los codos en las rodillas, me inclino hacia adelante y lo miro. Siento que es ahora cuando empiezo a entenderlo un poco como persona. "No tenía ni idea."

"Eras pequeña. Y siento haber destrozado tu idea de un matrimonio perfecto. Estaba lejos de ser perfecto pero la quise mucho. Y Jackie también." Papá se termina su whisky y por fin me mira. "¿Estás bien?"

"Sí. Es solo que... Jackie y mamá..." Muevo la cabeza con incredulidad. "¿Y por qué Jackie nunca ha salido con nadie después de mamá? ¿Eres el único que sabe que es gay?"

"Que yo sepa sí. Ha tenido algunas citas, pero siempre comparaba a otras mujeres con tu madre y sus pocas relaciones nunca funcionaron." Dice mi padre, encogiéndose de hombros. "Y supongo que yo hice lo mismo."

"Mamá debió ser una mujer muy especial," digo, deseando poder imaginármela mejor.

"Sí que lo fue." Papá gime mientras se levanta, mueve sus piernas rígidas y me dirige una sonrisa triste. "Nos recuerdas mucho a ella."

55

REINA - JUEVES

"¿Hay demasiada gente aquí?" pregunta Belle. "Podemos ir a otro sitio si no te sientes cómoda. De verdad, no me importa."

"No, es perfecto." Le sonrío y me siento, disfrutando de las magníficas vistas sobre el agua desde todos los ángulos posibles. El restaurante es grande, el muelle privado está lleno y los camareros salen a toda prisa del edificio principal y vuelven con bebidas y humeantes platos de mariscos en enormes bandejas redondas. Hay velas en todas las mesas y estamos rodeadas de hortensias blancas que crecen en las jardineras de la barandilla. "¿Has estado aquí antes?"

"Solo durante el día para tomar una copa. Por la noche es demasiado romántico para Jackie y para mí," bromea Belle. Está tan sexy como siempre, con una camisa azul claro y vaqueros. Yo visto de manera informal, con un vestido blanco con los hombros descubiertos y unas simples sandalias de cuero. Aunque tenía pensado conducir, Belle insistió en recogerme e incluso me trajo flores. Vinimos caminando desde la calle donde aparcamos el coche.

Nunca pensé que me invitarían a pasar una velada de

este tipo a los treinta y nueve años. No por alguien de quien estoy locamente enamorada y, desde luego, no por una mujer. "No creo que pueda ser más romántico que esto." Me encuentro con su mirada intensa y me sonrojo. Cuando estamos juntas, Belle me mira como si nada más importara y eso me hace sentir deseada de una manera que nunca antes había experimentado. Cualquiera que nos mire puede ver que estamos en una cita pero, de nuevo, me encuentro con que realmente no me importan las pocas miradas que nos lanzan. De hecho, estoy orgullosa de estar aquí con ella.

"Estás irresistible con ese vestido," me dice, mirando mis hombros desnudos mientras baja la voz hasta un susurro. "No puedo esperar para quitártelo."

Humedeciendo mis labios, le lanzo una mirada seductora. Un calor se enciende entre mis muslos. "He pensado en poco más que estar contigo desnuda. Esta semana parece que no iba a terminar nunca."

"Eso está muy bien porque tengo planes para más tarde."

"Ooh..." digo de manera teatral. "¿Qué tipo de planes?"

"He pensado que quizás te gustaría probar algo nuevo. Como estás descubriendo tu sexualidad y todo eso..." sonríe. Le encanta tomarme el pelo, hacerme esperar.

"Dímelo."

Mira a su alrededor para asegurarse de que nadie nos esté prestando atención y se acerca. "Quiero usar un arnés."

"¿Qué es un...?" Trago saliva cuando me doy cuenta de lo que quiere decir, al menos tengo una vaga idea. "Oh." De repente hace más calor que hace un minuto y me retiro el pelo de los hombros, dejando que la brisa roce mi piel húmeda. "Jesús, Belle."

"Lo siento. ¿Es demasiado? Podemos olvidar que lo he mencionado."

"No, no es eso." La anticipación se apodera de mí y me muevo en la silla en un intento por calmar el dolor en mi centro. "No puedo hablar de eso aquí," susurro. "Me excita demasiado."

Belle se ríe entre dientes. Sus ojos entrecerrados llevan la promesa de una noche larga y excitante. "Vale, vamos a cambiar de tema."

"Gracias. Al menos hasta que estemos solas." Intento borrar de mi mente la imagen de Belle con un arnés y pienso que probablemente yo sea la mujer más despistada e inocente con la que se haya acostado nunca.

"Bueno, entonces... ¿cuándo fue la última vez que tuviste una cita?" me pregunta mientras coge la botella de la cubitera que tiene a su lado y vuelve a llenar nuestras copas.

"Hmm..." Levantando los ojos hacia el dosel cubierto de hileras de luces que está sobre nosotras, trato de recordar. "Deben haber pasado unos cuatro años desde la última que tuve con Sandeep. En general, no salíamos los dos solos después de hacer nuestros hijos e incluso nos saltamos algunos aniversarios porque él estaba de viaje de negocios. Supongo que la última vez que me viene a la cabeza es una cena en un restaurante de Madison Avenue. Me puse elegante y comimos bien. Uno de sus clientes estaba allí cenando con su esposa y terminaron compartiendo el postre con nosotros. Es gracioso porque no recuerdo mucho de aquel día, pero creo que fue una cena de aniversario." Me encojo de hombros. "¿Y tú? ¿Cuándo fue tu última cita?"

Belle frunce el ceño, rebuscando en su memoria, y se ríe. "¿Nunca? Llevé a una chica a comer rollitos de langosta en Montauk cuando tenía dieciséis años. ¿Eso cuenta?"

Me río yo también. Mi centro se agita con su sonrisa, que hace que cada nervio de mi cuerpo se estremezca. "Claro que cuenta. Así que han pasado...” Hago una pausa, haciendo cálculos mentalmente. “Diecisiete años.”

“Exacto.” Me lanza una mirada divertida. “Así que perdóname si estoy un poco falta de práctica.”

“No podrías ser más encantadora,” le digo en tono juguetón y le hago esa pregunta que ha estado rondando en mi cabeza durante un tiempo ya. “¿Te preocupa que yo tenga casi cuarenta años?”

“No,” contesta directamente. “La edad es lo último que me preocupa.” Hace una mueca. “Perdona, no debería haber dicho eso. Acabo de arruinar el momento.”

“No pasa nada. Sé que estás preocupada.”

Sobre la mesa, alarga su mano para encontrarse con la mía. “Verás, no es solo Suki,” admite. “Esto es nuevo para mí y solo necesito acostumbrarme a... a sentirme vulnerable, supongo.”

“¿Te hago sentir vulnerable?” Sus palabras no me sorprenden. La he visto ponerse en guardia un par de veces.

“Sí, porque te adoro y me estoy enamorando de ti.” Traga saliva y se muerde el labio de nervios, como si ya se estuviera arrepintiendo de haberlo dicho.

Se me corta la respiración y me quedo mirándola fijamente. Mi corazón canta de alegría. “Yo me estoy enamorando de ti también. Y estoy tan asustada como tú. No por lo que la gente piense de mí, sino porque es el sentimiento más intenso que he sentido jamás. Pero esto no es una fase, Belle. No voy a hacerte daño.”

Belle deja escapar la respiración que estaba conteniendo y en sus labios se dibuja una sonrisa. Nuestras mutuas confesiones flotan en el aire mientras un camarero pone un plato de ostras entre nosotras. “Yo tampoco voy a hacerte daño. Te lo prometo.”

56

BELLE – JUEVES

Reina ha estado estupenda esta noche, extrovertida, coqueteando conmigo toda la noche. Estoy viendo un lado de ella completamente diferente, como si ahora ya estuviera totalmente a gusto conmigo. Ha estado hablando animadamente durante horas, contándome el trabajo que realiza en su voluntariado en Camp Rubin. La verdad es que nunca pensé que se implicara de esa manera y hasta creo que ella misma está sorprendida también porque la ha afectado positivamente.

Me cogió la mano mientras caminábamos de regreso a mi apartamento y no se inmutó mientras bajábamos por la concurrida calle. Quizás la he subestimado.

"Bueno, eso que mencionaste antes," dice, presionándose contra mí mientras cierro la puerta. "He estado pensando en eso..."

"Lo sé." Sonrío y paso una mano por su muslo, subiéndole el vestido. "Solo si tú quieres."

Reina asiente, en sus ojos brilla la excitación que siente mientras me mira. Sus labios se encuentran con los míos en un beso apasionado. Paso mi lengua por su labio superior, arrancándole un suave gemido y puedo sentir su deseo por cómo tiembla. "Enséñamelo." Su suave voz susurrada en mi oído suena celestial.

La llevo a mi habitación y abro el cajón de mi mesita de noche, donde guardo mis juguetes, los que nunca he usado en mi carrera como escort. Saco el arnés que compré especialmente para esta noche. "¿Estarás bien si usamos esto?" pregunto, sosteniéndolo para que ella lo vea.

Su mirada se oscurece y respira con rapidez, mirándolo. "Sí," dice, lamiéndose los labios."Quiero probarlo todo contigo. Todo." Tiene la espalda contra la puerta y no se mueve mientras continúa mirando el objeto, todavía en mi mano.

"Todo, ¿eh?" Poniéndome al mando de la situación, lanzo el arnés sobre la cama y le saco el vestido por la cabeza, suspirando profundamente al verla. Siempre lo siento como la primera vez, su cuerpo desnudo me sobrepasa hasta el punto de que me cuesta respirar. Ella es mi sueño, mi fantasía y está aquí porque me quiere a mí y a nadie más. Besándola con fuerza, subo mis manos por sus muslos hasta que la encuentro húmeda y lista y presiono mi mano contra su centro. Está muy excitada y sensible, pero no es suficiente. Quiero que me suplique que la folle, que esté tan a punto que delire de necesidad.

Me arrodillo, bajo su tanga blanco y, cuando se desprende de la delicada prenda, llevo mi boca entre sus piernas. Mis dedos se clavan en la carne suave de su trasero y la lamo juguetona antes de separar mis labios y chupar su clítoris hasta que sus rodillas se doblan.

"Oh, Dios, es tan bueno," murmura, apoyándose contra la puerta. Su respuesta me excita aún más y, tirando de ella con fuerza contra mi boca, la llevo al borde del orgasmo antes de alejarme con una mirada burlona.

"Eh, eso no es justo," dice con la respiración entrecortada, los hombros y el pecho agitados y las pestañas revoloteando.

"Así el final será mejor, te lo prometo." La observo juntar los muslos en una dolorosa agonía y me levanto, la beso y dejo que pruebe su propio sabor mientras empujo mis caderas contra las suyas.

"Te...deseo." Sus palabras salen lentamente entre los besos y se ríe cuando la levanto y la llevo hasta la cama. Sus piernas siguen rodeando mis caderas cuando la recuesto en la cama y sonrío cuando no me suelta. "Paciencia, Reina." Beso el hueco de su cuello y me separo de ella y cojo un tubo de mi mesita de noche.

"No creo que lo vaya a necesitar," dice tímidamente, riéndose de sus propias palabras mientras mira el lubricante.

"Tal vez no, pero es fantástico." Echando un poco en la punta de mis dedos, la beso mientras llevo mi mano entre sus piernas y empiezo a masajear su centro, lenta y deliberadamente, mezclando el lubricante con su propia excitación.

"Jesús, no tenía ni idea de que esto sería..." Reina gime y echa la cabeza hacia atrás gritando por la sensación resbaladiza de mi mano llevándola al borde una vez más. El lubricante está más cálido y líquido ahora y ella está tan, tan lista para mí. Cuando me levanto para abrocharme el arnés, sus caderas todavía se están moviendo mientras mira fijamente el artificio. "Por favor, fóllame," suplica, tomando mi mano y tirando de mí para ponerme encima de ella. "Te necesito ahora, ya." Su expresión me confirma que no está bromeando y su lenguaje corporal me grita que la tome.

Acomodándome entre sus piernas, la beso por el cuello y me detengo entre sus pechos mientras muevo el pene artificial entre sus piernas y empujo dentro, lentamente. Siento que todo su cuerpo se tensa, sus hombros, su abdomen contra mi estómago, sus muslos contra los míos. Contiene la respiración mientras se muerde el labio inferior y gime.

"¿Estás bien?"

"Sí... quiero más," dice entre gemidos y abre más las piernas para dejarme entrar. "Joder, Belle..."

Encendida por sus súplicas y excitada más allá de la imaginación, la penetro más profundamente y tomo sus manos, entrelazando mis dedos con los suyos. La fricción del arnés contra mi centro es una sensación increíble y se tensa mientras nos besamos y nos hundimos la una en la otra. Reina grita y aprieta mis manos, sosteniéndome con fuerza mientras nos movemos en un ritmo lento, juntas, más profundamente, y nos convertimos en una sola persona.

"Córrete conmigo," le susurro, levantando la cabeza para mirarla cuando gime gritando contra mis labios, me sonríe y asiente, incapaz de hablar porque está a punto de estallar. Empujándola con más fuerza nos liberamos juntas y, con nuestras caderas encontrándose, gritamos al mismo tiempo. Cuando finalmente me desplomo sobre ella, estoy temblando por todas partes y ella me toma entre sus brazos y me riega con besos ligeros como plumas la sien y la frente. Parece cansada y satisfecha, lamiéndose los labios cuando salgo de ella y me pongo de lado.

"Esto es una locura," susurra, acariciando mi cara.

"Sí que lo es." Sonrío, observando su rostro, en el que podría perderme para siempre. "Y yo estoy loca *por ti*."

57

REINA – SÁBADO

"¿Cómo estáis Tyrell y tú ahora?" Pregunto mientras Nicole y yo vamos paseando por el Parque del Condado de Montauk. He pasado toda la mañana haciéndole fotos hasta que me rogó que parara y ahora estamos buscando pájaros para probar mi nueva lente de exterior.

"Estamos bien. Solo fue una estupidez," contesta Nicole.

"Qué bien." Me paro para hacer una foto a un pájaro carpintero que he visto en un árbol un poco más adelante y estoy encantada con el resultado. En realidad, está mirando al objetivo, como si estuviera posando para mí. "Sabes que podrías haberte quedado el fin de semana en Nueva York, ¿verdad?"

"Ya lo sé, mamá, deja de repetírmelo. Quería verte."

"Perdona, ya paro." Tomo otra foto del pájaro y levanto mi cámara para captar los rayos del sol a través de las hojas del árbol. "Y como ya te he dicho antes, está bien si quieres traerlo. Me encantaría conocerlo."

Nicole se ruboriza y se encoge de hombros. "Me lo pensaré."

"Así que un rapero, ¿eh? ¿Escribe sus propias letras?" le pregunto, intentando una vez más apartar de mi mente la idea de que un rapero no es lo que yo tenía pensado para mi maravillosa e inteligente hija y que un día, espero, se convierta en médico. Después de todo, si mi madre dijera algo negativo de Belle, me enfadaría con ella.

"Por supuesto. Todos los raperos escriben sus propios temas." Sonríe y se sonroja aún más. "También es productor. Cosas para películas y la televisión."

"Suena interesante. Cuéntame más."

"Te contaré cosas de Tyrell si tú me cuentas de tu vida amorosa," responde con sonrisa arrogante.

Ahora soy yo la que se ruboriza. Nicole no ha mencionado a Belle ni una sola vez desde la conversación que mantuvimos en la playa, pero noto que está de verdad interesada en saber. "Tuvimos una primera cita. Me llevó a un restaurante encantador en Sag Harbor."

Sus ojos se abren como platos. "¿En serio? ¿Saliste con ella en público?" Se detiene y levanta una mano. "Perdona, ha sonado mal. Es solo que no creí que tendrías el valor de salir abiertamente en una cita con una mujer."

"Bueno, pues lo hice. No la había visto durante semanas, desde que nos pillaste. Pero una noche que salí con Sasha, me encontré con ella y..." Me sonrojo aún más. "Y me fui con ella a su casa."

"¿Por qué no la habías visto? ¿Fue por mí?"

"No cariño, no tuvo nada que ver contigo. Nuestras vidas son muy diferentes y aunque a mí no me preocupa lo más mínimo, a ella sí, y mucho. También creía que estaba pasando por una fase."

"No puedes culparla por eso, son buenas razones." Me dice, apretando mi brazo. "Pero no es una fase, ¿verdad?"

"No lo es, no. Ahora estoy completamente segura." Me

siento total y completamente tranquila dándole voz a este sentimiento y hasta me siento aliviada. "Me he preguntado si podría salir con otro hombre, pero la verdad es que no me veo con otra persona que no sea Belle y en el aspecto físico, prefiero a las mujeres."

"Ya me di cuenta de eso," bromea, y se ríe cuando me pongo completamente roja. "Perdón, demasiado pronto," dice con una sonrisa.

"Por favor, no vuelvas a mencionar ese incidente nunca más," le ruego, lanzándole una mirada de advertencia. "No hay un `demasiado pronto´, quédate con el `nunca´, ¿vale?"

"Claro, mamá." Y me lanza una mirada burlona. "Ahora ya sé por qué querías ir a ese bar gay en Nueva York. ¿Cuánto tiempo lleva pasando esto? ¿Entre tú y Belle?"

"No mucho." *Al menos la parte del sexo no pagado.* No le doy más información sobre ello y ella no hace más preguntas.

"Bueno, ahora que hemos establecido que eres gay..." Nicole me empuja hacia un sendero que conduce a la playa. "Digamos que esto funciona y vais en serio. ¿Saldrías del closet para todo el mundo? ¿La presentarías a todas tus amistades? ¿Y cómo te sientes con que ella tenga una hija pequeña?"

"Suenas como Belle," digo, solo nombrarla me produce una sensación de anhelo en mi interior. "He pensado en ello y, en teoría, puedo lidiar con las personas que lo saben. Ahora que ya hemos tenido una cita, estoy mucho más abierta a la idea." Digo, encogiéndome de hombros. "Pero, claro, no puedo estar segura. Sé que ser gay no es gran cosa hoy en día, pero no tengo amigos homosexuales y es lo último que la gente esperaría de mí."

"Si tus amigos no lo aceptan, no los necesitas en tu vida." Me sonríe. "Y yo siempre estaré de tu lado, mamá."

"Gracias cariño." Me inclino y la beso en la mejilla. El viento se vuelve más fuerte a medida que conquistamos la última duna y mi cabello empieza a volar salvajemente. El ruido del océano me obliga a alzar la voz. "Sasha también lo sabe."

"¿Se lo has contado a Sasha?" me pregunta sorprendida.

"Sí. Es una persona estupenda y me apoya en esto, así que no me preocupa que vaya con chismes por ahí." No le digo que Sasha y yo tenemos un entendimiento silencioso. Que *su* secreto está igual de a salvo conmigo.

"¿Se lo vas a decir a Eddie?" pregunta.

"Si Belle y yo todavía estamos juntas cuando él venga, sí. Supongo que tengo que decírselo a tu hermano."

"A él tampoco le va a importar," dice. "A decir verdad, no creo que a nadie le vaya a importar, bueno, aparte de a la abuela Amari."

"Eso es verdad. Mi madre no se impresionará, pero al menos es predecible. Sé exactamente cómo va a reaccionar. Actuará como que no se lo he dicho."

"Sí. Todavía niega que tú y papá os vayáis a divorciar," dice, poniendo los ojos en blanco."La última vez que hablé con ella me preguntó si íbamos a celebrar el 4 de julio juntos."

"No me sorprende. A mí me preguntó si iríamos todos juntos a Beirut." Al llegar a la orilla, nos quitamos los zapatos, nos arremangamos los vaqueros y continuamos nuestra caminata por el agua. "Pero ya está bien de hablar de mí. Es tu turno. Háblame de Tyrell."

58

BELLE – DOMINGO

"Se lo pasaron muy bien. Gracias, fue realmente espectacular."

Le sonrío a la señora Green, la madre de la cumpleañera, que se une a nosotros en su enorme jardín trasero donde mi equipo me está ayudando a desmontar todo lo de la fiesta de anoche. Un jardinero está recogiendo la basura que ha ido a parar a los maceteros y dentro, un equipo de limpieza se da prisa en devolver la casa a su estado habitual en un tiempo récord. "Me alegro de que lo disfrutaran. ¿No hubo ningún problema?" pregunto.

"Absolutamente nada. Incluso los chicos se portaron bien. Hasta donde yo sé por lo menos," añade con un guiño. Señala el logo de la empresa en mi polo. "¿Tienes por casualidad tarjetas de visita? Algunos de los padres han preguntado sobre esa increíble fuente y las luces que proporcionaste."

"Por supuesto." Saco un puñado de tarjetas de mi bolsillo trasero y se las doy. "Estoy empezando en este negocio, así que cualquier recomendación es bienvenida." La mujer que estaba estresada y nerviosa, bordeando el mal humor mientras lo instalábamos todo, ahora es todo sonrisas y alegría. La fiesta del dieciséis cumpleaños de su hija salió bien y logró impresionar a los otros padres. Porque de eso se trata todo en los Hamptons, demostrar que puede hacer lo mejor de los mejor para sus hijos. Aquí, ser padre es tan competitivo como los deportes a nivel olímpico. La señora Green ha dado en el clavo, así que su recomendación es invaluable.

"Fantástico. Me aseguraré de hacérselas llegar." Las mete en su bolso y se ajusta el asa sobre el hombro, haciendo tintinear las llaves del coche en la otra mano. "Que tengas un buen día. Me voy, así no tengo que ver todo este lío que hay aquí montado."

La despido con la mano y me vuelvo para ayudar a Randy, que está cargando los taburetes grandes y ligeros en forma de cubo en la camioneta. Al colocarlos todos juntos, creamos áreas de asientos cómodas en las que el color de las luces se puede cambiar con un mando a distancia.

"¿Está contenta?" me pregunta.

"Sí. Muy contenta." Le sonrío. Ha estado genial y parece haber disfrutado de verdad ayudándome. "Han llegado dos reservas más esta semana. Te enviaré los detalles, si estás disponible."

"Por supuesto. Por la forma en que va esto, puede que tengas más trabajo del que esperabas."

"Ojalá." Recojo el último cubo y Randy se sube a la camioneta para cogerlo. Estoy muy aliviada y contenta de que todo haya ido bien y empiezo a sentirme optimista, pero con cautela. Empieza a sonar mi teléfono y veo en la pantalla que es Rose, la amiga del club de lectura de Jackie. "Un momento, Randy, tengo que contestar esta llamada."

"¿Belle Rodgers?" pregunta Rose en un tono amistoso.

"Hola Rose. ¿Cómo estás?" Aunque mi encuentro con

ella fue agradable y me dijo que podría tener trabajo para mí, nunca esperé que me fuera a llamar tan pronto, así que estoy un poco emocionada.

"Estupendamente. Fue un placer conocerte el otro día." Hace una pausa y oigo cómo está revolviendo papeles. "Oye, tengo cinco trabajos entre el ocho y el dieciséis de julio, si estás interesada."

"¿Cinco?" Mis cejas se disparan y le dirijo un pulgar hacia arriba a Randy. "Totalmente." Pero no quiero que sepa que mi horario está prácticamente libre, así que añado "Mándame las fechas y compruebo mi agenda."

"Perfecto. Te mandaré por email todos los detalles. Dos de las fiestas serán bastante discretas porque son casas familiares, las otras tres deben ser espectaculares."

"Puedo hacerlo así. Te llamaré para concertar una reunión en cuanto lo haya comprobado."

"Excelente." Rose se echa a reír. "Esto me hace la vida más fácil."

Después de colgar, me acerco a Randy y chocamos los puños. "Cinco más," le digo. Está tan emocionado por mí que resulta entrañable. Lo mejor de todo es que tiene entusiasmo y una energía inagotable y, por su experiencia en ventas, es presentable y educado.

"Te dije que tenías oro en tus manos," dice, dándome una palmada en el hombro. "Pronto podrás dejar ese trabajo en el servicio de piscinas. Acuérdate de mis palabras. Dentro de un año, todo el mundo conocerá tu empresa." Salta y cierro las puertas.

"No sé, pero es un comienzo fantástico." Subiendo al volante, voy a explotar de felicidad porque la vida no podría ser mejor en este momento. "¿Cómo está tu esposa?" le pregunto mientras nos alejamos del lugar. "¿Sufre de náuseas por las mañanas?"

"Sí," dice, riéndose entre dientes. "Se encuentra mal por las mañanas y tiene unos antojos imposibles por las noches. Ayer tuve que conducir hasta Montauk para comprarle un sándwich de pescado frito." Se vuelve hacia mí y me mira con curiosidad. "¿Y tú? ¿Estás casada o estás saliendo con alguien?"

Estoy tan acostumbrada a contestar 'no' que, automáticamente, niego con la cabeza. "No. Quiero decir, sí." Riendo, niego con la cabeza de nuevo. "He conocido a alguien. Acabamos de empezar a salir." Decirlo en voz alta lo hace real y me gusta cómo suena.

"¿Quién es el afortunado?"

"La afortunada," contesto con un guiño.

"Oh, perdona." Se pone completamente rojo y fija su mirada en el camino que tiene por delante. "No sabía que eras..."

"Está bien, no pasa nada." Me desconcierta la ignorancia de Randy porque muy pocas personas han asumido que soy hetero en el pasado. "Se llama Reina."

"Bonito nombre. Suena elegante."

"Lo es. Y preciosa." De repente siento una gran necesidad de ver a Reina y no puedo volver al almacén lo suficientemente rápido. Al haber estado bastante ocupada con el trabajo y Suki, no la he visto en dos días y, aunque nos hemos llamado y mensajeado, la echo mucho de menos. Así que así es cómo se siente, pienso mientras giro hacia la carretera principal. Querer estar con alguien todo el tiempo, tener ese deseo constantemente y sonreír cada vez que estás con tu persona favorita. Así es cómo te sientes cuando estás enamorada.

59

REINA – DOMINGO

"Un brindis por el gran éxito de tu primer trabajo," digo, levantando mi copa hacia la de Belle.

"Gracias. Me siento feliz y, al mismo tiempo, aliviada." Belle está radiante, su sonrisa es contagiosa. Vino directamente aquí después de terminar de descargar todas las cosas, robando un momento mientras Jackie está cuidando de Suki hasta las cinco. Llevamos una botella de champán a la playa, nos sentamos en la orilla y la marea nos baña los dedos de nuestros pies descalzos. Me siento tan llena cuando está conmigo que ojalá pudiera verla a cada momento. "Tengo otro par de trabajos reservados y Jackie me puso en contacto con una persona que prepara propiedades para su venta y que tiene otros cinco más para mí en julio. Con suerte, surgirán otros eventos y así podré dejar mi trabajo en Pool Masters y concentrar mi energía en esto."

"¡Qué buena noticia!" Le rodeo la cintura con un brazo y la beso en la mejilla. "Estoy orgullosa de ti."

Belle se sonroja mientras se me queda mirando. "¿De verdad?"

"Sí. Has hecho un trabajo increíble al construir una vida y empezar un negocio siendo madre soltera. Te admiro."

"Bueno, yo también estoy orgullosa de ti."

Le lanzo una mirada perpleja porque, literalmente, no siento que haya logrado nada en mis treinta y nueve años. "¿Orgullosa de mí, por qué?"

"Por ser tú. Por tener el coraje y el valor de ser fiel a ti misma. Por descubrir quién eres." Se ríe entre dientes. "Eres totalmente honesta para ser una princesa libanesa."

"Oye, que no soy una princesa," digo, empujando su brazo desnudo. "Pero gracias por decirlo." Lleva remangadas las mangas del polo, que muestran una línea de bronceado mientras se abraza las rodillas y se gira hacia mí. Me regala otra sonrisa juguetona que hace que la quiera besar una y otra vez. Todo en ella es increíblemente atractivo y deseo con todas mis fuerzas que pudiéramos pasar más tiempo juntas hoy. "Sabes que puedes traer a Suki, ¿verdad? No quiero que dejes de pasar tiempo con ella por estar conmigo." Cuando no contesta, añado rápidamente "lo siento, probablemente es demasiado pronto. No debería haberlo mencionado siquiera."

"Sí, es pronto," dice en voz baja. "Pero me gustaría que te llegara a conocer mejor. No creo que debamos dormir en la misma cama cuando ella esté, todavía, pero podríamos pasar momentos juntas y divertirnos."

"Me gustaría." Me siento abrumada de la emoción, sabiendo que soy lo suficientemente importante para ella como para que me incluya en la vida de su hija. "Y a mí también me encantaría conocerla a ella. Parece una niña muy dulce e inteligente."

"Sí que lo es. No sé qué haría sin ella." Hace una pausa y fija sus ojos en los míos. "Pero, sinceramente, tampoco sé qué haría sin ti." Deja su copa de champán a un lado, toma la mía y me tiende sobre la arena. Se recuesta a mi lado y me acaricia la mejilla. "Es extraño... ni siquiera te conozco desde hace mucho tiempo. Y he intentado luchar contra ello, créeme que lo he intentado, pero la atracción era demasiado fuerte como para ignorarla."

Asiento y rozo mis labios con los suyos. "Siento que estaba destinada a conocerte. ¿Suena tonto?"

"En absoluto. Yo también creo que estaba destinada a conocerte. Me sentí atraída por ti desde el momento en que nos conocimos y ahora que sé que era mutuo, es demasiado bonito para que ser una coincidencia. Creí que esto entre tú y yo iba a ser difícil pero, hasta ahora, no lo está siendo."

"Es muy simple," susurro, acercándola más a mí. La arena me hace cosquillas en la mejilla, el sol acaricia mi piel y el roce de Belle y sus labios suaves envían una sensación electrizante a todo mi cuerpo cuando me besa. Separo mis labios y la dejo entrar y, como siempre, evoca una excitación increíble, años de represión acumulada cada vez que nos besamos. Belle se coloca sobre mí y suspiro mientras deslizo mis manos por debajo de su polo, encontrándome con su cálida piel. Su peso y la presión de su muslo contra mi centro provocan fuegos artificiales en todo mi cuerpo. Bajo mis manos hacia su trasero para atraerla más contra mí.

Escuchamos voces en la distancia y Belle se aleja antes de que se excite demasiado. "Te deseo todo el tiempo," dice con voz ronca. "Todo el tiempo."

"No tienes idea de cómo me haces sentir." Me llevo los dedos a mis labios hinchados por el beso acalorado, nuestros ojos se encuentran en una promesa silenciosa de lo mucho, mucho que queda por venir. "¿Cuándo puedo volver a verte?"

"Puedo venir el miércoles por la mañana o con Suki el sábado. ¿A menos que estés haciendo voluntariado?"

"No, tengo lunes, martes y viernes de la próxima semana, así que los dos días serían perfectos." Me levanto de nuevo hasta quedar sentada y me sacudo la arena del pelo. "¿Cuál es su comida favorita? ¿Algún juego que deba tener? ¿Algo para la piscina o la playa?"

"Si quieres tenerla de tu parte, le encanta el helado," dice Belle con una sonrisa. "Traeré algunos juguetes para la piscina, así nosotras podremos relajarnos y probablemente debería hablar con ella antes de venir. Prepararla, ¿sabes?"

"¿Vas a decirle que estamos juntas?"

"No estoy segura todavía, pero es muy intuitiva. Suki sentirá que hay algo entre nosotras, así que es mejor si la encamino en esa dirección. Siempre me ha tenido para ella sola. No sé cómo reaccionará sabiendo que hay otra persona importante en mi vida."

"Espero que lo vea bien." De repente me siento nerviosa, como si me fueran a someter a algún tipo de prueba.

"Oye, irá bien," dice Belle, tomando mi mano. "Eres encantadora y Suki lo verá también."

60

BELLE – LUNES

"Sabes que algunos niños tienen una mamá y un papá, ¿verdad?" le digo a Suki, dándole otro cubo lleno de arena. Solo estamos ella y yo en la playa. Los lunes por la mañana siempre son tranquilos y como el tiempo era maravilloso, cancelé su preescolar para que pudiéramos pasar el rato juntas. He traído sándwiches, un termo con café y una botella de zumo, toallas y todo lo necesario para construir castillos de arena perfectos.

"Sí." Suki me mira con el ceño fruncido, arrugando su naricilla con arena en la punta. Coge el cubo y le da la vuelta con dificultad, añadiéndolo al montón de arena húmeda que ya tenemos.

"Bueno, las mamás y los papás están juntos porque están enamorados. Son como mejores amigos y duermen en la misma cama. Y a veces los niños tienen dos mamás o dos papás." No estoy segura de que sea lo bastante mayor para tener este tipo de conversación, pero quiero que esté preparada para que haya otra mujer en nuestra vida.

"Ryan de mi clase tiene dos papás. Uno usa ropa rara,"

dice. "Y algunas veces lleva zapatos raros. Como zapatos de mujer."

"Ya. Sí, Ryan tiene dos papis muy agradables y está bien que los papás y las mamás se pongan la ropa que quieran. Y Malika de tu clase tiene dos mamis. ¿Lo sabías?"

Suki niega con la cabeza y empieza a formar una torre, añadiéndole agua a la arena para endurecerla.

"Es verdad," continúo. "Tú solo has conocido a una porque su otra mamá trabaja y no puede llevarla al cole."

"¿Por qué tiene dos mamás?"

Haciendo tiempo para responder esa pregunta, la ayuda a dar forma a la torre y le doy algunas conchas que recogí en el camino para decorar. "Porque algunas mujeres se enamoran de hombres, algunas mujeres se enamoran de otras mujeres y otras se enamoran de ambos. Las mamás de Malika se enamoraron y están casadas."

"Ah." Suki piensa en ello y me mira como si quisiera que fuera directa al grano.

"Bueno, pues yo soy como las mamás de Malika. Me enamoro de las mujeres." Hay un largo silencio y no estoy segura de si está sorprendida por la información o simplemente concentrada en su tarea, así que continúo. "Y a mí también me gustaría enamorarme." De nuevo se queda en silencio y sé que lo está procesando por la forma en que se muerde el labio inferior. Debe ser terriblemente confuso para ella. Las cuatro personas más importantes de su vida, yo, mi padre, Jackie y Juliette, estamos solteros, es el único estilo de vida que conoce. "¿Te importaría que yo me enamorara?"

"No," dice por fin. "Pero tienes que ser mi mami para siempre."

"Por supuesto cariño." La beso en la frente y la ayuda a allanar la base y a sacar más arena para ponerla en el cubo.

"Yo soy tu única mamá y eso no va a cambiar nunca. Tú vas a ser la persona más importante de mi vida siempre. Pero quería decirte que tengo una amiga nueva. Se llama Reina. ¿Te acuerdas de ella? La vimos por el pueblo hace un tiempo, después de ir al banco."

Suki vuelve a fruncir el ceño, intentando recordar. "Tiene el pelo bonito."

"Sí, sí que lo tiene. ¿Te importaría que Reina viniera a casa de vez en cuando? ¿O que la visitáramos nosotras?"

"No."

"¿Eso quiere decir que no te importaría?" Cuando no obtengo respuesta porque está demasiado obsesionada con colocar conchas alrededor de la base de la torre, añado "Reina tiene una piscina preciosa y vive junto a la playa."

Es entonces cuando Suki levanta la mirada y sonríe y, aunque siento un gran alivio, también me arrepiento de haberlo mencionado. Sobornarla para que acepte a Reina solo porque tiene piscina es hacer trampa, pero también se me había olvidado esa mirada en sus ojos. La mirada que puso cuando vio por primera vez a 'los corderitos' y desde que fuimos a la piscina comunitaria, 'la piscina' se ha convertido en el nuevo foco de su vida, ahora que los corderos de mi padre han crecido y la intimidan un poco.

"¿Podemos ir a la piscina después de terminar el castillo de arena?" pregunta.

"¿Te refieres a la piscina de Reina?"

"Sí. Quiero ir a la piscina de Reina." Su entusiasmo la hace agitar las manos y saltar mientras, al mismo tiempo, se agacha.

"Hoy no, cariño," digo, poniendo una mano sobre su hombro para calmarla. "Reina está ocupada y mamá tiene que trabajar. Pero podríamos ir el sábado después del mercado, ¿qué te parece?" Al ver su confusión por el tiempo, tomo su mano y cuento los días con sus dedos. "Lunes, martes, miércoles, jueves,..." Cojo su otra mano y, pellizcando su pulgar, "...viernes. Cinco veces que tienes que dormir."

Suki mira sus manos y saca su labio inferior. Me pregunto si está a punto de estallar en lágrimas por todas las veces que tiene que irse a dormir, pero simplemente deja escapar un suspiro de frustración y asiente. "Cinco," repite en voz baja, asegurándose de llevar bien la cuenta.

"Sí," digo con una sonrisa. "Podemos quedarnos todo el día si quieres y ¿sabes qué más? Llevaremos uno de esos flamencos rosas de juguete para la piscina."

61

REINA – MIÉRCOLES

No me puedo creer que haya estado viniendo aquí todos estos años y nunca haya venido a nadar por la mañana. Belle y yo salimos del mar, riendo y besándonos mientras cruzamos la playa para dirigirnos a casa. Ahora que tiene tres mañanas a la semana para ella sola, ha venido después de dejar a Suki en el cole. Está increíble en bikini y pantalones cortos y me resulta imposible dejar de tocarla.

"¿Quieres que demos un paseo?" sugiero, pensando que necesito que el sol me caliente porque estoy temblando después del agua fría del océano.

Belle niega con la cabeza con una sonrisa traviesa. "Ahora que estás completamente despierta, ¿qué te parece si disfrutamos de las tres horas libres que nos quedan un poco más en privado?" me pregunta mirándome de arriba a abajo, está claro que le gusta mi diminuto bikini negro. Sacudiendo su pelo mojado, toma mi mano y tira de mí mientras vamos por el puente. "Volvamos a la casa. Ya te daré yo calor, nena."

Me echo a reír y corro tras ella y en cuanto cruzamos la

cancela, caigo en sus brazos, gimiendo cuando nuestros cuerpos mojados se juntan. Puedo sentir su deseo por sus músculos tensos, ya se me está pasando el frío. Nos besamos, sus labios saben a agua salada, paso mis dedos por su cabello mojado. Estamos paradas junto a la piscina, besándonos durante minutos, perdiendo la noción del tiempo.

"Espera, déjame que cierre la puerta antes de que me dejes sin sentido para pensar," murmuro contra su boca y luchando por separarme de su boca. Cuando levanto la mirada, veo una figura de pie junto a la puerta a contraluz y haciendo una mueca de dolor, jadeo cuando enfoco a mi ex marido con más claridad. "¡Sandeep! ¿Qué estás haciendo aquí?"

Con la boca abierta del asombro, los ojos de Sandeep están abiertos de par en par y se aferra a la puerta como un marinero en una tormenta. "Lo siento, no debería haber entrado, pero la puerta a la playa estaba abierta y..."

Su voz se va apagando mientras nos mira. "Un momento... ¿Esto es lo que creo que es?" dice con voz entrecortada.

Cojo una toalla de una de las tumbonas, me la pongo alrededor de la cintura y cruzo los brazos sobre mi pecho. Miro a Belle pero no sé qué decir. Ella simplemente levanta las cejas, no queriendo interponerse. "Sí," respondo después de un momento de duda. Me han pillado, una vez más, y no tiene sentido negarlo.

"Oh." Sandeep se aclara la garganta. "No sabía que eras... No..."

"Yo tampoco lo sabía," le digo, intentando ayudarle. "Y no puedes entrar así como así. Esta es mi casa ahora, tú ya no vives aquí."

"Sí, lo siento." Sigue desconcertado y sin saber qué decir, así que decido hablar yo. Todavía estoy conmocionada porque Sandeep me haya visto besando a Belle, pero no avergonzada. Es extraño tenerlo a él y a mi nueva amante aquí, juntos, pero no quiero que se lo cuente a nadie antes de que me encuentre preparada para ello.

"Esta es Belle," digo, tomando su mano. "Es mi..." Dios, ¿qué es ella para mí? ¿Mi pareja? ¿Mi amante? "Estamos saliendo" digo finalmente.

"¿Saliendo?" pregunta Sandeep asombrado, arrastrando la palabra como un niño pequeño que está aprendiendo a hablar. Incluso Belle parece sorprendida de que esté siendo tan abierta y sincera sobre nuestra relación. Me mira de reojo y aprieta mi mano.

"Sí." Hago una pausa esperando a que él diga algo pero permanece en silencio. "Y agradecería que lo mantuvieras para ti. Por lo menos de momento."

Asiente. "¿Lo saben los chicos?"

"Nicole lo sabe, Sasha también. Pero aún no estoy preparada para contárselo a nadie más, así que, por favor, no se lo digas a Igor ni a Bree. La gente chismorrea demasiado por aquí."

"Por supuesto."

"Bueno, ¿y a qué has venido?" le pregunto. "Supongo que no te has pasado por aquí para tomarte un café."

"No, en realidad quería contarte algo." Mira a Belle y ella me suelta la mano.

"Voy a darme una ducha, así os dejo para que podáis hablar en privado," dice y le dirige una sonrisa incómoda a Sandeep. "Un placer conocerte."

"Igualmente." Sandeep me sigue hasta la casa y se sienta cuando le señalo los taburetes del bar, siguiendo a Belle con la mirada mientras desaparece por las escaleras.

"¿Expreso? ¿Dos terrones de azúcar?"

"Sin azúcar," dice. Me hace gracia, por supuesto que

Bree ha puesto fin a su gusto por el azúcar. Esa mujer es de verde. Una vez me dijo que el azúcar y los carbohidratos eran el demonio.

Le preparo su expreso y un capuchino para mí y me siento frente a él. Está paseando su mirada por la cocina y me pregunto qué estará pensando. Esta casa es su creación. Prácticamente demolió la mayor parte del edificio anterior porque no soporta las construcciones artificiales y le encantaba esta casa. Supongo que le sigue gustando, nada ha cambiado.

"Bueno, ¿de qué querías hablar?"

"Mmm, sí. Mmm... vine para decirte que..." Se bebe el café, preparado por si le persigo hasta fuera de la casa en un arranque de ira. Quizás está más tranquilo ahora que ha visto que yo también he salido adelante y continúo con mi vida, pero esas manchas rojas de nervios y que me resultan familiares se extienden por su cuello y sus mejillas. "Bree y yo vamos a tener un bebé."

"¿Un bebé?" exclamo, fingiendo una mirada sorprendida. "¿Está embarazada?"

"Sí. De cinco meses."

"Guau. Creía que no querías tener más hijos." *Al menos no conmigo.*

"Y no quería. No estaba planeado. Pero estamos contentos, por supuesto," añade rápidamente. "Bueno, pensé que sería mejor que lo escucharas por mí y no por otra persona."

"Gracias por contármelo." Lo miro. Su barbilla marcada y el pelo del pecho bajo su camisa medio desabrochada, me cuesta creer que soliéramos tener sexo. Ya no lo encuentro atractivo. *Ya no encuentro atractivos a los hombres.* Tomo un sorbo de café y me quedo en silencio, haciéndole sudar un poco mientras espera mi respuesta. "Pero esta es tu vida ahora, Sandeep. No necesitas mi permiso ni mi bendición."

Asiente de nuevo. "Pero sí me gustaría tener tu aprobación. Espero que podamos llevarnos bien algún día, por el bien de los chicos." Esto es una tontería, por supuesto. Mientras podamos ser civilizados y ambos seamos felices, a nuestros hijos, ya adultos, no les importará nuestra relación personal. Pero tenemos muchos amigos en común y nos veremos durante el verano. Si hay fricción entre nosotros, podrían darse situaciones incómodas y, además, él vive cerca, así que incluso podríamos encontrarnos por la playa.

"Si esto es lo que quieres, entonces me alegro por ti," digo y observo cómo relaja los hombros de alivio. "Sin rencor."

"Gracias." Sandeep sonríe y mira hacia la escalera. "¿Qué hay de ti y...?" frunce el ceño. "Belle, ¿no? ¿Vais en serio?"

"Estoy enamorada de ella. Llevo así un tiempo ya pero las cosas se complicaron. Toda esta situación es complicada, como estoy segura de que entenderás."

"Porque es una mujer."

"Sí. No me siento incómoda por eso, todo lo contrario, pero necesito hacerme a la idea antes de contarlo." A pesar de lo que me hizo, estoy dispuesta a darle el beneficio de la duda y creo que puedo confiar en él. Ha sido mi mejor amigo durante más de veinte años y quizás sea bueno que esté aquí ahora para que por fin podamos ser honestos el uno con el otro.

"¿Siempre supiste que preferías a las mujeres?" pregunta. Sé que la respuesta es importante para él.

"No." Hago una pausa. "Si echo la vista atrás, quizás. Hubo señales, pero nunca hicieron clic. Y lo digo en serio cuando digo que era feliz contigo. Bueno, al menos hasta que..." me detengo ahí porque no quiero entrar en una discusión. "Perdona, eso es ya el pasado."

"No pasa nada, puedes decirlo. Sé que te hice daño."

Nos quedamos en silencio, ambos procesando la conversación. De repente tengo un momento de claridad. Esto no es todo culpa suya. Él no es el único culpable. "Tampoco debe haber sido fácil para ti," digo. "Nunca fui muy sexual contigo. No teníamos esa compatibilidad sexual de la que todo el mundo habla."

"Creo que yo te deseaba más que tú a mí. Al menos físicamente," admite.

"Sí." Hago una pausa para elegir mis palabras con cuidado. "Bueno, con Belle tengo esa química física y me he dado cuenta de lo importante que es. La pasión era algo que no podía darte, ahora lo veo, así que lo siento."

"Aún así, debería haber tomado mejores decisiones, pero gracias por decirlo." Alarga el brazo para apretar mi mano y creo que por primera vez siente que lo entiendo. Que puedo empezar a comprender por qué hizo lo que hizo, incluso estando mal. "Tú con una mujer es lo último que podía esperar. Para ser honesto, todavía me estoy recuperando de verte besarla. Parecías tan..." Frunce el ceño y se mira las manos. "Tan..., no sé, entregada. ¿Te hace feliz?"

"Mucho." Sonrío cuando escucho la ducha arriba y me imagino a Belle desnuda allí. No puedo esperar a que se vaya para poder reunirme con ella. "Nunca lo vi venir, pero agradezco enormemente que me haya pasado. Al final todo ha salido mejor para los dos, ¿no te parece?"

Sandeep cierra los ojos y da un largo suspiro de alivio, el peso de la culpa desmoronándose un poco. He oído decir que la culpa puede llegar a ser peor que el dolor y esa es una carga terrible de llevar. No quiero que él viva más en el pasado. "¿Te arrepientes de haberte casado conmigo?"

"No," digo con total seguridad. "Tenemos dos hijos maravillosos y tuvimos una buena vida juntos. Pero ahora miro al futuro, a mi nueva vida. Una vida dedicada a mí y a lo que yo quiero." Ladeo la cabeza y lo observo. "¿Te arrepientes *tú* de haberte casado conmigo?"

"No. Por Dios, no. Todavía te echo de menos todos los días. Eras mi mejor amiga." Duda antes de continuar. "Pero tienes razón. Faltaba algo." Se levanta y se queda ahí con las manos en los bolsillos."De verdad espero que podamos volver a ser amigos, Reina." Se da la vuelta y se va por la puerta trasera.

62

BELLE – MIÉRCOLES

Estoy nerviosa por lo que acaba de suceder, así que permanezco bajo la ducha más tiempo del necesario para darle a Reina y Sandeep más tiempo para hablar. Es un hombre guapo y puedo imaginar lo que vio en él. Esto se está haciendo real ahora. Aunque se suponía que no tenía que habernos visto juntas así, nos vio, y ahora es la tercera persona que lo sabe. Sandeep parecía en estado de shock y, si no me equivoco, también había un poco de celos. Reina, sin embargo, parecía bastante relajada, dadas las circunstancias, pero tal vez eso era solo una fachada. No la conozco lo suficiente para estar segura. Una sombra se mueve por la pared y aparece Reina.

"¿Puedo pasar?"

"Por favor." Limpio el vapor del agua del cristal para verla mejor. "¿Ya habéis terminado?"

"Sí. Nos hemos dicho todo lo que nos teníamos que decir." De pie, frente a la puerta de cristal, Reina mueve sus caderas de manera seductora mientras tira de los tirantes del bikini. No hay ni un ápice de angustia en sus ojos y saber que todo lo que quiere es estar aquí conmigo me tranquiliza. No me preocupaba que se reconciliaran, ha dejado más que claro que esto no es una fase, pero más de veinte años de matrimonio es mucho y todavía puede quedar algo ahí.

"Entonces trae tu precioso trasero aquí." La observo mientras se quita los tirantes de ambas partes del bikini y las hace caer al suelo. "Joder, mujer."

Reina se ríe y entra, junto su cuerpo desnudo con el mío. Cuando levanta la vista para mirarme a los ojos, tomo su cara entre mis manos. "¿Estás bien? No tienes que fingir si no lo estás."

"Sí," dice sin dudar. "Estaba hablando con él y solo pensaba en que quería que se fuera para que pudiéramos terminar lo que empezamos." Sus manos se mueven por mi cabello y bajan hasta mi trasero, apretándolo para atraerme contra ella. El agua cae en cascada por su pelo y, mientras la beso suavemente, siento el ritmo de nuestros corazones. Las caricias suaves y ligeras pronto se vuelven hambrientas. Reina me besa con tanta fuerza y ganas que mis piernas empiezan a temblar. Sin apartar su boca de la mía, echa un poco de gel sobre su mano y empieza a frotarme la espalda y los hombros, rodeándome en un abrazo. Se aparta de mí por un segundo para coger más jabón, una gran cantidad esta vez, y lo aplica a sus pechos y su vientre. Me vuelve a abrazar y frota su cuerpo contra el mío mientras nos besamos. Sexy, fuerte, lento, su espalda arqueada y sus caderas moviéndose sensualmente me encienden. Nuestros cuerpos están resbaladizos y las gotas caen por sus hombros y sus pechos, haciendo que el charco que se produce entre nosotras parezca como si estuviéramos pegadas. Estoy tan excitada y tan llena de deseo, que la dominatrix que hay en mí se pone en marcha.

"Date la vuelta y ponte de cara a la pared," digo sin aliento, tomándola por los hombros.

Reina me lanza una sonrisa sexy mientras me da la espalda. "¿Qué vas a hacer?"

No respondo y la guío suavemente para que se apoye contra la pared. Reina jadea con el contacto frío de las baldosas contra su piel, pero arquea la espalda, rogándome que la posea. Me aplico jabón por todo el torso y me muevo hacia ella, colocándola entre la pared y yo. Gimo cuando empujo su precioso trasero, esa fricción provoca una deliciosa tensión en mi centro.

"Qué maravilla." Empuja contra mí, nuestro ritmo ahora más rápido y urgente.

Tomo sus manos y las coloco en la pared justo por encima de sus hombros. "Déjalas ahí y te sentirás aún mejor en un momento." Su reacción a mi voz cuando hacemos el amor siempre me maravilla y puedo sentir el escalofrío de emoción que la atraviesa mientras le susurro al oído. Cambio el mando a la ducha de mano, subo la presión del agua y la dirijo a ella, separando sus piernas con mi mano. Lo apunto a su centro y da un respingo al notar el chorro de agua, arañando la pared en busca de algo a lo que agarrarse.

"¡Joder!"

Manteniendo la ducha ahí, la penetro por detrás y empiezo a poseerla lentamente hasta que sus movimientos incontrolados me dicen que vaya más rápido. Estar dentro de ella es lo que más me excita, hace que me sienta conectada a ella en todos los niveles. Me encanta hacerla sentir así, cuánto me desea. Cuánto necesita esto. Sus paredes se contraen, su cuerpo tiembla y sus manos se cierran mientras su mejilla se presiona contra la pared.

"Sí, Belle..." Reina se corre tan fuerte que su grito rebota en las paredes del baño y tengo que empujarla para mantenerla en pie. Después de un rato, dejo caer el mango de la ducha y nos deslizamos hasta el suelo, donde ella viene a mis brazos para que pueda abrazarla. "Joder." Cierra los ojos mientras recupera el aliento.

Acaricio su cabello mojado y la beso en la frente. Nos quedamos allí un rato hasta que ella se sienta y alcanza el mango de la ducha. Lo sostiene mientras me dirige una sonrisa traviesa. Sus ojos acarician mi cuerpo desnudo antes de posarse entre mis muslos.

"Tu turno," dice, mordiéndose el labio. Siento el suelo duro cuando me da un leve empujón para que me tienda boca arriba, pero no me importa porque se inclina sobre mí y me besa con pasión mientras baja la ducha entre nosotras. Reina no es la mujer tímida de antes. No se siente incómoda cuando está desnuda, no se siente intimidada por mí y no tiene miedo de explorar. Cuando el agua golpea mi clítoris, mis caderas se levantan y ella abre mis piernas, torturándome al quitármelo cuando mi orgasmo está a punto. Sonriendo contra mis labios, repite la acción, haciéndome suplicar como yo lo he hecho tantas veces con ella.

"Por favor," murmuro.

"Por favor ¿qué?" Se aparta para mirarme, me suelta y sus ojos se cruzan con los míos, totalmente asombrada al observar mi expresión de éxtasis en todo mi rostro. Es una mirada de asombro, de curiosidad, de alegría. También hay algo cálido en su mirada, algo tierno. Abre la boca para decir algo pero niega con la cabeza y sonríe. Se inclina sobre mí, su dulce voz resuena en mi oído. "Deberíamos ducharnos juntas más a menudo."

63

REINA – SÁBADO

"¡Hola chicas!" Le doy un abrazo a Belle y alboroto el cabello de Suki. Ya lleva puesto el bañador, precioso, amarillo con volantes y un pato estampado en el frente. "Encantada de volverte a ver," le digo, y me pongo de rodillas para estar a su altura. "¿Te acuerdas de mí?"

Suki sonríe y asiente mientras se abraza a la pierna de Belle. "Mami dice que tienes una piscina."

"Sí que tengo. Pero es bastante profunda, así que tendrás que llevar flotadores."

"Tengo manguitos." Los levanta para enseñármelos. Un par amarillo a juego con su bañador. Veo por su expresión que la timidez se le está pasando y tengo la impresión de que pronto la tendré en el bote.

"Qué manguitos más chulos. ¿Quieres una limonada para tomar afuera?"

"Sí, por favor." Suki nos sigue hasta la cocina. La cara se le ilumina cuando ve la piscina a través de las puertas correderas abiertas. "Mami, ¡es una piscina muy grande! ¡Y tiene un mar!"

Belle se ríe y me rodea la cintura con el brazo. "Sí, ese es el océano detrás del jardín, pero la playa y el mar son de todo el mundo."

"Podemos ir más tarde," le digo, dándole un vaso de plástico rosa brillante con limonada y una pajita a juego que compré hoy. "¿Capuchino?" pregunto a Belle, que no deja de mirarme. Ha resultado extraño no besarla cuando nos hemos encontrado y su mirada seductora no ayuda nada.

"Sí, me encantaría," dice. Mientras Suki sale al jardín, Belle me pellizca el trasero y me río entre dientes mientras aparto su mano. "Compórtate, Belle."

"Perdón." Se ríe también y me guiña un ojo antes de salir detrás de Suki. "Está aprendiendo a nadar, ¿verdad cariño?"

"Sé nadar sin manguitos, pero todavía tengo que practicar."

"Guau. Eso es increíble para una niña de cuatro años," digo en voz baja mientras Belle le pone los manguitos y los infla.

"Todavía no sabe bien, pero hay que empezar cuanto antes si vives rodeada de agua. Practicaremos un poco más hoy. Estoy intentando hacer una hora a la semana." Belle besa a su hija en la mejilla y la peque salta valiente en lo más profundo. Cuando le aplaudimos, muestra una gran sonrisa y empieza a enseñarnos, toda presumida, sus brazadas.

"Es muy dulce. Echo de menos tener niños pequeños alrededor," digo, aplaudiendo de nuevo cuando Suki alcanza el otro lado de la piscina. "No es que quiera más, pero me emociono viéndolos, ¿no crees?"

"Sí. Me hace reír constantemente." Belle mantiene los ojos fijos en Suki mientras nos sentamos al borde de la piscina y metemos las piernas en el agua. El sol brilla y hace calor y me siento inmensamente feliz y contenta hoy. "Iba a preguntarte..." dice. "Me dijiste que tu cumpleaños es pronto. ¿Cuándo es?"

"El treinta de julio, pero no lo voy a celebrar. Nicole dijo algo sobre llevarme a un spa y salir a cenar juntas. Quería organizar una fiesta, que es muy dulce de su parte, pero...no sé. No me apetecía en ese momento."

"¿Y ahora?"

"No me gusta ser el centro de atención," digo, encogiéndome de hombros. "Y Nicole va a estar la mayor parte de julio en Nueva York por su trabajo de prácticas, así que estoy encantada de pasar mi cumpleaños con ella."

Belle asiente. "¿Y el Cuatro de julio? ¿No va a estar aquí?"

"No, va a una fiesta con su novio. Y yo estoy invitada a un par de fiestas, así que lo pasaré bien de cualquier manera." La miro y sonrío. "¿Qué vais a hacer vosotras?"

"Lo vamos a celebrar en casa de mi padre. Suki, Juliette, su hijo Cameron, papá, Jackie y yo. Somos un grupo pequeño pero lo pasaremos bien. Siempre nos divertimos mucho." Belle duda y me mira de reojo un momento, luego vuelve a fijar sus ojos en Suki. "Puedes venir con nosotras pero estoy segura de que tendrás fiestas mucho más emocionantes a las que asistir."

"Oh..." Su invitación me sorprende y me quedo en silencio, consciente de la sonrisa tan tonta que se me ha puesto en la cara. "Me encantaría."

"¿En serio?" Belle me devuelve la sonrisa. Puedo ver la sorpresa escrita en su cara. Quiero besar sus hoyuelos y su deliciosa boca, y por la forma en que me mira, sé que ella lo desea tanto como yo.

"Sí. Pero solo si a los otros invitados no les importa. No quiero entrometerme."

"Para nada. Les encantaría conocerte." Belle me rodea

con un brazo y me acerca a ella. “No es nada grande, solo unas chuletas a la parrilla y bebidas alrededor de la fogata. Normalmente bajamos a la playa más tarde para ver los fuegos artificiales.”

“Suena perfecto,” digo, recordando la felicidad que sentía cuando lo celebrábamos en familia. Desde que los chicos empezaron a ir a las fiestas de sus amigos, ya no fue tan divertido. Las fiestas del Cuatro de julio a las que Sandeep y yo solíamos ir estaban llenas de gente, que estaban allí para hacer contactos y no para pasar un buen rato. El año pasado no celebré nada. Pasar el día con Belle es mejor que ir sola a una fiesta llena de gente y tengo curiosidad por conocer a su padre y a Jackie, me ha hablado mucho de ellos.

Suki está ahora en su tercer largo, practicando su brazada, así que me levanto y me quito el caftán.

“¿Estás tratando de matarme?” susurra Belle, mirándome de pie en el borde de la piscina en mi nuevo bikini amarillo.

Me río y la ayudo a levantarse. “¿Vienes?”

Belle se quita la camiseta y los pantalones cortos y se lanza al agua, salpicándome de tal manera que grito cuando noto el contacto del agua fría contra mi piel. Suki encuentra esto muy divertido mientras nada hacia Belle y se abraza a ella.

“¡Tú también!” dice apuntándome con el dedo. “¡Haz una bomba!”

“Nah, Reina no hace bombas,” dice Belle en tono burlón. “No quiere que se le moje el pelo.”

“Ah, ¿sí?” Le lanzo una mirada desafiante, doy un par de pasos hacia atrás, corro hacia el agua y salto, abrazándome las rodillas.

64

BELLE – DOMINGO

Al principio no puedo ubicar a la chica de cabello oscuro sentada en la terraza del Oyster Bar. Su cara me resulta familiar. Está sentada sola, como si estuviera esperando a alguien. Cojo en mis brazos a Suki y me dirijo rápida hasta la puerta, haciendo malabarismos con la bolsa de la compra y mis llaves.

"¿Belle?"

Y entonces me doy cuenta de que es la hija de Reina. La chica que nos pilló en la cocina de su casa. "Hola," digo vacilando y bajo a Suki de nuevo. "Nicole, ¿verdad?" Cuando se levanta y se dirige hacia mí, rebusco en mi mente para decir algo. "¿Qué te trae por aquí?"

"Pues en realidad vine a verte. Llamé a tu puerta pero no estabas, así que pensé probar suerte y esperar un poco." Me dirige una sonrisa incómoda. "¿Te acuerdas de mí?"

"Sí, claro." De repente me entra una gran preocupación porque solo puedo pensar en dos razones por las que está aquí. O le ha pasado algo a Reina o me va a decir que desaparezca y la deje en paz. "¿Está bien tu madre?"

Nicole sonríe y asiente. "Sí, está bien. No sabe que estoy

aquí." Se agacha para ponerse a nivel de Suki y la saluda con una voz mona. "Eh, hola. Tú eres Suki, ¿verdad?"

Suki se ríe cuando choca los cinco. Su sonrisa se parece mucho a la de su madre y es igual de buena con los niños.

"No sabe que estás aquí, ¿eh?" repito, señalando mi puerta. "¿Quieres subir?"

Nicole niega con la cabeza y señala una mesa. "No quiero molestarte mucho. Pero, ¿puedo invitarte a tomar algo?" De nuevo vuelve su atención hacia Suki. "¿Y quizás un zumo para esta princesita?"

"¿Puedo tomar un helado?" pregunta Suki, poniendo su voz chillona más mona.

"Creo que tienen helados pero tendrás que preguntarle a tu mamá."

A pesar de la incertidumbre e incomodidad que me producen la visita inesperada de Nicole, no puedo evitar reírme cuando Suki salta de emoción y me abraza.

"¿Por favor, mami?"

"Está bien, puedes tomarte un helado," digo, y sonrío a Nicole. Parece una buena chica y casi no puedo creer que tenga solo diecisiete años. Sus modales son impecables y le pide con una gran amabilidad al camarero una silla extra y un menú de postres. Yo pido un café, ella un ginger ale y Suki elige su helado. Charlamos sobre el pueblo, el clima y Suki, mientras ella devora su helado de fresa y vainilla cubierto de chispitas y otras chuches. Cada vez me estoy poniendo más nerviosa, deseando que vaya directa al grano.

"Bueno, sobre mi madre...," empieza a decir aprovechando que Suki está distraída con una pareja que llega a la mesa de al lado con un caniche. "Madre mía, no sé por dónde empezar." Hace una pausa, intentando encontrar las palabras. "Mi padre la dejó por nuestra diseñadora de interiores. Puede que lo sepas...o no."

"Lo sé. Ella me lo contó." Me preparo para el momento en que me va a decir que he confundido a su madre hasta tal punto que cree que es gay y luego me pide que me aleje de ella de una manera civilizada pero apremiante.

"Vale. Bien," continúa. "Bueno, ella solo ha estado con mi padre y, por supuesto, estuvo muy enfadada y molesta por el divorcio. Se mudó aquí de forma permanente después de vender su apartamento de Nueva York y creo que subestimó lo tranquilo que es esta parte de los Hamptons fuera de temporada, así que ha sido difícil para ella."

"Sí, es comprensible. Pero parecía que lo estaba llevando bien."

"No precisamente. Solo la has visto de esa manera porque..." respira hondo y hace una pausa. "Porque tú eres la razón por la que esté sonriendo de nuevo."

"No creo que eso sea verdad," digo con el ceño fruncido.

"Es verdad." Nicole toma un trago de su bebida. "Yo venía en mi coche hasta los Hamptons todos los fines de semana porque sabía que era lo único que la animaba. Pero hubo un viernes que vine a casa y observé un cambio en ella. Tenía un brillo a su alrededor y parecía mucho mejor. Fue la semana que empezaste a trabajar para ella."

"Pero eso no depende solo de mí," digo, aliviada porque, al menos hasta ahora, la conversación va en una dirección positiva.

"No, en serio Belle. Es como si tu presencia la haya rejuvenecido. Bueno, solo quería agradecerte que la hayas ayudado a encontrarse a sí misma. No sé qué has hecho pero es una persona diferente y tienes que saber que está totalmente loca por ti."

"Gracias. Te agradezco que digas eso y, por si aún no te habías dado cuenta, yo también estoy loca por ella. No estaría saliendo con ella si no fuera serio." Me reclino en la silla y la observo. "Creí que habías venido aquí para decirme que me mantuviera alejada de ella. Me imagino que fue un shock para ti cuando nos pillaste."

Nicole echa la cabeza hacia atrás y se ríe. "No negaré que fue un gran shock, pero hace mucho que lo superé. Estaba teniendo un mal día y necesitaba a mi madre. Cuando la encontré así... No sé, fue muy, muy inesperado y fuera de lugar. Pero me he dado cuenta de que ella también es su propia persona, no solo mi madre y estoy súper feliz por ella. Bueno, he venido para decirte cuánto te agradezco que estés ahí para ella. Y también porque le estoy preparando una fiesta sorpresa y quiero que vengas. No tengo tu número, por eso la visita sorpresa."

"Oh... Eso es muy bonito de tu parte, pero no estoy segura de que se sintiera cómoda estando yo allí."

Nicole niega con la cabeza. "No, no. Si supiera que estoy organizando esto, insistiría en que te invitara. Además, tampoco es que tengáis que hacer un anuncio o algo así. Simplemente puedes estar allí como amiga."

"Eso es verdad." De repente tengo una idea, así que abro mi página web en mi teléfono y se lo enseño. "Si necesitas algo para la fiesta, elige lo que quieras de aquí sin problema. Yo lo llevo y lo preparo para ti."

Nicole jadea y navega ansiosa por la página. "Belle, esto es increíble. ¿Estás segura?"

"Por supuesto. Cualquier cosa que pueda hacer para ayudar."

"Muchas gracias, te lo diré si hace falta." Nicole pone un billete de veinte dólares sobre la mesa y se levanta. Saca un bolígrafo de su bolso y garabatea algo en la servilleta de Suki. "Este es mi número. Mándame un mensaje con el tuyo. Me pondré en contacto contigo."

65

REINA – 4 DE JULIO

"¡Hola chica!" Juliette me saluda con un abrazo cuando Belle, Suki y yo llegamos a la granja del padre de Belle.

"Hola, qué alegría verte de nuevo." Le devuelvo el abrazo y me giro hacia el niño que está a su lado. "Y tú debes ser Cameron."

Cameron asiente y se me queda mirando mientras chupa su helado. Cuando ve a Suki yendo hacia la cocina, la sigue.

"Lo siento, a veces es un poco tímido. Dentro de una hora te estará volviendo loca, te aviso." Juliette me mira y mueve la cabeza con una sonrisa, como si no pudiera creerse que esté aquí hoy. "Me alegro mucho de que hayas podido venir. Y Jackie y Frank también están muy contentos."

"¿He oído mi nombre?" Una mujer mayor sale de la cocina con una bandeja de chuletas marinadas que coloca junto a la parrilla. Está vestida de manera informal, con una camiseta y pantalones cortos, su cabello gris recogido en un moño despeinado. Cuando me ve, esboza una gran sonrisa y corre hacia mí. "Aquí está," dice, y me da un abrazo. "Reina, por fin te conozco." Me acaricia el brazo y me mira de arriba a abajo. "Soy Jackie."

"Encantada de conocerte también y muchas gracias por invitarme."

"El placer es nuestro," dice y grita por encima del hombro "¡Eh, Frank! ¡Ven aquí, Belle y Reina han llegado!"

"¡Ya lo sé! ¡Dame un momento, tengo un demonio pequeño aquí detrás que no me deja ver!" El padre de Belle se está riendo cuando sale. Tiene a Suki sobre sus hombros, tapándole los ojos con sus manitas. "¿Reina?" dice, tratando de ver a través de los huequecitos. "Déjame que baje a esta traviesilla para poder saludarte correctamente." Levanta a Suki de sus hombros y le hace cosquillas hasta que ella chilla y sale corriendo. Todavía riéndose, me estrecha la mano. "Hola, soy Frank, el padre de Belle. Bienvenida a mi humilde morada."

"Gracias, estoy muy contenta de estar aquí." Nos quedamos mirando. Frank está sin duda tratando de averiguar qué tipo de persona soy y si me considera lo suficientemente buena para su hija, y yo un poco nerviosa porque es una de las personas más importantes de su vida. No les veo parecido, él es mucho más rudo en sus rasgos y sus ojos son grises. Entonces dibuja una gran sonrisa y sé que vamos a llevarnos bien.

"Parece que necesitas un trago," dice señalando la mesa. "¿Por qué no te sientas y Jackie te trae un vaso de ponche? Estoy terminando algo en la cocina."

"¿En serio estás cocinando, papá?" le pregunta Belle, abrazándolo.

"Lo estoy intentando. Bajo la estricta tutela de Jackie," añade con una sonrisa. "¿Qué?" Frank levanta una ceja cuando Belle le dirige una mirada confusa. "No es solo una ocasión especial, es una ocasión extraordinaria. No solo estamos celebrando el Cuatro de julio, es también la primera vez que traes una novia a casa."

"Vale..." Belle se sonroja y hace que su padre se ría aún más antes de volver a la cocina.

"No hagas caso a tu padre. Es un bromista," dice Jackie, sirviéndonos un vaso de ponche de ron. Llena su propio vaso y el de Juliette y se sienta junto a nosotras.

"¿Debería ir a ayudarle?" pregunto.

Jackie niega con la cabeza. "No, cariño. Tú relájate y disfruta. De verdad que quería hacerlo él todo solo y no estaba bromeando cuando ha dicho que estaba bajo mis órdenes estrictas. Se lo he escrito todo, palabra por palabra, y le he ayudado a cortar, pero, aparte de eso, es todo obra suya."

Nos sentamos, charlamos y disfrutamos del clima mientras nos conocemos y, después de un rato, aparece Frank con un whisky y un puro. Es un hombre encantador, divertido y agradable para alguien que no ha tenido una vida fácil, pero también Belle. Su casa es una de las granjas más agradables que he visto en los Hamptons. Aunque la casa es vieja y pequeña y necesita mucho trabajo, tiene mucho encanto. El jardín es idílico, con ovejas y gallinas deambulando por allí libremente, pastando en el campo inundado de flores silvestres. El granero de madera en la parte de atrás está pintado de amarillo, a juego con los marcos de las ventanas y la puerta de la casa, pintada de blanco, que tiene hiedra creciendo por las paredes. Detrás del muro de piedra que rodea el terreno hay otro campo, y, a lo lejos, se ven las dunas. Estamos sentados en una mesa larga de madera colocada en el jardín trasero, delante de la puerta de la cocina. La parrilla está encendida y el humo del maíz asado llena el aire con el aroma del Cuatro de julio.

"¿Estás bien? ¿Estás siendo amables contigo?" me pregunta Belle cuando tenemos un momento para nosotras solas. Jackie y Juliette han llevado a los niños al granero y su padre está concentrado en las chuletas sobre la parrilla. Ahora está más relajada y pasa un brazo por encima del respaldo de mi silla.

"Sí, son encantadores. Me siento muy a gusto con ellos."

"Bien." Me guiña un ojo y yo me derrito. "Está claro que tú les gustas también. Pocas veces he visto a mi padre tan emocionado."

Miro a su padre, que está silbando una melodía mientras arroja más carbón a la parrilla. "¿Y dices que tu padre y Jackie no están juntos? Parecen una pareja."

"No, son simplemente amigos, los mejores amigos. Pero tenerlos a ambos en mi vida significaba que éramos casi como una familia normal cuando era pequeña y eso era bonito."

"Se ve cómo eso ha marcado la diferencia después de que tu madre falleciera. Mis padres no eran muy cercanos cuando yo era más joven. Mi padre quería un hijo desesperadamente para que fuera su heredero pero, después de las complicaciones que tuvo durante mi nacimiento, mi madre ya no pudo tener más hijos y él simplemente nunca tuvo interés por mí." Dejo escapar una risa sarcástica. "Mi madre era cariñosa e incluso un poco maternal, pero fui criada por niñeras e, incluso ahora, está más interesada en sus gatos que en mí."

"Uff. ¿Fue difícil crecer así?"

"En realidad no," digo después de un momento de duda. "No tuve una mala infancia. Era muy independiente y cuando creé mi propia familia, volqué toda mi energía en mis hijos y mi marido porque quería que mis hijos tuvieran lo que yo nunca tuve. Un hogar con amor y sano, ¿sabes?

Pero en el proceso, no me di cuenta de qué era lo que *yo* necesitaba."

"Hay mucho tiempo para compensar eso ahora." Belle me acaricia el hombro y juega con un mechón de mi pelo. "¿Echas de menos a tu padre?"

"A veces. Pero como ya te he dicho, nunca fue una parte importante de mi vida. De hecho me sorprendió que me dejara tanto dinero en su testamento. Se dividió al cincuenta por ciento con mi madre." Sonrío y le robo un beso rápido, acerco mi silla y me apoyo en ella. "Si me hubieras preguntado hace un año, esto está muy lejos de lo que pensé que sería mi Cuatro de julio." El sol se está poniendo detrás del granero y los campos parecen tranquilos, en paz, su luz le da a este entorno un brillo sepia vintage. "Gracias. Esto es realmente agradable."

"Estoy de acuerdo. El mejor Cuatro de julio que he tenido y es porque tú estás aquí." Belle fija sus ojos en los míos. "Suki me ha pedido si puede quedarse con Jackie esta noche. ¿Quieres venir a casa conmigo?"

66

BELLE – 4 DE JULIO

“Nos vamos, chicos,” dice Jackie cuando la mayoría de los fuegos artificiales ha terminado. Hemos tenido una noche encantadora y divertida, con estupenda comida, música para cantar y muchas risas. Los fuegos han sido preciosos y la playa, que hace una hora estaba llena de gente, está ahora tranquila, con sólo unos pocos grupos de personas que se han quedado para terminar las bebidas que trajeron.

“Vamos detrás de ti,” digo, todavía disfrutando de la brisa marina.

“Me voy con el abuelo.” Suki se suelta de mi mano y corre detrás de Jackie, Juliette, Cameron y mi padre.

“Está bien, cariño, no tardaremos mucho.” Cuando están fuera de la vista, Reina y yo nos sentamos en la arena y la rodeo con un brazo. Está radiante cuando me mira.

“Me lo he pasado muy bien. Son todos encantadores.”

“Me alegro mucho.” Le devuelvo la sonrisa. “Y eres más que bienvenida a unirte a nosotros para cualquier cosa, en cualquier momento. De hecho, mi padre y Jackie han insistido en que te traiga de nuevo pronto.”

"Es muy amable por su parte." Reina se vuelve hacia el mar e inspira profundamente, apoyando su cabeza en mi hombro. "Creo que es el momento de que te presente a mis hijos." Se echa a reír. "Bueno, se puede decir que ya conoces a mi hija, pero quizás deberíamos hacerlo de nuevo, totalmente vestidas esta vez. Y Eddie... no estoy segura de cuándo vuelve de sus viajes, pero quiero llamarlo y hablarle de ti."

"¿Estás segura?" pregunto, acercándomela un poco más. Es una sensación maravillosa sentir su cuerpo junto al mío y esta noche me he dado cuenta de que soy perfecta y completamente feliz, como si todo fuera exactamente como se supone que debería ser. Como Reina, yo tampoco imaginé que mi Cuatro de julio sería así. Las mejores cosas suceden cuando menos te lo esperas.

"Sí. Nicole me va a llevar a un hotel con spa por mi cumpleaños, creo que está en Montauk. ¿Pero tal vez podríamos comer juntas el día siguiente?"

"Claro. Si Nicole puede mirarme a los ojos después de verme..."

"No me lo recuerdes, por favor," dice riéndose. "No pasará nada, te lo prometo."

"Vale. En ese caso, estaré encantada." Me encanta que no tenga ni idea de que Nicole está planeando una fiesta para ella, y me estoy divirtiendo ayudándola, pero también me preocupa un poco. No a todo el mundo le gustan las sorpresas y Reina dejó bien claro que no quería una gran celebración. Pero eso fue hace unas semanas y ahora las cosas han cambiado. Ha empezado a salir más, a encontrarse con amigos que no había visto en mucho tiempo y también se mantiene ocupada con su trabajo de voluntariado.

"Genial, haré la reserva." Suena su teléfono y sonríe

cuando abre un mensaje de su hijo con el título *'Feliz 4 de julio, te quiero'* con una foto adjunta.

"Mira, este es Eddie," dice, dándome el teléfono.

"Ya veo que Eddie se lo está pasando estupendamente." Acerco la foto, la devuelvo a su tamaño original, y observo el selfie de él con una chica acostada en una hamaca y con una playa tropical de fondo. "Se parece a ti."

"Sí. Y esa es su novia, Maddie. Es adorable." Da un profundo suspiro. "Dios, lo echo mucho de menos y estoy preocupada todo el tiempo. Sé que no debería porque ya es hombre adulto, pero aún así... Está muy lejos y los dos piensan que son invencibles."

"Estoy segura de que lo verás pronto." Lo que Reina tampoco sabe es que Nicole lo ha arreglado todo para que venga y le dé la sorpresa por su cumpleaños. Me puedo imaginar lo feliz que será cuando lo vea de nuevo. "¿Trabaja?"

"Sí. Tiene un negocio por internet con Maddie. Compran artículos hechos a mano preciosos de todo el mundo y los venden en su página web. Sus clientes son principalmente diseñadores de interior y venden desde tapices antiguos, cuadros y esculturas hasta cristal veneciano y jarrones grandes. Dejó la universidad el año pasado, dijo que no necesitaba un título para hacer lo que quería hacer, y no pude discutir eso con él porque yo tampoco fui a la universidad. Sandeep no se lo tomó muy bien, pero tuvo que admitirlo cuando fue más que evidente que Eddie sabía lo que estaba haciendo. Al principio compraban a través de otros canales en internet, pero luego decidieron viajar para poder conseguir más artículos únicos."

"Eso debe ser una buena manera de vivir y trabajar."

"Sí. Eso sería la generación Z. Son libres en su manera de pensar y con ideas nuevas, y se niegan a conformarse."

"Suki quiere ser princesa cuando sea mayor," digo en tono de humor. "Una princesa que limpia piscinas y nada entre tiburones."

Reina se echa a reír. "Qué mona. Básicamente como tú, menos lo de los tiburones y la parte de princesa. Me divertí mucho cuando la trajiste a casa."

"Ella también se lo pasó muy bien, no deja de hablar de ello."

"Entonces deberíamos hacerlo más a menudo, y siempre puedes dejarla conmigo mientras trabajas, si Jackie quiere tener tiempo libre. Estoy más que feliz de cuidarla si ella se siente cómoda conmigo."

"Gracias, eso es muy bonito de tu parte." Sus ojos desprenden tanta sinceridad que me ahoga. Esta mujer de la que estoy enamorada es fantástica con mi hija y, lo mejor de todo, a Suki le encanta pasar tiempo con ella también. Justo cuando estoy a punto de besarla, unos destellos dorados se abren en abanico sobre nosotras, una elaborada exhibición de fuegos artificiales de última hora que llena el cielo de medianoche con haces de luces blancas y rojas que caen en cascadas sobre el océano. Las pocas personas que nos rodean comienzan a aplaudir y vitorear. Nos tumbamos sobre la arena para ver el espectáculo, con las manos entrelazadas sobre mi estómago y su cabeza apoyada en mi hombro. Es como un momento importante en la vida y la beso en la cabeza, inspirando su aroma, antes de volver a los fuegos. Con ella a mi lado y los espectaculares fuegos artificiales que siguen y siguen, me doy cuenta de lo especial que ha sido este día para mí.

"Esto es como un nuevo comienzo," susurra Reina, como si leyera mi mente. "El comienzo de mi nueva vida."

"Nuestra nueva vida," digo y, cuando me mira y sonríe, veo lágrimas de alegría que nublan sus ojos.

67

REINA – 30 DE JULIO

Tener cuarenta años no está tan mal, pienso para mí mientras me encuentro en un baño de barro tibio con una máscara de algas que cubre mi cara. Nicole está en uno exactamente igual a mi lado. Ha reservado un día de tratamiento de belleza para madre e hija en el spa y estamos en el último tratamiento antes de que nos arreglen el pelo. Siento mis pies y manos increíbles después del tratamiento de manicura y pedicura y mis músculos están totalmente relajados después de un largo masaje sueco. La habitación pequeña con paredes de ladrillo en el sótano del hotel está iluminada con una luz tenue y velas perfumadas arden a nuestro alrededor. Por los altavoces suena una suave música de meditación, envolviéndome en un estado de tranquilidad.

"No podrías haberme hecho un regalo mejor," murmuro, con cuidado para no estropear la máscara. "Muchas gracias."

"Todavía no ha terminado." Nicole alcanza una copa de champán de la mesa auxiliar que hay a su lado y toma un sorbito. "Esta noche vamos a salir."

"Ya lo sé. Estoy emocionadísima." Suspiro de placer mientras me deslizo hacia abajo y me sumerjo más en la cálida y espesa sustancia viscosa. "Pero no quiero que te gastes tanto dinero en mí, así que déjame pagar la cuenta." Nicole nunca ha sido una niña mimada por el dinero o regalos extravagantes como tantos hijos de mis amigos, y con lo poco que le doy para la comida y la gasolina a la semana, no entiendo cómo puede permitirse esto.

"No te preocupes. Le pedí dinero a la abuela," confiesa. Se ríe, se toca la cara cuando su máscara se quiebra, y se ríe aún más fuerte. "Si hubiera sabido que sería tan fácil, lo hubiera intentado hace mucho tiempo."

Esto me hace reír también y una mancha verde cae en mi mejilla. "Chica lista, espero que hayas conseguido un poco extra para ti," digo en tono de broma.

"Nah. Lo pensé, pero me dijo que le mandara los recibos," continúa con una risita. "Bueno, ha sido muy generosa con el presupuesto para tu cumpleaños. Espero que hayas traído ese vestido de cóctel rojo que te dije anoche."

"Sí. Y mis tacones." Le sonrío. "Lo habéis mantenido muy en secreto. Mamá no dijo nada cuando me llamó antes."

"Por supuesto que no. Eso hubiera arruinado la sorpresa, ¿no? Es..." Nicole se detiene cuando nuestra esteticista entra y se dirige a su bañera.

"Lo siento, creo que hemos estropeado la máscara facial. Mi hija me ha estado haciendo reír."

"Para nada. Me alegra saber que os habéis estado riendo." La amable señorita coloca una bandeja con toallas humeantes junto a Nicole y las coloca sobre su cara.

"Oh, madre mía. Qué maravilla." Nicole da un profundo suspiro mientras la esteticista comienza a limpiar lentamente la máscara. "Mamá, esto es increíble."

"Puedes ir a ducharte ahora," dice la esteticista después de limpiarle la cara. Nicole sale de la bañera y se dirige a la ducha en el lado opuesto de la habitación para lavarse el barro. "Usa lo que quieras de los botes, pero yo te recomiendo el aceite de ducha de macadamia." Luego vuelve su atención hacia mí y comienza a limpiarme la cara.

"Nicole tiene razón, esto es increíble," digo, disfrutando de la cálida sensación contra mi piel y la sensación liberadora de poder mover mis músculos faciales de nuevo.

"Tú solo espera. Te sentirás diez años más joven cuando te hayas lavado el barro también." Se echa a un lado para que pueda salir de la bañera y me uno a Nicole bajo la enorme ducha. Suena un mensaje en mi teléfono, que está sobre la mesa auxiliar, y sonrío cuando veo que es de Belle.

'Felicidades, cariño. No puedo esperar para verte mañana.'

"¿De qué te ríes?" pregunta Nicole, pasándose las manos por el pelo.

"Es solo un mensaje muy bonito de Belle." Trato de borrar la sonrisa de mi cara mientras pongo un poco de aceite de macadamia en la palma de mi mano. "Todavía quieres ir a comer con ella, ¿verdad?"

"Por supuesto. Quiero llegar a conocerla. Se ve que te hace feliz y eso es todo lo que quiero para ti." Cogiendo una toalla, añade "¿Va a llevar a esa niña tan mona?"

"¿Suki? Sí, ella también viene."

"Bueno, ¿eres una madrastra ahora?" pregunta mientras se seca. Cuando la miro, me doy cuenta de que nuestros cuerpos son idénticos. Nicole está un poco más rellenita por esa dieta de estudiantes de pizza y Coca-Cola pero, aparte de eso, sus pechos y su complexión son iguales a los míos.

"No... Solo soy la amiga especial de Belle con piscina, le encanta la piscina." En las últimas semanas han estado viniendo regularmente e incluso se quedaron el fin de semana pasado. Suki estaba encantada de dormir en la amplia habitación de Nicole, con su bañera independiente, una televisión enorme y un proyector de estrellas dirigido al techo. Una 'habitación de niña grande' lo llamó. Aunque Nicole ha dejado atrás sus aparatos de adolescente, todavía utiliza el proyector cuando se queda a dormir. Dice que es la escena perfecta para quedarse dormida.

"Ah, así que ha sido la piscina la que la ha atraído hacia ti..."dice Nicole con un guiño. "Es broma, mamá. Tú eres la mejor, así que no hay motivo para que no le gustaras al momento. Y tengo muchas ganas de tener una hermanastra pequeña." Dice riendo. "Apuesto a que la sobornas también con helados."

"Sí, le encantan los helados," admito, quitando el poco barro que me queda debajo de mis pechos. "Como tú cuando eras más pequeña."

"Eh, todavía me encantan los helados," responde en broma. "De hecho, tengo antojo de chocolate con macadamia solo de pensarlo." Se pone un albornoz y me da una toalla. "Pero, primero, la comida. Es informal, así que no necesitas vestirte elegante. De hecho, podemos ir en albornoz si queremos."

68

BELLE – 30 DE JULIO

"Y aquí estamos, sudando la gota gorda mientras la Señorita de la Fiesta está siendo mimada en el Hotel Spa Montauk," bromea Sasha cuando nos sentamos para tomar un descanso. Randy, que ya tuvo un descanso antes, también está ayudando y hemos hecho mucho en las últimas dos horas. Estoy impresionada con Sasha. Es mucho más fuerte de lo que creí, a pesar de su cuerpo tan delgado. Debe ser todo el yoga que hace, porque no se ha sentado ni una sola vez, cargando mesas y asientos, y luego reorganizándolo todo hasta que ha quedado a su gusto.

"Desde luego que ella tiene la mejor parte de todo esto," digo, bebiendo una botella de agua.

"Sí. Pero esto es muy gratificante. Ya está genial y ni siquiera hemos comenzado con los toques finales." Sasha parece satisfecha consigo misma mientras mira su reloj. "Nos quedan otras dos horas hasta que lleguen los del catering y los camareros. Y después de eso, podemos ir a casa para cambiarnos. Nola estará aquí para supervisarlos hasta que empiece la fiesta."

"Setenta personas," murmuro más bien para mí, mientras echo un vistazo por las áreas de descanso dispuestas alrededor de tres fogatas en el césped detrás de la piscina. Junto con las mesas de pie, habrá espacio más que suficiente para que los invitados de Reina se sientan cómodos. "¿Estás segura de que a Reina le gustará esto? Dijo que no quería una fiesta..." Me preocupa especialmente el enorme hinchable blanco con el '40' que Nicole me pidió. Está flotando en la piscina, adornado con una hilera de luces solares. Quizás fue ir demasiado lejos, pero incluso yo me dejé llevar por el momento porque quería que Reina tuviera una noche espectacular. Ahora ya no estoy tan segura.

"Oh, Reina es muy modesta. No quiere que la gente se moleste en hacer algo por ella, pero, créeme, una vez que esté aquí, estará encantada," me asegura Sasha. "Nicole y yo hicimos juntas la lista de invitados y no quisimos olvidarnos de nadie, porque se sentiría mal. Así que hemos incluido a todos los de la clase de yoga, Igor y yo, por supuesto, diez de nuestros amigos en común y sus parejas, Sandeep y su novia nueva, Nicole insistió en que estaba bien, así que ya veremos. También Nola y su marido, los Johnson, los Metcalfe, la familia Harper-Collins, los vecinos de ambos lados, un par de amigos de Nicole y sus padres, y cinco amigos de Reina de Nueva York, que han alquilado una casa cerca para poder pasar la noche. Ah, y los Phifer, los Wetherby, los Rubin y sus compañeros de voluntariado de Camp Rubin. Algunos están trabajando esta noche pero, los que están libres, vendrán. Creo que eso es todo."

"Está bien que hayas invitado a los voluntarios. Le encantará."

"Sí, han sido una gran influencia para ella. El voluntariado le hace feliz." Sasha se vuelve hacia mí y sonríe. "Y tú también."

"No estoy segura de lo feliz que estará cuando aparezca esta noche, con toda la gente que conoce aquí." Me encojo de hombros. "Por supuesto, no voy a acercarme a ella y besarla, pero aún viniendo solo como amiga..."

"Deja de preocuparte." Sasha me pone la mano sobre el hombro. "Vamos a preparar esta maravilla antes. ¿Qué te parece si dejamos un espacio libre para los músicos junto a las puertas correderas? Así no tendremos cables tirados por ahí y que la gente pueda tropezarse." Se levanta y va hacia lo cocina para comprobar los enchufes. "Hay tantas cosas en las que pensar. No entiendo cómo la gente hace estas cosas ellos mismos."

"¿Nunca has organizado una fiesta?"

Sasha parece avergonzada mientras niega con la cabeza. "Me casé con Igor muy joven. Él ya era bastante rico, así que siempre he tenido a otros haciéndolo todo por mí. Aparte de criar a mis hijos," dice. "Mi madre nunca estuvo presente mientras yo crecía, siempre estaba trabajando porque tenía que hacerlo. Quería criarlos y educarlos yo, no por una niñera, pero ahora cuida de mis hijos cuando estamos fuera y es de gran ayuda."

"¿Ya está jubilada? ¿Qué hacía?"

Sasha se echa a reír. "Nada lujoso, vengo de la nada. Mi madre era ama de llaves y vivíamos en un anexo en el terreno de la familia para la que trabajaba a tiempo completo. Y ahora sigue viviendo en un anexo, solo que este es muy, muy bonito y está en nuestro terreno. Lo construimos para ella después de casarnos. Ahora está felizmente jubilada y pasa la mayor parte de su tiempo haciendo tartas o mimando a sus nietos, que ya son adolescentes y que realmente no necesitan que los mimen."

Me sorprende escuchar esto porque siempre imaginé

que Sasha venía de una familia rica y, como si pudiera leerme la mente, dice: "No me casé con Igor por dinero."

"No pensaba..."

"Por supuesto que sí, y no te culpo. Tenía dieciocho años y él treinta cuando nos conocimos. Él se estaba abriendo camino en el negocio de la propiedad y yo estaba trabajando de camarera en un restaurante en East Hampton, donde venía a comer regularmente. En aquella época no había muchos rusos por aquí y me gustaba poder hablar en mi lengua materna con él. Era guapo y caballeroso y aunque él creció rico y yo no, compartíamos los mismos valores por nuestro origen cultural." Sasha se ríe. "Imagínate la alegría de mi madre cuando le dije que me había propuesto matrimonio."

"¿Y sigues siendo feliz?"

Sasha se toma un momento para pensárselo y asiente. "Sí. Todavía somos felices juntos. Por supuesto que hemos tenido nuestros problemas. Todos los matrimonios los tienen en algún momento. Hace un tiempo quería un cambio. Los chicos se estaban volviendo más independientes y yo realmente no sabía qué hacer conmigo, así que participé en un programa de tele realidad cuando los productores me lo pidieron. Solo hice una temporada porque tener a las cámaras constantemente sobre mí me estaba volviendo loca y tenía que medir todo lo que decía en cada momento." Toma un largo sorbo de agua y se seca el sudor de la frente. "Bueno, ese fue mi momento de fama y no me hizo más feliz, como tampoco lo hizo la única aventura que tuve con otro hombre. Así que me he dado cuenta de que lo que tengo es bastante bueno y voy a trabajar duro por nuestra relación. Estoy contenta, ¿sabes?"

"Eso está bien. Gracias por ser tan sincera." Le sonrío y levanto mi botella. "Brindemos por la alegría."

"¡Nooo!" Mueve violentamente un dedo frente a mi cara y niega con la cabeza. "No puedes brindar con agua, es mala suerte. Ven a nuestra casa y lo haremos como es debido con vodka. Me encantaría que vinieras."

"Gracias. Trato hecho," digo, decidiendo en ese mismo momento que realmente me gusta la mejor amiga de Reina.

69

REINA – 30 DE JULIO

"No, ese vestido no. Ponte el rojo." Nicole mueve la cabeza mientras estoy de pie frente al espejo, inspeccionando mi pantalón azul marino.

"Pero eso es demasiado, ¿no crees?"

"No." Lo coge del montón de vestidos que he dejado sobre la cama y lo sostiene delante de mí. "Me encanta este vestido. La tela de satén, la abertura a la altura del muslo... Es tu cumpleaños, se supone que tienes que brillar."

"Tengo cuarenta años ya. Me estoy marchitando, no brillando," bromeo.

"Eso es una tontería. Eres una mami fantástica que estás para comerte y deberías enseñar ese increíble cuerpo que tienes," insiste. "Yo también voy a llevar rojo, así que podemos ir conjuntadas."

Me río porque Nicole nunca ha sido de las de ir haciendo juego. De hecho, últimamente no la he visto con mucho más que sus vaqueros, sudaderas con capucha y camisetas. "¿Quieres que vayamos conjuntadas?"

"Sí, será divertido."

"Bien entonces." Cojo el vestido, que está todavía en la

bolsa de la tintorería, y arranco la funda de plástico. No me lo he puesto desde el baile benéfico para el que lo compré hace dos años.

"Y no te olvides del pintalabios rojo. Siempre estás increíble con ese color."

"Todavía no me has dicho a dónde vamos," le digo. "¿Cómo voy a saber si es apropiado o no?"

"Vayas a tener que confiar en mí. ¿No quieres enseñarle al mundo lo maravillosa que eres y lo bien que lo estás llevando todo?" Nicole me lanza un guiño. "¿Y si nos encontramos con papá y Bree?"

"Eso no va a pasar, ¿verdad? En serio, Nicole, dime a dónde vamos."

"Sinceramente, podríamos verlos allí. Pero me dijiste que habías hablado con él y que los dos esperabais volver a ser amigos algún día." Ahora se la ve un poco nerviosa y lamento el tono brusco.

"Tienes razón. Lo dije." Sonrío y le alboroto su pelo recién peinado, solo para vengarme de lo que esté por venir. No tengo idea de lo que está tramando, pero no estoy del todo tranquila. Solo espero que no haya organizado una cena íntima con su padre y su nueva novia buscando una armonía familiar. "Pero no hay competencia entre Bree y yo y, como bien sabes, ya no tengo interés por tu padre, así que no necesito impresionar a ninguno de los dos. Soy feliz y por fin siento que estoy creciendo en mi interior."

"Lo sé." Nicole me ayuda a quitarme el pantalón azul y a ponerme el vestido rojo. "Te estás convirtiendo en la mejor lesbiana que puedas ser, así que todavía no necesitas trajes," bromea, y sube la cremallera del vestido. Mira al espejo por encima de mi hombro y sonríe. "Perfecto."

El vestido rojo me queda muy bien y de hecho me siento bien y con confianza llevándolo. De repente, me viene un pensamiento y me doy la vuelta para mirarla. "No habrás invitado a mi madre, ¿verdad? ¿Por eso tienes tanto interés en que me vista así?"

Nicole se echa a reír. "No, no la he invitado. Pensé en invitarla, pero luego pensé que si lo hacía, se quedaría por lo menos una semana y sé lo estresante que es tenerla aquí. De todos modos, incluso aunque la hubiera invitado, no creo que hubiera venido, por tener que separarse de los gatos..."

"Gracias a Dios." La rodeo con un brazo y le doy un beso en la mejilla. "¿Qué te parece si vamos a verla? Miraré vuelos al Líbano la semana que viene. ¿Quieres venir en tus vacaciones de verano?"

"Claro, ¿por qué no? Siempre y cuando le hagas prometer que deje de hacer de casamentera conmigo. Odio cuando lo hace."

"No lo hará. Tu abuela prometió no volver a invitar a hombres solteros mientras estés allí."

"Bien, entonces voy." Me arregla algunos mechones largos para que caigan sobre mis hombros desnudos. Llaman a la puerta y salta del susto. "Ese debe ser tu regalo de cumpleaños. Espera aquí, vuelvo enseguida."

"¿Otro regalo de cumpleaños?" Frunzo el ceño mientras la sigo hasta la puerta. "Pero, ya me has mimado suficiente..." Me quedo muda cuando veo a Eddie y su novia Maddie en la puerta.

"¡Sorpresa!" gritan todos a la vez.

"¡No!" Mis ojos se abren de par en par y se llenan de lágrimas. Me lanzo al cuello de Eddie y le abrazo tan fuerte que gruñe de incomodidad. "¡Estás aquí! ¡No me puedo creer que estés aquí!" Me dirijo a Maddie. "Y tú también. Ven aquí cariño."

"Por supuesto que hemos venido." Eddie tira de su novia y se abrazan los tres. "Es tu cuarenta cumpleaños y te he echado de menos, mamá." El temblor de emoción en su voz es real y me hace estallar en un mar de lágrimas. "No llores," dice, secándome las lágrimas. "Estropearás tu maquillaje y estás fantástica."

"Me da igual el maquillaje." Sigo sollozando. "Estoy tan feliz de que estés aquí."

"Nos vamos a quedar una semana, si te parece bien," dice Maddie. "Luego haremos una visita a mis padres antes de empezar a buscar un lugar donde establecernos en Nueva York. Necesitamos desesperadamente empezar a vender. Nos hemos abierto camino con nuestros ahorros para viajar, pero hemos enviado tres contenedores con mercancía, así que estamos listos para empezar."

"Me preguntaba cuándo os quedaríais sin dinero con todas las cosas tan divertidas que habéis estado haciendo." Sonrío a Eddie. "¿Así que lo habéis pasado bien?" pregunto, mientras vamos para nuestra habitación.

"De maravilla. Y quince dólares al día dan para mucho en la India. Hemos dormido en chozas y hamacas y hemos estado todo el tiempo al aire libre."

"Ya lo he visto. Tenemos un aspecto radiante y saludable. Y qué camisa tan bonita." Eddie lleva una camisa a cuadros blanca y azul claro y pantalones chinos blancos que hacen juego con el vestido péplum azul claro de Maddie. Se me hace difícil dejar de tocar a Eddie porque todavía no me puedo creer que esté aquí. Nicole se ríe cuando lo abrazo una vez más.

"Me alegro de que estés tan feliz con tu regalo," dice, besándome en la mejilla. "Serviros una bebida del minibar mientras me cambio. Después podemos ir a cenar temprano juntos antes de salir."

~

El Hotel Spa Montauk está situado en la punta de la península y estamos cenando en la preciosa terraza construida en los acantilados. Con vistas al océano, nuestra mesa está bajo la sombra de un dosel de encaje blanco que deja pasar un rayo de luz, creando formas florales en la mesa de madera y el suelo de cemento. Parece que estemos bajo un horario hoy, pero Nicole ha trabajado mucho para que cenemos pronto y así poder ponernos al día y oír todas las aventuras de Eddie y Maddie.

"Me alegro de que no me hayas contado todo lo que habéis estado haciendo mientras estabais fuera," le digo después de que nos haya contado la historia de cómo fueron atacados y asaltados por monos cuando decidieron dormir en la playa. "Habría estado muy preocupada."

"Nos recuperamos bien," dice Eddie con alegría. "Solo un par de arañazos de recuerdo de nuestro viaje a la India." Ataca su pasta de mariscos como si no hubiera comido durante semanas. "Mmm...He echado mucho de menos la pasta. Lo voy a comer todo el día, todos los días de la semana."

"Yo también." Maddie está igual de encantada con la comida y comparte un plato grande de raviolis de langosta con Nicole. "Me comí un trozo de pizza en cuanto aterrizamos. Carbohidratos era lo único que quería."

"Entonces me aseguraré de tener bastante de eso en casa." Rellenando mi copa de vino, siento una oleada de felicidad por estar sentada en este precioso lugar con mis dos hijos. Mi cumpleaños no podría ser mejor. Bueno, aparte quizás de tener a Belle también aquí, pero Eddie no tiene idea todavía. "Bueno, ¿y qué más?" pregunto mientras le doy un mordisco a mi lubina frita con espárragos, que combina a la perfección con el chardonnay viejo que pedimos. "¿Habéis hecho amigos durante el viaje?"

"Amigos para toda la vida," dice. "Hemos conocido a mucha gente muy agradable. Pero ya está de hablar de nosotros. Quiero saber cómo has estado. Estás fantástica, mamá. Me atrevo a decir que incluso feliz."

"Gracias. En realidad estoy muy bien."

"Está estupenda." Nicole levanta la vista de su comida y me lanza un guiño. "¿Algo que quieras compartir, mamá?"

Me quedo mirando a Nicole y trago saliva. Sé exactamente lo que está insinuando. "No sé si ahora es un buen momento, cariño." Esto parecía más fácil cuando lo planeé. En mi mente, le he dicho a Eddie que soy gay mil veces, pero ahora que Nicole me ha puesto en la picota, estoy nerviosa.

Eddie y Maddie se me quedan mirando también, Eddie arqueando una ceja. "¿Qué? ¿Nicole sabe algo que nosotros no sabemos?" Sonríe cuando me ruborizo. "¿Por qué te estás poniendo colorada? ¿Has conocido a un hombre?"

"No exactamente," digo, dando un largo sorbo de vino para reunir el valor.

"Entonces ¿qué?"

"Yo, ehm..." Me concentro en la comida para ganar tiempo, pero Eddie da golpecitos con los dedos en la mesa impacientemente y me mira fijamente, y no tengo otra opción. "He conocido a una mujer." Mi corazón va a mil mientras espero su reacción. En el silencio que sigue, espero que estalle en una carcajada o se levante y se vaya. Sin embargo, deja caer los cubiertos y se apoya en los codos, su expresión más seria.

"No estás de broma, ¿verdad?"

"No. Se llama Belle y estoy enamorada de ella. Estamos saliendo."

"Guau, Reina. Eso es genial," dice Maddie por fin, mirándome con un extraño tipo de interés. Me alivia ver que no está fingiendo, se ve realmente feliz por mí. Sorprendida quizás, pero feliz. "Bien por ti." Le da un codazo a Eddie. "Bueno, ¿no vas a decir nada?"

Eddie se ríe entre dientes. "Perdona, pero eres mi madre y no me esperaba esto, así que dame un momento para procesarlo, por favor."

"Por supuesto. ¿Estás enfadado?" le pregunto con voz temblorosa.

"No, no, en absoluto," dice, enfatizando más sus palabras con la cabeza. "Entonces, ¿estás con una mujer?"

"Sí."

Se recuesta en la silla y me mira. "Bueno, estoy muy feliz de que hayas seguido adelante con tu vida y que hayas conocido a alguien. Estaba deseando que lo hicieras, pero nunca pensé que sería una mujer."

"Sí. Esa era yo hace dos meses," le dice Nicole. "Estaba en shock, seguramente mucho más de lo que estás tú ahora, porque entré en casa y mamá y..."

"Eh, ya vale," le digo con una mirada de advertencia.

"Lo siento." Se ríe y sé que nunca va a dejar de pasar la ocasión de mencionarlo. "Bueno, Belle es estupenda y tiene una hija de cuatro años monísima."

"¿La conoces?" pregunta Eddie.

"Sí, nosotras..." deja de hablar y niega con la cabeza como si estuviera a punto de decir algo que no debería. "Mamá y yo nos la encontramos en Sag Harbor."

"Vale." Eddie todavía parece desconcertado, pero alcanza mi mano sobre la mesa y la aprieta. "¿Lo sabe alguien más?"

"Solo Nicole, tu padre y Sasha. Quería que lo supieras antes de contárselo a alguien más."

"¿Papá lo sabe? Jesús, puedo imaginarme su reacción."

"Sí, no voy a negar que se sorprendió."

Eddie se me vuelve a quedar mirando. "¿Puedo conocerla?"

"Yo quiero conocerla también. Me muero de curiosidad por esta misteriosa mujer que ha robado el corazón de mi suegra," dice Maddie en tono de humor.

"¿Quieres conocerla?" doy un suspiro de alivio porque Eddie no haya salido corriendo como Nicole. Aunque las circunstancias son completamente distintas, debe ser muy confuso para él. "Nicole y yo íbamos a comer con ella mañana. ¿Te gustaría venir?" hago una pausa para estudiar su reacción. "¿O es demasiado pronto?"

"No veo por qué deberíamos esperar," dice Eddie. "De hecho, yo también me muero de curiosidad."

"Bueno, avisaré al restaurante de que somos cinco en lugar de tres." Sonrío y me encuentro más a gusto ahora. "Estoy segura de que tendrás un montón de preguntas, así que puedes preguntarme lo que quieras. Quiero ser sincera contigo."

"Claro." Da un largo suspiro y mueve la cabeza de nuevo. "Todavía necesito asimilar esto, pero me alegro por ti mamá. De verdad."

Maddie, que no parece intimidada en absoluto, levanta su copa. "Bueno, creo que es hora de hacer un brindis," dice alegremente con la boca llena de pasta. "Por Reina y un maravilloso año por delante. ¡Feliz cumpleaños, querida suegra!"

70

BELLE – 30 DE JULIO

"No sé qué ponerme." Digo mientras me quito la camisa azul que me acabo de probar.

Jackie suelta una risita cuando me oye quejarme. "Nunca te he oído pronunciar esas palabras. Solo ponte lo que normalmente te pondrías cuando sales."

"Pero esto es muy importante." Suspiro y busco en el closet, lamentando no tenerlo organizado bien porque parece que no encuentro nada.

"Reina no esperará que vayas con vestido o con esmoquin. Tampoco es que tengas uno...," añade, consiguiendo ponerme más nerviosa.

"Ella no esperará nada en absoluto. ¿*Debería* tener un esmoquin?"

"No. Relájate cariño. Te conoce lo suficientemente bien y le gustas tal como eres." Jackie saca una de mis camisas blancas y un par de pantalones negros. "Toma, ponte esto. Te sienta genial."

"Pero siempre me pongo eso." Soy consciente de que sueno de mal humor y me habría reído de mí misma si no fuera porque estoy aterrorizada de conocer a los amigos y a la familia de Reina.

"Exactamente. Te sentirás más cómoda así." Jackie va a la cocina y regresa con una cerveza fría. "También vas a necesitar esto. Pero solo una."

"Gracias. Necesito un trago." Tomo un trago, me pongo la camisa blanca y cambio los vaqueros por los pantalones negros. Tengo que admitir que así me siento más cómoda. "No estoy segura de si debería ir."

Jackie pone los ojos en blanco y se ríe. "Nadie sabrá que estáis juntas excepto un par de personas. Ve, diviértete y dale un gran abrazo de cumpleaños de mi parte. Vi cómo es contigo. Está loca por ti y, créeme, querrá que estés allí."

Vuelvo a mirarme en el espejo, asiento, repitiendo mentalmente las palabras de Jackie. Hasta el momento, todo ha sido fácil e increíblemente bueno con Reina, una vez que dejé fuera mis miedos, tuvo sentido y pude abrirme. Pero, sin duda, las cosas se pondrán más complicadas a partir de esta noche. Aunque dudo de que Reina salga del closet, la gente verá la química que hay entre las dos y empezarán a hacer preguntas. ¿Entrará en pánico? ¿Empezará a tener dudas?

Lo he visto antes con amigos. Estaban listos para salir del closet y aceptar su sexualidad y luego echarse atrás en el último momento. Una mujer con la que solía tener sexo de manera casual, ahora está comprometida con un hombre porque la aprobación de su familia era más importante para ella que su propia felicidad. Esta fiesta podría ser una maldición o una bendición, todavía tengo que averiguarlo.

"¿Quieres buenas noticias para distraerte?" me pregunta Jackie. "Parece que estás a punto de desmayarte."

"Por favor." Me río y pongo los ojos en blanco. "Cualquier cosa."

Jackie me hace señas para que la siga hasta el balcón donde nos sentamos bajo el sol de la tarde. "Tu padre ha llamado, justo cuando estabas de camino a casa. Por fin tiene una cita para su cadera."

Eso sí que eran buenas noticias y me anima un poco. "Genial. ¿Cuándo?"

"Dentro de unas semanas," dice con una sonrisa. "Parece ser que la recuperación no es tan fuerte pero le sugerí que se quedara conmigo en las semanas siguientes. Mejor estar en un apartamento en la planta baja que en la granja. Nunca estará quieto si se queda allí."

"Eso es muy amable por tu parte. Aquí tampoco funcionaría, por las escaleras." Hago una pausa. "¿Qué vamos a hacer con los animales?"

Jackie se encoge de hombros. "Entre nosotras nos apañaremos para que todo vaya bien." Nunca ha sido una mujer de preocuparse y no va a empezar ahora. "Solo son gallinas y ovejas. ¿Qué dificultad puede haber?"

"Tienes razón, haremos que funcione." Me termino la cerveza y miro hacia la calle, donde la gente se dirige a los restaurantes y bares. Desde que me mudé aquí, he podido clasificarlos. Los nativos, los vacacionales, los turistas y los que tienen yates fantásticos y llamativos. Todos visten elegante pero informal, pero los tipos de calzado y la forma en que se mueven los distinguen. "Necesita vender la granja," digo distraídamente, mi cabeza todavía centrada en Reina.

"Sí, pero ya he desistido de hablar de eso con él, no quiere saber nada."

"Lo sé. Y yo tampoco puedo mudarme allí. Con toda esa tierra, es demasiado trabajo para mí sola y necesita una buena renovación, que yo no puedo permitirme."

"Pero es una propiedad única," dice Jackie. "Una de las

últimas granjas en la península. En unos diez años, la tierra valdrá el doble. A tu madre le encantaba, y a sus padres, que la tenían antes que ella," añade con la mirada perdida.

"¿Estás tratando de chantajearme emocionalmente?" Digo en tono de broma. Sé exactamente por qué ella es también tan reacia a que se venda la granja. Igual que mi padre, tiene muchos recuerdos allí. Ahora que sé que amaba a mi madre, todo lo que dice y hace tiene mucho más sentido. "Porque no va a funcionar. Incluso si me lo cediera gratis, cosa que me ha ofrecido un montón de veces, no puedo permitírmelo. No es solo una simple reparación, es un pozo sin fondo de dinero. La granja necesita una renovación completa y también están los anexos, por no hablar de las vallas. Si la vende ahora, podrá comprarse un apartamento para mayores estupendo y yo tampoco tendré que preocuparme tanto por él."

"Pero la comprarán los promotores y lo echarán todo abajo. Tu legado desaparecerá."

"Pues que así sea entonces. No veo otra manera."

Jackie asiente pero, aunque lo deja por el momento, sé que no tiene intención de dejar de luchar por la granja de mi padre. He pensado largo y tendido sobre si debería decirle que sé lo que me ha estado ocultando todos estos años y este parece ser el momento perfecto hacerlo. "Tú y mi madre..." empiezo con tacto.

Veo una leve expresión de tristeza en su rostro, pero mira hacia otro lado, fingiendo estar interesada en algo que pasa en la calle. "¿Qué pasa con tu madre?" pregunta de manera casual. Ha tenido tantos años de práctica evitando hablar de su pasado que habría caído otra vez en la trampa de no ser por la conversación reciente que tuve con mi padre.

"Estabais enamoradas." Le sonrío, para que sepa que no

hay resentimiento, pero su reacción es de sorpresa total. Se pone pálida y se mueve incómoda en la silla, las manos sobre su regazo están temblando.

"¿Cómo...?"

"No importa cómo me he enterado," digo, esperando que no piense en mi padre. "Pero lo sé."

"Oh..." Jackie traga saliva, luchando contra sus emociones. "No tenías que saberlo. Nunca. Tus padres en aquel momento eran felices juntos. De verdad que lo eran, pero simplemente pasó y no pudimos hacer nada para evitarlo."

Coloco una mano sobre su brazo y siento su pulso acelerado. "Jackie, está bien. Y no hace falta que hablemos de eso ahora, pero tal vez algún día, cuando estés preparada, me encantaría conocer tu historia." Dudo un momento. "Me encantaría conocer a mi madre a través de tus ojos." Sintiendo que es el momento de dejarla sola, me levanto. "Me tengo que ir. Si no quieres hablar, no tenemos que hacerlo. Tal vez otro día."

Jackie no dice nada mientras me dirijo a la puerta. Necesitará tiempo pero espero que, con el tiempo, cambie de opinión y se abra a mí.

71

REINA – 30 DE JULIO

"¿A dónde vamos que está tan cerca de casa?" pregunto cuando estamos todos en un taxi. Mi primer pensamiento es que Sasha ha organizado algo en su casa, pero luego giramos hacia mi calle y nos paramos delante de las puertas grandes mientras esperamos a que se abran. Estoy empezando a preocuparme. "Oh Dios, no habrás organizado una fiesta para mí, ¿verdad?" Ya sé la respuesta cuando escucho música y mucha gente hablando y riendo. "Nicole, esto es demasiado, es solo un cumpleaños." En el fondo, estoy tan llena de amor y es tan dulce lo que ha hecho que no puedo enfadarme con ella.

"No es solo un cumpleaños." Nicole aprieta mi pierna, sale del taxi y me mantiene la puerta abierta. "¿No dicen que 'la vida empieza a los 40'? Venga, vamos a celebrar el comienzo de tus cuarenta a lo grande." Me lleva por la casa hasta el jardín trasero, donde un gran grupo de invitados me saluda y empieza a cantar *Cumpleaños feliz*.

Me llevo las manos a la boca, totalmente sorprendida por cómo está todo montado y la decoración. Mi jardín trasero se ha transformado en un club de playa. Los muebles bajos alrededor de fogatas radiantes, una barra larga colocada en la casa de la piscina, mesas de pie con flores frescas repartidas por la terraza y un músico tocando la guitarra acústica y cantando. Un equipo de catering impecablemente vestido está sirviendo bebidas, mezclando cócteles y sirviendo bocaditos en bandejas grandes. Alrededor y dentro de la piscina hay unos focos con una luz acogedora, una gran cantidad de velas gruesas arrojan un aroma embriagador por el aire y un enorme hinchable con forma de '40' y cubierto de tiras de luces lo domina todo, creando un paisaje espectacular. Yo no lo habría hecho mejor si lo hubiera organizado. El sonido de las voces cantando y las manos de Eddie y Nicole en las mías hacen que se me llenen los ojos de lágrimas por segunda vez hoy y trago el nudo en mi garganta mientras voy saludando a todos. Reconozco todas las caras. A algunos no los he visto en mucho tiempo y hay también algunos amigos nuevos.

"Gracias cariño, esto es increíble," digo, besándola en la mejilla. Solo falta una persona esta noche y desearía que estuviera aquí. "¿Has invitado a Belle?"

"Por supuesto que he invitado a Belle. Ella ha sido quien ha proporcionado todo el montaje y ha ayudado a ponerlo todo junto con Sasha y Nola." Nicole hace una mueca. "¿Te parece bien? Quizás debería haberte preguntado, pero como era una sorpresa, no podía. Acaba de mandarme un mensaje para decirme que va a llegar un poco más tarde, por si no te sentías cómoda con ella aquí."

"No, me alegro de que venga." Le digo sonriendo. "¿Así que todo esto es de ella?" Estoy asombrada de que hayan podido ocultármelo, no tenía la menor idea. Belle incluso estuvo de acuerdo con eso de 'conocer a mi hija durante la comida' y mientras tanto, estaban las dos conspirando.

"Sí, se ofreció y no pude decir que no," sonríe. "Nos

hemos estado reuniendo en secreto. Me gusta mucho mamá, de verdad, y estoy segura de que a Eddie también le gustará."

"Esto es tan bonito. Así que tú, Belle, Sasha y Nola..." Mis labios empiezan a temblar y lucho por no llorar otra vez. Las cuatro mujeres favoritas de mi vida han hecho todo lo posible para darme una sorpresa. "No sé qué decir."

"No tienes que decir nada. Sólo diviértete." Nicole pone un margarita en mi mano. "Papá y Bree también van a venir más tarde. Pensé que estaría bien porque Eddie acaba de llegar a casa. ¿Te parece bien?"

"Sí, por supuesto. Estará muy contento de ver a Eddie." Sonrío y abrazo a Nola y su marido y hago una nota mental para organizar una fiesta sorpresa para *ella* el año que viene, cuando cumpla cincuenta. Abriéndome paso entre la multitud de invitados, me lanzo en un frenesí de abrazos y besos, encantada de tener a toda la gente que quiero en mi jardín. La fiesta debe llevar ya un rato porque las copas corren y todo el mundo está de buen humor, mezclándose entre ellos y riéndose, algunos incluso bailando al ritmo de flamenco.

"Feliz cumpleaños, nena," grita Sasha, agarrándome por la cintura por detrás un poco más tarde. Las lentejuelas plateadas de su vestido se clavan en mi piel mientras me aprieta.

"Aquí estás. ¿Te estabas escondiendo de mí?"

"Tenía miedo de que quisieras matarnos después de apoderarnos de tu casa mientras estabas fuera."

"Nunca haría eso." Me doy la vuelta y la abrazo con fuerza. "Gracias. Estoy completamente abrumada, pero esto es increíble."

"Gracias a Dios," exclama, dejando escapar un suspiro teatral. "Fue cuestión de suerte, no estábamos seguras de si te ibas a enfadar o no." Ve que mi vaso está medio vacío y lo cambia por un cóctel. "He estado con tu novia hoy," dice en un susurro, llevándome a un lado de la piscina, donde Igor está esperando. "Es estupenda. Creo que esto nos ha unido, ¿sabes? Y la invité a casa a unos chupitos de vodka, así que será mejor que fijemos una fecha."

"Sí, me encantaría. ¿Así que no la has asustado?"

"Ya me conoces, soy una gatita." Dice parpadeando inocentemente. "Oh, y estás impresionante. Ese vestido echa humo."

"Gracias. Tú también estás fantástica." Engancho mi brazo al suyo y me río de su entusiasmo. "No me puedo creer que hayas podido traer a toda esta gente aquí en tan poco tiempo, no creo que te hayas dejado a nadie. Y que Eddie esté aquí..."

"Esa es la guinda del pastel, ¿verdad? Me dijo que se iban a quedar contigo una semana, qué maravilla."

"Sí, estoy tan, tan feliz." Entrecerrando los ojos, miro a una mujer que está hablando con Igor. "Oh, mira, es Cindy Ashworth. No la he visto en mucho tiempo. ¿No te parece que está muy bien?"

"Cindy Ashworth..." Sasha busca en su memoria. "Creo que no la conozco."

"Es la madre de Danielle. La amiga de Nicole, Danielle," aclaro. "Es un poco extraña pero muy agradable. Nicole solía acompañarlos cuando salían en su yate. Vamos a saludarla."

72

BELLE – 30 DE JULIO

Empiezo a sentir náuseas cuando giro la esquina y siento el ambiente de cumpleaños. La piscina está impresionante, tal como imaginé que quedaría en la oscuridad, y un guitarrista toca música suave de fondo. Los invitados van vestidos muy elegantes, las mujeres con vestidos de cóctel y trajes de pantalón y los hombres de manera casual. No tienen ni idea de que estoy aquí, observándolos desde la oscuridad, reuniendo el valor para unirme a ellos. Agarrando la botella de champán, espero que Nicole tuviera razón. Espero que a Reina no le importe que esté aquí.

Se me revuelve el estómago cuando veo a una mujer con un llamativo vestido morado. *Joder... Es la señora Ashworth.* De todas las ex clientas que posiblemente pudieran estar aquí, no podría ser peor, literalmente. Está de pie muy cerca de quien supongo que es su esposo, porque su mano cubre la de él mientras hablan en una de las mesas de pie. No creo que su marido sepa que la he estado visitando una vez al mes durante un año, pero me alegra ver que todavía están juntos. *Así que son amigos de Reina...* Debería haber anticipado que podría conocer a alguien aquí. El mundo es un pañuelo. Ahora sí que no puedo entrar en la fiesta. Justo cuando estoy a punto de darme la vuelta para irme, Nicole me ve y corre hacia mí. Solo la he visto con sudaderas, camisetas y vaqueros y es increíble lo mucho que se parece a su madre con un vestido, el pelo suelto y un poco de maquillaje.

"¡Ya estás aquí!" me coge de la mano y tira de mí. "Me preocupaba que no aparecieras. Deja que te traiga algo de beber."

"En realidad no estoy segura de poder..."

"Tonterías. Todo irá bien," dice, dirigiéndome una gran sonrisa. Continúa charlando animadamente y agitando mucho las manos mientras lo hace. "Oh, Dios mío, esto es maravilloso. Literalmente ha superado todas mis expectativas. Mamá casi se desmaya cuando entró. Estoy segura de que es el mejor día de su vida. Le encanta la fiesta y se está divirtiendo mucho. Me ha preguntado cuándo venías."

"Me alegro de que le guste." Me detengo, aterrorizada ahora, pero Nicole tira de nuevo de mí y no tengo más remedio que seguirla.

Me coge la botella de champán y me da una copa de vino blanco helado. "Perdona, ¿prefieres champán? ¿O un cóctel? Los camareros pueden hacerte lo que quieras."

"No, esto es genial, gracias." Mantengo la cabeza baja, esperando que la señora Ashworth no me vea y mi mano tiembla cuando llevo la copa a mis labios. Sin mirar, sé que me ha visto, a pesar de estar medio escondida detrás de otro invitado. Es la misma sensación que tuve antes de saber que nos había seguido a la cafetería, como si sus ojos venenosos estuvieran agujereándome. "¿Sabes qué? Lo siento mucho pero no puedo quedarme. ¿Puedes, por favor, decirle a tu madre que lo siento y que la llamaré mañana?"

Nicole frunce el ceño y niega con la cabeza. "Absolutamente no. Te quiere aquí y por lo menos deberías ir a saludarla."

"Lo siento," repito. "Me tengo que ir." Incapaz de explicar mi extraño comportamiento, le devuelvo la copa y me giro para irme. No quiero que piense que soy grosera pero es mejor esto a que la señora Ashworth monte una escena delante de Reina y de todos sus amigos y familiares. Ni esta noche ni nunca. Justo cuando estoy a punto de irme, alguien se me acerca por detrás y me agarra la muñeca.

"B."

Me doy la vuelta bruscamente y retiro la mano. "Por favor, no hagas esto," le ruego cuando la tengo cara a cara. "Por favor, deja que me vaya en silencio. Y por favor, no me toques," añado cuando intenta cogerme la mano otra vez.

Nicole nos mira, muy confundida por lo que ha presenciado. "¿Os conocéis?" pregunta cuando me ve librarme de las garras de la señora Ashworth.

"Sí." La señora Ashworth parece haberse olvidado por completo de su marido, que nos está mirando. "¿Me has seguido hasta aquí? Podrías haberme dicho que querías ser mi cita."

"No te he seguido. Si hubiera sabido que ibas a estar aquí, no habría venido." Inmediatamente me arrepiento de haber dicho eso. Su rostro se transforma en un instante en una mezcla de dolor y furia. Sus ojos inyectados en sangre me atraviesan, me dicen que está un poco más que achispada y, por tanto, muy impredecible. "No hagas una escena," le ruego. "Arruinarás el cumpleaños de Reina. Solo quiero irme." Me pasan por la cabeza mil escenarios muy malos, cada uno peor que el otro, mientras me voy alejando lentamente de mi depredador. Su esposo nos está mirando todavía y espero por Dios que no venga.

"¿Puede decirme alguien qué coño está pasando?"

pregunta Nicole irritada. Deja las copas a un lado y cruza los brazos sobre su pecho.

"¿Es de verdad amiga de tu madre?" le pregunta la señora Ashworth mientras mira en dirección a Reina.

"Sí. ¿Por qué?"

"¿Una buena amiga?"

"Sí, están muy unidas," dice Nicole, con cuidado de no darle demasiada información.

"Ya." La señora Ashworth me señala con el dedo. "¿Sabe tu madre que es escort?"

73

REINA – 30 DE JULIO

Cumplir cuarenta años no está tan mal. Tengo una copa de champán en mi mano, la piscina está espectacular, me siento bien con mi aspecto y estoy disfrutando mucho poniéndome al día con los amigos y conocidos. El año pasado no me podría haber imaginado sentirme tan feliz de cumplir cuarenta años pero ahora sí. La música flamenca está en todo su apogeo, mis invitados lo están pasando bien, tengo aquí a mis dos hijos y Belle llegará pronto. No puedo pensar en una sola razón por la que debería ocultar mis sentimientos por ella al mundo exterior porque, con el apoyo de mis hijos, puedo con todo.

Me siento una persona nueva y el futuro está lleno de posibilidades. Antes de conocer a Belle, era una madre divorciada y deprimida sin ningún rumbo en la vida. Ahora soy Reina Amari, una mujer segura y feliz, cuyo vaso está medio lleno en vez de medio vacío. Me llevo bien con mi ex marido y tenemos dos hijos maravillosos que se preocupan por nosotros. Hago voluntariado tres veces a la semana en Camp Rubin. Soy fotógrafa no profesional y debo admitir que no lo hago nada mal. Me siento muy unida a mi asistenta, que es la mujer más amable y leal del mundo, y a Sasha, mi amiga, que solo confía en mí igual que yo en ella. Me gusta el yoga, los largos paseos por la playa, una copa de vino al atardecer y mi madre vive, afortunadamente, en otro continente, porque no sé si aceptaría lo que he aprendido sobre mí: que soy gay y estoy enamorada de Belle.

"Parece que te estás divirtiendo mucho esta noche," me dice Sandeep cuando tenemos un momento a solas. Estaba muy callado cuando llegó pero ahora el champán lo ha relajado. Supongo que el que yo haya estado tan tranquila ha ayudado. Nos hemos puesto al día con Eddie y Maddie y nos hemos echado unas risas todos juntos. "Siento que Bree no haya podido venir." Se ríe entre dientes. "Vamos, no es que te importe que esté aquí o no, pero agradezco de verdad que sea bienvenida. Gracias."

"No pasa nada. Espero que en algún momento en el futuro podamos estar todos juntos de vez en cuando, Bree incluida," me sorprende oírme decir eso. "No quiero que haya incomodidad entre nosotros."

Los ojos de Sandeep casi se salen de sus órbitas al escuchar esto. "¿Hablas en serio Reina?"

"Sí. ¿No crees que sería agradable? Tú, yo, Belle, Suki, Bree, Nicole, Eddie, tu futuro bebé... No quiero decir que tengamos que ser una gran familia feliz. Pero quizás por los cumpleaños de nuestros hijos y el Día de Acción de Gracias."

"Por supuesto, eso sería fantástico," dice, tragando saliva. Siempre ha sido muy sentimental y sé que este último año también le ha pasado factura. Abandonar a tu esposa, la mujer a la que prometiste ser leal el resto de tu vida, debe haber dejado huella en su sentido de culpabilidad. Ahora que hay redención al final de un túnel largo y oscuro, parece cinco años más joven.

Al levantar la copa para tomar un sorbo, veo algo en mi línea de visión que me alerta. Alguien que hace que se me acelere el pulso. Creo que sentí su presencia antes de verla. Lleva pantalones negros y una camisa blanca, simple pero elegante, sexy de una manera discreta. Su cabello está peinado para que parezca que está desordenado, un mechón oscuro cae sobre su ceja. Y de repente, dos días sin ella parecen toda una vida y no puedo esperar para abrazarla. Estoy tan lista como nunca más lo estaré.

"Guau. Ha venido," dice Sandeep, siguiendo mi mirada.

"Por supuesto. Es mi novia." No me molesto siquiera en bajar la voz antes de cruzar la terraza para saludarla. Está hablando con Nicole y Cindy Ashworth y frunzo el ceño al sentir la tensión que hay entre ellas.

"Se lo voy a decir a todo el mundo," escucho a Cindy decir entre dientes cuando me acerco a ellas. Parece una persona completamente diferente a la mujer simpática con la que he hablado hace solo veinte minutos. Belle y Nicole parecen estar en estado de shock en vez de feliz de verme. Me preocupa porque es raro ver a Nicole en este estado. La última vez fue cuando me pilló en la cocina con Belle entre mis piernas.

"Hola," le digo a Belle. Pienso en abrazarla pero no parece que esté de humor para eso. "Me alegro mucho de que estés aquí." Con pausa y dubitativa, dirijo mi atención a Nicole y Cindy. "¿Va todo bien? Parece que estáis enfadadas."

"Creo que ya es hora de irnos a casa." El marido de Cindy interviene y la rodea con un brazo. Lo veo retroceder cuando mira a Belle, como si la reconociera de algún sitio. "Venga cariño, has bebido demasiado."

"Suéltame, no estoy borracha." Se lo quita de encima

pero se rinde cuando lo intenta de nuevo, esta vez con más fuerza.

"Cindy, venga. Estás actuando como una loca y montando una escena."

"Está bien. Pero solo porque es el cumpleaños de Reina." Cindy lanza otra mirada de furia a Belle por encima del hombro antes de que él se la lleve. "Recuerda mis palabras. Se lo voy a decir a todo el mundo," murmura.

"¿Decirle a todo el mundo qué?" Se me forma un nudo en el estómago al ver a Belle angustiada, temblorosa y pálida.

"Lo siento mucho," dice Belle. "No sabía que ella estaría aquí. Me voy ya."

"No, espera. Por favor no te vayas. Sea lo que sea, podemos lidiar con ello. Puedo lidiar con ello, te lo prometo."

"No creo que puedas."

"¿Lo sabías, mamá?" pregunta Nicole, señalando a Belle. "¿Sabías que Belle es una escort?"

Se me para la respiración cuando me giro hacia Nicole. Ahí está. Mi peor pesadilla, el momento que tanto temía, y ha llegado antes de lo que esperaba. Ahora sé a qué se refería Cindy y no tengo dudas de que todos en mi círculo de amigos lo sabrán en cuestión de días. "Sí," digo, y Nicole parece sorprendida de escucharlo.

"Lo sabías..." hace una pausa. "¿Y tú...?"

Asiento lentamente, dejando que todas las emociones contradictorias se asienten. Estoy asustada pero, al mismo tiempo, aliviada de que mi secreto haya salido a la luz. Estoy furiosa con Cindy y me siento fatal por Belle, que parece que quiere evaporarse en el aire. "Pero ya no es escort y lo que haga ahora o hiciera en el pasado no es asunto de nadie más que de ella. Y desde luego no es asunto de Cindy para que vaya contándolo por ahí."

"Mierda. Lo siento mucho, he arruinado tu cumpleaños," dice Belle. "Creo que es mejor que me mantenga lejos de ti durante un tiempo."

"¡No!" grito, mucho más fuerte de lo que pretendía, tomando su mano. "No te atrevas a desaparecer de mí otra vez. Cindy puede hablar todo lo que le dé la gana. No me avergüenzo de lo que he hecho y tú tampoco deberías. Si alguien debería disculparse soy yo, porque ha sido una amiga mía quien se ha pasado de la raya y sé lo mucho que querías mantener esto en privado. Así que, por favor Belle, no te vayas. Te necesito." Trago saliva, intentando contener las lágrimas. Lo tengo todo clarísimo ahora. Mañana Cindy hará sus rondas, la gente hablará y tendré que explicárselo a Eddie y a Nicole. Pero prefiero ser el tema de muchos chismes durante cien años que no tener a Belle en mi vida. "Te amo." Mientras lo digo, me doy cuenta de que todos los que están cerca nos están mirando, incluida Nicole. Es verdad. La amo y, extendiendo mi mano, tomo la suya. "Te amo y puedo lidiar con esto. Puedo con todo siempre que estés a mi lado."

Los ojos de Belle están fijos en los míos, su mirada es tan intensa que daría cualquier cosa por saber lo que está pensando. Pero su expresión se suaviza y sus hombros se relajan. Tira de mí y me abraza y yo doy un gran suspiro por el contacto mientras entierro mi cara en su cuello. "Yo también te amo," susurra, acariciando mi cabello. "Te amo, Reina."

74

BELLE – 30 DE JULIO

Reina se separa un poco de mí y acuna mi cara en sus manos. Nos sonreímos, el estrés de la situación ya casi olvidado. Después de haber pronunciado ambas esas palabras, ya nada importa tanto porque, mientras ella esté bien, yo también lo estaré. Paso una mano por su suave mejilla y sonrío al notar que está temblando. "Sabes que nos están mirando, ¿verdad?"

"Claro que lo sé. Y yo lo que de verdad, de verdad quiero es que me beses."

"¿Estás segura?" pregunto, moviendo mi mano a su nuca para acercarla a mí.

Reina no responde, sino que se inclina un poco y nos encontramos a medio camino y cuando nuestros labios se rozan, el ambiente a nuestro alrededor cambia. El músico sigue tocando pero los invitados están callados. *Una escort y su clienta, una reina y su sirvienta.* No me importa lo que piensen los demás, tampoco a ella, porque nada ha sido nunca tan real. El amor es una sensación nueva y maravillosa. Es preciosa y frágil pero, todo junto, es inquebrantable. De ahora en adelante, somos una sola persona enfrentándonos al mundo juntas.

Cuando nos separamos, las conversaciones se reanudan y nos reímos incómodas, sabiendo que tenemos mucho que explicar. Resuenan susurros en el aire pero, al final, todo lo que la gente necesita saber es que nos amamos. Todo lo demás es solo ruido. Reina es más fuerte de lo que pensaba. Con sus antecedentes, lo que acaba de hacer parecía impensable hace tres meses. Alguien está aplaudiendo, es Sasha.

"¡Por fin!" grita, silbando entre los dientes. "¡Ahora buscaros una habitación!"

Reina se echa a reír, poniendo los ojos en blanco. Está completamente tranquila cuando se vuelve hacia Nicole y le pone una mano en el hombro. "Cariño, siento mucho que te hayas enterado así. ¿Podemos hablar mañana, por favor? Solo quiero seguir disfrutando de la noche."

"No tenemos nada de qué hablar," dice, y al ver las lágrimas caer por sus mejillas, me preocupa que salga corriendo de nuevo. Pero se limpia los ojos, se recompone y hace algo que nos deja a las dos desconcertadas. Cae sobre el cuello de Reina y la abraza fuerte durante un buen rato. "Te quiero mamá."

"Yo también te quiero cariño. Mucho, mucho." Reina suspira aliviada. "Gracias."

Entonces Nicole se vuelve hacia mí y hace lo mismo, envolviéndome en sus brazos con mucha fuerza. "Que se jodan todos, no importa. Nada es importante mientras mamá sea feliz. Me gustas Belle."

Me ahoga su aprobación y sé que esto no es solo un show para ella. No está haciendo una declaración delante de todo el mundo para que vean que tenemos su bendición. Esto es sincero y real y le devuelvo el abrazo, deseando con todas mis fuerzas que sepa cuánto amo a su madre. "Te prometo que cuidaré de ella. Siempre."

Los susurros continúan y algunas cabezas desvían su mirada cuando miro hacia ellos. Debe ser extraño de presenciar y me imagino lo confuso que debe ser para los invitados, que no tienen ni idea de por qué Cindy Ashworth se ha ido de esa manera y por qué Reina, de repente, está besando a otra mujer. Muy pronto lo descubrirán, quizás incluso esta noche.

A continuación se produce un momento surrealista, en el que ninguno de nosotros sabe muy bien qué decir o hacer, pero un joven se me acerca y me tiende la mano, salvando el momento. "Hola, soy Eddie, y, por lo que acabo de presenciar, solo puedo suponer que eres Belle ¿no?"

Sonrío y observo al apuesto chico que, como Nicole, es la viva imagen de su madre. "Sí, soy yo. Es un placer conocerte."

"Igualmente." Hace señas a una chica para que se acerque. "Esta es mi novia, Maddie. Se ha estado muriendo por conocerte. Yo también, para ser sincero."

Maddie me mira de arriba a abajo como si fuera una especie rara, sonríe y me da la mano. "Entiendo por qué mi suegra está tan enamorada de ti. Es tan bonito verla enamorada." Se inclina más hacia mí y dice "no te preocupes por las miradas. Créeme, conozco a esta gente y es posible que estén sorprendidos durante un tiempo, pero lo que de verdad les pasa es que envidian tu conexión con Reina. Es raro, ¿verdad cariño?" le dirige una mirada cariñosa y él la rodea con un brazo.

"Tienes razón. Creo que acabarán acostumbrándose pronto," digo, tomando la mano de Reina. "Nicole me dijo que volabais directamente de la India esta mañana. Debéis estar exhaustos."

"En realidad estamos bien," dice Maddie alegremente. "Nicole organizó el viaje de regreso para nosotros porque los vuelos de última hora estaban muy por encima de nuestro presupuesto. Cortesía de su abuela, parece ser. Bueno, tuvimos una escala de doce horas en Londres y allí dormimos. Luego caímos en un coma alimentario en el avión después de toda la pizza y la pasta que comimos para compensar todos los carbohidratos que nos perdimos, así que en realidad, hemos descansado más de lo que hemos hecho durante semanas. Entendedme, me encanta, encanta, encanta la comida india, pero he echado mucho de menos el queso derretido."

Me río y señalo a un camarero que está sirviendo pan de ajo con queso. "Bueno, parece que hay más que suficiente esta noche, así que puedes seguir llenándote."

"De nada a todos. Puse todas mis comidas favoritas en el menú," admite Nicole con una sonrisa. "El grupo de yoga está en pánico porque no hay apio a la vista."

"¿Por qué no me sorprende...?" Reina se sirve un bocadito, me lo ofrece para que le dé un mordisco y se come el resto, dirigiéndome una mirada dulce. Se apoya en mí y me doy cuenta de que nos sentimos totalmente cómodas junto a sus hijos.

"Así que eso es lo que ha estado pasando, ¿eh?" Nola se acerca y nos sonríe. "Debería haberme dado cuenta de que os escabullíais pero no lo vi. Pero, pensándolo bien, no veo cómo no podría habérmelo perdido."

"Siento no habértelo podido decir," dice Reina.

"Cariño, eso es asunto tuyo y solo tuyo." Mira nuestras manos entrelazadas y mueve la cabeza con incredulidad, todavía haciéndose a la idea. "Mmm... en realidad se os ve muy bien juntas. Feliz."

"Pareces sorprendida," le digo con un guiño.

"Claro que estoy sorprendida." Deja escapar una gran carcajada. "Agradablemente sorprendida pero, Dios mío... vosotras dos..."

Nos reímos todos y una vez más me digo que todo va a estar bien. Mi secreto está al descubierto y el secreto de Reina está al descubierto, pero quizás no sea el fin del mundo. Ya me cansé de mirar por encima del hombro y sospecho que Reina siente lo mismo. El amor en sus ojos es puro e intenso cuando tomo su mano. "¿Me concedes el próximo baile?"

75

REINA – 30 DE JULIO

Todos los invitados ya se han ido, Nicole, Eddie y Maddie están en la cama y quedamos Belle y yo, sentadas en la terraza, en silencio. Los trabajadores del catering lo han limpiado y recogido todo y, si no fuera por los muebles y los cacharros esparcidos por todos lados, casi parecería como si esta noche no hubiera existido. De fondo podemos escuchar el sonido hipnótico de las olas del mar. Estamos acostadas juntas en una de las tumbonas, escuchando el sonido de las olas, las dos relajándonos después de una intensa noche que no olvidaremos jamás. Mientras nos mezclábamos con mis invitados, nos sentimos abrumadas por las vibraciones positivas y las sonrisas, y aunque algunos no sabían qué decir, querían mostrarnos su apoyo. Sandeep, Sasha e Igor nos tuvieron entretenidas durante la mayor parte de la noche. Cuando presenté a Belle a mis amigos y conocidos, ella estuvo encantadora, divertida y cariñosa y yo muy orgullosa de tenerla a mi lado. Es extraño estar fuera del closet aunque todavía no lo he asimilado. Cumplí cuarenta años, me reuní con mi hijo, le dije a Belle que la amaba y salí del closet. Es mucho para un solo día.

"No me arrepiento de nada," digo, queriendo que Belle sepa que nada de lo que dije o hice fue por capricho. "Te amo y quiero que todo el mundo lo sepa." Todas las luces están apagadas, excepto las del enorme hinchable con el '40', que se balancea suavemente en la piscina.

"Yo también te amo, cariño." Belle me envuelve en sus brazos con más fuerza. "¿No te preocupan los chismes?" dice en tono vacilante. "Sobre mí, quiero decir."

"No. Me preocupas más tú. ¿Estarás bien?"

"Sí. Iba a salir en algún momento de todos modos, así que mejor ahora. Para cuando Suki tenga la edad suficiente para entenderlo, estará ajena a lo que solía hacer para ganarme la vida, llevará mucho tiempo olvidado ya."

Asiento y levanto la cabeza para besarla. Me encanta poder besarla cada vez que quiera ahora y no tener que escabullirnos o escondernos o tener cuidado. Me devuelve el beso, separando los labios para recibir mi lengua y yo gimo cuando pasa sus dedos por mi cabello. De pronto nos encontramos enredadas, besándonos con ansia. Mi respiración es rápida cuando me separo un poco de ella y le sonrío. "¿Te apetece nadar?"

"Por esa mirada traviesa que tienes, deduzco que no quieres hacer unos largos conmigo, ¿eh? ¿No se despertarán los chicos?"

Niego con la cabeza y me humedezco los labios. "Eddie y Maddie tendrán jet lag y Nicole duerme como un tronco, así que creo que estaremos a salvo si estamos calladas."

"Puedo estar callada" promete Belle.

"¿Sí?" Me levanto, me quito los zapatos y el vestido rojo. Sus ojos se oscurecen cuando me ve con mi conjunto de lencería rojo y yo la deseo tanto que no puedo esperar. "Creo que me dejaré esto puesto," digo en tono burlón, levantando la mirada hacia la ventana de la habitación de Nicole. "Por si acaso."

Belle se levanta también y se quita la ropa interior. Luce un cuerpo increíble bajo las luces suaves del hinchable. Me lanzo contra su cuerpo y la vuelvo a besar, suspirando por la sensación de nuestras pieles juntas. "Qué maravillosa sensación," murmura, pasando sus manos por mi trasero. Me lo aprieta y me besa con tanta pasión que hace que mis piernas tiemblen. Me libero de ella y le lanzo una mirada seductora por encima del hombro mientras me dirijo a la piscina. Desciendo lentamente en silencio, el agua está increíble y, cuando me doy la vuelta, el gran '40' resplandeciente viene hacia mí, destacando contra el cielo oscuro. El número no me asusta. Hacerme mayor no me asusta porque sé que envejeceré con Belle y estoy emocionada por el futuro y lo que éste traerá.

Se une a mí en la piscina. Envuelvo mis piernas en su cintura y mis brazos alrededor de su cuello, disfrutando de la gravidez del agua fría. Hay luna llena, está radiante y brilla en la oscuridad cuando nuestros labios se encuentran en un beso apasionado.

"¿Has hecho el amor alguna vez en una piscina?" me pregunta entre respiraciones entrecortadas.

Su voz ronca provoca más excitación entre mis muslos y empujo mis caderas hacia ella. El dolor por poder liberarme casi me está matando. "No, ¿y tú?"

Belle niega con la cabeza y sonríe, nada hacia el extremo menos profundo de la piscina y me empuja, colocándome entre ella y la pared. "Hay una primera vez para todo." Su boca va hacia mi cuello y me besa suavemente, luego más fuerte, chupándome, mientras sus manos se deslizan dentro de mi sostén para acariciar mis pezones. Ahogo mis gemidos presionando mi boca contra su cabeza.

"Te he echado de menos," susurra Belle, deslizando una mano dentro de mis bragas. Me frota suavemente y me empujo contra ella, jadeando por su roce. Mirándome intensamente a los ojos, sonríe mientras pone más presión en mi centro. Yo deslizo también mi mano, imitando sus acciones, lentas y deliberadas. Nuestra energía ha cambiado esta noche. El mismo deseo que todo lo consume sigue ahí, pero hay mucho más. Hay amor y es evidente por la forma en que nos miramos y abrazamos, ahora con más ternura. La profunda conexión que siento es diferente a todo lo que alguna vez pensé que sentiría. Cuando mi clímax se va acercando, el deslumbrante hinchable con el '40' brilla orgulloso detrás de ella, recordándome que es el final de una era y el comienzo de una nueva.

"Córrete conmigo," le digo cuando la siento tensarse entre mis brazos y me besa para silenciar nuestros gemidos. Estar en silencio es extraño pero hermosamente íntimo, un momento secreto compartido pero tan tranquilo, tan intenso. La energía que fluye entre nosotras mientras vierto todo mi placer en ella y ella vierte todo su placer en mí.

"Te amo, Reina. Feliz cumpleaños, mi amor." Me sostiene entre sus brazos, descansando su frente sobre la mía.

76

BELLE – DOMINGO

"¡Hola preciosa!" Digo cuando Reina se despierta. Yo me acabo de despertar también y la he estado observando un momento, dormía con una sonrisa en su rostro. Me alegra el corazón saber que es feliz, que el drama de anoche no la ha afectado. Hay luz en la habitación, se nos olvidó cerrar las cortinas antes de quedarnos dormidas y el sol que entra a raudales por las puertas correderas del balcón hace brillar su cuerpo.

"Buenos días." Se acurruca en el hueco de mi brazo con un gemido de sueño. "Mmm..." Su sonrisa se hace más grande y me besa. "Anoche fue increíble."

"Sí que lo fue." Acaricio su pelo y me queda maravillada de su hermosa cara. "¿Todavía no te arrepientes?"

"No, para nada. Cero arrepentimientos." Se apoya en mí, conteniendo un bostezo. Está tan guapa recién despierta, tan adorablemente vulnerable. "¿Qué hora es? Oigo a Eddie y Maddie abajo."

"Solo las ocho. Pero necesito levantarme pronto, Randy va a venir con la camioneta."

"Oh no... no ahora que estamos las dos desnudas." Reina

pone una cara teatral y pasa la punta de un dedo sobre mis senos, haciendo círculos en mis pezones hasta que gimo. "¿Cuánto tiempo tienes?" Su mirada me dice que está tan excitada como yo, incluso después de todo lo que hicimos anoche. La piscina, la ducha, la habitación... Siento una punzada al recordar cómo la follé por detrás sobre su tocador, mirándonos en el espejo.

"Diez minutos."

"Suficiente para mí," dice en tono seductor y se da la vuelta para buscar algo en el cajón de la mesita de noche.

Le lanzo una mirada de sorpresa cuando veo que saca un vibrador. "No sabía que tenías juguetes."

"Es antiguo pero funciona bien." Se ríe cuando lo enciende. "Por suerte, las paredes son gruesas porque es un poco ruidoso." Bajando el juguete bajo las sábanas, se ríe cuando jadeo, moviendo mis caderas mientras el vibrador roza mi clítoris. "¿Lo ves? Te dije que funcionaba bien. Era muy caro en aquel momento." Nuestras bocas se funden, entrelazo mis dedos en sus mechones largos y me rindo a ella. Me masajea con el aparato hasta que no sé qué hacer conmigo, lo único que sé es que necesito que me libere del dolor palpitante entre mis piernas. Poniendo más presión sobre mi parte sensible, hace más profundo el beso y gime cuando me oye gritar de placer, ahogado en sus labios. Apaga el vibrador y lo sustituye con sus dedos, penetrándome cuando estoy a punto de llegar al clímax. Es una sensación increíble y la tensión en la parte inferior de mi abdomen aumenta. Sus dedos dentro de mí y su peso sobre mí me envían a lo más alto.

"Te amo," susurro cuando comienza a moverse dentro de mí a un ritmo lento. Sus ojos, oscuros y seductores, su intensa mirada sensual cuando levanta la cabeza y se lame los labios al verme ahogarme en éxtasis.

"Yo también te amo," susurra en respuesta y me rompo debajo de ella.

~

"¿Quieres quedarte a desayunar?" se aprieta el cinturón de su albornoz antes de recoger la taza de café vacía de Randy.

"Me encantaría, pero tengo que recoger a Suki después de descargar estas cosas," le digo, mirando su escote. "Pesa demasiado para que Randy lo haga solo y, además, creo que necesitas algo de tiempo a solas con tu familia. Supongo que tenéis mucho de lo que hablar." Cierro la puerta de la camioneta y le hago señas a Randy con el pulgar. "Gracias colega. Cogeré mi coche y nos vemos en el almacén."

"Vale." Randy se despide de Reina y se sube a la camioneta. "¡Que tenga un magnífico día, señorita Amari!"

"Gracias, tú también." Reina espera hasta que Randy desaparece, se inclina y me besa. "Sí, perdona, claro que tienes que volver. Hoy no estoy pensando con mucha claridad," murmura contra mis labios. "¿Te apetece todavía esa comida en la playa? Sé que los planes para la comida eran solo una trampa para que no me enterara de la fiesta, pero, aún así, me gustaría que nos reuniéramos."

"Sí. Me encantaría pasar tiempo contigo y tu familia. Traeré a Suki." La beso de nuevo solo porque su deliciosa boca es demasiado tentadora para resistirme. Estoy en la cima del mundo hoy. Reina me ama y yo la amo. Esto es real y saberlo me hace sentir segura.

"Oh, por Dios, otra vez..."

Rápidamente nos separamos y vemos a Nicole de pie en la puerta principal. Hace una mueca y luego estalla en carcajadas cuando ve nuestras caras nerviosas. "No os preocupéis por mí," bromea. "Iba a sacar algo de mi coche, pero creo que voy a esperar."

"Si es tan traumático, no deberías seguir acercándote con tanto sigilo," dice Reina en tono juguetón, soltándome y poniéndose bajo la sombra de un árbol para ocultar su sonrojo.

"Bueno. Creo que es hora de irse." Yo también me siento un poco ruborizada, pero me río mientras me subo a mi coche. "Hasta luego chicas."

77

REINA – DOMINGO

"Bueno, pues... eso es todo." Tres pares de ojos me miran totalmente cautivados, como si estuvieran decepcionados de que esté a punto de concluir mi historia. Lo único que no he contado es que Sasha fue la que me dio la tarjeta de Hamptons' Escorts. Excepto eso, les he contado la verdad sobre mi exploración sexual, mis sentimientos, mis luchas internas y cómo nos enamoramos Belle y yo. Vinimos un poco antes para tener tiempo de contarles antes de que llegaran Belle y Suki, porque no quería hablar sobre el trabajo de escort de Belle con ella presente.

"Guau." Eddie me mira pensativo. "No tenía ni idea de que habías estado tan triste y te habías sentido tan sola. Si lo hubiera sabido, no me habría ido."

"Eso es muy bonito, cariño, pero tenía que pasar por esto yo sola," le digo, sonriendo. "Pero no fue la soledad lo que me atrajo a ella. Si no la hubiera conocido, estoy bastante segura de que todavía seguiría soltera porque no habría sabido que me gustaban las mujeres."

Asiente. "Parece agradable."

"Sí," confirma Maddie. "Y es algo..." duda un momento. "Bueno, no me gustan las mujeres pero hay algo muy sexy en ella. ¿Crees que ella es *tu* persona?"

"Sí," digo con total seguridad. "Nunca antes he sentido tanta atracción o conexión y quería ser totalmente honesta con vosotros porque la verdad sobre su pasado puede salir a la luz y existe la posibilidad de que oigáis algo de vuestros amigos si oyen a sus padres hablar sobre mí. Quiero que lo entendáis."

"Yo lo entiendo, de verdad," dice Nicole, acariciándome el brazo. "Tenía toda la lógica veros juntas anoche."

"Yo también lo entiendo, más o menos." Dice Eddie echándose a reír. "Solo que lleva tiempo acostumbrarse a la idea, eso es todo."

"Bueno, pues por mi parte creo que es genial tener una suegra lesbiana." Maddie desliza su plato a un lado y se inclina, apoyando los brazos sobre la mesa. "Te hace más interesante de alguna manera."

Me río y muevo la cabeza. "¿De verdad era tan aburrida?"

"No, aburrida no, quizás un poco estirada," bromea Nicole. Se sirve más agua con gas de la botella y se muerde el labio mientras me mira con una sonrisa. "Oye, mamá, ¿puede venir Tyrell esta semana, mientras están Eddie y Maddie?"

"Por supuesto cariño." Aplaudo de emoción y la beso en la mejilla. "Estoy deseando conocerlo."

"¿Mi hermanita tiene novio?" pregunta Eddie.

"No es mi novio," dice Nicole, poniendo los ojos en blanco. "Solo estamos saliendo."

"Solo están saliendo," repito con una risita.

"Ya. Como mamá y Belle, que 'solo estaban saliendo'" dice, haciendo comillas en el aire.

Bajando la voz, digo "es rapero. Y bastante bueno, por lo que he oído."

Nicole me da un codazo. "¿Dónde has escuchado su música?"

"En YouTube," digo, moviendo inocentemente mis pestañas. "Lo encontré en tu historial de Instagram y lo busqué. No fue muy difícil, la verdad. Deberías cambiar tu configuración de privacidad."

"Lo he hecho esta mañana, por si Eddie empezaba a cotillear. Así que, por favor, guárdatelo para ti hasta que lo conozca."

"Guaaaaaau... ¡Nicole está saliendo con un rapero!" La mira con curiosidad. "¿Es famoso?"

Nicole se pone colorada pero sé que en secreto está disfrutando el que su nuevo amor le haya dado un aire de misterio. Después de haber investigado un poco, me he enterado de que Tyrell es bastante conocido y tiene un montón de admiradores. "No te voy a decir nada," dice Nicole descarada y saluda a Belle, que se acerca a nuestra mesa con Suki.

"Hola chicos." Sonríe a todos y me da un beso. "Esta es Suki, mi hija."

Suki se me acerca y me abraza. Está encantada de ver a Nicole y se sube a su regazo, luego estrecha las manos de Eddie y Maddie con timidez.

"Os volverá locos en un rato," dice Belle, lanzándole un guiño a Suki. "¿Cómo os sentís hoy? ¿Resaca?"

"Un poco," admite Eddie. "Demasiados cócteles quizás, pero nada que una buena comida no pueda arreglar, ¿y tú?"

"Yo estoy estupendamente." Belle pone el brazo sobre el respaldo de mi silla y me apoyo en ella. Y está estupenda, me digo a mí misma, con esa camisa blanca que le resalta su piel morena. Sus ojos brillan y, desde luego, no parece que haya estado toda la noche despierta, yo también noté tener un brillo especial en mis ojos esta mañana. Debe ser todas las endorfinas de nuestros sistemas. "Pero tengo hambre. He oído decir que la comida aquí es fantástica." No se la ve incómoda con todos nosotros y me alegra que sienta que puede ser ella misma con mis hijos.

"Sí, es muy buena y fríen las patatas tres veces." Maddie le sirve un vaso de agua y le da un menú. "Reina nos estaba contando cómo os conocisteis."

"¿Se lo has contado todo?" me pregunta Belle, con un destello de preocupación en su mirada. Sabía que Eddie y Maddie se enterarían de una forma u otra, por Nicole o algunos de sus amigos, pero quizás no se esperaba que yo me abriera tan pronto.

"Sí. Todo. Así ahora podemos empezar de cero." Le aprieto la pierna para tranquilizarla y le sonrío.

"¿Y no tenéis ningún problema con eso?" pregunta Belle, centrando su atención en Maddie y Eddie. Comprueba si Suki está distraída todavía con Nicole y baja la voz. "¿Con lo que solía hacer para ganarme la vida?"

"No. Me parece una historia muy intrigante y, además, eso es asunto tuyo." Maddie le da un codazo a Eddie para que diga algo también.

"Yo tampoco tengo ningún problema. Mientras mamá sea feliz..."

"Gracias. Eso es muy importante para mí." Belle me acerca más a ella y mis ojos se llenan de lágrimas por todo el amor que me rodea. Apoyando mi cabeza en su hombro, espero que ellos sepan cuánto los quiero yo también. *Mientras mamá sea feliz.*

78

BELLE – UNA SEMANA DESPUÉS

Eddie y Maddie son encantadores y, como Nicole, ya le han robado el corazón a Suki. Nos hemos visto un par de veces más y ahora ya nos sentimos cómodos todos juntos. Eddie se lo está pasando en grande burlándose de Nicole mientras esperamos a que llegue su amigo con el que sale, pero que no es su novio. Maddie está en la piscina con Suki, mientras Eddie, Nicole, Reina y yo estamos sentados alrededor de la mesa de café en la terraza. Reina está acurrucada contra mí con los pies apoyados en el sofá de mimbre, Eddie está sentado en la mesa de café y Nicole se ha acomodado de lado en una de las sillas grandes de mimbre, con las piernas colgando del reposabrazos. Estamos bebiendo sangría a la sombra del dosel de lino que cubre el área de asientos y viene un olor delicioso de un plato tradicional libanés con arroz que se está dorando en el horno. Reina no cocina muy a menudo pero, cuando lo hace, prepara un festín y me ha impresionado la selección de ensaladas y salsas a las que le ayudado a preparar antes.

"Nunca te había visto tan nerviosa antes, hermanita. ¿Estás saliendo con Snoop Dogg o algo así?"

"No, qué asco, es viejo. Deja de darle tanta importancia a eso," dice, dándole un tortazo en el brazo después del enésimo comentario sobre su estado de nervios. "Solo viene para relajarse en la piscina conmigo, eso es todo."

"Y para paseos románticos por la playa," le responde Eddie, lo que hace que se ponga más nerviosa. "Y para conocer a su increíble cuñado, y para un montón de se..."

"Deja de burlarte de tu hermana, Eddie," lo corta Reina, lanzándole una mirada de advertencia.

Nicole está a punto de soltarle algo pero suena su teléfono y se le pone la cara de un rojo carmesí cuando se levanta y se dirige a la cocina para abrir las puertas del exterior. "Si dices algo para avergonzarme, te mato," le susurra a Eddie por encima del hombro.

La semana pasada era yo la extraña, la ansiosa por conocer a las personas más queridas y cercanas a Reina, pero ahora que llega alguien nuevo, nos lanzamos miradas cómplices y siento que soy parte de la familia. Le damos una sonrisa de bienvenida a Tyrell cuando sigue a Nicole a la terraza y, a pesar de su apariencia poco convencional, es dulce y educado cuando saluda a Reina.

"Encantado de conocerla, señorita Amari." Le da una botella de Barolo a Reina y veo que le tiembla la mano ligeramente. "Nicole me dijo que le gustaba este. Espero que sea este." Lo reconozco vagamente, sobre todo por las bandas elásticas de color neón que sujetan su cabello afro en una docena o así de nudos y el tatuaje de serpiente que enrolla su cuello.

"Joder, eres *Bear Cub*," dice Eddie con incredulidad y se pone rojo. Su comportamiento descarado anterior se ha evaporado, sustituido por una sensación de admiración y, si no me equivoco, incluso parece un poco intimidado.

"Sip. Ese soy yo." Tyrell le estrecha la mano. "Encantado de conocerte, hermano."

"Esa en la piscina es Maddie," dice Nicole y Maddie lo saluda con la mano y grita que saldrá en un minuto. "Y esa otra es Suki, la hija de Belle. Y esta es Belle, la..." duda un momento. "¿Novia? ¿Puedo decirlo?"

Me río cuando me levanto para saludarlo. "Puedes decirlo."

"Guay." Tyrell me mira y luego mira a Reina. "No me habías dicho que tu madre tenía novia."

"Sí, bueno..." Nicole se encoge de hombros y me sonríe. "Es algo reciente." Está adorable con esa timidez pero agarra la jarra de sangría y le sirve un vaso. "Aquí tienes. ¿Quieres que te enseñe esto?"

"Sí. Este sitio es increíble," le dice a Reina. "Nunca he estado en los Hamptons. Es muy tranquilo y precioso y huele muy bien."

"Eso es en parte por lo que mamá está cocinando." Nicole le pone el vaso en la mano y coge el suyo. "Venga, vamos, te enseñaré la playa."

Los vemos desaparecer por la cancela pero no antes de ver cómo Tyrell pasa el brazo por la cintura de Nicole.

"No me lo puedo creer," dice Eddie mirándolos. "Mi hermanita está saliendo con un rapero famoso."

"¿De verdad es tan famoso?" pregunta Reina.

"¿Hola? Mmm... sí." Eddie la mira incrédulo. "¿No lo reconoces?"

"Solo de los videos que vi en YouTube. Me imaginé que era popular pero no sabía que era tan importante. Bueno, parece cariñoso y esta botella que ha traído es muy buena," dice, estudiando la etiqueta. "Qué amable."

"Tal vez debería traer una botella de champán del frigorífico." Eddie se levanta y parece que es él quien está nervioso ahora, preocupado por lo que pensará Tyrell de nosotros.

"Sí, ¿por qué no traes dos? Es vuestro último día aquí y, como has dejado más que claro, tenemos un invitado especial." Le lanza una sonrisa divertida. "Y ya que estás ahí, revisa el arroz, ¿quieres?"

79

REINA – DOS SEMANAS DESPUÉS

"¿Cómo está tu padre?" pregunto, besando a Belle en la mejilla antes de saludar a Suki.

"Está un poco nervioso pero, por lo demás, de buen humor," dice, dándome la bolsa de viaje de Suki. "Muchas gracias por cuidar de ella."

"No hay problema. Lo vamos a pasar genial, ¿verdad Suki?"

Suki sonríe y se abraza a mis piernas y cuando la levanto, me abraza. Nos hemos unido mucho y le gusta quedarse conmigo en las raras veces que Jackie no puede. "Nos vemos mañana en el hospital para ver cómo está el abuelo."

"¿El abuelo está enfermo?" pregunta Suki.

"No realmente cariño. Pero su cadera es vieja ya y necesita una nueva." Se da palmaditas en la cadera para enseñarle a qué parte del cuerpo se refiere. "Pero, después de la operación y cuando ya esté recuperado, podrá volver a caminar bien."

Suki asiente, aparentemente satisfecha con la respuesta,

y señala su bolsa. "¿Puedo llevarme los juguetes a mi habitación?"

"Por supuesto. Pero déjame ir contigo, las escaleras son un poco peligrosas." La dejo en el suelo y llevo la bolsa por ella, siguiéndola por las escaleras. Cuando construimos esta casa, nuestros hijos ya tenían edad suficiente para que no nos preocupáramos tanto de que se cayeran por ellas, pero ya hace tiempo me he dado cuenta de que es de todo menos segura para niños. Me encanta que Suki se refiera a la habitación de Nicole como 'su habitación' porque solo ha dormido ahí un par de veces. Intentamos 'venderle' uno de los otros tres dormitorios, pero insistió e incluso preguntó si ella y Nicole podían compartirla alguna noche. Bajo las escaleras mientras ella está organizando sus juguetes y le grito que nos llame cuando quiera volver a bajar.

"No te preocupes, no la dejaré subir y bajar sola y, en general, es muy cuidadosa."

"Lo sé. Eres muy buena con ella." De repente se emociona y tomo su mano, envolviéndola por la cintura con mi otro brazo. "Eh, ¿qué pasa? ¿Estás preocupada por la operación?"

"No." Dice Belle negando con la cabeza. "O sea, sí, por supuesto que estoy un poco preocupada, pero solo verte con ella es..." Traga saliva y acaricia mi rostro. "Es maravilloso y todavía me cuesta creer que todo sea tan fácil y perfecto contigo."

"Sí, realmente es perfecto, ¿verdad? No me he sentido tan feliz en..." Me encojo de hombros. "Bueno, nunca en realidad, sin contar el nacimiento de mis hijos." Me reconforta observar el amor en sus ojos y contemplo decirle lo que he estado pensando estas últimas semanas. Hemos estado en la granja de su padre un par de veces para ver qué hay que hacer mientras él no está y me he enamorado del lugar. "¿Tienes tiempo para un café? Hay algo de lo que quiero hablar contigo."

"Claro, no me tengo que ir todavía." Belle hace dos capuchinos y nos sentamos en la isla de la cocina. "Parece serio."

"No te preocupes," digo, tranquilizándola. "He estado pensando en la granja de tu padre. La hiciste tasar la semana pasada, ¿verdad?"

"Sí, pero eso no significa nada necesariamente. Él no quiere venderla todavía."

"¿Y tú no quieres vivir allí?"

Belle frunce el ceño. "Me encanta la granja y papá quiere que me la quede pero es poco práctico. No tengo el dinero ni el tiempo para arreglarlo y, además, eventualmente tendrá que venderla para poder comprar un apartamento en una planta baja."

"Pero, ¿y si nada de eso fuera un problema? ¿Querrías la granja?"

"Por supuesto. Es un lugar especial para mí y me dará pena dejarla ir. Pero hace mucho tiempo que lo acepté, algunas cosas no son para siempre." Belle sonríe pero no le llega a los ojos.

"¿Y si lo arreglo yo?" digo, decidiendo simplemente soltarlo. "¿Y si hago que lo renueven y amplíen para que tu padre pueda vivir allí también? O podríamos construir algo pequeño en el terreno para que él viva allí. Hay mucho espacio."

Belle se me queda mirando fijamente pero, como esperaba, niega con la cabeza. "No podría dejarte hacer eso. No quiero tu dinero, ya lo sabes."

"Pero, ¿y si piensas en ello como un alquiler? Viviré allí gratis, así que pago el trabajo."

"¿Te gustaría vivir allí? ¿Con nosotros? ¿Y mi padre?" Duda un momento. "¿Eso es lo que estás diciendo?"

"Sí..." Trago saliva. "Lo siento, entiendo que quizás sea demasiado pronto, solo quería hablarlo contigo ahora antes de que salga al mercado. No es que quiera comprarlo," añado deprisa, "esa no es mi intención. La casa debería ser tuya y de Suki algún día."

Belle mira por la sala de estar y la cocina, luego la piscina y el jardín. "No lo entiendo. ¿Por qué querrías mudarte de aquí?"

"Esta no fue nunca mi casa en realidad," digo en voz baja. "Me gusta estar aquí, ahora al menos, pero Sandeep la diseñó y Bree hizo todo el interior de la planta baja. Me encantan los edificios antiguos, los lugares con carácter. Las cajas de cristal no son lo mío y la granja de tu padre me encantó la primera vez que la vi. Es un lugar maravilloso y se ve real, genuino." Belle permanece en silencio y, tomando su mano, sonrío para hacerle saber que no es gran cosa. "Lo siento, no debería haberlo mencionado. Olvida lo que he dicho."

"No... es solo que no pensé que alguna vez consideraras vivir en una granja, especialmente no con mi padre allí también."

"Oye, tengo raíces libanesas," bromeo. "De donde yo vengo, es totalmente normal acoger a tus padres cuando son mayores. No es que mi madre quisiera vivir nunca conmigo. Cualquier lugar sería demasiado pequeño para ella y sus gatos. Y créeme, eso es una bendición."

Belle se ríe y esta vez es de verdad. Se levanta y me abraza por detrás, acurrucando su rostro en mi cuello. "¿Hablas en serio?"

"Totalmente." Me doy la vuelta en mi taburete y la pongo entre mis piernas. "Te amo y quiero estar contigo todos los días. Y he estado pensando en pediros a ti y a Suki que os mudéis aquí, pero no creo que esta sea la casa para comenzar una vida juntas. Tiene demasiado bagaje y, como te he dicho, no soy solo yo. Podría alquilarla durante la temporada de verano o incluso vendérsela a Sandeep, si está interesado."

"No sabes lo feliz que me has hecho diciendo eso," susurra. "Yo también quiero estar contigo todos los días. Y si la granja es realmente un lugar donde te ves viviendo, no podría pensar en nada mejor."

80

BELLE – AL DÍA SIGUIENTE

"¿Otro juego?" pregunto cuando Jackie coloca su última ficha de Scrabble y me gana, por tercera vez.

"No. Soy mucho mejor que tú y se está volviendo aburrido," bromea, empujando el tablero a un lado. Estamos sentadas en un café cerca del hospital, esperando a que el cirujano nos llame cuando haya terminado de operar a mi padre. "¿Qué tal una copa de vino? Ya he tomado suficiente café por hoy." Le hace una señal al camarero, presume de su habilidad en el Scrabble cuando él pregunta quién ha ganado y pide una botella de vino.

"Deberíamos haber pedido vino hace horas," digo cuando tomo el primer sorbo. "Hubiera ayudado con los nervios."

"Entonces estaríamos dando tumbos para cuando despertara," dice riendo. "Bueno, que no haya noticias hasta ahora son buenas noticias, supongo. ¿No se dice así con las operaciones?"

Me encojo de hombros porque no tengo ni idea y estiro

las piernas, agarrotadas de estar sentada en la misma posición durante horas. "Gracias por cuidar de él mientras se recupera."

"Es un placer. Solo me preocupa lo que va a pasar a largo plazo. ¿Qué dijo el agente inmobiliario sobre el valor de la finca?"

"Un millón cuatrocientos mil."

"¿Qué? ¿En serio?" pregunta sorprendida.

"Sí. Es sobre todo el terreno. Vale mucho porque está muy cerca de la playa. Yo no lo sabía, pero esa franja de tierra amplia entre las tierras de cultivo y la playa, donde crecen las amapolas, está protegida, así que garantiza que no se obstruya la vista."

Jackie mira a lo lejos y estoy esperando a que me diga que cree que él debería venderlo, pero no lo hace. No quiero contarle todavía mi conversación con Reina porque primero tenemos que hablar de ello en profundidad. Aunque la idea parece fantástica, no quiero que tome decisiones precipitadas y que luego se arrepienta. Vivir juntas es un gran paso, sobre todo si eso incluye a Suki y a mi padre.

"Jackie, ¿estás bien?" noto que Jackie está sumida en sus pensamientos, con los ojos vidriosos, como si estuvieran paralizados.

"Todo empezó allí," dice con una mirada triste en sus ojos. "En el campo de amapolas. No he estado allí hace décadas."

"¿Qué empezó allí?"

"Tu madre y yo." Sus ojos se encuentran con los míos y me sonríe nerviosa. "Es donde nos besamos por primera vez."

"Oh..." Permanezco en silencio porque quiero que continúe. No esperaba que mencionara a mi madre. No aquí, no hoy.

"Había estado enamorada de ella durante mucho tiempo y creo que lo sabía. Nunca le conté cómo me sentía hasta ese día y nunca hice ningún movimiento sobre ella. Estaba casada, pero debía saber cómo me sentía. Además, era hetero, hasta donde yo sabía por lo menos, y no quería arruinar nuestra amistad. Nos habíamos unido mucho y me encantaba pasar tiempo juntas." Jackie hace una pausa. "Decidimos tomar el camino largo hacia la playa, a través de los campos, en lugar de seguir el camino hecho. Las amapolas estaban en plena floración y ella llevaba un vestido rojo del mismo color. No pude evitarlo y le dije que estaba preciosa." Jackie toma un sorbo largo de su vino y traga saliva. "Y entonces... me besó." Una lágrima rueda por su mejilla. "Ella *me* besó. Y con eso cambió nuestras vidas para siempre. Nos echamos al suelo e hicimos el amor en el campo. Luego nos volvimos inseparables. No quería divorciarse de tu padre, lo amaba, y yo nunca se lo pedí. Cuando se estaba muriendo, le rogué que no se lo dijera, pero insistió en que era lo mejor. Pensándolo ahora, creo que tenía razón. Después de todo, os tenía a tu padre y a ti, y a Linda."

"La amabas," digo, tragando el nudo en mi garganta.

"Sí. La amaba con todo mi corazón y todavía la echo de menos todos los días."

"¿Por eso no has salido nunca con nadie?"

"Sí. Nadie podía compararse con ella. Tenía ese aura especial a su alrededor, ese brillo que hacía sonreír a todos los que estaban a su alrededor." Jackie respira hondo. "Tengo muchas fotos de las dos juntas. Han estado escondidas en una caja porque no podía soportar mirarlas. Pero tú puedes verlas si quieres."

"Gracias, me encantaría." Alcanzo su mano sobre la mesa. "Deberías habérmelo dicho."

Jackie niega con la cabeza. "No, no podía. Lo que hicimos estuvo mal e hicimos daño a tu padre. No estaba orgullosa de ello, pero nunca me he arrepentido porque fue el momento más bonito de mi vida. Quizás debería haberte contado mi historia cuando fuiste mayor y me contaste sobre ti, pero estabas tan segura de ti misma y tan cómoda con tu sexualidad, que no pensé que necesitaras ayuda en ese sentido. Además, tú eras como una hija para mí y tenía mucho miedo de que te enfadaras y perderte. Pero ahora lo sabes." Suspira.

"Nunca me vas a perder, Jackie," digo apretando su mano. "¿Te puedo preguntar por Rose?"

Jackie sonríe aliviada. "Rose y yo estamos saliendo. Todavía es muy reciente pero, cuando la conocí, sentí esa chispa, como con tu madre. Los Hamptons no ha estado exactamente inundado de lesbianas libres, especialmente en el pasado, así que nunca conocí a nadie que me atrajera hasta ahora. Rose es maravillosa."

"Gracias por contármelo. Me gusta mucho Rose y me alegro por ti. Te mereces amor." Hago una pausa. "Y me encantaría ver esas fotos."

"De acuerdo cariño. Ven a casa una noche y te contaré todo sobre ella. Con Rose a mi lado creo que ahora puedo sobrellevarlo."

Suena mi teléfono y las dos damos un salto, mi mano tiembla cuando contesto la llamada y escucho la voz del cirujano.

"¿Señorita Rodgers? Su padre se está despertando de la operación. Todo ha salido bien, está en su habitación. Esperamos tenerlo listo y caminando en uno o dos días."

Le doy las gracias y a Jackie le hago señas con el pulgar hacia arriba. Nos levantamos y nos damos un largo abrazo. "Está bien."

"Gracias a Dios." Jackie me abraza fuerte. "Venga, vamos a verlo."

EPÍLOGO

Reina – Un año después

"¡Feliz Cuatro de julio!" Levanto mi copa y sonrío a la mesa llena. Belle está sentada a mi lado y Juliette, Suki, Cameron, Eddie, Maddie, Nicole, Tyrell, Jackie, Rose, el padre de Belle, Sasha e Igor con sus dos hijos y Sandeep y Bree están alrededor del festín que Belle y yo hemos preparado. El bebé de Sandeep y Bree está durmiendo en su cochecito al lado de la mesa. Es una niña adorable, con el cabello oscuro y espeso y los ojos muy grandes. Se llama Harmony, Harmie para todos, y nos ha robado el corazón con su naturaleza curiosa y feliz.

"¡Feliz Día!" gritan mi familia y amigos. Brindamos por un año de cambios.

Este día marca un antes y un después. El primer día que estamos todos como familia, tanto por sangre como por elección, y no podía ser más feliz de tenerlos todos aquí. La parrilla está humeando con el maíz extra que acabo de poner, las ensaladas, panes, salsas y chuletas se pasan de unos a otros mientras las risas y las conversaciones animadas se funden con la música de fondo.

Sasha se acaricia su enorme barriga. No fue planeado y fue un shock tremendo después de haber criado ya a dos adolescentes, pero ahora está encantada de tener otra hija pronto e Igor la ha estado mimando toda la noche, asegurándose de que no coma nada raro y se mantenga hidratada.

Han ocurrido muchas cosas en un año. Después de recuperarse de su sustitución de cadera, el padre de Belle volvió a la granja para cuidar a los animales durante la renovación. Primero construimos el anexo, para que no tuviera que vivir en un sitio en construcción. Es un bonito bungaló en la parte más alejada del jardín, y aunque nunca le han gustado los cambios, está encantado con todas las comodidades modernas y deseando que nos mudemos a la granja a finales de año para tener a su nieta cerca. Queremos restaurar la casa y devolver el granero a sus orígenes con algunas adiciones modernas. Está empezando a verse realmente precioso. Tengo muchas ganas de cuidar a los animales y he sugerido organizar 'excursiones de un día en la granja' para los niños de Camp Rubin.

Este será mi último año celebrando el Cuatro de julio en Villa Reina y está bien, porque pertenece a una vida diferente. Sandeep no tiene deseos de mudarse aquí, así que he decidido venderlo y pronto saldrá al mercado. De la venta podría comprar algo extravagante pero sé que nunca seré más feliz que en la maravillosa granja que pronto tendrá una ampliación con una cocina nueva y una piscina en la parte trasera. Belle pertenece a ese lugar y yo pertenezco a Belle. Un día será de Suki.

"Cariño, esto es maravilloso," susurra Belle, besándome en la mejilla. "Me encanta tener a todos juntos y el año que viene lo celebraremos en..." Belle se para cuando ve a Suki deslizando comida debajo de la mesa. "Suki, por favor, no le des comida a Rascal hasta que no hayamos terminado de comer, ¿vale? Estoy tratando de enseñarle a no pedir y eso no ayuda," dice, pero Suki ya le ha arrojado su último trozo de carne.

Suki por fin consiguió su perro y ahora son inseparables. Pensamos que un labrador era la mejor opción porque, normalmente, se portan bien pero, a pesar de las semanas de entrenamiento, Rascal hace lo que quiere. No se le puede sobornar con chuches, es totalmente insensible a los elogios y hace exactamente lo que quiere, así que después de un tiempo, le cambiamos su nombre de Beanie por algo que le iba mejor. El sofá blanco está permanentemente decorado con huellas de barro, los suelos están siempre mojados porque salta a la piscina y le gusta secarse dentro de la casa. Con su cola moviéndose constantemente, ya ha barrido muchos vasos de la mesa de café y roba comida de la encimera cada vez que ve una oportunidad. Pero también es un amor y siempre está al lado de Suki.

"Pero yo ya he terminado de comer," contesta Suki. "Mira, mi plato está vacío."

"Claro, eso es porque ya se lo has dado todo a Rascal."

"Mi plato también está vacío," anuncia Cameron, y reprimo una risita cuando lo veo bajando un puñado de comida debajo de la mesa. "¿Podemos Suki y yo ir a nadar con Rascal ahora?"

Belle y Juliette intercambian miradas de complicidad, pero deciden dejarlos libres, al menos por esta noche. "Claro, adelante. Pero nada de bombazos," les advierte Belle y se gira hacia mí. "No debería haber movido la mesa hacia la piscina."

"Lo sé, te dije que era mala idea." Pongo los ojos en

blanco y me río, dedicándole una sonrisa cariñosa. “Pero hace mucho calor hoy, así que se pueden refrescar.”

Unos segundos más tarde, nos duchan. Suki y Cameron, que ahora saben nadar, han saltado a nuestro lado, seguidos de Rascal, que es el que salpica más agua. Hay gritos y risas de felicidad.

“¡Nicole, entra!” grita Suki. Mira a Nicole como una hermana mayor y ha estado contando los días para su llegada.

“Nicole está comiendo, cariño.” Sacudo el agua de mi hombro y me río aún más fuerte cuando Nicole se levanta y se tira a la piscina, todavía con el peto vaquero puesto.

“Madre mía, tanto trabajo por tener una cena civilizada,” bromea Belle, protegiéndose la cara de otra salpicadura.

Tyrell sigue a Nicole al agua y salta con sus vaqueros holgados y su camiseta. Todos nos reímos y aplaudimos cuando reaparecen en la superficie, con Nicole agarrada a su cuello. Me encanta el caos, las sonrisas en los rostros de mis personas favoritas pero, sobre todo, me encanta tener a Belle a mi lado. Su negocio va bien y estoy muy orgullosa de ella. Me inspira a hacerlo mejor, a abrazar cada día como si fuera el último y a disfrutar de las pequeñas cosas de la vida. No me importa nada mi posición en la sociedad o lo que mi madre piense de mí. Le hablé de Belle la última vez que fui a visitarla y, como esperaba, lo niega. Una mariposa capturada por mi cámara, despertarme junto a Belle, el sol en mi cara y momentos como estos es por lo que vivo ahora. Es simple y claro. La única cosa.

POSTFACIO

Espero que te haya gustado leer *Mi Nueva Vida* tanto como a mí escribirlo. Si ha sido así, ¿considerarías dejar una reseña? Las reseñas son muy importantes para las escritoras y ¡te lo agradecería enormemente!

AGRADECIMIENTOS

Un enorme gracias a mi traductora y amiga Rocío, por hacer y darme unas traducciones con las que me siento totalmente cómoda, a pesar de no hablar el idioma yo misma.

ACERCA DEL AUTOR

Lise Gold es autora de ficción lésbica. Su actitud romántica, su entusiasmo por viajar y su amor por historias que te hacen sentir bien forman el corazón de su escritura. Nacida en Londres, de madre noruega y padre inglés. Al haber crecido entre el Reino Unido, Noruega, Zambia y los Países Bajos, se encuentra como en casa casi en cualquier sitio y tiene una interminable curiosidad por nuevos destinos. Su lema es "escribe sobre lo que conoces", así que es frecuente encontrársela en lugares exóticos, investigando o inspirándose para su próxima novela.

Cuando no está escribiendo en la mesa de su cocina, se la puede encontrar cocinando, en el gimnasio o cantando en algún lugar, sobre todo música country o blues. Lise vive en Londres con sus perros El Comandante y Bubba.

OTRAS OBRAS DE LISE GOLD

Vivir

Luciérnagas

Verano Francés

Nada Más Que Azul

www.ingramcontent.com/pod-product-compliance
Lightning Source LLC
La Vergne TN
LVHW091247150826
845673LV00006B/1346

* 9 7 8 1 7 3 9 7 2 4 0 5 4 *